Potztausend

A.C. Scharp

Coverdesign: László Zakariás [tsg]

ISBN-13: 978-3748148432

Herstellung und Verlag:
BoD – Books on Demand, Norderstedt

Bibliografische Information der Deutschen
Nationalbibliothek

Die Deutsche Nationalbibliothek verzeichnet diese
Publikation in der Deutschen Nationalbibliografie;
detaillierte bibliografische Daten sind im Internet über
http://dnb.d-nb.de abrufbar.

Personenverzeichnis

Wen muss ich mir merken?

Clemens Bohnenschäfer
Bürgermeister und unbestrittener Patriarch von Demarchau.
Oder nicht?

Rita Bohnenschäfer
ist mit ihrem Mann Clemens nicht zufrieden und lässt darüber auch keinen Zweifel aufkommen.

Doris Durr
ist ihrer Schwester Regina sehr ähnlich. Nur halt ohne Mann.

Regina Klein
ist gegen alles und jeden. Schon aus Prinzip.

Walter Klein
kann davon ein Lied singen. Oder auch zwei.

Klaus Landgräber
muss feststellen, dass *alt* kein Synonym für *unterbelichtet* ist.

Britta Landgräber
hat keine Freude an ihren neu erworbenen Hausfrauenfähigkeiten.

Karl Schmelzer
sieht rot. Oder nur noch schwarz. Vielleicht auch braun. Auf jeden Fall seinen Schwiegersohn Klaus zu oft.

Jürgen Schuster
lernt schmerzhaft, dass kleine Handlungen große Konsequenzen haben können.

Beate Schuster
hat noch viel Größeres mit Jürgen vor.

Peter Schuster
wird von seinem Sohn Jürgen zu spät vermisst.

Sameer Anbar Almasi
Spion und Schläfer? Oder schlafender Spion? Vielleicht auch nur schlaflos in Löckerbach.

Wen sollte ich mir merken?

Silke und Rolf Domschneider
führen eine kleine Bauelemente-Firma. Oder führt hier ein Kleingeistiger eine Firma?

Egon Durr
schien ein netter Mann gewesen zu sein. Zumindest ein unwiderstehlicher.

Dieter Landgräber
ist rechtzeitig verrückt geworden. So muss er sich zumindest nicht über seinen Neffen Klaus ärgern.

Felix Landgräber
ist ein geliebter Sohn und Enkel. Wer's glaubt.

Melanie und Sascha Reinhardt
sind eine Bilderbuchfamilie. Leider nur in schwarz-weiß.

Markus und Sabine Schulze
Das Quoten-Gesocks aus der Nachbarschaft.

Wen könnte ich mir merken?

Hauptkommissar Brauer
freut sich endlich mal über einen normalen Mord. Wohlgemerkt: einen.

Jörn Jossen
Objektophiler Spediteur, den eine Zweckgemeinschaft mit Klaus verbindet. Oder mit Brittas Schal.

Josef Gottschalk
Greisenhafter Hausbesetzer ohne Geduld, aber mit viel Impertinenz.

Vera Krug
Das retardierende Moment. Oder der Mensch im Dorf, der nicht rein emotionsgetrieben ist.

Dominik Krumm und Christoph Pick
Schwule Metzger. Wenn schon moderner Mainstream, dann zumindest mit ungewöhnlichem Beruf.

Iskandar und Farida Maalouf
stehen politisch-korrekt nicht wirklich unter Verdacht.

Landrat Stuben
hat die Vorgänge in Frackhausen noch nicht ganz verkraftet.

Barbara Willers
sieht sich selbst nicht in der Rolle als Servicefachkraft.

Jennifer und Sven Wolff
hinterlassen trotzdem einen bleibenden Eindruck.

Wen kann ich sofort wieder vergessen?

Den ganzen Rest.

Kapitel 1

Das Büro von Clemens Bohnenschäfer war nicht halb so prunkvoll, wie es ihm für seine Stellung als Bürgermeister der Gemeinde Demarchau zugestanden hätte. Zumindest war das seine Meinung. Aber seit dem Skandal im Regierungsbezirk, nach dem aufgebrachte Bürger auf die Barrikaden gegangen waren, als öffentlich wurde, dass ein Amtskollege einen Schreibtisch mit Handschnitzereien für fast 10.000 Euro bestellt hatte, den er aus Steuergeldern zu finanzieren gedachte, wurden sämtliche Ausgaben für das Inventar äußerst kritisch beäugt.

Clemens, der ebenfalls Ähnliches vorgehabt hatte, stornierte klammheimlich seine Bestellung bei einer überregionalen Möbelmanufaktur und ließ sich von der örtlichen Presse jovial-freundlich in seinem Büro ablichten, wobei er darauf achtete, dass möglichst viel von der schmucklosen, funktionalen Einrichtung mit fotografiert wurde. Beruhigt, das Bild des Amts- und Würdenträgers wieder geradegerückt zu haben, ging er anschließend fröhlich seinen anderen illegalen Geschäften nach.

Heute hatte er allerdings keine Zeit, sich weiter an diesem taktischen Schachzug zu freuen. Es gab Dinge, die ihn mehr beunruhigten, als ein bisschen mit Steuergeldern um sich zu werfen. In den letzten Monaten hatte er es fast beunruhigend konsequent verhindert, Flüchtlinge in seiner Gemeinde aufzunehmen. Ein Umstand, für den ihn die Einwohner liebten und verehrten und vor dem selbst seine hartnäckigsten Gegner den Hut zogen. Seiner Wiederwahl im Dezember schien daher nichts entgegenzustehen. Demarchau war durchaus bereit, kleine Sünden zu verzeihen, wenn man ihm die großen Probleme vom Hals hielt. Flüchtlinge hielt man hier allgemein für ein großes Problem. Der Bevölkerung reichte es durchaus, Schauergeschichten aus anderen Orten im Fernsehen zu sehen mit der Gewissheit, dass es das im eigenen Ort nicht gab und dank Clemens Bohnenschäfer auch nicht geben würde. Das versprachen jedenfalls seine Wahlplakate.

Bis heute war Clemens auch der Meinung gewesen, diesbezüglich auf einem unerschütterlichen Weg zu sein. Leider war der Grund für diese Unerschütterlichkeit es selbst nicht mehr. Der Landrat, dem er die Flüchtlingsfreiheit verdankte, war entweder moralisch eingeknickt oder hatte einen potenteren Geldgeber gefunden. Der war in diesem Fall scheinbar Klaus Landgräber.

Klaus Landgräber war der Geschäftsmagnat von Demarchau, zumindest hielt er sich dafür. Sein Optimismus diesbezüglich wurde auch nicht von der Tatsache getrübt, dass er vor fünf Jahren mit seinem Geschäft für Schwimmbadtechnik gründlich baden ging. Allerdings hatte er bereits sieben Jahre vorher beschlossen, dass alte Menschen eine sicherere Geldanlage waren als Pools, und baute auf dem Grundstück, das seinem Onkel Dieter Landgräber in seinem Heimatort Löckerbach gehörte, kurzerhand ein gigantisches Altenheim, das ihm mit der in die Jahre gekommenen, ebenfalls zum Altenheim umgebauten Villa seiner Großeltern daneben ein ansehnliches Zusatzeinkommen bescheren musste. Die Löckerbacher spekulierten, wie viel Geld der alte Landgräber selbst damals schon hineingesteckt hatte, beziehungsweise, welche Gelder vorab schon auf seinen Sohn transferiert wurden, denn Klaus Landgräber schien trotz seiner Pleite nichts vermissen zu müssen.

Clemens vermisste allerdings schon etwas, nämlich die ungetrübte ländliche Beschaulichkeit, die Löckerbach vor dem Bau des Altenheims gehabt hatte, das direkt an der Straße neben Nachkriegs- und Fachwerkhäusern so deplatziert wirkte wie eine Burka in einer Nudistenkolonie. Das traf ihn umso härter, da er nur 100 Meter entfernt davon wohnte. Dankenswerterweise versperrte ihm eine Kurve den direkten Blick auf den mehr funktionalen als schönen Bauabschnitt. Da Landgräber selbst beim Altenheim auf das Konzept der Zwei-Klassen-Gesellschaft setzte, gab es hier einen zweckmäßigen und einen schönen Bau. Clemens sah leider immer nur den zweckmäßigen.

Aber alte Leute waren jedenfalls noch besser zu ertragen als Flüchtlinge. Das würden auch die Bürger so sehen. Daher konnte der Bürgermeister Landgräbers Plänen, die Hälfte des Altenheims für Flüchtlinge freizumachen, so gar nichts abgewinnen und er fragte sich, was er übersehen hatte. Außerdem kaufte er Landgräber seine neu erworbene Fähigkeit, Empathie für andere Menschen zu empfinden, nicht ab. Da musste etwas anderes dahinterstecken. Im Zweifelsfall Geld.

Um genau das herauszufinden, beschloss Clemens, Klaus Landgräber ins Rathaus zu bestellen. Während er seine Nummer wählte, blickte er sich im Büro um und ärgerte sich, die neuen Möbel nicht gekauft zu haben. Ein Schreibtisch mit Buchendekor schien ihm nicht das richtige Ambiente, Landgräber zu empfangen. Diese Sorge hätte er sich allerdings sparen können, denn Landgräber war nicht bereit, seiner Aufforderung Folge zu leisten.

»Bohnenschäfer, spinnst du?«, bellte er durch den Hörer. »Meinst du, ich habe nichts Besseres zu tun, als durch die Gegend zu juckeln, um in deinem verdammten Rathaus zu sitzen?«

»Wir haben was Dringendes zu besprechen.«

»Ach, daher weht der Wind. Hat man dich endlich auch mal informiert.« Klaus Landgräber lachte unangenehm. »Scheint, der Lauf ist für dich vorbei.«

»Klaus, was soll das? Warum gerade in Löckerbach? Warum überhaupt?«

»Weil ich in Löckerbach ein Grundstück zur Verfügung habe, woanders nicht. Weil es Geld bringt, gutes Geld. Das solltest gerade du eigentlich zu schätzen wissen.«

Clemens überlegte, was eine angemessene Reaktion auf diese versteckte Unterstellung sein könnte, und musste feststellen, dass es keine gab, die ihn nicht in irgendeiner Weise in die Ecke drängen würde. Daher schwieg er hoheitsvoll.

Leider kam das über das Telefon nicht so gut rüber wie erhofft.

»Ah, da werden wir auf einmal ganz kusch.«

Clemens sah Landgräber förmlich vor sich, wie er genussvoll in seinem protzigen Schreibtischsessel vor und zurück wippte, den Hörer zwischen Ohr und Schulter geklemmt und die Arme hinterm Kopf verschränkt. Wie viele andere hielt er das für eine unbeschränkte Demonstration von Macht. Clemens fragte sich zwar, worin die Macht bestand, wenn man ein lukratives Familienunternehmen in voller Fahrt den Bach runtergehen ließ, hatte aber keine Zeit, sich dieser Analyse länger zuzuwenden.

»Wo willst du die jetzigen Bewohner eigentlich unterbringen?«, fragte er stattdessen. Davon stand nichts in seinem Schreiben.

»Auch im Altenheim. Wo wohl sonst? Welche anderen Immobilien habe ich denn noch in Löckerbach?«

Clemens mochte das Altenheim zwar nicht, musste aber zugeben, dass es gut gefüllt war und mit Sicherheit einiges einbrachte. Zumal Landgräber nicht dafür bekannt war, Geld für sinnlose Dinge wie zusätzliches Personal, Qualität von Lebensmitteln und Gebäudereinigung auszugeben, wenn es in einem neuen Porsche wesentlich eindrucksvoller zur Geltung kam.

»Im Altenheim?«, wiederholte er Landgräbers Worte. »Ich weiß es zwar nicht genau, es scheint aber mehr als gut gefüllt. Wüsste nicht, wo du da noch Platz schaffen willst.«

»Platz ist in der kleinsten Hütte«, bemühte Landgräber ein altes Zitat. »Müssen die Alten halt etwas enger zusammenrücken. Denen geht es eh viel zu gut.«

Clemens überlegte, wo genau es den Bewohnern des Altenheims zu gut ging, kam aber auf die Schnelle zu keinem befriedigenden Ergebnis.

»Trotzdem hättest du mich vorwarnen können«, sagte er und hoffte, dass es sich nicht allzu beleidigt anhörte. »Wenn schon, hätten wir zusammen was machen und wenigstens

Löckerbach sauber halten können. Ich hätte dir exzellente Grundstücke in der Nachbargemeinde vermitteln können, quasi für umsonst.«

»Pech, der Zug ist abgefahren. Außerdem viel zu umständlich.«

»Trotzdem solltest du bei mir vorbeikommen, damit wir das noch mal in Ruhe besprechen. Findest du nicht?«

»Wenn du mit mir reden willst, kommst du gefälligst bei mir vorbei«, schnauzte Klaus Landgräber und legte auf.

Der Bürgermeister entschied, dass der Tag bis jetzt nicht so gelaufen war, wie er es sich vorgestellt hatte.

Clemens hatte nach seinem Gespräch mit Landgräber an der ein oder anderen Zitrone zu kauen und war noch nicht bereit, Limonade daraus zu machen. Landrat Stuben war ihm eine Erklärung schuldig.

Wie immer verzichtete er darauf, mit ihm vom Rathaus aus zu telefonieren, sondern erledigte das im zugigen Hinterhof, wo er trübsinnig in den Müllcontainer starrte, den das Personal der Kantine seit dem Tag konsequent nicht mehr schloss, als Clemens sich an sein letztes Wahlversprechen erinnerte, Sparmaßnahmen anzusetzen und unsinnige Gebühren zu vermeiden. Das bedeutete für die Mitarbeiter der Kantine, dass sie ab dem Tag für die Nutzung der Toiletten und Waschräume bezahlen mussten. Nachdem der Betreiber feststellte, dass das Fenster des Bürgermeisters zum Hinterhof zeigte, stand der Deckel des Containers seither offen und üble Gerüche waberten in sein Zimmer, die ihn immer zwangen, das Fenster geschlossen zu halten.

»Was fällt dir ein!«, hielt er sich nicht lange mit der Vorrede auf, als Stuben ans Telefon ging.

»Wie ich höre, weißt du Bescheid.«

Korruption schaffte Vertrautheit, was damals mit dem freundschaftlichen *Du* begann und in einem gemeinsamen Urlaub in Thailand gipfelte.

»Ja, vielen Dank noch mal. Hab ich dir nicht genug Geld gegeben?«

»Clemens, darum geht es nicht.«

»Ach, hör auf. Das Geld von Landgräber hast du dankend angenommen. Ich kann dir nicht mehr geben, ohne dass es auffällt. Das weißt du.«

»Ich habe kein Geld von ihm genommen«, sagte der Landrat fast empört. Anscheinend war sein Ehrenkodex der Gauner und Betrüger verletzt. »Landgräber hat das von sich aus angeboten. Da fiel erst mal auf, dass Demarchau bei der Flüchtlingsunterbringung ein komplett unbeschriebenes Blatt ist.«

»Dieses Arschloch«, sagte Clemens aus tiefstem Herzen. »Er sucht schon seit einiger Zeit nach einer Möglichkeit, mich zu unterwandern.«

Landgräber hätte sich dafür einiges aussuchen können, aber mit dem unfehlbaren Gespür eines Trüffelschweins genau das ausgegraben, was Clemens wirklich ernsthaft schaden konnte.

»Da hast du es«, erwiderte Stuben. »Wenn du eine Möglichkeit findest, den Deckel wieder draufzubekommen, verläuft sich das auch noch mal im Sande. Aber Landgräber ist heiß auf das Projekt, da sehe ich schwarz.«

»Überlass das mal mir«, knurrte Clemens. »Ich habe da so meine Methoden.«

In Wirklichkeit hatte er keine Ahnung, wie er Landgräber von seinem Vorhaben abbringen konnte. Aber das musste Stuben nicht unbedingt wissen. Clemens verlor nicht gerne sein Gesicht. Er hatte dem Landrat von Anfang an das Gefühl gegeben, die Sache im Griff zu haben und sah keine Veranlassung, das zu ändern. Wer wusste, auf was für Ideen Stuben kommen würde, wenn er feststellte, dass Clemens längst nicht so überzeugt von sich war, wie er vorgab.

»Was sollen das für welche sein?« Stuben klang beunruhigt.

»Ich kann nichts brauchen, was mich jetzt zusätzlich in

Schwierigkeiten bringt. Mir läuft immer noch die Sache vom letzten Jahr in Frackhausen hinterher.«

Daran konnte Clemens sich gut erinnern und er bereute, seinen Schreibtisch nicht schon letzten Sommer bestellt zu haben, wo die komplette Aufmerksamkeit auf vier Massenmörder gerichtet war, die fast alle Patienten der forensischen Psychiatrie vergiftet hatten und ein gefährlicher Serienmörder fliehen konnte. Obwohl Stuben weder das Gift besorgt noch dem Serienmörder zur Flucht verholfen hatte, war die Landesregierung der Meinung gewesen, es hätte in seiner Verantwortung gelegen und an der Unfähigkeit, den Anstaltsleiter Mäuchel unter Kontrolle zu halten.

»Du bist doch noch mal davongekommen. In Wahrheit war es dem Land ganz recht, mit einem Schlag 300 kriminelle Psychopathen losgeworden zu sein.«

»Es gibt einen Unterschied in dem, was man sagt, und dem, was man denkt, Clemens. Das mit den Flüchtlingen ist eine ganz andere Baustelle, seit das Volk sein Gutmenschentum wiederentdeckt hat. Da müssen wir ganz sachte mit umgehen.«

»Dann schlage ich vor, wir bringen Landgräbers Flüchtlinge bei diesen Gutmenschen unter. In Demarchau kenne ich keine und in Löckerbach speziell ganz gewiss nicht.«

»Landgräber hat hier eine Welle geschlagen und ich möchte vermeiden, dass es ein Tsunami wird. Meinst du, ich hätte Interesse daran, dass sich im BAMF einer die Frage stellt, warum Demarchau immer noch ein weißer Fleck auf der Landkarte der Flüchtlingsverteilung ist?«

»Demarchau auf dieser Karte ausradiert hast du«, sagte Clemens. »Das solltest du nicht vergessen. Hat dir in der Vergangenheit schließlich ein paar nette Sümmchen eingebracht.«

»Was soll das werden? Eine Drohung? Hör auf, Clemens. Damit kommst du bei mir nicht weiter. Wenn ich untergehe, dann du mit mir. Ich glaube nicht, dass dir das so gut gefallen würde.«

»Du hast recht. Entschuldige«, erwiderte Clemens, dem auf einmal wieder einfiel, dass er als Bürgermeister ein geruhsames Leben führte, das mit einem Schlag vorbei sein konnte – und das seiner Frau gleich mit. Rita würde ihn umbringen.

»Clemens, ich sag dir was: Lass Landgräber doch seine Flüchtlinge aufnehmen. Die meisten setzen sich sowieso wieder ab. Meinst du, die sind scharf darauf, in Löckerbach zu wohnen? Deine Nachbarn werden sich ein paar Tage aufregen, aber das vergeht auch wieder.«

Clemens drängte sich das unangenehme Bild auf, im Dezember nach der Wahl zum Bürgermeister mit einem Karton und einer Topfpflanze vor dem Rathaus zu stehen.

»Das denkst auch nur du«, sagte er. Das Fenster im dritten Stock öffnete sich und verfaulte Reste Blattsalat trudelten durch die Luft. Nicht alle schafften es nach unten in Container. Ein braun-matschiges Blatt blieb stattdessen an einer Fensterscheibe kleben. Kantinenbetreiber Mutzke schaute hinterher und zeigte Clemens dann den Mittelfinger.

»Hast du wenigstens die Möglichkeit, das Ganze bis nach der Wahl am 6. Dezember aufzuschieben? Das ist meine letzte Amtsperiode. Die würde ich gerne noch hinter mich bringen. Vielleicht werde ich die Flüchtlinge in der Zeit sogar wieder los. Dann reicht es noch zum Ehrenbürgermeister.«

Clemens wusste zwar nicht genau, wie, aber sicherlich fiel ihm da noch was ein. Wo wohl der entflohene Serienmörder aus Frackhausen geblieben war? Vielleicht ließ sich der mit einer Anzeige herlocken.

»Da muss ich dich leider enttäuschen. Landgräber hat den Vorteil, dass er bereits über entsprechende Räumlichkeiten verfügt. Ich will dich nicht belügen, es könnte bereits in ein paar Wochen so weit sein.«

»Verdammte Scheiße. Wie soll ich in so einem schmalen Zeitfenster reagieren, sag mir das mal?«

»Vielleicht hast du doch noch die rettende Idee«, meinte Stuben und hatte wenigstens den Anstand, betroffen zu klingen.

»Vielleicht können Kühe bis dahin ja auch fliegen«, erwiderte Clemens und sah auf die Uhr. Rita wartete zu Hause bereits mit dem Essen.

Clemens fuhr seit dreißig Jahren an jedem Arbeitstag zum Essen nach Hause. Nicht, weil das besonders praktisch war. Wenn er es praktisch gewollt hätte, wäre er in die Kantine des Rathauses gegangen, in der äußerst schmackhaft gekocht wurde und die noch mehr Besucher von außerhalb als Mitarbeiter des Rathauses anzog.

Clemens fuhr zurück nach Löckerbach, da er der Meinung war, als Oberhaupt der Gemeinde Demarchau wäre es ein taktisch schlechter Schachzug, mit seinen Untergebenen und dem gemeinen Volk zu essen. So verkaufte er es wenigstens seiner Frau Rita. In Wahrheit war er zu jeder Zeit darauf bedacht, unangenehmen Fragen aus dem Weg zu gehen, die es, je nach Stimmungslage seiner Mitarbeiter, mal mehr, mal weniger gab.

Rita hielt von seinen taktischen Schachzügen nicht allzu viel, kochte aber dennoch zuverlässig wie eine Schweizer Taschenuhr das Mittagessen, das pünktlich um halb eins auf dem Tisch stand. Sie fand, dass dies ihrer Rolle als Gattin des Bürgermeisters entsprach und sich so gehörte. Obwohl das in dreißig Jahren nie explizit ausgesprochen worden war, wusste Clemens dennoch, dass sie so dachte. Rita war nicht der warmherzigste Mensch, aber unschlagbar im Repräsentieren. Sie konnte auch unschlagbar gut kochen, wenn auch weniger aus Begeisterung für die Sache an sich als aus ihrer Perfektion heraus. Trotzdem vermochte sich heute bei Clemens der Hunger nicht durchzusetzen.

»Kannst du mir verraten, warum du im Hühnerfrikassee herumstocherst?«, fragte Rita und Clemens bemerkte den

Missmut in ihrer Stimme deutlich. Rita mochte es nicht, wenn etwas nicht so lief, wie sie es erwartete.

»Ich habe keinen Hunger«, erwiderte er und bestätigte damit nur das Offensichtliche. Das konnte seine Frau ebenso wenig leiden.

»Darauf wäre ich jetzt nicht gekommen. Ich finde es dennoch ziemlich unhöflich. Wenn von mir verlangt wird zu kochen, dann kann ich verlangen, dass es gegessen wird.«

Im Laufe ihrer Ehe hörte Clemens diese Worte beileibe nicht zum ersten Mal. Es war ihre Standardansprache für Essensverweigerung am Esszimmertisch, die sie allerdings nicht besonders häufig halten musste. Clemens litt selten unter Appetitlosigkeit. Zwanzig Jahre als Bürgermeister hatten seine Ignoranz gegenüber Schwierigkeiten derart ausgeprägt, dass ihm nichts so leicht auf den Magen schlug. Aus Erfahrung wusste er aber, dass das Thema nicht beendet sein würde, bevor er sich nicht verhielt, wie seine Frau es von ihm erwartete. Also aß er pflichtschuldig einige Bissen von seinem Hühnchen.

»War etwas Besonderes los?«, fragte sie, nun wieder freundlicher.

Auch das gehörte zum Standardrepertoire ihrer Mittagsunterhaltung. Abends fragte sie das noch mal, ohne eine wirkliche Antwort zu erwarten. Normalerweise antwortete Clemens darauf: »Nichts Wichtiges«, aber Landgräbers Ankündigung hatte ihn aus der Bahn geworfen und er hegte das Bedürfnis, sich mitzuteilen.

»Landgräber will Flüchtlinge ins Altenheim stecken«, sagte er daher.

Es dauerte einen Augenblick, bis Rita merkte, dass seine Antwort nicht die war, die sie erwartet hatte.

»Flüchtlinge? Ins Altenheim? Was willst du mir denn jetzt erzählen?«

»Es stimmt. Ich habe ihn heute extra deswegen angerufen.«

»Wie soll das denn gehen? Das Heim ist doch voll belegt.«

»Er räumt den neuen Anbau.«

»Was soll ich mir darunter vorstellen? Lässt er die Senioren mithilfe einer Sondereinsatztruppe herausschaffen? Hör auf, er hat dich damit mal wieder auf den Arm genommen.«

Das hatte Klaus Landgräber in der Vergangenheit schon öfter geschafft. Offensichtlich bereitete es ihm diebische Freude, den Bürgermeister mit erfundenen Katastrophenszenarien aus der Reserve zu locken. Clemens fiel immer wieder darauf herein, was ihn zu der Annahme bewegte, er glaube zu sehr an das Gute im Menschen. Rita dagegen hielt ihn einfach für unterbelichtet.

»Das hat er diesmal absolut nicht«, erwiderte Clemens beleidigt. Er hätte sich mehr Rückhalt erhofft. »Ich habe den Landrat angerufen. Der hat mir das bestätigt.«

»Stuben? Der ist doch froh, wenn er morgens den Lichtschalter findet. Als wüsste der irgendetwas, was in seinem Landkreis vorgeht.«

»Das hier wusste er schon. Klaus hat seinen Vorschlag selbst im Landtag vorgetragen. Dabei fiel dann auf, dass sich Demarchau in der Unterbringung von Flüchtlingen bis jetzt bemerkenswert zurückgehalten hat.«

»Das sollte auch so bleiben. Immerhin könntest du dafür sorgen, dass sie nicht nach Löckerbach kommen.«

»Wie soll ich das bitte noch bewerkstelligen, wo Klaus bereits so einen Wind gemacht hat?«

»Der Wind weht dann noch von einer ganz anderen Seite. Da kannst du sicher sein. Meinst du, unsere Nachbarn nehmen das einfach so hin? Der Bau des Altenheims hat schon genug Unmut hervorgerufen.«

Clemens dachte an den überdimensionierten Bau, der einige Aussichten in Löckerbach nicht besonders vorteilhaft beschnitten hatte. Die Aussichten würden nicht besser werden, wenn jetzt noch dunkle Gestalten um den Komplex herumschlichen. Clemens hatte nichts gegen Flüchtlinge per se, allerdings wusste er sicher, dass sie seiner Beliebtheit in seinem Wahlkreis nicht zuträglich waren. Schließlich war *flüchtlingsfrei* zu einem Wahlversprechen geworden, das er jetzt zu brechen drohte.

»Vielleicht geht es schmerzfreier über die Bühne, als wir annehmen«, sagte er. Sich selbst Mut machen konnte nicht schaden. Leider war Rita mehr für die harte Realität als für weichgespülte Sprüche.

»Wie das? Willst du tagsüber ein Ausgehverbot verhängen, damit unsere Nachbarn nicht sehen, wer in ihrer Nähe eingezogen ist? Du weißt genau, was die davon halten werden.«

Clemens wusste es leider nur zu gut. Löckerbach mit seiner überalterten Einwohnerstruktur und seinen altmodischen Ansichten ließ keinen Spielraum für Spekulationen.

»Aber wer könnte mir helfen?«, fragte er Rita, wohl wissend, dass diese mehr die Devise *Hilf dir selbst, dann hilft dir Gott* vertrat.

»Du natürlich. Wer sonst«, antwortete sie auch prompt. »Ich kann dir nur raten, das schnell zu tun, bevor es sich im Dorf herumspricht. Klaus wird schon dafür sorgen, dass das schnell passiert.«

»Das glaube ich nicht. Der bekommt Zunder von seiner Frau. Die wird ihm den Kopf abreißen, wenn sie das rauskriegt. Bei der Einstellung ihres Vaters.«

Der alte Schmelzer war nicht für seine Toleranz gegenüber anderen Rassen bekannt.

»Ach was.« Rita stapelte die Teller übereinander. »Die wird sich hüten. Solange es der gut geht und sie so viel Geld ausgeben kann, wie sie will, schaut die über vieles hinweg.«

Leider hatte Rita recht. Britta Landgräber würde nichts gegen ihren Mann unternehmen, solange ihr geruhsames Leben nicht in Gefahr war. So viel Einfluss hatte Karl Schmelzer auf seine Tochter nicht mehr. Die war nur noch fremdenfeindlich, wenn sie sich einen Vorteil davon versprach. Schmelzer war es wenigstens aus Überzeugung.

»Ich bin dann wieder weg«, sagte Clemens, als er sicher war, dass Rita nicht aus der Küche zurückkommen würde. Sein Satz verhallte ungehört im Esszimmer.

20

Kapitel 2

Löckerbach war nicht gerade das, was man sich als den fruchtbarsten Ort des Wirtschaftsaufschwungs nach dem Zweiten Weltkrieg vorstellte, da es auch vor dem Krieg schon äußerst dünn besiedelt gewesen war.

Eigentlich spielte das auch keine Rolle mehr, da es nicht mehr so viele Leute gab, die sich daran erinnern konnten. Dazu zählten lediglich Rentner wie Christel Mehler, die in einem kleinen verwahrlosten Anbau an der Straße wohnte. Sie aber war damals einfach noch zu klein gewesen, um sich um so etwas wie Wirtschaftswachstum zu kümmern, und Karl Schmelzer, der bereits mit zwanzig Jahren im Krieg gewesen war, interessierte es schlichtweg nicht. Er hatte ganz andere Sorgen und genug damit zu tun gehabt, seine Mutter kreuz und quer durch das noch nicht vorhandene Dorf zu verfolgen, in dem sie regelmäßig ziellos herumirrte. Karls Vater war im Krieg gefallen und hatte sie mit einem aufsässigen Sohn und einer in ihrer Tendenz wenig zufriedenstellenden Landwirtschaft alleine zurückgelassen, worauf sie praktischerweise sofort überschnappte.

Da die Städte weitgehend zerstört und das Nahrungsangebot knapp gewesen war, verirrten sich bereits kurz nach dem Krieg die ersten Seelen nach Löckerbach. Sein Glanzpunkt waren die 70er Jahre, als die erste Nachkriegsgeneration den vorsichtigen Schritt in den neuen Wohlstand machte und mit ihren Fertighäusern jede Stelle besiedelte, die halbwegs befahrbar und preislich angemessen war. Obwohl in einer Siedlung, die bis dato nur aus zwei Häusern in Sichtweite bestanden hatte, reichlich Platz vorhanden war, um das ein oder andere Haus dazwischenzuplatzieren, gab es doch reichlich Zündstoff, sich aneinander zu reiben. Die schönen Plätze, die einem auch in Zukunft eine unverbaute Aussicht garantierten, waren dementsprechend begehrt. Diese Tatsache bescherte den Bauern, denen das Land gehörte, Höchstpreise und den stolzen, neuen Grundstücksbesitzern das ein oder andere blaue Auge. Nach diesem vergleichsweise aufreibenden Intermezzo verfiel Löckerbach wieder in eine Art Tiefschlaf, der Anfang dieses Jahrtausends nochmals kurz gestört wurde, als es wieder hip wurde, seine Zelte in einem verschlafenen Nest aufzuschlagen, das eine überaus günstige Anbindung an die restliche Zivilisation besaß. Der Boom hielt bis 2010 an und damit waren die Bauplätze in Löckerbach auch erschöpft.

Übrig blieben 33 Häuser und drei Scheunen sowie permanent auf Krawall gebürstete Postboten und Paketzusteller unterschiedlicher Herkunft und Nationalität, da die Hausnummern im Laufe der Jahre so willkürlich verteilt wurden, dass selbst für Alteingesessene eine Logik weder auf den ersten noch auf den zweiten Blick zu erkennen war.

Ein kurzer Aufruhr entstand, als Klaus Landgräber sein Altenheim aus dem Boden stampfte und damit den Ortskern verschandelte, der aber ebenso schnell wieder verebbte. Es wäre vielleicht anders gewesen, wenn es sich um eine Klinik für kriminelle Geisteskranke gehandelt hätte, wie sie vor sieben Jahren im nicht weit entfernten Frackhausen entstanden war. So war jeder zufrieden, dass zumindest dieser Kelch an einem anderen Ort geleert wurde. Einige der frommeren Einwohner bekreuzigten sich, aber auch alle anderen machten ihren Frieden aufgrund der Tatsache, dass es sie wesentlich schlimmer hätte treffen können, als die Einwohnerzahl durch die Belegung des Altenheims beeindruckend schnell in die Höhe zu treiben.

Löckerbach legte sich wieder zur Ruhe im Gottvertrauen auf seinen Bürgermeister Clemens Bohnenschäfer, der es seit zwanzig Jahren vor Schlimmerem bewahrt hatte. Was machte es da schon, dass der sich durch sein Amt den ein oder anderen Vorteil verschaffte. Bohnenschäfer war nicht die schlechteste Alternative, wenn es darum ging, Demarchau und Löckerbach gegen die schlechtesten Seiten der so wohlgerühmten Zivilisation zu verteidigen.

Löckerbach war guten Mutes, dass sein beschauliches Dasein in absehbarer Zukunft nicht gestört würde. Und Gnade Gott, wenn nicht!

Jürgen Schuster bekam kein Mittagessen, weder zu Hause noch in der Kantine. Drei Kinder und eine Frau zu versorgen, ließen keine Extravaganzen wie unnütze Fahrten und Kantinenbesuche zu. Er würde nach diesem Termin seine Brote auspacken.

Das Jobcenter war in das Rathaus integriert. Der Flur war leer, die paar Stühle, die vor seinem Büro standen, unbesetzt. Alles ging einen ruhigen, besonnenen Gang. Es gab nicht so viele Arbeitslose in Demarchau. Leider war sein Problemfall Sami daher durchaus der Meinung, dass die Gemeinde für ihn ohne Weiteres aufkommen konnte, ohne sich finanziell allzu sehr zu verausgaben.

»Das sieht nicht gut aus.« Jürgen klimperte auf der Tastatur. »Keine Anfragen diese Woche.«

Sami hatte sich unfreiwillig zu einem Projekt gemeldet, das schwer vermittelbare Arbeitnehmer mit einem neuen Arbeitgeber zusammenbringen sollte. Warum Letztere ausgerechnet schwer vermittelbare nehmen sollten, wenn sie haufenweise gut zu vermittelnde Arbeitslose bekommen konnten, war Jürgen ein Rätsel.

Sami rollte Papierkügelchen aus seinem Taschentuch und schnippte eins in die Schublade, die Jürgen offen stehen gelassen hatte.

»Ein bisschen mehr Ernst wäre sicher angebracht«, sagte Jürgen pikiert und schlug die Schublade zu. Er blickte auf die Gardinen, die trist und lustlos herunterhingen, um ihm den Anblick auf noch tristere Topfpflanzen zu in einem Büro zu ersparen, das noch kleiner war als das Handtuch, mit dem er sich heute Morgen abgetrocknet hatte. Keiner verdiente es, in so einem Loch zu sitzen.

»Sami, ich versuche dir klarzumachen, dass es ziemlich bescheiden für dich aussieht«, sagte Jürgen. Wenn man sich so lange kannte, konnte man gar nicht anders, als eine persönliche Beziehung zueinander aufzubauen. Zumindest war das bei Jürgen der Fall. Ob die anderen Sachbearbeiter da ebenso offen waren, bezweifelte er allerdings sehr.

»Was soll ich denn tun?«, fragte Sami trotzig. »Ich könnte ihnen mein Talent vor die Füße kotzen, sie nehmen mich trotzdem nicht.«

»Wenn du das tätest, würde ich dich auch nicht nehmen«, erwiderte Jürgen. »Mal abgesehen davon, von welchen Talenten sprechen wir denn da so?«

Er sah, wie Sami überlegte. Die Talentfrage in ihrer Schonungslosigkeit war neu, aber dafür nicht sehr befriedigend. An Samis Talente hatte er noch keine Gedanken verschwendet, sondern eher daran, wofür er kein Talent hatte. Das war erschreckend viel, wie sich in der Vergangenheit gezeigt hatte.

»Hab da noch nichts Richtiges gefunden«, wich der daher aus. »Auch noch nicht viel drüber nachgedacht.«

»Das erscheint mir allerdings auch so.« Jürgen seufzte. »Sami, ich bin ja froh, dass du aus diesem ganzen Scheiß raus bist. Klar, du brauchtest Zeit, wieder auf die Füße zu kommen. Aber jetzt können wir es nicht mehr länger hinziehen.«

»Also wieder ein Ein-Euro-Job?«

Sami hatte das bereits hinter sich und nicht sehr prickelnd gefunden.

»Du bist der Einzige, der es geschafft hat, da auch noch rauszufliegen. Die Gemeindearbeiter drohen mit Streik, wenn ich dich jemals wieder zu denen schicke.«

Sami grinste und schoss ein neues Kügelchen, das im Druckerschacht verschwand. Jürgen wusste, es gab nicht viel, worauf Sami stolz war, aber der Tag, an dem er mit einem Laubgebläse durch Demarchau marschierte, um mit dem Schnorchel zwischen den Damenbeinen zu saugen, war ein Highlight in seinem sonst so eintönigen Leben gewesen. Es dauerte natürlich nicht lange, bis ein ziemlich aufgebrachter

Freund, Ehemann oder was auch immer die Ehre seiner Bettpartnerin verteidigen wollte und dem Laubbläsertrupp hinterherrannte. Der Vorteil war, dass alle Gemeindearbeiter in ihren orangefarbenen Anzügen austauschbar aussahen. Ein paar auf die Fresse bekam dann ein unscheinbar aussehender Typ, der nicht fassen konnte, für etwas bestraft zu werden, was er zwar nicht getan hatte, aber wahrscheinlich dringend mal tun wollte.

»Du brauchst gar nicht so zu grinsen«, fuhr Jürgen ihn an. »Das hat auch für mich noch ordentlich Ärger gegeben. Die haben sich sogar bei Bohnenschäfer beschwert.«

»Also, was schlägst du vor?«, lenkte Sami ein. Er hatte nicht so viele Menschen, die ihm wohlgesonnen waren. Jürgen wusste das.

»Heute nicht mehr allzu viel. Ich habe hier jemanden, der noch kurzfristig einen Lehrling für seine Autowerkstatt einstellen würde. Der hat schon häufiger schwierige Fälle übernommen.«

»Autowerkstatt?« Sami schwante anscheinend Übles. »Lehrling? Dazu habe ich mal so gar keine Lust.«

»Mit Lust hat das nicht mehr viel zu tun. Wenn nicht bald was passiert, muss ich dir die Bezüge kürzen.«

»Lehrlingsgehalt oder eure scheiß Bezüge. Macht keinen Unterschied. Außerdem will ich nicht an Autos herumschrauben. Ich habe keinen Bock, mich dreckig zu machen.«

Sami legte zwar keinen Wert auf einen untadeligen Ruf, umso mehr jedoch auf seine äußere Erscheinung. Er war der Meinung, arm zu sein hinderte einen nicht daran, gut auszusehen. Das gute Aussehen hatte er von Haus aus. Der mokkafarbene Hautton, die schokoladenbraunen Augen, die eindrucksvoll von starken schwarzen Augenbrauen beschattet wurden, und das spitz zulaufende Kinn bescherten ihm die Art von Schurkencharme, den Frauen äußerst anziehend fanden. Das unterstrich er mit einer gepflegten Erscheinung. Das weiße Hemd und die Lederweste, gepaart mit einer Designerjeans, standen ihm ausgezeichnet.

»Das ist das Problem. Du hast Bock auf gar nichts. Und nicht dreckig machen? Ich bitte dich. Was ist daran so schlimm? Wäscht man sich halt wieder.«

Sami sah ihn an und Jürgen fühlte sich gemustert. Mit seinem blonden, widerspenstig abstehenden Haar, dem Dreitagebart und den dunklen Augen hätte er durchaus das Zeug zu einem Frauenliebling gehabt, wenn er nur in seiner Kleiderwahl nicht so beschränkt gewesen wäre. Heute trug er ein grün-weiß kariertes Flanellhemd mit einem blauen Jackett. Er sah aus wie der Dorftrottel von nebenan. Leider war ihm das nur allzu bewusst. Und leider hatte seine Kleidung zweckmäßig und nicht verführerisch zu sein. Dieser Meinung war jedenfalls seine Frau.

»Hast du nichts anderes?«, versuchte Sami es noch mal und lächelte gewinnend.

»Für heute nicht mehr.« Jürgen schob die Tastatur von sich und lehnte sich im Stuhl zurück.

»Vielleicht finden wir beim nächsten Mal ja was«, sagte Sami versöhnlich.

»Was stellst du dir denn so vor? Eine Stellung als Diplomat? Geschäftsmagnat? Finde ich sicher was.«

»Siehst du, es geht doch.« Sami stand auf und klopfte Jürgen auf die Schulter. »Ich wusste doch, du findest was.«

Jürgen schüttelte den Kopf, lachte aber trotzdem. Er war ein Musterbeispiel an Langmütigkeit. Und er nahm seinen Beruf ernst. Ein anderer hätte Sami schon längst die Gelder gekürzt.

Einmal im Monat hielt Clemens eine Bürgersprechstunde ab. Weniger, weil er an den Nöten und Sorgen der Bürger besonders interessiert war, sondern weil es sich hatte in anderen Gemeinden als zukunftsweisend herausgestellt hatte, so etwas zu veranstalten. Und *zukunftsweisend* wollte Clemens auf jeden Fall sein, auch wenn er nicht genau sagen konnte, wieso. Aber *zukunftsweisend* erschien ihm als das Erfolgsrezept, seinen Platz auch weiterhin zu bekleiden. In der

Vergangenheit allerdings hatte sich gezeigt, dass es den Einwohnern von Demarchau ziemlich egal war, ob er in seinem Dienstzimmer saß und sich zukunftsweisend fühlte. Denn seine Sprechstunde wurde nur spärlich besucht. Clemens konnte nicht sagen, ob es an den fehlenden Sorgen seiner Bürger oder an seiner Inkompetenz lag. Er vermied es, sich solche Fragen zu stellen, da sie sowieso zu nichts führten.

Hauptsächlich kamen seine Nachbarn aus Löckerbach, die davon absahen, ihn nach Feierabend zu Hause zu belästigen, da Rita auf solche Attacken nicht allzu gut reagierte. Und nicht allzu legal, wie sich in der Vergangenheit herausgestellt hatte, nachdem sich Doris Durr im Gartenbrunnen wiederfinden musste, weil sie sich erdreistet hatte, um sieben Uhr abends an einem Wochentag bei ihnen an der Haustür zu klingeln.

Fakt war, dass nichts in dieser Stunde besprochen wurde, das nur im Ansatz genehmigt, geschweige denn von Clemens gebilligt wurde. Nur seinen rhetorischen Fähigkeiten war es zu verdanken, dass keiner das merkte. So lautete zumindest seine Interpretation der Lage. Die Wahrheit lag eher in der Tatsache, dass er im Rathaus keine Lobby besaß, die bereit war, seine Versprechungen an die Bürger in die Tat umzusetzen. Clemens wusste das, aber er hoffte, die Einwohner von Demarchau und speziell von Löckerbach taten das nicht.

»Wir warten schon über ein halbes Jahr auf die Baugenehmigung für den Carport«, sagte Regina Klein, die nicht daran dachte, sich zu setzen, sondern lieber bedrohlich und düster blickend in seinem Büro hin- und hermarschierte, das allein schon wegen seiner Größe nicht fürs Marschieren gedacht war. Daher erweckte sie eher den Eindruck eines Tigers im Käfig, der schlecht gelaunt und gierig nach rohem Fleisch seine Runden zog. Ihr Mann Walter hatte sich sofort nach ihrem Eintreten an den Besprechungstisch gesetzt und fragte sich sicher, was er eigentlich hier verloren hatte.

»Wir haben ein Auto?«, wandte er sich an seine Gattin. Mit seinem Gedächtnis stand es in letzter Zeit nicht mehr zum Besten. »Das wusste ich gar nicht.«

»Halt du den Mund«, zischte Regina, die sich umgehend auf ihren Fußballen wie auf einer Briefmarke drehte, als sie seine Stimme gehört hatte. »Du weißt ja noch nicht einmal, wann du morgens aufgestanden bist.«

»Regina, bitte«, sagte Clemens. »Das führt doch zu nichts.«

»Was? Die Unterhaltung mit meinem Mann – die dich den Teufel angeht – oder deine leeren Versprechungen bei unserem Carport?«

»Regina, das Ding ist zu groß. Euer Architekt muss das neu zeichnen.«

»Es hat genau die Größe, die ich brauche. Basta. Kleiner will ich es nicht.«

»Dann steht es aber über eurer Grundstücksgrenze, und das will Jürgen nicht.«

Jürgen Schuster hatte das Pech, als Eigentümer des Nachbargrundstückes in diese Auseinandersetzung involviert zu sein.

»Warum? Weil es diesem alten Schweinekoben zu nahe kommt? Der nutzt das Grundstück doch gar nicht.«

»Trotzdem gehört es ihm. Einer Grenzbebauung würde er immerhin zustimmen.«

»Grenzbebauung reicht nicht. Neben der Garage ist nicht genug Platz.«

»Wir haben eine Garage«, sagte Walter triumphierend. Das war ihm wahrscheinlich gerade wieder eingefallen.

»Sei still. Du bist doch an allem schuld«, keifte Regina in seine Richtung. »Hättest du damals mal direkt das Grundstück vom alten Schuster mitgekauft.«

Damals bedeutete in diesem Fall vor 45 Jahren. Clemens war sich sicher, da war der Carport noch gar nicht erfunden.

»Ich rede noch mal mit Jürgen«, lenkte er ein. Es war Zeit, die Klein loszuwerden. Nicht zum ersten Mal drängte sich ihm die Einsicht auf, er habe es mit Rita doch nicht allzu schlecht getroffen. »Vielleicht verkauft er ja noch ein Stück. Den Stall wird er wohl nicht mehr brauchen.«

»Den hat er noch nie gebraucht.«

Regina wollte das letzte Wort behalten, rauschte dann aber wenigstens von dannen, nicht ohne ihren Mann mit einem »Los jetzt, beweg dich« ebenfalls freundlich dazu aufzufordern. Clemens konnte nicht ahnen, dass das heute allerdings schon der erfreulichste Besuch sein sollte.

»Wir haben einen Mahnbescheid bekommen«, sagte Sabine Schulze anklagend, als wäre das die Schuld von Clemens. Ihre unförmigen Hüften steckten in einer scheußlich braun karierten Hose, die dazu auch noch Oberwasser hatte. Der Rest von ihr war ebenfalls nicht gerade ansehnlich. Ihre Brust hing trostlos in einem senfgelben Poloshirt, die Wangen waren zu dick und ihre Brille ein unförmiges Kassengestell. Wie zum Hohn hatte sie sich ihre Lippen blutrot geschminkt. Gerade als Clemens noch überlegte, wer auf so etwas abfahren würde, trat Markus Schulze ohne anzuklopfen ein. Obwohl es draußen gefühlte zehn Grad waren, trug er ein olivgrünes Muskelshirt, Shorts in Tarnfarben und einen kurz geschorenen Kopf. Clemens korrigierte sich, es gab tatsächlich auf jeden Topf einen Deckel.

»Was hat der denn gesagt?«, fragte er seine Frau. *Der* war in dem Fall Clemens.

»Noch nichts, bin gerade erst reingekommen.«

Die Schulzes wohnten seit Anfang des Jahres im ersten Haus in Löckerbach, das durch seine Entfernung zum zweiten so gar nicht zur Ansiedlung dazuzugehören schien. Clemens war froh darüber, wünschte sich nur, das würde sich auch auf die Zugehörigkeit zur Gemeinde Demarchau beziehen. Die Schulzes mit ihren vier rotznasigen Gören waren keine angenehme Gesellschaft. Außerdem rochen sie streng. Vielleicht lag das aber auch an den Hunden, auf die sich ihr Besuch heute bezog. Markus Schulze hatte versucht, sich um das Bezahlen der Hundesteuer zu drücken, indem er sich als

Blinder mit gefälschtem Schwerbehindertenausweis ausgegeben hatte, was erst auffiel, als er in Löckerbach von Doris Durr angefahren worden war, die mittlerweile alles andere als gut sehen konnte. Erst Clemens' Drohung, Schulze wegen Betrugs anzuzeigen, verhinderte, dass Doris von den Schulzes zivilrechtlich zur Rechenschaft gezogen wurde.

»Das ist die Hundesteuer«, sagte er bemüht milde. Markus Schulze galt als unberechenbar. »Die müssen Sie leider bezahlen.«

»Warum?«, mischte der sich auch umgehend ein. »Es wird so viel Quatsch für alles Mögliche rausgeschmissen, warum muss ich als deutscher Bürger so einen Blödsinn bezahlen?«

»Ich mache die Gesetze leider nicht«, erwiderte Clemens.

»Sie verarschen mich doch. Die Hundesteuer kommt vom Kommunalabgabengesetz. Die Gemeinde hat sehr wohl die Möglichkeit, die zu streichen. In unserem anderen Ort mussten wir gar keine bezahlen.«

Clemens betrachtete Markus Schulze, der seine Hände in die Taschen der Shorts steckte und damit den Bauch nach vorne schob, dem das ein oder andere Bier weniger sicherlich gutgetan hätte. Er fragte sich, wie es kam, dass jemand, dessen einziger Lebensinhalt es war, das Alphabet zu rülpsen, so differenziert über Kommunalpolitik Bescheid wissen konnte.

»Hören Sie, Markus. Sie müssen diese Hundesteuer leider bezahlen. Alle müssen das in dieser Gemeinde. Da kann ich Sie nicht davon befreien.«

»Scheißladen«, erwiderte Schulze, als er mit seiner Frau Sabine auf den Flur trat.

So unangenehm diese Gespräche auch gewesen waren, sie hatten Clemens eine Weile von seinen wirklichen Problemen abgelenkt. Er hatte jedoch nicht viel Hoffnung, dass Flüchtlinge in einem Ort der Pingeligkeiten und Feindseligkeit gegenüber der kommunalen Gesetzgebung besser aufgenommen wurden als örtliche Vorschriften.

Bis jetzt war er glimpflich davongekommen. Sicher war das nicht mehr so, wenn sich das Flüchtlingsthema wie eine unkontrollierbare Welle durch Löckerbach wälzen würde. Trotzdem sah er keinen Grund, warum er es bereits jetzt schlimmer verdient hätte, als es ihm im Moment noch ging. Der Herrgott allerdings schon.

»Herr Schmelzer ist mal wieder da«, verkündete ihm seine Sekretärin, die sich keine besondere Mühe gab, nicht im Vorzimmer gehört zu werden. Clemens hatte es mittlerweile aufgegeben, ihr die Grundlagen von Diskretion und Anstand beizubringen, auch wenn ihre Fabulierfreude beim Besuch von Delegationen eines gewissen Kalibers durchaus gewöhnungsbedürftig war. Das sah Karl Schmelzer im Nebenraum anscheinend ebenso.

»Das ist ein öffentliches Haus und ich komme hierhin, so oft ich will. Schließlich wird das alles hier von meinem Geld bezahlt. Wäre ja noch schöner.«

»Herr Schmelzer ist natürlich jederzeit willkommen«, sagte Clemens gerade laut genug, um von ihm verstanden zu werden, und seufzte dafür im Gegenzug kaum hörbar.

Schmelzers wöchentliche Besuche waren ein immer wiederkehrendes Ärgernis, das unter normalen Umständen allerdings an ihm abprallte wie Vögel an einem Kotflügel. Es war zwar lästig, jedoch nicht wirklich gefährlich. Aber nach allem, was er am heutigen Tag bereits erlebt hatte, fand er, dass er es sich mit dem Schicksal offenbar nachhaltig verscherzt haben musste. Schmelzer kam nie ohne Grund. Clemens hätte es nicht gewundert, wenn Schmelzer bereits von den Flüchtlingen erfahren hatte. Schließlich war er Landgräbers Schwiegervater. Gott sei Dank sollte sich diese Angst als unbegründet herausstellen.

Karl wartete keine offizielle Eintrittserlaubnis ab, sondern drängelte sich unsanft an Barbara Willers vorbei, wobei er es nicht versäumte, ihr die Spitze seines Stocks in die Oberfläche ihrer Pumps zu bohren. Willers bedachte ihn mit einem wütenden Blick, verzichtete aber auf eine Erwiderung, die beide in ihrer Sympathie zueinander sowieso nicht weiterbrachte, wie es sie die Erfahrung in der Vergangenheit gelehrt hatte.

»Karl, kommen Sie doch rein«, sagte Clemens jovial und erhob sich halbherzig von seinem Stuhl. Mehr Begeisterung konnte er im Moment nicht aufbringen.

Schmelzer ließ sich auf einen der Kunststoffstühle am Besprechungstisch fallen und massierte sein Bein, das offenbar schmerzte. Granatsplitter aus dem Krieg, diese Geschichte kannte Clemens mittlerweile hinlänglich und Karl sorgte in unregelmäßigen Abständen dafür, dass er sie auch nie vergaß. Heute war allerdings nicht so ein Tag. Dafür war Schmelzer zu aufgebracht.

»Bohnenschäfer, du solltest dringend mal etwas dagegen unternehmen«, sagte Karl.

Das *mal* deutete immerhin darauf hin, dass er noch nicht über das Flüchtlingsthema informiert war. Allerdings waren die anderen Möglichkeiten auch nicht wirklich erfreulicher. Waren sie nie.

»Wogegen, Karl?«, fragte er dennoch freundlich. Es brachte nichts, Schmelzer unnütz zu verärgern. Freundliches Entgegenkommen kürzte seine Besuche in der Regel ab.

»Gegen das ganze Kroppzeug, das Tag für Tag im Ort rumhängt. Man fühlt sich seines Lebens nicht mehr sicher.«

Mit *Kroppzeug* konnte alles Mögliche gemeint sein. Erst letzte Woche waren es die frisch zugezogenen Gerstens gewesen, die mit ihrem ungewöhnlichen Lebensstil zu einigen Diskussionen in der Dorfgemeinschaft geführt hatten. Die Einwohner erwarteten nicht weniger als Satansbeschwörungen zu Mitternacht, was sich bis jetzt noch nicht bestätigt hatte. Allerdings war kaum ein Löckerbacher in der Lage, das um diese Uhrzeit festzustellen. Die Demografie ließ es kaum zu, um diese Uhrzeit noch Einwohner auf der Straße anzutreffen, die das hätten kontrollieren können.

»Kroppzeug?«, fragte Clemens unkonzentriert. Er überflog ein Schreiben vom Landschaftsverband und überlegte, ob ihm das im Kampf gegen Landgräber etwas nützen konnte. Nachdem sich seine Hauptsorge wegen Schmelzers Besuch nicht bestätigt hatte, war er nicht mehr bei der Sache.

»Wen genau meinen Sie, Karl?«

»Das Volk, das mittlerweile die Pakete liefert. Kannst du im Dunkeln nicht mehr von einer schwarzen Wand unterscheiden. Man muss Angst um sein Hab und Gut haben.«

Schwarze Wände gab es in Löckerbach nicht und mit Karls Hab und Gut war es nicht mehr so weit her, obwohl Clemens munkeln gehört hatte, dass Schmelzer irgendwo auf dem Grundstück nicht unerhebliche Vermögenswerte bunkern sollte. Sollte er die wirklich haben, sah er offenbar keinen Anlass, diese für die Instandhaltung seines Hauses einzusetzen. Um die Bude herum sah es fürchterlich aus.

»Ich bin sicher, diese Leute sind absolut harmlos«, erwiderte Clemens eher automatisch und blätterte weiter. Wie konnten ihm diese Informationen helfen?

»Harmlos? Du hast ja einen Knall. Daran ist nichts harmlos. Die nutzen jede Gelegenheit, um alles auszuspionieren. In ein paar Wochen wird eine Einbruchswelle durchs Dorf fegen. Das sag ich dir.«

»Sollte das so sein, werde ich mich selbstverständlich darum kümmern.« Verbindliche, schöne Worte und Deeskalation waren seine Stärken, die ihn seit zwanzig Jahren immer wieder auf den Bürgermeisterstuhl katapultierten.

»Du wirst dich jetzt darum kümmern. Das verlange ich von dir«, keifte Schmelzer und streckte sein Bein aus. Seine Ekligkeit stieg proportional mit dem Grad seiner Schmerzen.

»Natürlich. Ich werde es direkt heute Nachmittag in Angriff nehmen«, erwiderte Clemens ironisch.

Mit seiner Freundlichkeit war es heute nicht mehr weit her. Er hatte – im Gegensatz zu Karl – echte Probleme.

»Vielleicht sollten wir die Zufahrt ins Dorf von Wachen kontrollieren lassen. «

»Auf den Arm nehmen kann ich mich selbst. Dazu brauche ich nicht so einen Jungspund wie dich.« Der in Clemens' Fall fast sechzig Jahre zählte.

»Karl, was erwarten Sie von mir?« Diesmal seufzte Clemens unüberhörbar. »Sie können doch nicht ernsthaft glauben, dass ich Einfluss darauf nehmen kann, welche Nationalitäten von den Paketdiensten nach Löckerbach geschickt werden?«

»Ich erwarte, dass du deinen Volksauftrag erfüllst. Hier herumsitzen und dummes Zeug erzählen, das kann auch eine Aufziehpuppe. Weniger reden und etwas mehr Taten, das würde dir guttun. Ansonsten sollten die Demarchauer sich überlegen, ob du im Dezember noch ihre erste Wahl bist.«

»Karl, was soll der Schwachsinn? Die Einwohner wählen mich zum Bürgermeister, weil sie sich von mir gut vertreten fühlen. Es wäre schön, wenn Sie das auch täten. Aber verlangen Sie bitte nichts Unmögliches von mir. Ich kann weder zaubern noch Wunder vollbringen.«

»Aber mir ein Glas Wasser bringen, das kannst du hoffentlich. Persönlich!«, bekräftigte Karl noch, als Clemens seiner Sekretärin über die Sprechanlage den Auftrag geben wollte. »Als Bürgermeister könntest du zumindest das jetzt für einen deiner Bürger tun.«

Clemens fand, dass er seinen Amtsauftrag heute bereits insoweit erfüllte, dass er Karl nicht den Hals umdrehte. Wenn ein Glas Wasser ihn allerdings schneller aus seinem Büro brachte, würde er das gerne persönlich erledigen. Er verließ sein Büro, um eine Flasche Mineralwasser aus dem Automaten zu holen.

Kapitel 3

Der neue Sitzungssaal des Löckerbacher Rathauses sollte eine Sternstunde der modernen Innenarchitektur werden. Jürgen Schuster kam sich dort allerdings vor, als warte er darauf, vom Mutterschiff hochgebeamt zu werden. Clemens Bohnenschäfers gewaltigem Ego war es zu verdanken, das Gefühl haben zu dürfen, im Kreis mit den anderen Ratsmitgliedern in einem Ambiente zu sitzen, das dem Bundeskanzleramt Ehre gemacht hätte.

Jürgen war zu früh und kam sich an dem runden Tisch mit den 29 weiteren leeren Stühlen sehr einsam vor. Er wippte ein Stück zurück und betrachtete das gewaltige Lichtrondell, das einen Sternenhimmel simulieren sollte. Über dem Platz von Clemens leuchtete der hellste Stern. Jürgen betrachtete seinen kleinen Fixstern, der sich tapfer gegen den Schein der anderen verteidigte. Clemens war der einzige Mensch, den er kannte, der seine Machtstellung bereits im Lichtdesign konsequent weiterverfolgte.

Die Sitzung war einmal im Monat und das Minimum, das der Gemeinderat in diesem Bereich leisten musste, wenn nicht unerwartete Krisen außerplanmäßige Zusammenkünfte rechtfertigten. Die Schwelle, an der solch eine Krise definiert wurde, war entsprechend hoch angesiedelt.

Jürgen war Mitglied einer kleinen alternativen Partei, die über zwei Sitze im Gemeinderat verfügte. Er war zwar kein sonderlich politischer Mensch, aber seine Frau Beate dafür der Meinung, dass er sein Licht unter den Scheffel stellte. Sie hatte so lange auf ihn eingeredet, bis er Mitglied der Partei wurde, die in seinen Augen den wenigsten Schaden anrichtete. Jürgen war umso überraschter, als er in Windeseile aufgestellt und in den Gemeinderat gewählt worden war.

Clemens hatte ihm nie verziehen, in Löckerbach nicht mehr der Einzige zu sein, der wusste, was hinter der Tür des Sitzungssaals stattfand. Sein Protest war allerdings weniger laut als subtil. So ließ er nicht viele Gelegenheiten aus, Jürgen klarzumachen, dass er im politischen Geschäft wesentlich gewandter war als dieser. Ganz zu schweigen von seiner politischen Raffinesse. Jürgen nahm seinen Platz im Gemeinderat ein und verfluchte seine Frau wegen ihrer Ambitionen, für die er nun leiden musste.

Der Saal füllte sich nach und nach, wobei keiner begeistert aussah. Diese Sitzungen waren für Bohnenschäfer immer eine willkommene Gelegenheit, endlose Reden zu halten, die außer ihm keiner besonders interessant fand.

»Wir haben so dies und das zu besprechen.«

Clemens war offenbar zu nervös, sich zu setzen. Das war ungewöhnlich für ihn, normalerweise saß er wie der Präsident am Tisch, an dem er leider nicht am Kopf der Tafel thronen konnte, da es bei einem runden Tisch einfach keinen Kopf gab. Er glich es damit aus, sich den breitesten Stuhl zu gönnen, den er finden konnte. Das hatte zur Folge, dass alle anderen 29 Stühle enger zusammenrücken mussten, was vielleicht für zwischenmenschliche Beziehungen, nicht aber für die allgemeine Stimmungslage förderlich war.

Clemens wanderte an der Wand lang und begutachtete das Relief aus Edelstahl von Nordrhein-Westfalen, das er eigens von einem einheimischen Künstler hatte anfertigen lassen, um dem Raum zusätzlichen Glanz zu verleihen. Für einen Farbklecks sollte ein Gummibaum sorgen, den man anfangs danebengestellt hatte, der aber – wahrscheinlich aus Schock über die Hässlichkeit der Skulptur – eingegangen und gegen ein entsprechendes Exemplar aus Plastik ausgetauscht worden war, das weniger anspruchsvoll war, was zeitgenössische Kunst betraf.

»Was steht auf der Tagesordnung?«, fragte Simone Winkels, die Vorsitzende der stärksten Fraktion, die jedes Mal dasselbe fragte, obwohl die Tagesordnungspunkte immer mit der Einladung per E-Mail verschickt wurden.

»Das Jugendprojekt«, zischte Frau Sieber, ihre Sitznachbarin, dazwischen. Ebenfalls wie immer. Die Damen hegten keine besondere Sympathie füreinander.

»Was gibt es darüber zu diskutieren?«, fragte Werner Bratz, der Vorsitzende einer neuen alternativen Partei, gelangweilt und schob seinen Kaugummi von der einen Seite auf die andere. »Das war doch schon klar, dass die Gemeinde dafür kein Geld hat. Wir brauchen das Geld für den Ausbau der Wanderwege.«

»Wir sollten es trotzdem diskutieren.« Jürgen sagte selten etwas bei diesen Sitzungen, das Jugendprojekt jedoch lag ihm am Herzen. Clemens drehte sich endlich um.

»Unnütz. Bratz hat recht. Das Geld brauchen wir für wichtigere Dinge, als den Jugendlichen die Möglichkeit zu geben, im Trockenen zu saufen. Solange diese Gören es vorziehen, sich hinter dem Bushäuschen mit Bier oder Schlimmerem vollzuschütten, ist jeder zusätzliche Euro dafür rausgeschmissenes Geld.«

»Wir haben den jungen Leuten gegenüber eine Verpflichtung, die wir ernst nehmen sollten.«

»Wir haben auch gegenüber dem steuerzahlenden Puff in Wolperach eine Verpflichtung. Trotzdem möchte ich Besuche dort nicht aus der Gemeindekasse bezahlen.«

»Das kann man wohl nicht miteinander vergleichen.«

»Sollte man vielleicht. Dann hätten wir direkt zwei Probleme auf einmal gelöst.«

»Ich finde nicht, dass das eine angemessene Art ist, sich der Probleme anzunehmen«, mischte sich die Vorsitzende der linken Fraktion ein. »Herr Schuster ist immer äußerst engagiert. Es ist nicht seine Schuld, wenn die Gemeinde kein Geld hat. Unsere Jugend ist ebenso wichtig.«

Jürgen schenkte ihr ein dankbares Lächeln.

»Mag sein. Aber wir haben noch andere Löcher zu stopfen, außer für den Umbau des Jugendheims.«

»Ja, natürlich. Geld für Wanderwege. Das ist wirklich wichtig«, sagte Jürgen gereizt. »Außerdem bezweifle ich, dass es zulässig ist, einfach so Gelder umzuschichten. Was haben die Gelder für Soziales mit dem Ausbau der Wanderwege zu tun? Das ist ein ganz anderes Ressort.«

»Herr Schuster, das hier ist alles neu für Sie. Überlassen Sie Politik besser den Leuten, die das schon jahrelang machen und etwas davon verstehen«, erwiderte Clemens gönnerhaft.

Einige Sekunden fixierten ihre Blicke sich, bis mehrere am Tisch lachten. Jürgen verzichtete auf die Gegenwehr, die Clemens vielleicht gutgetan hätte.

Er sank tiefer in seinen Stuhl und kochte seinen Zorn auf kleiner Flamme, bis er etwas hörte, das sein Interesse weckte.

»Kommen wir jetzt zu etwas, das uns wesentlich mehr beschäftigen wird. Alles, was wir nun besprechen, muss in diesem Raum bleiben. Verstanden, Jürgen?«

Aus Unachtsamkeit war ihm das vertraute *Du* entschlüpft.

»Warum sagst du das ausgerechnet mir?«, duzte Jürgen ihn provokativ zurück. Er fand es albern, als Einwohner desselben Dorfes im Rathaus Formalitäten einzuhalten, die keinem nützten.

»Weil es sich um Löckerbach handelt und ich dort nicht bereits heute Abend gesteinigt werden möchte. Wir bekommen ein Flüchtlingsproblem in Demarchau. Klaus baut einen Teil des Altenheims um.«

Landgräber holte Flüchtlinge nach Löckerbach? Jürgen wusste, dass das der schlimmste Albtraum von Bohnenschäfer war. Das löschte seine Wut und machte konstruktiven Ideen Platz. Vielleicht war es Zeit, seinen Freund in Berlin anzurufen.

Karl Schmelzer war so unzufrieden, wie er nur sein konnte. Das bedeutete bei ihm allerdings nicht viel, da er nie wirklich zufrieden war. Zumindest seit dem Zweiten Weltkrieg und dem Untergang der Nationalsozialisten nicht mehr. Es blieb ihm nichts anderes übrig, als seine Einstellung zu pflegen und so weit wie möglich in seinen Tagesablauf zu integrieren, dass er nicht aus der Übung war, wenn es wieder darauf ankam.

Dazu zählte auch, seinen täglichen Rundgang durch den Ort zu machen und jeden zusammenzufalten, der ihn nicht kommen gesehen oder sich nicht schnell genug aus dem Staub gemacht hatte. Trotzdem gab es ebenfalls Nachbarn, die die Konfrontation mit ihm nicht scheuten, da sie ihm in Ekligkeit und schlechtem Benehmen in nichts nachstanden, wie beispielsweise Doris Durr. Die hatte Mumm, das wusste er zu schätzen. Mit Frauen wie ihr wäre der Zweite Weltkrieg eine runde Sache geworden.

Er machte sich fertig für den Spaziergang, indem er seinen Dufflecoat und seinen Cordhut aufsetzte. Er war keine 95 Jahre geworden, um sich im Herbst von einer Grippe dahinraffen zu lassen. Er legte noch ein paar Holzscheite in seinen Küchenofen. Wenn es weiter so kalt bliebe, würden seine Vorräte schneller zur Neige gehen, als ihm lieb war. Er hatte keinen Holzlieferanten mehr, seit er den letzten *Missgeburt einer Dahergelaufenen* genannt hatte. Sollte sich seine Tochter darum kümmern, die war sowieso der Meinung, er könne nicht mehr auf sich selber aufpassen.

Es war kühl, aber die Luft war sauber und klar. Daher wohnte er auf dem Land. Die ganzen Stadtaffen kannten das ja gar nicht. Atmeten Tag für Tag ihre Abgase ein und wunderten sich erst, warum sie dauernd krank und dann viel zu früh tot waren. Er stopfte die Hände in seine Taschen und ging den Schotterweg entlang zum Gartentor. Eigentlich müsste der Rasen dringend noch mal gemäht werden. Das war leider der Nachteil, wenn man sich lästige Nachbarn vom Hals hielt. Keiner wollte etwas für den tun, der sich nun einmal altersentsprechend das Recht herausnahm, ihnen die ein oder andere Wahrheit zu sagen. Diese ganze degenerierte Generation war so empfindlich geworden, dass Karl ernsthaft schwarz für die Welt, zumindest aber für Deutschland sah.

Peter Schuster werkelte vor seinem Haus und sah trotz seiner über 80 Jahre frisch und kernig aus. Dauernd rannte er draußen herum, sägte hier, hämmerte da, allerdings ohne dass ein Ergebnis zu sehen war. Karl hatte den Verdacht, dass er deswegen immer in Bewegung blieb, damit es dem Tod zu lästig wurde, ihn zu verfolgen. Dennoch sparte er sich offene Gehässigkeiten. Peter war das, was man einen netten Mann nannte und neben ihm der zweitälteste im Ort. Er hatte keinen Grund, ihn anzugehen, Peter ließ sich sowieso nicht provozieren. Das war jedoch auch kein Grund, sich über Gebühr mit ihm zu unterhalten. Peter war seit zwei Jahren Witwer und sicherlich einsam. Alte Leute konnten anhänglich werden, wenn man ihnen Gelegenheit dazu gab. Karl hatte das bestimmt nicht vor. Seine Alte war ein stocksteifer Drachen gewesen, die nur eine Sache in ihrem Leben gut gemacht hatte, nämlich ein paar Jahre nach der Geburt ihrer gemeinsamen Tochter Britta abzutreten. Seitdem vertraute er darauf, dass sich die Dinge normalerweise alleine regelten.

Karl war bei der Hochzeit schon fast sechzig gewesen und hatte kurz den panikartigen Anfall, sich nicht mehr selber helfen zu können, als er sich das Kreuz verrenkte. Der Anfall verging, die 25 Jahre jüngere Edda blieb jedoch, die in ihm die letzte Möglichkeit sah, ihrem Dasein als alte Jungfer mit dem Vermerk *Ungeöffnet zurück* zu entgehen. Karl fand die Sorge heillos übertrieben, er glaubte nicht, dass sich nach dem Tod noch irgendeiner dafür interessierte, wie und ob man regelmäßig Sex hatte, weder oben noch eine Etage tiefer.

Er passierte Peters Haus, das ebenfalls während des Fertighaus-Booms in den 70ern entstanden war, und bemerkte Doris, die in dem Haus dahinter wohnte, aber jeden Tag auf der Lauer lag, um ihm zu begegnen. Karl glaubte nicht, dass es an seiner Unwiderstehlichkeit lag. Doris musste sich einfach nur abreagieren und Peter bildete da keine Angriffsfläche. Karl hatte gegen seine Gewohnheiten die Zeitpunkte seiner Rundgänge verschoben, was er hasste. Sie war trotzdem zur

Stelle gewesen, ein Zeichen, dass sie ihn wirklich beobachtete. Es war dennoch eine gute Gelegenheit, seine Wut über den durcheinandergebrachten Tagesablauf an ihr auszulassen.

»Schmelzer!«, kreischte sie so scheibenklirrend über den Zaun, dass Peter Schuster zusammenzuckte. Ihre Stimme war zwar nicht so nervenzerfetzend wie die ihrer Schwester Regina Klein, aber umso lauter. »Mäh deinen verdammten Garten. Die Brennnesseln samen zu mir rüber.«

»Mäh ihn selber, wenn es dich stört.« Karl fragte sich, warum er nicht schon eher auf diese Idee gekommen war. »Beweg deinen fetten Hintern, das tut dir gut.«

»Du verdammter Flegel. Warum hat dich nicht schon längst einer erschlagen?«

»Kannst ja kommen und es selber machen.« Das war ein gefährliches Angebot. Wenn sie wirklich ihren Mann auf dem Gewissen hatte, würde sie vor einem weiteren Mord sicherlich nicht zurückschrecken.

»Damit du mich begrapschen kannst? Das könnte dir so passen, du Perverser.«

»Da sterbe ich lieber.«

»Da würde ich dir gerne bei helfen«, hörte er noch hinter sich. Er war schon weitergegangen. Es hatte Zeiten gegeben, in denen er die 20 Jahre jüngere Doris durchaus attraktiv gefunden hatte. Sie war immer fülliger gewesen als Regina, das stand ihr in ihren 50er-Jahren allerdings ausgesprochen gut. Aus dem *fülliger* war nun leider *fett* geworden, was weder ihre Optik noch ihre Laune sonderlich verbessert hatte.

Seiner Laune hatte dieser Zusammenstoß aber mal wieder gutgetan und bildete die Grundlage für die Diskussionen, die er sonst noch an diesem Tag zu führen gedachte. Er ging die Straße runter Richtung Hauptstraße und wandte sich nach links. Gestern hatten Petra Fuhrmann und Melanie Reinhardt dran glauben müssen, weil sie das Pech hatten, sich über die Straße hinweg wie schnatternde Gänse zu unterhalten und damit die ganze Nachbarschaft zu beschallen. Speziell die Fuhrmann hatte eine Stimme, die an seinen Hörnerven kratzte. Melanie Reinhardt war einfach nur eine dumme Gans, die sich einen Mann gesucht hatte, der ihr drei Kinder und ein geruhsames Leben bescherte, in dem sie nicht mehr arbeiten gehen musste und ihre Talente darauf konzentrierte, ihren Mann Sascha kreuz und quer in der Gegend herumzuschicken, was dieser Dummkopf sich seit Jahren mit einem dämlichen Grinsen gefallen ließ.

Karl beschloss, sich heute auf die Nebenstraßen zu beschränken. Die Hauptstraße gab in den letzten Jahren nicht mehr so viel her. Zu viele gestorben und neu zugezogen. Keiner hatte mehr Zeit, sich auf der Straße beschimpfen zu lassen. Seine Augen waren zwar nicht mehr die besten, aber durchaus so gut, Regina und Walter zu erkennen. Letzterer steckte nur die Nase aus der Haustür. Er durfte nicht so oft raus, weil er nach Meinung seiner Frau zu viel dummes Zeug redete. Karl teilte diese Meinung. Regina war heute scheinbar nicht auf weitere Konfrontationen aus, was ihm an sich schon merkwürdig genug vorkam. Sie ging hinein und schob Walter weiter in den Flur, damit sie die Tür schließen konnte.

Sein Blick schweifte nach links zum Bunker, wie Löckerbach die architektonische Glanzleistung von Roswitha nannte, aber auch ihr vorstehendes Kinn, das sich normalerweise immer neugierig um die Ecken drückte, konnte er nicht entdecken.

Das war auch nicht weiter wichtig, da seine Aufmerksamkeit auf etwas wesentlich Spannenderes als Roswithas Kinn gelenkt wurde. Auf dem Schleichweg nach Mutzenbach stand eine farbige Gestalt, die ihre Nase in irgendwelche Papiere steckte neben einem Lieferwagen. Erst dachte Karl, es wäre dieser verdammte Maalouf, aber dieser Mann hier war jünger.

»Von welchem Baum kommen Sie?«

Karl war über die Jahre geschrumpft, was er bei Konfrontationen dieser Art sehr bedauerte. Autorität ließ sich nicht mehr so gut verkörpern, wenn dieser Körper kleiner war als der des Gegners.

»Wie bitte?« Der Schwarze guckte ihn verständnislos an.

»Du sprechen Deutsch?«, fragte Karl bewusst langsam und akzentuiert. Es war doch immer dasselbe mit diesen Schwarzen.

»Natürlich.« Die Stimme klang beleidigt. »Ich bin Deutscher.«

»Das wüsste ich aber.« Karl schnaubte verächtlich durch die Nase. Ein paar Tröpfchen sprühten durch die Gegend. »Verschwinde hier, es gibt für dich und deinesgleichen hier nichts zu holen.«

»Tut mir leid. Ich liefere hier nur meine Pakete aus.«

Das wurde immer schöner. Mit den Zugezogenen und diesen verdammt liberalen Zeiten steuerten sie einen alle in die unausweichliche Katastrophe. »Bei wem?«

»Ich glaube zwar nicht, dass Sie das was angeht, aber bitte. Ich war da.« Er zeigte Richtung Hauptstraße, an der Jürgen Schusters verlottertes Haus stand.

»Wir wollen hier keine Schwarzen im Dorf.«

»Ich bin nicht schwarz«, behauptete sein Gegenüber empört. »Ich bin kein Schwarzer, ich bin aus dem Libanon.«

»Alles eine Mischpoke. Erst die Mulatten und nachher die traumatisierten schwarzen Schwänze, die durch die Gegend rennen und unsere Frauen vögeln.«

Karl war es an sich komplett egal, welche Frauen gevögelt wurden, aber es ging hier ums Prinzip und um den Nationalstolz.

»Sie wissen ja nicht, was Sie reden«, sagte der Nicht-Schwarze und drehte sich weg, um sich hinter das Steuer zu setzen. Karl schätzte seine Kondition ein und befand, dass er es nicht schaffen würde, hinter dem Wagen herzurennen.

Kapitel 4

Karls Schwiegersohn Klaus Landgräber dagegen war nicht
nur von seiner Kondition mehr als überzeugt, die er neuerdings allwöchentlich im neuen Golfklub von Walderau unter
Beweis stellte, sondern ebenfalls von der Art und Weise, wie
er für sich und seine Familie für Wohlstand sorgte. Obwohl
diese Vorgehensweise nicht immer mit den Interessen anderer Bürger konform ging, weigerte er sich, nur einen Schuld-
gedanken daran zu verschwenden.

Nicht konform gehen war harmlos ausgedrückt. Sein letztes
Projekt, ein gewaltiger Naturpool in der Talsperre von
Walderau, hatte nicht nur die Wasserschutzbehörde an den
Rand der Verzweiflung gebracht. Die Mitglieder der Haus-
halte, die von dieser Stelle versorgt wurden, bekamen ebenfalls einen unschönen Ausschlag beschert, der sich auch nach
Monaten konsequent weigerte zu verschwinden. Das hatte
ihm jede Menge Schadenfreude verschafft, jedoch nicht den
immensen Geldsegen, den er sich davon erhofft hatte. Umgehend überließ er den Naturpool seinem Schicksal und
wandte sich dem nächsten Projekt zu, das hoffentlich aus-
sichtsreicher laufen würde, zumindest wenn man der Aussage des Flüchtlingsbeauftragten vertrauen konnte.

Leider war der Weg zum neuen Reichtum nicht nur mit
Schweiß, sondern auch mit barer Münze gepflastert, um die
er im Moment wieder leicht verlegen war. Er hatte zwar viele
erfolgversprechende Optionen, seine Liquidität war dennoch eingeschränkt. Umso wichtiger war es, dass er seinen
Schwiegervater endlich dazu überreden konnte, sein Haus zu
verlassen. Leider war Karl kein Fan von ihm. Er ebenso nicht
von seinem Schwiegervater, aber das war diesem herzlich
egal. Sympathie hin oder her, der Alte saß wahrscheinlich
auf einem ganzen Batzen Geld, den er sicher nicht mehr
brauchte, Klaus dafür aber umso mehr. Sein Schwiegervater
war uralt, klapprig und konnte sich eigentlich nicht mehr

selbst helfen. Britta Landgräber sah das ähnlich, war aber nicht ganz so optimistisch, was die Freude ihres Vaters über die Pläne ihres Ehemanns anging.

»Er wird das Grundstück nicht freiwillig verlassen«, sagte sie, nachdem sie die leer gegessenen Kuchenteller in die Küche geräumt und sich vergewissert hatte, dass ihr Sohn Felix in seinem Zimmer verschwunden war.

»Nur weil du es ihm noch nicht schmackhaft gemacht hast.«

Klaus überlegte, ob jetzt der richtige Zeitpunkt war, sich eine Zigarre anzuzünden. Er hatte von seinem kubanischen Golfpartner eine Cohiba geschenkt bekommen und wollte sich diese für eine geeignete Gelegenheit aufbewahren. Nachdem er heute Morgen den langersehnten Einfall gehabt hatte, wie er Karl aus dem Haus treiben konnte, schien ihm der Zeitpunkt durchaus angemessen.

»Haha«, erwiderte Britta humorlos. »Du weißt genau, wie er reagiert, wenn man ihm Vorschriften machen will.«

»Er ist dein Vater. Es wird doch nicht so schwer sein, ihm die besorgte Tochter vorzuspielen.«

»Ich habe einen anderen Vorschlag: Spiel du doch einfach den besorgten Schwiegersohn. Das wird eine ganz neue Erfahrung für dich.«

Das klang nach Rebellion in den eigenen Reihen. Die Zigarre sollte er sich besser noch aufheben.

»Ich hätte etwas mehr Enthusiasmus erwartet«, sagte er und zog stattdessen ein zerknittertes Päckchen Zigaretten aus der Brusttasche. Er rauchte nicht viel, aber irgendwie musste er sich motivieren, die Diskussion mit seiner Frau zu führen. Der weiße Glimmstängel schien ihn für seine mangelnde Durchsetzungskraft in der Familie zu verspotten und war ein kläglicher Ersatz für die Cohiba.

»Ich habe keine Lust, mit dir immer wieder die gleiche Diskussion zu führen. Das nervt mich.«

»Aber mein Geld ausgeben möchtest du schon. Oder habe ich da etwas verpasst?«

»Komm mir bloß nicht so. Schließlich bin ich deine Frau und habe deinen Sohn auf die Welt gebracht.«

»Das sollte dich nicht am Arbeiten hindern. So viel zu tun hast du nun auch nicht.«

»Wie bitte? Ich muss kochen und das Haus in Ordnung halten. Das Hausmädchen hast du mir schließlich gestrichen.«

»Ich brauche jeden Euro für den Umbau des Altenheims.«

»Wie kommt das? Du wolltest doch erst letztes Jahr ein neues Haus für uns bauen«, sagte Britta ätzend. Diesen Wesenszug musste sie von ihrem Vater haben.

Zu der angesprochenen Zeit bauten die beiden schwulen Metzger aus Walderau ihren avantgardistischen Traum aus Stein und Metall auf eines der Baugrundstücke hinter dem Landgräber-Anwesen, was Klaus fast dazu veranlasste, sein mittlerweile in die Jahre gekommenes Haus abzureißen. Nur der massive Protest Brittas, die sich konsequent weigerte, auf unbestimmte Zeit in ein Hotel zu ziehen, brachte ihn von dieser Idee ab.

»Das bringt uns nicht weiter«, erwiderte er und schnippte die Asche seiner Zigarette auf den Unterteller der Kaffeetasse. Britta hasste das. »Wir brauchen das Geld von deinem Vater. Was meinst du, was alleine das Grundstück wert ist. Dahinter Landschaftsschutzgebiet. Unverbaubare Aussicht.«

»In einem sterbenslangweiligen Kuhkaff«, ergänzte Britta und tauschte den Unterteller klaglos gegen einen Aschenbecher aus. Sie war heute offenbar nicht in Form.

»Ach was. Lokalkolorit und Atmosphäre. Das wissen die Städter zu schätzen. Wir haben die beste Autobahnanbindung im Kreis. Im Nullkommanichts bist du in Köln. Das Grundstück werden wir auf jeden Fall los.«

»Noch haben wir es nicht«, sagte Britta ernüchternd. »Solange mein Vater lebt, wird das auch sicher so bleiben.«

»Das bringt mich zu der Idee, die ich heute Morgen hatte.«

Keinen Augenblick zu früh, wie er konstatierte. Diskussionen mit Britta gingen ihm immer mehr auf die Nerven. Die waren nur zu tolerieren, da seine Frau außergewöhnlich schön anzusehen war. Ihm graute vor der Zeit, in der das nicht mehr so sein würde. Dann würde er sie wohl erschießen müssen.

»Wir werden ihm androhen, ihn entmündigen zu lassen. In seinem Alter ist das ein Klacks.«

»Du willst ihn erpressen.«

Das war mehr eine Feststellung. Eigentlich hätte sie wesentlich empörter sein müssen. In diesem Augenblick war Klaus sich sicher, dass er seine Frau auch später nicht erschießen würde. Sie wussten einfach immer beide, worauf es im Endeffekt ankam.

»Nein, du wirst ihn erpressen«, erwiderte er. »Zumindest wirst du ihm die schlechte Nachricht überbringen. Mich lässt er gar nicht erst auf den Hof.«

Das letzte Mal, als er das versucht hatte, hatte Karl ihn beinahe mit der Axt erschlagen.

»Eigentlich hänge ich an meinem Leben«, sagte Britta. Anscheinend dachte sie ebenfalls an diesen Vorfall.

»Dir tut er schon nichts. Das ist dieser *Blut-ist-dicker-als-Wasser*-Quatsch. Du musst ihm einfach klarmachen, dass er nur zwei Möglichkeiten hat. Er kann freibestimmt ins Altenheim marschieren, wenn er uns das Grundstück überschreibt. Wir bekommen es sowieso. Dann wird er aber nichts mehr zu lachen haben.«

»Es erscheint mir irgendwie nicht richtig«, entgegnete Britta, die ausgerechnet jetzt ihr Gewissen entdeckte.

»Wenn wir das Geld finden, das der Alte versteckt hat, haben wir sicher genug übrig für dein neues Cabrio. Über das Hausmädchen reden wir dann auch noch mal.«

»Ich tue mein Bestes«, versprach Britta.

Damit konnte Klaus leben. Brittas Bestes war immer gut genug.

Karl Schmelzer war mit dem Verlauf seines Tages bis jetzt zufrieden gewesen, auch wenn der Besuch beim Bürgermeister seine Laune empfindlich getrübt hatte. Er musste mit seinem vermaledeiten Schwiegersohn reden. Die Auseinandersetzung mit dem Paketfahrer bescherte ihm die nötige Basis, die er für weitere Beleidigungen brauchte. Diese anzubringen gestaltete sich allerdings wie üblich nicht ganz so einfach. So gerne sich die Löckerbacher Einwohner auch vor ihren Häusern herumtrieben, um so viel wie möglich vom Geschehen mitzubekommen, verzichteten sie gerne darauf, wenn man ihn auf der Straße sah. Karl wusste das, aber es machte ihm nichts aus. Er entwickelte immer ausgefeiltere Methoden, die Nachbarschaft aus dem Hinterhalt zu überraschen.

Er sah den Schwarzen die Straße am Haus dieser grässlichen Roswitha Turnbull hochfahren, wo er der Lesbe Pfeifer ein Paket an die Tür brachte. Karl wusste nicht so viel über die Ansichten von anderen Völkern, war sich jedoch ziemlich sicher, dass die nicht viel von Frauen hielten, die andere Muschis leckten. Er übrigens auch nicht.

Er verzichtete auf die Möglichkeit, mit einer guten Formulierung beide auf einen Streich zu erwischen, weil er die Steigung der Straße fürchtete, die ihm mittlerweile immer mehr zu schaffen machte. Da er noch eine andere Steigung vor sich hatte, wollte er sich hier auf keinen Fall verausgaben. Außerdem war er sich nicht sicher, ob die Pfeifer ihm nicht Gewalt antun würde. Sie hatte schon einmal so was durchblicken lassen. Karl hatte keine Lust, von jemandem geschlagen zu werden, der die Sonne verdunkelte, wenn er – in dem Fall sie – aus der Haustür trat.

Er ging zurück zur Hauptstraße und folgte dem Bürgersteig weiter hoch Richtung Altenheim. Wenn er Glück hatte, trieben sich dort noch ein paar Klappergestalten draußen herum, denen er sagen konnte, was er von ihnen hielt. Das brachte ihm allerdings nicht immer die nötige Befriedigung, da die Mieter seines Super-Schwiegersohnes Klaus Landgräber entweder zu abgeklärt, zu desillusioniert oder einfach nur zu senil waren, um auf seine Provokationen anzuspringen. Alles in allem bedauernswerte Gestalten.

Von diesen bedauernswerten Gestalten sah er keine in greifbarer Nähe, nur Junta Bantenberg, die auf der anderen Straßenseite im Garten werkelte. Der ungeschlachte Harald Bantenberg hatte sie geheiratet, weil er scheinbar keine Frau fand, die sich freiwillig unter seinen schweren Körper legen wollte. Was er dann von der kleinen Vietnamesin wollte, entging Karls Verständnis, welches ihm ebenfalls dafür fehlte, dass man sich Frauen aus einem anderen Land nehmen musste, wenn es hier in Deutschland hässliche im Überfluss gab. Irgendeine wäre schon gut genug gewesen für Harald.

Junta pflanzte Blumen im Vorgarten und Karl hätte sie gerne nach dem Sinn gefragt, da es schließlich stramm auf den Winter zuging, wenn sie ihn hätte verstehen können. Von ihrer Anwesenheit im Dorf hatte er sich mehr Vergnügen versprochen. Am Anfang hatte er es versucht, von ihr aber immer nur ein Lächeln geerntet, egal wie unflätig seine Sprüche auch waren. Diese verdammten Asiaten mit ihrer nervtötenden Höflichkeit.

Karl hatte für das Altenheim genauso wenig übrig wie für seinen Schwiegersohn und beglückwünschte sich dafür, dass er es bis jetzt geschafft hatte, diese Art der Zwangsunterbringung zu umgehen. Andere Mitglieder der Familie Landgräber hatten nicht so viel Glück gehabt. Dieter Landgräber, der Onkel von Klaus, harrte hier der Dinge, die da kamen, was in seinem Fall nur noch der frühe Tod sein konnte. Es hatte sich als Fehler erwiesen, seinem Bruder Wilhelm vor 20 Jahren 120.000 DM für ein Warentermingeschäft zu überlassen. Der alte Landgräber packte das schnell zu seinen mageren 15.000 obendrauf, um seinem Bruder sechs Monate später mit Leichenbittermiene mitzuteilen, dass der Einsatz vergeblich war, aber Dieter hätte sicher Verständnis dafür, der Markt sei schließlich äußerst volatil. Zweckmäßigerweise fand diese Diskussion auf der offenen Straße von Wolperach statt, was Horst Kösgen auf den Plan rief, der Dieter Landgräber eine nicht unerhebliche Summe zum Investieren gegeben hatte, die er nun sicherlich nie wiedersehen würde. Leider war Kösgen als stadtbekannter Schläger von Walderau bekannt, was Dieter ausgeschlagene Zähne, etliche gebrochene Knochen und einen so starken Schlag auf den Kopf bescherte, dass er schnell vergessen konnte, wer eigentlich für sein Elend verantwortlich war. Nach dem Tod von Wilhelm wollte Klaus das für ihn auf keinen Fall sein und steckte ihn in das Altenheim. Keiner wollte ihm ein Leben in einem schicken Altenheim finanzieren, nachdem er fast das Mietshaus abgefackelt hatte, in dem seine Wohnung lag, weil er den Wasserkocher mit dem Gasbrenner verwechselt hatte. Jetzt saß er bei warmem Wetter auf der überdachten Holzterrasse und blickte selig lächelnd zur Straße hinunter. Ihm würde die ganze Flüchtlingskatastrophe am Arsch vorbeigehen, so viel war sicher.

»Was stehst du da herum? Guckst du dir deine Zukunft an?«, kreischte Doris Durr aus ihrem Golf. Er hatte ihr Auto nicht kommen hören, sonst hätte er einen beherzten Satz über den Graben in den nächsten Garten gemacht. Dort mit gebrochenen Knochen zu liegen war trotzdem um einiges besser, als mit der Durr auf der Straße zu diskutieren. Sie war der einzige Mensch, vor dem Karl einen Hauch von Respekt hatte.

»Das wirst du niemals erleben, du fettarschige Gans«, rief er über die Straße. Das Weib fuhr den ganzen Tag mit ihrem Auto in der Gegend herum.

»Besser als ein seniler alter Trottel«, konterte Doris. Sie machte keine Anstalten weiterzufahren. Solange kein Auto kam, würde sie das auch nicht tun. Leider passierte das in diesem verlassenen Nest häufig.

»Vielleicht habe ich ja das Glück, dass du in deiner kreuzhässlichen Protzhütte demnächst nachts überfallen und erstochen wirst.«

»Ein frommer Wunsch, wirklich. Leider muss ich dich enttäuschen, Einbruchsdelikte gibt es in Demarchau nicht viele. Darauf würde ich an deiner Stelle nicht hoffen.«

»Was nicht ist, kann ja noch werden. Mein Schwiegersohn holt solche schwarzen Lumpen nach Löckerbach. Die rennen dann herum und vergewaltigen unsere Frauen. Bei dir werden die aber sicher eine Ausnahme machen.«

»Du redest doch dummes Zeug.«

»Von wegen. Habe ich im Büro von diesem nichtsnutzigen Bohnenschäfer gelesen. Das lag unübersehbar auf seinem Schreibtisch.«

»Du musstest es natürlich lesen.«

»Ich habe eine Bürgerpflicht.«

»Eine vergiftete Fantasie, die hast du.« Zumindest trat sie aufs Gas und verschwand.

Karl stand noch eine Weile auf der Straße und schaute Junta zu, bis ihn das langweilte. Die hatte natürlich kein Wort dieser Unterhaltung verstanden und lächelte einfach nur zu ihm herüber. Keineswegs hätte er irgendeinem gegenüber zugegeben, Kräfte sammeln zu müssen für den Weg hoch zu dem Haus seines Schwiegersohnes. So schwer ihm der Weg fiel, er war dennoch für die Katz. Das unmögliche Kind öffnete ihm die Tür.

»Papa und Mama sind nicht da«, sagte Felix Landgräber, der klein und feist den Spalt zwischen Haustür und Zarge ausfüllte.

Karl sah beide Autos in der Garage stehen und zweifelte stark an dieser Aussage. Er hatte bei Felix nicht das erste Mal das Gefühl, dass er ihm einen Bären aufbinden wollte.

»Wann kommen sie wieder?«, fragte er seinen Enkel, der für sein Empfinden mehr als gut genährt war.

»Weiß nicht«, nuschelte Felix und packte mit größter Konzentration ein Sahnebonbon aus, von dem die Werbung einem glauben machen wollte, es hätte schon vor 100 Jahren existiert. Karl konnte sich nicht daran erinnern.

»Lass mich rein, ich will mich setzen«, sagte er und betrachtete seinen Enkel angewidert.

»Ich darf keinen reinlassen«, gab der ihm zur Antwort. Seine Brille war verrutscht, er starrte Karl über sein Brillengestell hinweg an.

»Mach den Weg frei. Ich bin schließlich dein Großvater.« Karl versuchte, die Tür aufzudrücken, aber es fehlte ihm die Kraft.

»Dich erst recht nicht«, entgegnete Felix frech und schlug ihm die Tür vor der Nase zu.

Kapitel 5

Clemens hatte zwar Klaus Landgräbers freundliche Einladung, ihn für eine intime Unterredung zu besuchen, nicht angenommen. Das war in seinen Augen aber auch nicht mehr nötig. Das Wochenende hatte ihm so viel Abstand zu seinem Problem verschafft, dass er sich von einem Besuch außer einer kleinen kostenlosen Demütigung nichts versprach.

Dennoch sah er seine Wiederwahl im Dezember so ernsthaft gefährdet, dass er seiner Frau Rita mehrmals an diesem Wochenende mit düstersten Zukunftsaussichten auf die Nerven ging. Angefangen bei dem Verlust des Ansehens gipfelten diese in der Idee, nicht nur die Gemeinde, sondern im Zweifelsfall auch das Land zu verlassen. Rita Bohnenschäfer reagierte, wie man es von der First Lady der Gemeinde Demarchau erwartete.

»Du hast dich selber da hineinmanövriert. Jetzt geh mir bitte nicht damit auf die Nerven.«

Was Clemens dazu brachte, wieder raus in seinen Garten zu schleichen und sich mit der Pflege der Rosenstöcke und Orchideen zu trösten.

Rita Bohnenschäfer war eine stolze Erscheinung mit einer Vorliebe für klassisch schwarze Kostüme. Sie hatte auch mit zunehmendem Alter nichts von ihrer geraden Haltung und der langhaarig-blonden Betonfrisur mit Föhnwelle im Pony verloren. Sophia Bayer fragte sich monatelang, nachdem sie und ihr Mann nach Löckerbach gezogen waren, woran sie sie nur erinnerte, bis ihr ein Fernsehabend bei einem Nostalgiesender auf die Sprünge half. Krystle Carrington vom Denver Clan lebte in ihrer Nachbarschaft.

Leider benahm Rita sich eher wie Alexis Colby. Aufrecht und sich ihrer Stellung im Dorf durchaus bewusst, sah man sie tagaus, tagein die Hauptstraße hoch- und runtermarschieren, immer ein Auge fürs Detail und immer ein Ohr für Klagen und Beschwerden der Nachbarn, an denen sie verständnisvoll Anteil nahm, um diese wie einen Mantel wieder abzustreifen, sobald sie die Haustür vor der restlichen Welt von Löckerbach wieder verschlossen hatte.

Die Tür verschlossen hielt auch Clemens an diesem Wochenende, da er nicht wusste, wem Landgräber von den Veränderungen im Dorf schon alles erzählt hatte. Eigentlich musste er sich keine Sorgen machen, da dieser bis auf wenige Ausnahmen keinerlei Kontakt mit den Einwohnern von Löckerbach pflegte.

Aber es waren die wenigen Ausnahmen, die Clemens Sorge bereiteten. Rolf und Silke Domschneider gehörten mit Sicherheit dazu. Rolf führte von Löckerbach aus eine kleine Bauelementefirma und war daher in den Kreis der Auserlesenen aufgenommen, mit denen die Landgräbers zumindest gelegentlich Zeit verbrachten. Silke Domschneider war allerdings nicht nur Unternehmerfrau, sondern auch der Überzeugung, dass ein gutes Verhältnis zu den anderen Einwohnern und ein wachsames Auge die Grundfesten einer guten Nachbarschaft bildeten. Wenn man dabei noch ein paar echte Neuigkeiten zu bieten hatte, was in einem Ort wie diesen wirklich nicht allzu oft vorkam, hatte man einen langweiligen Nachmittag schon gerettet.

Seit einigen Monaten waren Jennifer und Sven Wolff dazugekommen, die rechts neben dem Altenheim einen weißen Klinkerkasten bauen ließen, der in seiner Geschmacklosigkeit mit der Architektur des Altenheims wetteiferte.

Dominik Krumm und Christoph Pick bildeten den Rest der erlesenen Gruppe. Sie verwirklichten sich vor einigen Jahren ihren avantgardistischen Traum vom Haus, in dem sie ihre avantgardistische homosexuelle Beziehung lebten. Warum das passende Ambiente dafür unbedingt Löckerbach sein musste, darauf wusste Clemens einige Zeit keine Antwort und er glaubte, die zwei schwulen Metzger auch nicht.

Da ihnen allen ihr Klischee perfekt passte, würde eine Neuigkeit über Flüchtlinge im Ort nicht lange ein Geheimnis bleiben.

Trotzdem hatte Clemens am Sonntagabend seinen Optimismus fast wiedergefunden. Er war sich sicher, dass beim Bau des Altenheims nicht mit fachlicher Kompetenz geglänzt worden war, da das Geld kostete und Landgräber dieses lieber für sich selbst ausgab. Bestimmt würde er etwas finden, mit dem er ihm an die Karre fahren konnte.

»Hast du dich wieder beruhigt?«, fragte Rita beim Abendessen. Nicht, dass es sie wirklich interessiert hätte, das war Clemens klar. Aber eine langjährige Ehe verlangte dennoch ein Mindestmaß an Höflichkeit. Das bedeutete ebenfalls, dass man an den Problemen seines Partners Anteil nahm oder wenigstens so tat als ob. Clemens hätte ihr gerne das Abendessen insoweit vermiest, sein Leiden neu aufzurollen, entschied sich aber dann dagegen. Das Essen war schmackhaft und reichlich, sie hatte ihm ohne Murren anstatt Wein eine Flasche Bier dazugestellt und er war so fair, Gutes nicht mit Bösem zu vergelten. Das Telefon klingelte. Rita schaute ungehalten auf.

»Was ist das für eine Zeit, jemanden anzurufen.« Es klang nicht nach einer Frage.

»Es ist doch noch nicht mal sieben«, erwiderte Clemens und machte sich auf den Weg ins Wohnzimmer.

»Aber es ist Sonntag.«

»Als Bürgermeister ist man halt immer im Dienst«, sagte er noch, bevor er sich räusperte und »Bohnenschäfer« in den Hörer brummte. Am Telefon sprach er gerne eine Oktave tiefer. Irgendwo hatte er mal gehört, dass sich das vertrauenserweckend anhörte.

»Sind Sie der Bürgermeister?«, fragte eine ihm gänzlich unbekannte männliche Stimme.

»Das ist korrekt.« Clemens richtete sich auf, um diesen Titel mit seiner Haltung in Einklang zu bringen, auch wenn ihn sein Gegenüber nicht sehen konnte.

»Sie kennen mich nicht, aber ich habe äußerst wichtige Neuigkeiten für Sie.«

»Wer sind Sie denn?«

»Das tut nichts zur Sache. Im Gegenteil. Ich setze mein Leben aufs Spiel, wenn ich es Ihnen sage.«

»Interessant«, erwiderte Clemens nur.

Solche Anrufe kannte er nur aus amerikanischen Filmen. Er drehte sich leicht und blickte am Türrahmen vorbei ins Esszimmer. Rita saß immer noch am Tisch und schien der Unterhaltung nicht zu folgen. Das Sorbet war für sie eindeutig spannender als der Anruf. Er wedelte kurz mit der Hand, um festzustellen, ob sie ihn vielleicht aus den Augenwinkeln beobachtete, bekam aber keinerlei Reaktion. Damit schied für ihn aus, dass es sich um einen Scherz seiner Frau handelte. Das hätte ihn auch sehr gewundert. Rita mochte diese Art von Humor überhaupt nicht.

»Ich merke, Sie glauben mir nicht.«

»Ich weiß ja noch nicht mal, was ich nicht glauben soll«, sagte Clemens logisch. »Da müssen Sie schon ein wenig deutlicher werden.«

»Hören Sie, ich gehöre einer Spezialeinheit an, die darauf spezialisiert ist, Schläferzellen in Deutschland aufzuspüren. Dabei sind wir darauf gestoßen, dass sich wahrscheinlich eine solche in Ihrem Ort befindet.«

»In Löckerbach?«, fragte Clemens ungläubig. »Wo sollen die denn herkommen?«

»Warum nicht in Löckerbach?«, kam es vom anderen Ende der Leitung. »Wenn die in Wohnheimen für heimatlose Schläfer auftauchen würden, bräuchten wir sie nicht zu suchen, sondern könnten sie gleich verhaften.«

»Da ist was dran«, sagte Clemens. Ihm schwirrte der Kopf. Als Bürgermeister in kleinen Gemeinden hatte man es höchstens mal mit nicht angeleinten Hunden oder Falschparkern zu tun. Das hier war eine neue Dimension der Herausforderung.

»Warum weiß ich nicht schon längst davon?«, fragte er dann. »Ich hätte es als Erster wissen müssen.«

»Daher rufe ich Sie an, Sie wissen es als Erster.«

»Und was passiert jetzt? Schicken Sie Leute hierher, die sie verhaften?«

»Haben Sie nicht zugehört? Ich habe eben gesagt, es ist wahrscheinlich. Leider haben wir im Moment nicht mehr genug Kapazität, sämtliche Verdächtigen zu beobachten. Das werden Sie nach den Ereignissen der jüngsten Vergangenheit sicherlich verstehen.«

»Selbstverständlich«, sagte Clemens schnell, der sich für alles Mögliche interessierte, selten allerdings für Dinge, die über die Grenzen von Demarchau hinausgingen. Das einem Mitglied des BND gegenüber zuzugeben, hielt er nicht für die klügste Idee. Es könnte seinem Ruf nachhaltig schaden, wenn herauskäme, dass er bestens über Pflanzzeiten von Orchideen, nicht aber über die Zusammensetzung des Kabinetts Bescheid wusste.

»Wir können Ihnen nur empfehlen, die Augen offen zu halten. Seien Sie misstrauisch, aber nicht auffällig. Und denken Sie daran, es könnte jeder sein.«

Clemens versuchte, diese Aussage mit der Bevölkerung im Ort in Einklang zu bringen, aber es fiel ihm schwer, sich die devote Christel Mehler als Terroristin vorzustellen. Die Witwe Doris Durr passte da wesentlich besser ins Schema.

»Glauben Sie wirklich, die planen einen Anschlag in Löckerbach?«, fragte Clemens, jetzt doch einigermaßen beunruhigt.

»Man weiß vorher nie, wie so was läuft«, kam es düster von der anderen Seite. »Vielleicht bei Ihnen, vielleicht in Demarchau selber. Vielleicht auch in der Nachbargemeinde. Eins ist wichtig: Halten Sie es geheim. Wir haben nicht miteinander gesprochen.«

»Ich weiß ja noch nicht mal, mit wem ich gesprochen habe.«

»Das ist auch gut so. Bleiben Sie auf dem Posten.«

»Sie auch«, sagte Clemens mehr automatisch, aber er hörte schon das Tuten. Sein Gesprächspartner hatte aufgelegt.

»Deinen Nachtisch habe ich schon abgeräumt«, sagte Rita pikiert und brachte ein paar Teller in die Küche.

Clemens hätte sowieso keinen Hunger mehr darauf gehabt.

Er wäre am nächsten Tag lieber zu Hause geblieben und hätte sich weiter Gedanken darüber gemacht, was der BND und seine Wähler nun von ihm erwarteten. Leider war das mit Rita im Haus nicht möglich. Er war in den letzten 30 Jahren nur zu Hause geblieben, wenn er mindestens 39 Grad Fieber, Durchfall oder Brechreiz hatte. Das Fehlen dieser Symptome hätte eine ganze Menge Fragen aufgeworfen, die er seiner Frau – zumindest im Moment – noch nicht beantworten wollte. Vielleicht hatte er im Rathaus die Idee, wie er mit der neuesten Krise umgehen sollte. Er fuhr mit gemischten Gefühlen, die auch in seinem Büro weiter präsent waren.

Clemens lebte gerne in Löckerbach, obwohl es in den letzten acht Jahren viele Veränderungen gegeben hatte. Nicht jede hatte seinen Beifall gefunden. Da er sich als Bürgermeister allerdings prinzipiell für alles und jeden verantwortlich fühlen musste, verbot er sich Gedanken, die Zugezogenen auch zugezogen zu behandeln. Jedoch wurde es ihm manchmal schwer gemacht.

Der Bauboom bis 2010 schwemmte viele Zugezogene in den Ort, deren Problem es war, Städter zu sein, die sich keinen Deut um gewachsene Strukturen und die innere Ordnung einer Dorfgemeinschaft scherten. Sie wollten ein Leben außerhalb des Lärms und der Abgase, und das ohne Wenn und Aber. Auch nicht zu den Zeiten, in denen es jedem Bürger gestattet war, Lärm zu machen. So war Rolf Domschneider an einem Samstagnachmittag äußerst überrascht gewesen, als die Polizei in seiner Einfahrt aufkreuzte, um ihm mitzuteilen, dass sich die Wolffs von weiter oben über den Krach der Motorsäge beschwert hatten, mit der er Holz für den Ofen zuschnitt. Jetzt war Domschneider kein Mensch, der Angst hatte, Probleme offen auszusprechen. Deshalb machte er sich umgehend auf zum Haus von Jennifer und Sven Wolff, um auf seine Frage hin, wann es den Herrschaften denn genehm wäre, die Antwort zu bekommen, man könne schließlich auch eine Handsäge benutzen. Dem beherzten Eingreifen von Vera Krug, die bei ihrer Jugendarbeit einmal ein Deeskalationstraining absolviert hatte, war es zu verdanken, dass Sven Wolff seinen Kopf noch an der Stelle hatte, an die er hingehörte.

Vera Krug war es auch, die später rüber zu Clemens kam, um ihn an seine Pflichten als Dorfvorstand zu erinnern. Leider kümmerte sich Clemens gerade um seine Rosen und hasste dabei Störungen jedweder Art. Außerdem war ihm Domschneiders Gesäge selbst schon auf die Nerven gegangen. Seine Sympathie lag eindeutig auf der Seite der Wolffs.

»Du solltest mit ihnen reden. Sie rufen immer sofort die Polizei. Letztes Mal, als die demente Frau Posemann aus dem Altenheim Albträume hatte und dabei laut schrie.«

Die Alten waren zu dem Zeitpunkt noch im neuen Teil untergebracht, zumindest die besser situierten.

»Hätte Landgräber nicht an der Dicke des Ständerwerks und der Isolierung gespart, gäbe es die Probleme nicht.«

Clemens fragte sich, wie Klaus die Bauendabnahme bekommen hatte, obwohl er die Dicke der Außenwand so reduziert hatte, dass man bei der nächtlichen Ruhe fast jedes Schnarchen hören konnte.

»Lenk nicht ab«, sagte Vera ungehalten. Sie kannten sich seit ihrer Kindheit, wie die meisten alteingesessenen Bewohner, was zwar eine familiäre Atmosphäre schaffte, aber Clemens manchmal leider nicht den Respekt einbrachte, den er sich wünschte.

»Ich lenk nicht ab, ich steuere darauf zu«, erwiderte er und ging weg, ohne Vera die Bedeutung seiner kryptischen

Aussage näher zu erläutern. Die schien auch keine Erklärung erwartet zu haben. Sie ging wieder rüber zu ihrem Zuhause.

Ja, die Wolffs waren unangenehm und unangepasst, aber nach Clemens' Wissensstand war das nichts, was Schläfer auszeichnete. Wenn es nach ihm gegangen wäre, hätten sich eher die Schwulen in ihrem Protzbau am Ende des Dorfes dafür qualifiziert. Das Haus war dermaßen unangemessen in einem Ort wie Löckerbach, dass Clemens sich nur wunderte, dass es sich noch nicht als Raumschiff entpuppt hatte, das sich in die Lüfte erhob. Er überlegte, ob er jemals etwas von schwulen Schläfern gehört hatte, aber wahrscheinlich tat er bei dem ausgeprägten Religionsempfinden dieser extremen Gruppierungen gut daran, derlei Vermutungen nicht zu laut zu äußern.

Er hätte gerne über das Offensichtliche nachgedacht, verbot es sich aber. Nicht, weil er sich aus falsch verstandener Rücksicht nicht zu Vorurteilen verleiten lassen wollte. Clemens wusste, dass man alles denken konnte, solange man es nicht laut aussprach. Iskandar Maalouf, der arabische Internist im Krankenhaus Walderau, wohnte mit seiner Frau und seiner kleinen Tochter gegenüber von Clemens und Rita im Haus von Werner Grützenmacher. Sie waren ruhige und angenehme Nachbarn, die freundlich grüßten, sich nie beschwerten und ansonsten unter sich blieben. Das einzige Verbrechen, dessen sie sich schuldig gemacht hatten, war, dass es Rita seit zwei Jahren nicht gelungen war, etwas über sie herauszufinden. Clemens allerdings wusste alles, was er von seinen Nachbarn wissen musste, nachdem er von Iskandar Maalouf eine nicht unerhebliche Summe zur Finanzierung seines Wahlkampfes bekommen hatte. Nein, der Hase – oder der Schläfer – lag woanders begraben.

Er ließ weitere Nachbarn vor seinem inneren Auge Revue passieren, die in den Jahren neu nach Löckerbach gekommen waren. Die Liste war nicht so lang, wie er sich das gewünscht hätte. Die Schulzes mit ihrer nicht bezahlten Hundesteuer waren Prolls, denen er es nicht zutraute, irgendwelche Ränke zu schmieden, die weiter reichten als bis zum Betrügen beim Flaschenpfand. Dem Grufti-Pärchen aus Nummer 9 traute er keine radikale, subversive Haltung zu, die über die Wahl ihrer Bekleidung hinausging. Er kannte die neuen Einwohner einfach nicht gut genug. Alleine im Mietshaus von Grützenmacher wohnten drei Pärchen, die Clemens noch nie zu Gesicht bekommen hatte.

Er gab es auf und überlegte, ob er heute Abend mit Rita darüber sprechen sollte, verwarf diesen Gedanken jedoch umgehend wieder. Rita würde nicht ruhen, bis sie wusste, was sie wissen wollte, und hätte spätestens nach drei Tagen die Bewohner des Dorfes dermaßen in Angst und Schrecken versetzt, dass man nur von Glück sprechen könnte, wenn sie sich nicht gegenseitig an die Gurgel gingen. Nicht, dass Clemens nicht auf ein paar Personen im Dorf verzichten konnte. Trotz allem empfand er solch ein Vorgehen als kontraproduktiv. Außerdem hatte ihm dieser BND-Mensch geraten, Augen und Ohren offen zu halten und nicht, einen Aufstand anzuzetteln. Er hoffte nur, dass die Schläfer den Anstand hatten, ihrer Berufung nicht vor der Wahl zu folgen. Es klopfte.

»Herein!«, sagte Clemens, dankbar, von seinem Gedankenkarussell absteigen zu können.

Jürgens Schmach der letzten Ratssitzung lastete noch schwer auf ihm. Daher ließ er den Montag voranschreiten, bis er sich dazu entschloss, Clemens nun doch die Berichte seiner Geschäftsstelle abzugeben. Der war ihm bereits mittags auf seinem Weg ins Archiv entgegengekommen, beachtete Jürgen aber nicht weiter. Weil das keine besondere Veränderung zu seinem sonstigen Verhalten darstellte, konnte Jürgen daraus nichts ableiten. Da Bohnenschäfer immer wirkte, als wäre er gedanklich komplett woanders – wahrscheinlich bei seinem Garten –, war geistige Abwesenheit kein zuverlässiger Indikator.

Er ging die Treppe hinauf zu Bohnenschäfers Büro, klopfte und wartete vergeblich auf ein *Herein*. Jürgen öffnete vorsichtig die Tür. Clemens war dafür bekannt, einem auch schon mal etwas an den Kopf zu werfen, wenn man vermeintlich auf eigenes Gutdünken sein Büro betrat. Aber er wäre eher gestorben als zuzugeben, einmal sein Gehör untersuchen lassen zu müssen. Jürgen hatte diesmal Glück. Clemens hatte sich im Stuhl mit dem Rücken zur Tür gedreht und betrachtete irgendetwas Spannendes an der gegenüberliegenden Wand, von dem Jürgen beim besten Willen nicht wusste, was es sein sollte. Die Wand war leer. Er räusperte sich.

»Herr Bohnenschäfer?«, fragte er.

Auch nach Jahren im selben Rathaus folgten beide der Regel, sich auf der Arbeit zu siezen und sich erst in Löckerbach per Du die Meinung zu sagen. Das System war in der Praxis allerdings mit Tücken behaftet, es erwies sich nämlich als recht einseitig. Dem Bürgermeister als disziplinarischem Vorgesetzten die Meinung zu sagen, war wahrscheinlich immer eine schlechte Idee, egal ob per Du oder per Sie.

Tatsächlich musste er Herrn Bohnenschäfer nochmals ansprechen, bevor dieser endlich reagierte. Der drehte sich im Stuhl um und präsentierte Jürgen einen Gesichtsausdruck, vor dem dieser sich fast erschreckte. Bohnenschäfer hatte zwar mit seinen leicht hängenden Wangen immer ein Gesicht wie ein trauriger Bernhardiner, aber dennoch zeigte Jürgen Fürsorge und Betroffenheit.

»Ist alles in Ordnung?«, fragte er daher mit dem nötigen Maß an Timbre in der Stimme, das er immer dann annahm, wenn in der Nachbarschaft eine Katze überfahren worden war.

»Was? Ja, natürlich.«

Bohnenschäfer kippte im Stuhl nach vorne und schob Papiere auf seinem Schreibtisch hin und her. Jürgen wartete geduldig. Der Bürgermeister war mitteilsam und konnte schlecht etwas für sich behalten. Er sollte sich nicht täuschen.

Sein Chef nahm die Akte entgegen, die Jürgen ihm hinhielt, machte jedoch keine Anstalten, sich näher mit ihr zu befassen.

»Schuster, was wissen Sie über Terrorismus?«

»Was meinen Sie speziell? Baader-Meinhof, RAF? Daran kann ich mich nur vage erinnern. Ich war noch zu jung, um mich ernsthaft dafür zu interessieren.«

»Quatsch, Baader-Meinhof. Also wirklich. Fällt Ihnen dazu nichts anderes ein?«

»Herr Bohnenschäfer, ich weiß nicht, was Sie meinen«, sagte Jürgen. Tumbes Verhalten war günstig, wenn man nicht mit unnützem Wissen auffallen wollte.

»Mensch, Schuster. Auch wenn man in Löckerbach wohnt, sollte man sich etwas fürs Zeitgeschehen interessieren. Ich meine natürlich die ganze Geschichte mit dem IS und so.«

Jürgen hätte wahrscheinlich länger über dieses *und so* nachgegrübelt, wenn Bohnenschäfer nicht auf eine Antwort gewartet hätte.

»Oh, Sie meinen den islamistischen Terror«, sagte er gedehnt und ließ sich ohne weitere Aufforderung auf einen Stuhl vor Bohnenschäfers Schreibtisch gleiten.

»Genau den«, erwiderte Bohnenschäfer düster und schwieg wieder.

Normalerweise besaß Jürgen genügend Geduld, Dinge auszusitzen, die er nicht beschleunigen konnte oder wollte. Er hatte jedoch noch so viel Arbeit, dass er sich den Luxus jetzt nicht leisten konnte. Das Demarchauer Jobcenter hatte zwar nicht viele Arbeitslose, aber in Jürgen einen äußerst gewissenhaften Sachbearbeiter, der seinen Beruf als Berufung ansah und ihn dementsprechend genau nahm.

»Was ist denn damit?«, fragte er daher.

Bohnenschäfer gab anstatt einer Antwort einen Seufzer von sich und tat Jürgen schon fast leid. Schnell rief er sich seine Demütigung bei der Ratssitzung ins Gedächtnis und war umgehend wieder von solchen Empfindungen geheilt. Also wartete er erneut ab.

»Verdammt, Schuster, wir haben ein echtes Problem in Löckerbach. Vielleicht auch in Demarchau. Das weiß ich noch nicht. Aber auf jeden Fall in Löckerbach.«

»Mit islamistischem Terror? Das kann ich mir nicht vorstellen.«

»Dann fangen Sie am besten direkt damit an. Ich habe die Info gestern Abend bekommen.«

»Von wem?«

»Ich habe Kontakte zum BND«, sagte Clemens selbstgefällig und beeindruckend unwahr, schaffte es aber, das mit so viel Überzeugung hervorzubringen, dass Jürgen es fast geglaubt hätte.

»Wow, das wusste ich nicht«, erwiderte er daher entsprechend beeindruckt. So viel schauspielerisches Talent verdiente Anerkennung. Vielleicht sollte er das ebenfalls zu gegebener Zeit bei seiner Frau Beate testen, wenn sie ihn zwingen wollte, mal wieder bei der Bank um Aufschub zu bitten.

»Schläfer, Jürgen, wir haben Schläfer in Löckerbach.«

Clemens hatte sich vertraulich vorgebeugt und seine Stimme gesenkt. Man konnte nie wissen, ob nicht irgendjemand im Rathaus ein neugieriges Ohr an die Tür presste.

»Mein Gott«, hauchte Jürgen. »Das wird unser friedliches Leben doch sehr verändern.«

»Keiner – ich wiederhole – keiner darf etwas davon erfahren. Habe ich mich da klar ausgedrückt, Herr Schuster?«

»Selbstverständlich«, sagte Jürgen folgsam. »Wer ist es denn?«

»Wenn ich das wüsste! Es kann jeder sein.«

»Wir sollten trotzdem etwas unternehmen.«

»Aber was, Herr Schuster? Was?«

Bohnenschäfer warf theatralisch die Arme in die Luft. Er hatte eindeutig kein schauspielerisches Talent.

Jürgen hüllte sich in nachdenkliches Schweigen und stand auf, um mit den Händen in den Hosentaschen zum Fenster zu gehen und dort bedeutungsschwanger hinauszublicken.

Das wollte er schon immer einmal machen. Als er sich endlich wieder umdrehte, hatte er das erreicht, was er wollte – die ungeteilte Aufmerksamkeit des Bürgermeisters.

»Feuer bekämpft man am besten mit Gegenfeuer«, sagte er und kam sich vor wie 007. »Wenn wir herausfinden wollen, wer es ist, sollten wir eine Falle stellen.«

»Ich bin außerordentlich gespannt, was Sie sich unter Fallen für islamistische Terroristen vorstellen.«

Bohnenschäfer klang zwar spöttisch, aber seinem Gesicht konnte man ansehen, dass seine letzte Aussage richtig war.

»Wir setzen jemanden auf sie an, der ihre Sprache spricht. Will man Kontakt zum Islam, sollte man einen Islamisten vorschicken. Wir brauchen einen Informanten.«

»Klingt nicht mal schlecht.« Bohnenschäfer war ebenfalls aufgestanden und gesellte sich zu Jürgen ans Fenster. »Ich kenne jedoch keinen Islamisten.«

Beide Männer schauten auf den Marktplatz von Demarchau, der träge und gemütlich Autofahrer auf die hoffnungslose Reise schickte, zentral einen Parkplatz zu bekommen. Ein Autofahrer wurde von einem Fahrradfahrer geschnitten und brüllte ihn durch die geschlossene Scheibe an.

»Ich aber«, erwiderte Jürgen. »Der könnte das sicherlich machen.«

Der Radfahrer schlug zum Protest auf die Motorhaube.

»Wie kommen Sie an den?«

Der Autofahrer war ausgestiegen und packte den Radfahrer am Hals.

»Ist in unserem System. Sameer Anbar Almasi. Pakistanischer und deutscher Staatsbürger und ehemaliger Schläfer.«

Der Kopf des Radlers schlug wie eine Stoffpuppe hin und her.

»Du kennst ehemalige Schläfer?«

Clemens schien beeindruckter, als er es zugeben wollte. Aber alleine der Umstand, dass er wieder vertraulich wurde, zollte Jürgen eine Art von Respekt, den dieser ohne jegliches schlechtes Gewissen genoss.

»Ich sagte doch, ist in unserem System. Bekommt keine Arbeit. Ich muss ihm die Leistungen kürzen. Wenn ich davon absehe, ist er sicherlich für einen Gefallen zu haben.«

Jürgen war sich da keinesfalls sicher. Er sollte Sami schon noch irgendetwas anderes versprechen, wenn er ihn ernsthaft für dieses Projekt begeistern wollte.

»Dieser Sameer spürt für uns die Terroristen auf, damit wir sie verhaften lassen können? Das ist verdammt nicht dumm.«

Der Autofahrer hatte nun endgültig die Geduld mit dem Radfahrer verloren und ihn auf die Bretter geschickt. Eine Traube Menschen bildete sich.

»Siehst du«, sagte Jürgen. Er hoffte jetzt nur, Sami war dümmer, als er aussah.

Kapitel 6

»Bohnenschäfer wird ziemlich lästig«, sagte Klaus und drehte sich in seinem Schreibtischstuhl, um sofort auf das Anwesen der schwulen Metzger gucken zu müssen. Er ärgerte sich maßlos, dass er das Grundstück nicht bereits vor Jahren gekauft hatte, als es noch kein Bauland war. Aber wer hatte schon geahnt, dass es Mode werden würde, nach Löckerbach zu ziehen und den dortigen Einwohnern die Aussicht zu vermiesen. Warum konnte der Naturschutzbund nicht bereits 200 Meter vor der Waldgrenze eine seltene Fledermaus entdecken? Nun hatte sein Schwiegervater den Vorteil einer unverbaubaren Aussicht, der diesen überhaupt nicht interessierte.

»Dafür hat er jetzt schließlich andere Sorgen«, sagte Landrat Stuben am anderen Ende der Leitung.

»Hoffentlich beschäftigen die ihn lange genug. Ich hatte am Donnerstag einen ziemlich merkwürdigen Anruf von ihm. Ich soll mich mit ihm treffen. Denke, er will mich erpressen.«

»Womit?«

»Wenn ich das wüsste. Wollte nicht mit der Sprache raus.«

»Du hast natürlich auch nicht gefragt«, erwiderte Stuben. Klaus konnte Ironie nicht leiden.

»Klar. Dann merkt er direkt, dass was im Busch ist. Kann immer noch ein Schuss ins Blaue sein.«

»Und was gedenkst du jetzt zu unternehmen?«

»Wieso nur ich? Wir stecken da beide drin. Du hast schließlich auch ziemlich ordentlich davon profitiert.«

»Ich bin aber ein ganzes Stück weg. Du kannst ihn besser im Auge behalten.«

»Was meinst du, was ich tun soll? Den ganzen Tag hinter ihm herschleichen? Sonst geht's dir wohl noch gut.«

Klaus hatte noch nie viel von Stuben gehalten. Typischer Feigling und Duckmäuser, der sich auf seinem Posten vorkam wie der König von Deutschland und noch nicht kapiert hatte, dass die Bürger dort nicht den wählten, der die meiste Kompetenz hatte, sondern nur den mit dem besten Schleimpotenzial. Sich eine kriminelle Vergangenheit zu teilen, bedeutete noch lange nicht, dass man sich mögen musste.

»Hast du mit Jossen gesprochen?«, unterbrach der Landrat seine Gedanken.

»Was sollte das bringen?«

»Vielleicht könnte er schon mal damit anfangen, das Zeug zu entsorgen.«

Diese Antwort bestätigte seine These von Stubens Kompetenz. Mehr noch, sie war ein zusätzlicher Beweis für seine unterirdische Dämlichkeit.

»Klar«, erwiderte er mit erzwungener Ruhe, während er ernsthaft überlegte, den gläsernen Briefbeschwerer an die Wand zu werfen. »Weil es so einfach ist, das Zeug loszuwerden, haben wir es auch jahrelang auf meinem Grundstück entsorgt.«

»Es wäre einfach gewesen, es loszuwerden. Man hätte sich nur an die Gesetze halten müssen.«

»Ja, das solltest du wissen.«

Mit süffisanten Untertönen konnte Klaus noch weniger anfangen als mit Ironie, konnte sie allerdings sehr gekonnt selbst einsetzen.

»Wenn du glaubst, man könne 100 verdammte Fässer voll mit Chemikalien-Suppe in kürzester Zeit mit der Schubkarre entsorgen, dann bist du noch beschränkter, als ich bislang dachte.«

»Mit Beleidigungen kommen wir auch nicht weiter«, sagte Stuben richtig. »Sprich mit Jossen. Vielleicht hat der noch eine Idee. Immerhin geht es hier auch um seinen Kopf.«

»Sein Kopf interessiert mich einen Scheiß. Seine Unterlagen über die Sache dafür umso mehr.«

»Dann besorg sie dir. Braucht er ja nicht mitzukriegen.«

»Ich soll nachts mit schwarzen Klamotten und Skimaske durch die Gegend schleichen und in Speditionen einbrechen? Hast du noch andere so gute Ideen?«

»Ich weiß nicht, wie so was läuft«, sagte Stuben betont harmlos. Vielleicht hatte er gerade die Vision, ihr Gespräch würde abgehört. »Hat man nicht Leute für so etwas?«

»Leute? Was für *Leute*? Am besten noch mehr Mitwisser. Ich kann ja einen Bus voll Rentner hinschicken, die das Büro durchsuchen. Von denen habe ich schließlich genug.«

»Jetzt beruhig dich mal wieder. Wir kriegen das schon hin. Wenn du meinst, dass die Flüchtlingsgeschichte noch nicht reicht, um Clemens zu beschäftigen und seine Wiederwahl zu verhindern, dann müssen wir uns halt was anderes überlegen.«

»Vorschläge?«, fragte Klaus, der keine Lust hatte, sich für Stuben weiter den Kopf zu zerbrechen. Für den stand weitaus mehr auf dem Spiel als für ihn. Sollte er ruhig mal wieder etwas ins Schwitzen kommen.

Das letzte Mal war vor fünf Jahren, als er die Summe hörte, die Jossen und Klaus bereit waren, ihm zu bezahlen, damit er dafür sorgte, dass im richtigen Augenblick keiner so genau hinschaute. Schließlich war Giftmüll eine ernste Sache, die Weltverbesserer auf den Plan rief, die kein Problem damit hatten, dass Kinder in der Dritten Welt auf Computerschrottplätzen spielten, in ihrer Freizeit hochmotorisierte Diesel fuhren und ihr Obst und Gemüse fröhlich in Plastiktüten packten. Natürlich aber nur im Supermarkt und nicht bei den Discountern, die für ihre Ausbeutung der Mitarbeiter bekannt waren. Man wollte schließlich politisch korrekt sein.

Stuben zierte sich eine Weile, aber Klaus hatte ihn mehrmals bei Veranstaltungen seiner Partei getroffen und richtig eingeschätzt. Die Vorteile für Stuben waren einfach zu überzeugend und für Klaus der letzte Beweis, dass es nur auf die Höhe der Summe ankam, wenn man etwas erreichen wollte.

»Wie wäre es mit einem Gegenkandidaten?«, fragte Stuben nach einer kurzen Pause.

»Hatte er in der Vergangenheit schon welche. Hat trotzdem gewonnen.«

»Das ist mir bekannt. Die hatten allerdings von Anfang an nicht den Hauch einer Chance.«

»Hätte ich mir denken können, dass du da deine Finger im Spiel hattest. Hat mich sowieso schon immer gewundert, warum sich ein Trottel wie Bohnenschäfer auf seinem Posten halten kann. Stellt sich nur die Frage, was hast du davon?«

»Du hättest also lieber schon vor Jahren einen Bürgermeister gehabt, der aufmerksam alles verfolgt, was in seiner Gemeinde so vorgeht?«

Diese rhetorische Frage entbehrte einer Antwort. Clemens war bis jetzt tatsächlich absolut auf dem richtigen Posten gewesen. Klaus ärgerte sich über Stubens Weitsicht, die er nun wieder wie einen Orden vor sich hertragen konnte. Er beschloss, die Provokation zu ignorieren.

»Wen schlägst du vor?«, fragte er stattdessen. »Wird zeitlich langsam knapp. Wir sollten schnell einen haben.«

»Ich habe gehofft, das sagst du mir«, erwiderte Stuben.

»Was soll das denn bedeuten? Soll ich selbst kandidieren?«

»Ich hätte schon gerne einen, der auch die Chance hat zu gewinnen.«

»Haha«, erwiderte Klaus humorlos und fing den Briefbeschwerer wieder mit der Hand auf. Vielleicht sollte er ihn direkt nach dem Gespräch an die Wand schmeißen. Die Strohblumen unter dem gegossenen Acrylglas blickten ihn trotzig an. Nur seine Frau kam auf die Idee, so einen Kitsch zu kaufen.

»Wir brauchen jemanden, den die Einwohner der Gemeinde schätzen, zu dem sie Vertrauen haben. Einen ehrenwerten Menschen mit Moral und Prinzipien.«

»Kenne ich keinen«, erwiderte Klaus.

»Das solltest du aber. Schließlich wohnst du in Demarchau. Ich nicht. Wir brauchen jemanden mit grundsoliden

Werten. Aber nicht zu alt. Familienmensch. Das macht sich auf dem Land immer gut.«

»Mal angenommen, dieser Ausbund an Moral wird gewählt. Was hält Bohnenschäfer davon ab, uns trotzdem noch zu verpfeifen?«

»Lass das mal meine Sorge sein.«

»Ich weiß einen«, sagte Klaus mit einer plötzlichen Eingebung, während er alle Menschen, die er kannte, wie auf einem Fließband an seinem geistigen Auge vorbeilaufen ließ. »Der ist perfekt.«

Kapitel 7

Man sah Clemens oft in Löckerbach. Allerdings machte er seine Kontrolltouren immer mit dem Auto. Es wäre ihm im Traum nicht eingefallen, zu Fuß durchs Dorf zu gehen, obwohl das von Rita an schönen Sonntagen mit Regelmäßigkeit gefordert wurde. Clemens kam diesen Aufforderungen nie nach.

»Wo willst du hin?«, fragte Rita, als er im Flur nach seinen Schuhen griff.

»Ich gehe eine Runde durchs Dorf«, erwiderte Clemens, weil er vergessen hatte, sich eine andere Ausrede einfallen zu lassen.

»Bist du verrückt geworden?«, fragte seine Frau ungläubig. »Du bist schon seit gestern Abend so komisch.«

»Herrgott, man kann doch wohl mal einen Spaziergang im Ort machen.«

»*Man* schon. Du nicht«, sagte Rita und musterte ihn. Clemens fühlte sich unter dem prüfenden Blick unwohl. Daher bückte er sich und kramte im Schrank nach dem Taschenschirm, obwohl es nicht regnete.

»Soll ich mitkommen?«, fragte Rita.

»Musst du dich nicht ums Abendessen kümmern?«

»Muss ich? Ich meine, wenn du plötzlich neue Sitten einführst, wer sagt denn, dass du überhaupt zum Abendessen kommst?«

»Ich sage es«, entgegnete Clemens kurz angebunden und floh durch die Haustür.

»Abendessen in einer Stunde«, bekam er noch mit, bevor die Tür ins Schloss fiel.

Seine Hoffnung, auf der Straße würde ihm schon einfallen, was er sich von diesem Spaziergang versprach, erfüllte sich nicht. Er wusste nicht, wie Häuser aussahen, hinter denen sich Schläfer verbargen. Er beschloss, die Straße entlangzuschlendern und die Nachbarn, die sich draußen herumtrieben, in ein Gespräch zu verwickeln. Das waren auch bei frischen Herbsttagen in der Regel immer etliche. In Löckerbach spielte sich das gesellschaftliche Leben auf der Straße ab.

Er ging die Hauptstraße entlang Richtung Altenheim und fragte sich, wer auf der gegenüberliegenden Straßenseite alles hinter den Gardinen klebte, um ihn mit den Augen zu verfolgen. Clemens konnte sich nicht daran erinnern, wann er das letzte Mal hier entlanggegangen war. Nach einer leichten Rechtskurve kam das Altenheim in sein Blickfeld. Nach ein paar weiteren Metern stand er vor dem vergammelten Altbau und blickte die Nebenstraße hoch auf den weitaus hübscheren Anbau, der ebenso ein Blender war wie sein Erbauer. Clemens fühlte sich fast philosophisch, nachdem ihm das durch den Sinn ging. Das Gefühl verflüchtigte sich jedoch rasch, als neben ihm ein Auto hielt, aus dem Doris Durr stieg, die beunruhigend zielgerichtet auf ihn lossteuerte. Wegen Menschen wie ihr ging er nicht gerne vor die Tür.

Doris war Witwe, wie sie selbst immer gerne betonte. Das stimmte allerdings so nicht. Ihr Mann war vor zwölf Jahren einfach verschwunden und nirgendwo wieder aufgetaucht. Vor zwei Jahren ließ Doris ihn für tot erklären, weil sie sonst keine Möglichkeit gehabt hätte, an die Gelder auf den Konten heranzukommen, deren Vollmacht sie nie besessen hatte. Clemens lobte ihren Mann zwar posthum für diese Weitsicht, musste aber einsehen, dass ihm das im Endeffekt nicht viel eingebracht hatte. Dass das Geld von seinen Konten auch nach Jahren nicht abgeholt wurde, vereinfachte es Doris, den Tod ihres Mannes auch vor Gericht durchzusetzen, und bestärkte die Löckerbacher Ältesten in ihrer Ansicht, dass Egon Durr in den Himmel aufgefahren war, was ihm keiner missgönnte, ganz egal wie schmerzlich der Weg dorthin für ihn auch gewesen sein musste.

»Bohnenschäfer, du bist wohl verrückt geworden«, kreischte Doris, ohne ihre Lautstärke der Situation anzupassen. Clemens hätte ihr gerne gesagt, dass sie auf offener Straße nicht so schreien sollte, fürchtete sich aber vor den Konsequenzen.

»Ich weiß nicht, was du meinst«, antwortete er daher ehrlich. Er wusste es wirklich nicht.

»Du weißt sehr wohl, was ich meine.«

Mit ihrer Art zu diskutieren war sie ohne Weiteres mit seiner Frau austauschbar. Allerdings trachtete die ihm nicht nach dem Leben. Hoffte Clemens zumindest.

»Der Schmelzer erzählt es schon überall in der Gegend rum.«

Clemens hasste die Angewohnheit, Leute grundsätzlich mit dem Nachnamen anzureden, obwohl er es bei Karl verstehen konnte.

»Ich weiß, dass er sich über die Paketdienstfahrer aufregt«, sagte er. »Kann ich aber nichts dran machen. Das könntest wenigstens du verstehen, wenn ich bei ihm schon nicht weiterkomme.«

»Paketdienstfahrer? Willst du mich auf den Arm nehmen?«

»Nicht?«, fragt Clemens verwirrt. Ihm fiel beim besten Willen nicht ein, was Karl sonst erzählen könnte. Aber das bedeutete nicht viel. Dem konnte schon längst wieder etwas anderes quergekommen sein.

»Schwachsinn. Was fällt dir ein, Flüchtlinge in unserem Dorf zuzulassen?«

»Woher weißt du das denn?«

»Also stimmt es. Ich hatte die Hoffnung, dass der Alte wieder spinnt.«

Clemens versuchte, den Gedanken zuzulassen, Klaus hätte seinen Schwiegervater von seinen Plänen unterrichtet. Das schien ihm nicht vollkommen absurd. Die beiden hassten sich mit blinder Leidenschaft. Gut möglich, dass Klaus ihm das in der Hoffnung erzählt hatte , dass der alte Nazi vor

Schreck einen Herzinfarkt bekam. Prinzipiell war es Clemens egal, wie sich Klaus seines Schwiegervaters entledigte, diese Information hätte er jedoch lieber so lange wie möglich unter Verschluss gehalten.

»Es stimmt nicht«, versuchte er verzweifelt, seine Lage zu retten. »Das hat Klaus ihm sicher erzählt, um ihn zu ärgern.«

»Lüg mir nicht so frech ins Gesicht. Karl weiß es von dir.«

»Doris, ich gebe dir Brief und Siegel, dass ich Karl niemals so etwas erzählt habe.«

»Musstest du auch nicht. Er hat es in den Unterlagen auf deinem Schreibtisch gelesen.«

Jetzt fiel es ihm wie Schuppen von den Augen: das Wasser, das Karl verlangt hatte. Dafür hatte Clemens den Raum verlassen. Verdammt! Er war schon immer der Meinung gewesen, dass man Querulanten nicht zu viel Höflichkeit zollen sollte. Die Sorge um Wählerstimmen machte einen Idioten aus ihm. Hätte er sich an seinen eigenen Ratschlag besser mal gehalten.

»Ja, es stimmt«, erwiderte er nur. Er musste sich jetzt nicht noch lächerlich machen, indem er leugnete, was das Zeug hielt.

»Hör mir mal gut zu, mein Freund«, sagte Doris. Wenigstens hatte sie nun ihre Lautstärke gesenkt. »Das wird dir den Hals brechen. Keiner hier im Ort will das. Das weißt du. Du hast es geschafft, uns und dem Rest der Gemeinde das vom Hals zu halten. Deswegen wirst du gewählt. Denn ansonsten bist du eine ziemliche Pfeife.«

»Ich werde sicher nicht allein deswegen gewählt. Ich war schon Bürgermeister, bevor das mit den Flüchtlingen anfing«, erwiderte Clemens.

»Weil es um nichts ging. Wir hätten auch eine Bauchrednerpuppe gewählt. Aber hiermit kommst du nicht durch. Das versichere ich dir.«

Nach dieser Drohung stieg sie in ihr Auto. Clemens drehte sich um und wanderte wieder nach Hause. Es war immer eine schlechte Idee, zu Fuß das Haus zu verlassen. Auch so ein Ratschlag, den er mal besser beherzigt hätte.

»Du bist aber schnell wieder zurück«, sagte Rita, als er die Haustür öffnete.

»Doris ist wie eine Furie auf mich los. Karl, der verdammte Hund, hat in meinen Papieren geschnüffelt und jedem erzählt, was Klaus vorhat.«

»Warum lässt du auch alles rumliegen«, erwiderte Rita nur und ging zurück in die Küche.

Das war das äußerste Maß liebevoller Unterstützung, zu dem sie fähig war. Clemens beschloss, sich die woanders zu suchen und Klaus anzurufen. Von dem konnte er zwar keine liebevolle, vielleicht aber doch Unterstützung bekommen, wenn er es richtig anstellte. Er musste Klaus nur den richtigen Knochen unter die Nase halten. Leider hatte er noch keinen gefunden. Das Rathaus wusste arg wenig über Klaus. So wenig, dass es Clemens schon verdächtig vorkam. Es musste einfach etwas geben. Um das zu finden, brauchte es wahrscheinlich ein wenig mehr Vorarbeit. Nur kostete das Zeit. Die Zeit war allerdings von entscheidender Bedeutung. Davon hatte Clemens leider nicht genug. Also musste er improvisieren.

»Unser letztes Gespräch war ein bisschen unglücklich«, sagte er daher ein paar Minuten später am Telefon.

»Für dich vielleicht. Für mich läuft im Moment alles bestens.«

Clemens konnte unmöglich beurteilen, ob das wahr war. Klaus hörte sich immer an, als hätte er in einer Lotterie den ersten Preis gewonnen.

»Genau darüber wollte ich noch mal mit dir reden.«

»Bohnenschäfer, vergiss es. Ich weiß, dass du dir vor Zorn die Arschbacken zusammenkneifst, aber es wird dir nichts nützen.«

Irgendwie hatte er sich diese respektlose Art von Karl abgeguckt. Die beiden hatten mehr gemeinsam, als sie zugeben würden.

»Du solltest wissen, dass dein Schwiegervater in der Gegend herumläuft und es bereits jedem erzählt.«

»Und das soll mich interessieren? Warum? Wegen mir kann der verdammte Alte eine Sendezeit im Fernsehen kaufen.«

»Ich dachte nur«, sagte Clemens vage.

Was zum Henker hatte er hier eigentlich vor? Wenn er wollte, dass Klaus anbiss, musste er ihm allmählich einen richtigen Köder unter die Nase halten.

»Ich weiß, dass du scharf auf sein Grundstück bist«, sagte er daher.

»Na und, jeder in Löckerbach weiß das. Wegen mir die ganze verdammte Welt.«

»Aber die ganze Welt kann dir nicht helfen, da ranzukommen.«

»Aber du?«

»Ich könnte es mir vorstellen.«

»Wenn du irgendeine Idee hast, dann spuck's aus.«

»Nicht so schnell. Schließlich will ich dafür eine Gegenleistung.«

»Lass mich raten. Ich soll das Flüchtlingsprojekt aufgeben, damit dein Arsch gerettet ist.«

»Wir hätten beide was davon.«

»Wenn du glaubst, dass du mich mit ein bisschen blauem Dunst ködern kannst, dann bist du verrückt«, sagte Klaus.

Verrückt wollte Clemens nicht sein, in seinen alten Job zurück aber auch nicht. Nur darauf würde es unweigerlich hinauslaufen, wenn Demarchaus Bürger ihm ihre Stimmen vorenthielten. Er versuchte, sich daran zu erinnern, wer dieses Mal sein Gegenkandidat war. Vergeblich. Bis jetzt hatte er den nicht für wichtig genug empfunden, sich wenigstens sein Gesicht zu merken.

»Das ist kein blauer Dunst. Du weißt so einiges nicht, was deinen Schwiegervater angeht.«

Clemens wusste das ebenfalls nicht, hoffte aber, damit durchzukommen.

»Und das wäre?«

»Zum Beispiel weißt du garantiert nicht, dass nach dem Tod von Brittas Mutter nicht alles mit rechten Dingen zugegangen ist.«

»Was soll das bedeuten? Dass der Alte die umgebracht hat?«

»Nach ihrem Tod. Hör mir zu.«

»Wahrscheinlich spukt sie auf dem Anwesen rum. Wenn sie es länger als zehn Minuten mit dieser Pest in einem Zimmer ausgehalten hat, kann sie bestimmt nicht anders.«

»Nichts dergleichen. Aber sie hatte von Haus aus noch etwas Geld. Das sollte eigentlich Britta bekommen. Hat ein handschriftliches Testament gemacht, das leider nach ihrem Tod ziemlich schnell verschwunden ist.«

Clemens fragte sich, was zum Teufel er eigentlich hier erzählte. Er hatte sich an einen Fall Anfang des Jahres in Frackhausen erinnert, in dem eine Frau ihr Vermögen der Haushälterin vermacht hatte.

»Du willst sagen, der Alte hat Vermögen, das eigentlich mir zusteht?«

»Deiner Frau«, korrigierte Clemens ihn.

»Das würde die Geschichte über das Geld glaubhaft machen, das er angeblich irgendwo versteckt hat.«

»Wäre eine Erklärung«, pflichtete Clemens ihm bei, als er versuchte, seine Frau alleine mit der Kraft der Suggestion zu verscheuchen, die er plötzlich im Türrahmen entdeckte und die fassungslos mit dem Kopf schüttelte.

»Danke für die Info. Aber wofür brauche ich dich dabei?«

»Das Geld findest du nur, wenn dein Schwiegervater aus dem Haus verschwindet. Das wird er nicht freiwillig tun.« Er machte eine dramatische Pause.

»Weiter!«, sagte Klaus, hörbar genervt.

»Ich kann aber beweisen, dass das Haus da gar nicht stehen darf.«

»Ja und? Gibt es sicher noch viele. Vor allen Dingen aus der Zeit nach dem Krieg. Dann zählt es mittlerweile zum Bestandsschutz. Was soll das bringen?«

»Ich rede hier nicht von einer Baugenehmigung. Karl hat auf dem Grundstück Fliegerbomben und Waffen aus dem Zweiten Weltkrieg deponiert. Er wollte nach Hitlers Sturz sein persönliches Waffenarsenal für den Wiederaufbau des Reiches bunkern.«

Clemens wedelte unwirsch mit der rechten Hand in die Richtung seiner Frau, die ihm einen Vogel zeigte, aber wenigstens aus dem Türrahmen verschwand.

»Was soll ich deiner Meinung nach jetzt machen?«, fragte Klaus. »Zur Polizei gehen und den Alten wegen Waffenschieberei anzeigen? Die erklären mich doch für verrückt.«

»Nicht, wenn du Beweise hast.«

»Die ausgerechnet du mir beschaffen kannst.«

»Du vergisst, ich bin zwanzig Jahre älter als du.«

»Trotzdem warst du direkt nach dem Krieg noch nicht geboren.«

Wenn Klaus seine Rechenkünste mal bei seinen Geschäften angewendet hätte, wäre er vielleicht nicht mit Pauken und Trompeten damit untergegangen.

»Das meine ich nicht. Ich habe aber zwanzig Jahre mehr Wissensvorsprung. Ich weiß, wo die Leichen begraben sind. In dem Fall habe ich etwas, das beweist, was ich sage. Dann wird das Grundstück sowieso geräumt und Karl stecken sie ins Pflegeheim. Fürs Gefängnis ist er wohl zu alt. Und schon kannst du auf dem Grundstück machen, was du willst, wenn die Jungs vom Bombenräumkommando erst einmal weg sind.«

»Und wie stellst du dir unseren Deal jetzt vor?«

»Du bläst die Nummer mit den Flüchtlingen ab. Ich lass mich in der Gemeinde etwas feiern und werde wiedergewählt. Dann bekommst du die Unterlagen und kannst damit deinen Schwiegervater vom Grundstück vertreiben. Nur das mit dem Bombenräumkommando solltest du ernst nehmen. Nicht dass wir hier noch alle in die Luft fliegen.«

»Ich überlege es mir«, erwiderte Klaus knapp.

Clemens musste sich beglückwünschen, auf Anhieb den richtigen Knochen ausgegraben zu haben. Rita sah das ein wenig anders.

»Sag mal, was erzählst du denn da für einen Unsinn? Bomben auf dem Schmelzer-Grundstück? Tickst du noch ganz richtig?«

»Lass mich mal machen«, sagte Clemens gönnerhaft. »Du willst doch auch Gattin des Bürgermeisters bleiben, oder? Das nennt man kreative Kriegsführung.«

»Kreativen Blödsinn nennt man das. Nur weil Karl das im Dorf erzählt hat, was früher oder später sowieso herauskommt?«

»Damit hat das gar nichts zu tun«, verteidigte Clemens sich. Hatte es natürlich doch, aber das würde er Rita nicht auf die Nase binden. »Karl ist nur das Mittel zum Zweck. Schließlich musste ich Klaus mit etwas locken, das ihm wichtig ist.«

»Mit Fliegerbomben aus dem Zweiten Weltkrieg und einem Erbe, das es gar nicht gibt?«

»Nur noch eine lausige Amtszeit, dann kann ich in Rente gehen. Da bin ich bei den Methoden nicht wählerisch. Wenn die Wahl gelaufen ist, kann mir Klaus den Buckel runterrutschen und seine Flüchtlinge ebenso. Sollen sie halt kommen, was kann mir dann noch passieren?«

»Dass dir Klaus ein paar um die Ohren haut vielleicht«, sagte Rita und sah nicht aus, als würde ihr das leidtun.

»Das wäre ein moderater Preis für den Vorteil, weiter Bürgermeister zu sein.«

»Noch mal wieder Ehemann zu sein, wäre auch nicht schlecht«, bemerkte Rita. Da sie sonst nie von solchen Dingen sprach, fand Clemens das gleich doppelt beunruhigend.

»Wieso, bin ich doch«, antwortete er ausweichend.

»Ja, wenn es darum geht, am Tisch zu sitzen und auf das Essen zu warten. Sonst merke ich leider nicht viel davon.«

»Ich habe halt viel um die Ohren.«

»Womit? Mit Blumen pflanzen und im Rathaus die Zeitung lesen?«

»Findest du deine Einschätzung der Lage nicht ein bisschen einseitig?«

»Ich habe keine Lust, den Rest meines Lebens an der Seite eines Mannes zu verbringen, der mich nur dann wahrnimmt, wenn ich ein Tablett mit Essen vorbeitrage.«

»Aber dir geht es doch gut. Du hast ein schönes Haus, deine Landfrauen und viel Freizeit.«

»Was soll's. Es hat sowieso keinen Zweck«, erwiderte Rita und ging zurück in die Küche.

»Gibt es jetzt was zu essen?«, fragte Clemens dennoch hoffnungsfroh, bekam jedoch keine Antwort.

Clemens war von Beruf Verwaltungsfachangestellter. Das klang an sich schon nicht nach abenteuerlichem, frauenverschleißendem Leben eines Helden. War es auch nicht. Das fand auch Rita, die Clemens im Rahmen einer Busreise kennengelernt hatte.

»Was machst du denn da so?«, hatte sie über die Schulter gefragt, während sie die Magnolien im Vogelpark betrachtete.

»Mich um öffentliche Belange kümmern«, sagte Clemens wichtig. Allerdings erzielte das nur an dem Tag einen Eindruck, an dem Rita diese Aussage keiner Überprüfung unterziehen konnte. Zumindest reichte es, ihr Interesse so lange wachzuhalten, bis sie Clemens zwei Tage später überraschend im Rathaus besuchte, um festzustellen, dass *öffentliche Belange* extrem an Spannung verloren, wenn man sie nicht in der romantischen Verklärtheit der schönen Natur, sondern im realen Leben betrachtete.

Das und ein paar ungelenke Flirtversuche von Clemens kühlten ihr Interesse auf die Temperatur herunter, in der abgestorbenes Fleisch nicht mehr zum Leben erweckt werden konnte. Das wäre auch so geblieben, wenn Clemens nicht eine Rede vor dem Komitee für Grundrechte und Demokratie hätte halten müssen. Seit diesem Tag befand Rita offensichtlich, dass der unauffällige Mann mit ein paar Pfund zu viel auf den Hüften vielleicht doch aus einem Material bestand, aus dem sie etwas machen konnte.

Clemens hätten Ritas Pläne beunruhigt, wenn er nicht so verliebt gewesen wäre. Aber allein der Gedanke, dass diese hochgewachsene naturblonde Frau mit der schlichten Eleganz Interesse an ihm zeigte, schoss seinen Lebensplan schon derart über das Ziel hinaus, dass er lange Zeit der Meinung war, endlich das gefunden zu haben, was ihn für den Rest seines Lebens glücklich machen würde. Die Erfahrung, dass der Rest des Lebens in der Jugend spannender wirkte, als sich manchmal im Nachhinein herausstellte, mussten beide über die Jahre erst noch machen.

Selbst die schönste Frau begann einen zu langweilen, wenn man sie Tag für Tag bei denselben Verrichtungen erlebte, ohne durch gelegentliche sexuelle Übergriffe wieder derart betäubt zu werden, dass einen der Stumpfsinn der eigenen Ehe nicht mehr ganz so unsanft traf. Denn Rita war nicht nur in der Haushaltsführung, sondern auch beim Einsatz von Zärtlichkeiten dermaßen sparsam, dass sich in Clemens eine Zeit lang die Idee breitmachte, sie wäre asexuell.

Umso nachhaltiger trieb Rita ihre Interessen vorwärts, Clemens zu dem umzumodeln, was sie am Anfang ihrer Beziehung in ihm gesehen hatte. Trotz ihres Mangels an Empathie war sie eine kluge Frau, der klar war, dass sie dafür nur im Rahmen ihrer Möglichkeiten agieren konnte. Was nichts anderes hieß, als: Du kannst aus einem Traber keinen Galopper machen. In dem Fall war die Trabrennbahn das Rathaus. Rita würde Clemens wenigstens dort zum Champion machen.

Hätte man Clemens gefragt, wäre schnell klar geworden, dass ihm sein Job in der Verwaltung gereicht hätte. Als sich herausstellte, dass Kinder für Rita keine Option waren, und um den Mangel an körperlicher Aktivität in seiner Ehe auszugleichen, hatte er sich längst eine Ersatzbefriedigung im opulenten Garten seines Grundstückes verschafft. Die Hege und Aufzucht von Pflanzen vermittelten ihm das Gefühl von Befriedigung, das ihm seine Frau konsequent verwehrte.

Das Baugrundstück in Löckerbach war ein Geschenk seiner Eltern zur Hochzeit gewesen. Eigentlich hätte der alte Bohnenschäfer das lieber lukrativ an den alten Landgräber verscherbelt, was ihm aber von seiner Frau untersagt wurde mit der Begründung, er solle froh sein, dass ihr langweiliger Sohn eine dermaßen gute Partie gemacht hatte, die man allerdings mit etwas mehr fesseln musste, als Clemens selbst zu bieten hatte. Ein gepflegtes Eigenheim in einem aufstrebenden Umfeld – so betrachtete man Löckerbach zu der Zeit noch – würde da genau das Richtige sein. Leider erwies sich das Umfeld dann nicht als ganz so aufstrebend wie von der Mutter erhofft. Allerdings reichte es, um Rita so lange bei Laune zu halten, bis sie Clemens genau in der Position hatte, in der er bis heute war.

Clemens empfand diese Position wesentlich angenehmer als anfangs angenommen, zumal er schnell feststellte, dass von ihm nur erwartet wurde, präsent zu sein und den Mitarbeitern des Rathauses nicht auf die Nerven zu gehen. Da Rita Ähnliches verlangte, wurde er mit der neuen Situation schnell warm und überließ die Verbandsgemeinde Demarchau ihrem routinierten Rhythmus, während er die Annehmlichkeiten seines Amtes schnell zu schätzen wusste. Er hatte nicht vor, sich diese kampflos nehmen zu lassen.

Kapitel 8

Britta Landgräber empfand es offensichtlich als ihre Pflicht, ihren Vater einmal die Woche in seinem Zuhause aufzusuchen, um ihm die Ohren vollzujammern, wie groß doch ihre Sorgen seien, dass ihm hier oben alleine etwas passieren könnte. Dabei wusste jeder, dass es ihr im Prinzip völlig gleichgültig war, ob er sich auf der Kellertreppe den Hals brach. Da konnte sie mit Klaus noch so oft sonntags in die Kirche rennen, um aller Welt zu demonstrieren, wie wichtig es war, ein guter Christ zu sein. Damit das auch jeder in Wolperach mitbekam, rauschte Familie Landgräber grundsätzlich zehn Minuten zu spät in die Kirche ein, was den Pfarrer immer dazu veranlasste, bei der Predigt mahnende Worte in Richtung des linken Kirchenschiffs auszusprechen, die an der vermeintlich wichtigsten Familie der Gemeinde abglitten wie Butter an der heißen Kartoffel. Britta ging da sowieso nur hin, um Neuigkeiten aus ihrer Garderobe zu zeigen.

Karl hätte es eher als christliche Nächstenliebe empfunden, wenn sie mit ihrem Hintern auf der anderen Seite des Dorfes geblieben wäre. Aber Britta investierte so viel Anstrengung in das Unterfangen, dass es auch jeder im Ort mitbekam, wie gut sie sich um ihren Vater kümmerte, dass es Karl wunderte, nicht einmal in der Woche einen Fanfarenzug die Straße zu seinem Gehöft hochkommen zu sehen, mit seiner Tochter als Tambourmajorin. Mit ihrer leutseligen Art war allerdings Schluss, wenn sie sich unbeobachtet fühlte, spätestens jedoch dann, wenn sie in seinem engen Flur stand und die Haustür hinter ihr zufiel.

»Ich finde es sehr bedenkenswert, dass du immer noch mit offenem Feuer hier herumspielst«, sagte sie und setzte sich, nachdem sie das Küchentuch auf die Sitzfläche des Stuhls gelegt hatte.

»Das kannst du dir sparen, hier ist alles sauber«, knurrte Karl. Auf Sauberkeit hatte er sein ganzes Leben äußersten Wert gelegt.

»Mag sein, aber das Kostüm war so teuer, da kann ich kein Risiko eingehen«, sagte Britta und polierte zur Bekräftigung die Tischplatte noch mit ihrem Taschentuch.

»Was kümmert's dich? Du hast es doch nicht bezahlt.«

Karl stellte den Korb voller Briketts mit einem Knall auf den Tisch. Kohlenstaub flog herum. Britta hustete und wedelte mit der Hand vor ihrer Nase.

»Du brennst hier noch die ganze Hütte ab. Klaus sagt, das mit dem Ofen ist mehr als gefährlich. Was da alles passieren kann.«

»Ich heize seit 80 Jahren hier mit Holz und gedenke, das meine letzten Jahre auch noch zu tun.«

Die hoffentlich nicht mehr so zahlreich sein werden, das konnte er Brittas Gesicht entnehmen.

»Und ich sage dir, damit ist hier langsam Schluss. Du kannst dich jeden Tag schlechter bewegen. Einen Berg kommst du schließlich gar nicht mehr hoch, ohne trotz zwanzig Pausen nach Luft zu schnappen.«

»Was ein Problem wäre, wenn ich hier drinnen einen Berg hätte«, entgegnete Karl. »Der einzige Berg, der mich schafft, ist der steile Felsen zu eurem Haus. Wenn ich den nicht mehr schaffe, stelle ich einfach die Besuche bei euch ein. Kommt sowieso nichts bei herum.«

»Wenn wir schon dabei sind: Warum hast du Felix bedroht?«

»Ich weiß nicht, wovon du sprichst. Ich wollte zu euch hinein und dieser unverschämte Bengel hat mich vor der Tür stehen lassen. Wenn er sich dabei bedroht gefühlt hat, ist er eine noch größere Memme, als ich gedacht habe.«

»Das habe ich anders gehört. Klaus und ich tolerieren es nicht, wenn du unseren Sohn angehst.«

»Ich habe dir gerade gesagt, ich habe diesem Fettsack nichts getan. Er lügt, wenn er etwas anderes behauptet.«

»Klaus sieht das anders und ich auch. Wir finden, es wäre wesentlich besser, wenn du zu uns ins Altenheim kämest.«

Karl hatte nun schon seit Jahren auf so etwas gewartet, trotzdem traf es ihn überraschend. Er schlug die Ofenklappe zu und zog den Handschuh aus.

»Das würde euch so gefallen«, sagte er und hatte nicht übel Lust, seiner Tochter den rußigen Handschuh um die Ohren zu hauen. »Ich weiß, worum es euch geht. Das Grundstück hier bekommt ihr erst, wenn ich es mit den Füßen voraus verlasse.«

2.000 Quadratmeter beste, unverbaubare Wohnlage mit Autobahnanbindung. Die Grundstücke in Löckerbach waren alle ganz ordentlich was wert, aber keines würde sich so gut an den Mann bringen lassen wie seines.

»Du gehst ins Altenheim.« Das hatte Britta anscheinend schon beschlossen. »Wenn du dich anstellst, werden wir dafür sorgen, dass du es nicht mehr tust.«

»Was wollt ihr machen? Mich um die Ecke bringen?«

»Wenn es nicht anders geht? Warum nicht? Aber vielleicht finden wir noch eine Lösung, die etwas unblutiger ist.«

»Ich habe dich großgezogen, dir Bett und Essen gegeben und dann willst du mich aus dem Haus werfen?«

»Komm mir nicht mit Bett und Essen. Das konntest du mir früher erzählen. Dass ich das bekommen habe, war, wie ich heute weiß, deine Pflicht. Aber unsere Pflicht ist es nicht, täglich in Angst und Schrecken zu leben, dass dir etwas passiert.«

Karl schnaubte bei dem letzten Satz. Britta war noch nie eine besonders gute Schauspielerin gewesen. Ihre Angst und ihr Schrecken bestanden nur darin, morgens keine passende Handtasche zu ihren Schuhen zu finden.

»Erzähl nicht so einen Blödsinn. Sag deinem Trottel von Mann, dass ich hierbleibe, bis ich tot umfalle. Von dem kommt diese ganze Komödie nämlich. Ich werde weder mein Haus noch mein Grundstück verlassen, und wenn, dann nur mit den Füßen vorwärts.«

»Hör zu, wir sind deine Starrköpfigkeit mehr als leid. In deinem Alter wohnt man einfach nicht mehr allein. Klaus sagt, wenn du nicht mit dir reden lässt, wirst du entmündigt. Dann kannst du runter ins Altenheim, wirst versorgt und brauchst dich um nichts mehr zu kümmern.«

»Entmündigen?«, brüllte Karl. Seine Stimme hatte eindeutig noch keine Alterserscheinungen. »Was fällt euch ein?«

»Ich habe Klaus schon gesagt, dass du darauf bestimmt nicht gut reagieren wirst.«

»Verlass sofort mein Haus!«, wetterte Karl und zwang sich, sich zu beruhigen. Jetzt tot umfallen, das würde seiner Tochter und ihrer Satansbrut so gefallen. Er nahm probeweise ein Brikett aus seinem Korb.

»Ich wollte sowieso gerade gehen«, sagte Britta eilig und flüchtete aus der Küche. Sie rannte dabei fast Peter Schuster über den Haufen, der auf einmal im Zimmer stand und wegen Karls Gebrüll anscheinend nach dem Rechten sehen wollte.

»Was hat er gesagt?«, fragte Klaus begierig, als Britta ihren Mantel an den Haken hängte.

»Wie wäre es, wenn du selbst hingegangen wärst«, erwiderte Britta schnippisch und ging an ihm vorbei in die Küche, um im Schrank auf den Zehenspitzen nach einer Schachtel Pralinen zu angeln. Die standen extra so weit oben. Nicht nur, damit sie nicht unnütz in Versuchung geriet, sondern auch, um sie Felix vorzuenthalten. Sie hörte zwar nicht gern, dass er zu dick war, wollte aber auch nicht unbedingt die Mutter eines Jungen sein, der aussah wie ein Milchbrötchen mit Rosinenaugen.

»Also nicht gut«, konstatierte Klaus.

Manchmal fragte er sich, wofür seine Frau eigentlich zu gebrauchen war, wenn sie nichts anderes leistete, als sein Geld zum Fenster hinauszuwerfen. Er betrachtete sie, als sie ihre eng sitzende Bluse wieder herunterzog, und wusste wieder wofür.

»Er hat mich fast rausgeworfen, so zornig war er.«

»Du lässt dich doch nicht ernsthaft von einem 95-jährigen Greis erschrecken?«

»Ich wiederhole mich gerne: Geh doch selbst hin und regle es.«

Das war keine Option, was Britta auch genau wusste. Beim letzten Mal, als Klaus das Grundstück seines Schwiegervaters betreten wollte, hätte der ihn fast erschossen. Sein Glück war, dass Karls Motivation, sein Vorhaben auch wirklich durchzuziehen, größer war als das Vermögen seiner Augen, ein bewegliches Ziel noch sicher zu treffen. Einzig und allein Peter Schuster war es zu verdanken, dass er heute noch unversehrt vor der Küche stand, da der sich auf den Weg gemacht hatte, um Karl Kartoffeln aus seinem Garten zu bringen. Das Klingeln des Telefons riss ihn aus seinen Überlegungen.

»Geh du dran. Mir reicht es für heute erst einmal«, sagte Britta und schloss zur besseren Demonstration ihres Genervtseins die Küchentür vor seiner Nase.

Klaus blies seinerseits genervt Luft aus seinen fülligen Wangen und ging ins Arbeitszimmer, um den Anruf dort entgegenzunehmen. Ein paar Sekunden später wünschte er sich, er hätte das gelassen.

»Klaus, Regina hier«, sagte die Stimme knapp, die er zu keiner Tageszeit gern hätte hören wollen. Allerdings kannte er keinen in Löckerbach, der das wollte. Nicht einmal ihr eigener Mann Walter.

»Wir sollten uns mal unterhalten.«

»Worüber?«, fragte er knapp. »Ich habe nicht viel Zeit.«

»Die wirst du dir nehmen müssen. Es betrifft nämlich dich.«

Das konnte in Reginas Fall alles Mögliche bedeuten, von dem zu laut dröhnenden Motor seines Porsches bis hin zu der Geschwindigkeit, mit der er durch den Ort zu fahren pflegte. Daher war Klaus nicht sonderlich beunruhigt. Allerdings hatte Regina ihn noch nie zu Hause angerufen. Normalerweise zog sie die Konfrontation von Angesicht zu Angesicht vor. Er seufzte, vergaß dabei jedoch leider, den Hörer abzudecken.

»Langweile ich dich? Keine Sorge, gleich wird es spannender.«

»Tu mir einen Gefallen und sag endlich, was du von mir willst.«

»Du kennst doch das Grundstück unten am Steinbruch?«

»Natürlich«, entgegnete Klaus und es wurde ihm warm um den Kragen. »Das gehört mir schließlich.«

»Das weiß ich. Aber das ist nur die halbe Wahrheit, habe ich gehört.«

»Was redest du da für einen Unsinn?« Angriff war der einzige Weg, mit Menschen wie Regina umzugehen. Hätte ihr Mann das frühzeitig kapiert, hätte er heutzutage vielleicht mal was zu sagen. »Komm endlich zum Punkt.«

»Der Punkt ist, dass auf diesem Grundstück seit fünf Jahren etwas vor sich geht, das die Behörden interessieren würde.«

»Der Punkt ist, dass du eine blühende Fantasie hast und noch nicht einmal eine besonders originelle.«

»Du gibst es also zu.«

»Ich gebe überhaupt nichts zu.« Irgendwie hatte er sich in eine Position drängen lassen, in die er auf keinen Fall gewollt hatte. »Was willst du eigentlich von mir, verdammt noch mal?«

»Dass Jürgen als Bürgermeister kandidiert, ist doch auf deinem Mist gewachsen? Oder?«

»Warum sollte es?«

»Richtig. Warum? Du kannst verstehen, dass mich das stutzig macht.«

»Noch mal, wie kommst du darauf, dass ich mit Jürgens Kandidatur etwas zu tun habe?« Klaus hatte schon als Kind keine Karussellfahrten gemocht, weil die nirgendwo hinführten. Genau wie das Gespräch hier.

»Weil mir das seine Frau erzählt hat.«

Diese verdammten Weiber und ihr Tratsch. In diesem Fall zählte er Jürgen mit dazu. Er hatte ihm Geheimhaltung auferlegt mit dem Ergebnis, dass es nur einige Stunden später nicht nur seine Frau, sondern bald noch die ganze Gemeinde wusste.

»Keine Sorge, ich erzähle es niemandem«, sagte Regina, als hätte sie seine Gedanken gelesen. »Ich frage mich nur, warum. Schließlich machst du nichts, wenn du dir nichts davon versprichst.«

»Ich frage dich noch mal: Was willst du?«

»Jürgen soll seine Kandidatur zurückziehen.«

»Warum?«

»Weil es meiner schaden könnte. Jürgen hat gute Chancen. Deswegen hast du ihn schließlich genommen.«

»Wieso musst du unbedingt kandidieren? Was soll der Quatsch?«

»Sagen wir mal, weil ich Clemens eins auswischen möchte, und ich bin sicher, dass sich unsere Interessen decken könnten.«

Klaus konnte sich keinen Vorteil vorstellen, den Regina mit dem Einzug von Flüchtlingen ins Altenheim haben könnte.

»Was willst du mir damit sagen? Dass ich mit dir besser bedient wäre als mit Jürgen?«

»Natürlich.«

Regina klang jetzt schon siegesgewiss. Normalerweise hätte Klaus spätestens hier das Gespräch äußerst unfreundlich beendet, der Gedanke an sein Wiesengrundstück hielt ihn allerdings davon ab.

»Was schlägst du vor?«, fragte er deshalb.

»Pfeif Jürgen wieder zurück.«

»Das kannst du vergessen. Die Idee, Bürgermeister zu werden, gefällt ihm. Jedenfalls entwickelt er auf einmal überraschenden Ehrgeiz.«

Jürgen hatte sich in einem Grafikstudio in Walderau nach dem Druck von Wahlplakaten erkundigt. Klaus hatte das von Pechstein erfahren, der abends mit ihm Squash spielte. Dem gehörte der Laden. Klaus hatte sich zwar gefragt, warum Jürgen aus seiner Strohmannrolle herausfiel, beschloss aber, dass es ihn nicht kümmerte, solange das Ergebnis dasselbe war.

»Dann überzeuge ihn. Denk an die Wiese am Steinbruch.«

»Ich denke an nichts anderes«, erwiderte er sarkastisch. Leider traf das die Wahrheit ziemlich genau. »Ich denke aber an noch was anderes. Zum Beispiel an einen verdammt toten Mann, den ich vor zwölf Jahren gesehen habe. Der sah nicht aus, als wäre er einfach friedlich umgefallen.«

»Wovon redest du?«

Täuschte er sich oder klang Regina jetzt ebenfalls beunruhigt. Schadete ihr nichts. Warum sollte er der Einzige sein, dem es so ging?

»Ich denke, das weißt du genau.«

Klaus beglückwünschte sich, dass ihm das Verschwinden ihres Schwagers eingefallen war. Für einen kleinen Testballon war es allemal gut. Auch wenn Regina und ihre Schwester Doris keine angenehmen Zeitgenossen waren, hielten sie dennoch zusammen. Regina würde nichts tun, was ihre Schwester gefährdete. Ihr Schweigen am anderen Ende bestätigte ihm das.

»Das ist unmöglich«, sagte sie dann.

»Unmöglich, dass er es war, oder unmöglich, dass ich ihn gesehen habe?«

»Beides.«

Aber ihre Antwort dauerte eine Millisekunde zu lang und Klaus wusste, dass er von dieser Seite erst einmal nichts mehr zu befürchten hatte. Dafür eröffnete sich ihm nun eine Vielfalt neuer Möglichkeiten.

Kapitel 9

»Wir haben einen neuen Kandidaten für den Posten als Bürgermeister«, sagte Barbara Willers, seine Sekretärin, als sie Clemens den Kaffee auf den Tisch stellte.

»Wir haben doch schon einen«, antwortete der unkonzentriert. Er hatte Hunger, aber keine Lust, der Kantine einen Besuch abzustatten, um sich dort hinterrücks auf sein Brötchen spucken zu lassen. Rita hatte ihm gestern nicht nur das Abendessen verweigert, sondern ihm heute Morgen nur Brot, Butter und Aufschnitt auf den Tisch gestellt und erwartet, dass er sich selbst etwas machte. Das war im Hause Bohnenschäfer noch nie Usus gewesen. Clemens bevorzugte zum Frühstück Rühreier mit Speck, Toastbrot ohne Rinde sowie eine Tasse handgebrühten Kaffee. Aus Protest hatte er gar nichts gegessen, was er nun bitter bereute. Was war seit gestern nur mit diesem Weib los? Sie hatten noch nie eine besonders romantische Beziehung geführt. Warum sollte er im Alter jetzt auf einmal damit anfangen?

»Wir haben noch einen«, sagte Barbara Willers. »War heute Morgen in der Hauspost. Sie werden nicht glauben, wen.«

»Tu ich das jemals?«, fragte Clemens uninteressiert. Die Willers machte um alles immer ein riesiges Spektakel. Als sie vor acht Jahren bei Clemens anfing, hatte sie ihn mit der Aussage, das Rathaus würde von Radikalen angegriffen, in Angst und Schrecken versetzt, bis er herausfand, dass Weiberfastnacht war und Silke Domschneiders Tanztruppe das Rathaus stürmen wollte. Seither reagierte er auf Willers Ankündigungen mit der größtmöglichen Gelassenheit.

»Raten Sie«, sagte seine Sekretärin, die sein Desinteresse anscheinend als mühsam im Zaum gehaltene Neugier definierte.

»Ich habe keine Lust zu raten«, entgegnete Clemens und seine Laune verschlechterte sich, sofern das nach so einem Morgen überhaupt möglich war. »Nun geben Sie schon her.«

Er zog ihr die Mappe unsanft aus den Händen. Die Willers dampfte beleidigt ab.

Clemens betrachtete die Akte und überlegte, wer die Impertinenz besaß, kurz vor Anmeldeschluss seine Kandidatur einzureichen. Sicher wieder einer aus der alternativen Ecke. Die hatten allerdings den Vorteil, dass sie sich bei der Bevölkerung mit ihrem losen Mundwerk und pathetischen Entgleisungen recht schnell selbst diskreditierten. Wahrscheinlich hätte er aber bei der Ratssitzung gestern besser doch noch den Mund über das Flüchtlingsthema gehalten. Dann wäre die Anmeldefrist verstrichen und Clemens hätte sich mit einer außerordentlichen Sitzung nur den Unmut des Gemeinderates zugezogen, der sicher mehr Interesse am Geschick der Gemeinde hätte, wenn bei diesen Gelegenheiten Schnaps und Zigarren gereicht würden.

Er schlug den Hefter auf und erwartete, den Namen von diesem Bratz der Best-Partei zu lesen. Keinesfalls hatte er jedoch den Namen erwartet, der ihn nun hämisch und vollkommen unerwartet auszulachen schien.

»Frau Willers, kommen Sie sofort her!«, brüllte er gegen die geschlossene Tür.

Auf Brüllen reagierte seine Sekretärin allgemein sehr schlecht, eigentlich wusste er das. Daher musste er sich fast zwei Minuten gedulden, bis sich endlich die Tür öffnete und Frau Willers ihren Kopf ins Zimmer steckte.

»Sie haben gerufen?«, fragte sie harmlos.

»Wer hat das hier gebracht?« Clemens wedelte mit dem Hefter, als wollte er Fliegen im freien Fall erschlagen.

»War in der Hauspost. Das habe ich doch gesagt.«

»Das habe ich aber nicht gefragt. Wer BRINGT die Hauspost?«

»Woher soll ich denn das wissen? Das sind ständig irgendwelche Aushilfen. Außerdem bin ich morgens noch gar nicht da, wenn die kommen.«

»Wie bitte? Darüber reden wir später noch«, schnauzte Clemens. »Dann bekommen Sie das gefälligst raus. Ich will wissen, wer sich hier mit mir einen schlechten Scherz erlaubt.«

»Einer von der Hauspost?«, fragte die Willers ungläubig. »Warum sollten die das machen? Die haben doch gar nichts damit zu tun?«

»Dann halten Sie es für ganz normal, wenn Jürgen Schuster als Bürgermeister kandidiert?«

»Warum denn nicht? Er ist ein netter Mann.«

»Netter Mann, netter Mann. Schnickschnack. Nett bin ich auch.« Er überhörte das halb geflüsterte, lang gezogene *Naajaa* geflissentlich.

»Mit *nett* kommt man auf diesem Posten nicht weit. Auf das politische Geschick kommt es an. Und das entwickelt man erst mit jahrelanger Erfahrung.«

»Wie soll er es denn lernen, wenn er nicht auf den Posten kommt?«, fragte seine Sekretärin, die ihm gerade jetzt mit ihrer himmelschreienden Logik kommen musste.

»Für so einen Posten muss man geboren sein. Herr Schuster ist das sicherlich nicht.«

»Dann schlage ich vor, Sie sagen ihm das selbst«, riet sie ihm. »Soll ich ihn hierherbitten?«

»Unterstehen Sie sich. Den nehme ich mir schon noch bei geeigneter Gelegenheit vor. Verbinden Sie mich mit Heribert Böhm vom Ratsbüro.«

Clemens widerstand der Versuchung, mit dem Kopf auf die Tischplatte zu schlagen, und betrachtete dafür als Ausgleich seine Orchidee, die in der miefigen Rathausluft besser gedieh, als er anfangs erwartet hatte. Sie schaffte, was die Sekretärin nicht geschafft hatte. Sein Adrenalinspiegel sank. Er musste erst einmal erfahren, wie es so weit hatte kommen können. Sicher gab es irgendwo eine Hintertür. Sein Telefon klingelte.

»Heribert, gut dass du da bist«, sagte er daher wieder etwas optimistischer. Der Wahlleiter Böhm würde gleich die rettende Idee haben. Es gab mit Sicherheit eine Bestimmung, die Jürgen übersehen hatte.

»Wenn du mir so kommst, vermute ich mal, du weißt es schon.«

»Das ist doch wohl ein schlechter Scherz?«

»Nein. Das ist eine ganz normale Kandidatur.«

»Fristgemäß?«

»Clemens, du kennst die Fristen genauso gut wie ich. Ich kann dir versichern, dass sich daran nichts geändert hat.«

»Aber wie konntest du das zulassen?«

»Wieso nicht? Es war doch alles formell korrekt.«

»Formell korrekt? Wie sollte das denn funktionieren? Was ist denn mit den 90 Stimmen, die er beibringen muss?«

»Hatte er.«

»Wie bitte? Wer hat das unterschrieben?«

»Das werde ich dir auf keinen Fall sagen. Nicht, bevor du dich nicht beruhigt hast.«

»Heribert, er kann keine 90 Stimmen haben. Wo sollte er die denn so schnell herbekommen? Er hatte doch bis gestern keinerlei Ambitionen, Bürgermeister zu werden.«

»Anscheinend doch. Über seine Ambitionen kannst du bestenfalls spekulieren. Darin bist du aber offenbar auch nicht besonders gut.«

»Was heißt hier *auch nicht*?«

»Clemens«, erwiderte Böhm hörbar erschöpft. »Lass uns das besser hier abbrechen. Fakt ist, die Kandidatur ist gültig. Ich kann dir nur raten, dieses Mal ein bisschen mehr Gas zu geben. Andere kommen, die auch gerne mal dran wollen, und das ist gut so. Wenn du deiner Gemeinde nicht langsam etwas mehr bietest, bist du diesmal weg vom Fenster.«

»Ich werde denen was bieten. Verlass dich drauf.«

Die ganze unselige Angelegenheit hatte nur einen Vorteil. Clemens war der Appetit nun vergangen.

»Ich denke nicht, dass du mittlerweile Arbeit gefunden hast«, sagte und hoffte Jürgen, als Sami hereingekommen war und nun vor ihm saß. Er war in einem für ihn etwas desolaten Zustand. Die Haare wirkten fettig und die Kleidung sah aus, als hätte er darin geschlafen. Jürgen fragte sich, was für eine Art Zeichen das jetzt war und ob er es vielleicht positiv für sich ausnutzen konnte.

»Richtig gedacht.«

Sami trat im Sekundentakt mit der Fußspitze gegen Jürgens Schreibtisch. Jürgen fragte sich, was passiert sein konnte, das die *Leck-mich*-Haltung aufgebrochen hatte. Egal was es war, es könnte von Vorteil für ihn sein.

»Vielleicht habe ich etwas für dich«, sagte er vorsichtig und überlegte, mit welcher Taktik er Sami seinen Plan unterschieben konnte. Er hatte es zwar zigmal geübt, war sich aber nicht mehr sicher, ob er damit bei Samis komischer Stimmung punkten würde.

»Freie Zeiteinteilung, Kost und Logis, interessante Aufgabe«, sagte Jürgen und nahm Sami ins Visier. »4.800 Euro netto.«

Sami pulte sich mit Jürgens Brieföffner Dreck unter seinen Schuhsohlen hervor. Er hatte recht gehabt, Sami schenkte ihm eindeutig keine Aufmerksamkeit. Jürgen schlug mit der flachen Hand auf den Tisch. Sein Hefter und sein Locher wurden aus dem Tiefschlaf gerissen und rumpelten empört. Er hatte sich die ganze Nacht um die Ohren geschlagen, um zu überlegen, wie er das Thema am besten anschneiden sollte, und war nicht bereit, das jetzt Samis Desinteresse zu opfern. Samis Kopf schoss hoch.

»Freie Zeiteinteilung, Kost und Logis, interessante Aufgabe«, wiederholte er. »KEINE Bezahlung.«

»Ein Traum«, antwortete Sami. Endlich eine normale Reaktion.

»Allerdings in einem anderen Ort.«

»Ich mach's«, erwiderte Sami umgehend.

Das war nicht gut gelaufen. Seine eigene Fantasielosigkeit hatte Jürgen nie gestört. Hätte man seine Frau Beate gefragt, hätte man zu diesem Thema eine Menge hören können. Das meiste sicherlich nicht freundlich. Er jedenfalls hielt Fantasie nicht relevant für ein erfolgreiches Leben. Nicht dass sein

Leben besonders erfolgreich verlief. Als katholischer Theologe auf einem Platz im Jobcenter zu enden, war nicht gerade der Aufstieg, den man sich vorstellte. Ursprünglich wollte er Priester werden, aber seine Jugendfreundin Beate hatte ihn schnell davon überzeugen können, das besser zu lassen. Um ihre Argumentation eindrucksvoll zu unterstützen, teilte sie ihm mit, dass sie schwanger sei. Nichts war hinderlicher für eine kirchliche Karriere als Kindergeschrei, das sich im Lauf der Jahre auch noch verdreifachte. Jürgen war dankbar für jedes seiner Kinder, hätte sich aber gewünscht, im entscheidenden Moment mit Platzpatronen geschossen zu haben.

»Aber du hast mir zugehört?«, fragte er.

»Habe ich. Anderer Ort, abgefuckt.«

Jürgen beobachtete ihn, um ein Zeichen zu erkennen, dass er verspottet wurde. Aber außer diesem konstanten *Klong, Klong, Klong* mit Samis Fuß an seinem Schreibtisch konnte er nichts entdecken, was seine Vermutung unterstützte.

»Willst du gar nicht wissen, was das für ein Job ist?«

»Wegen mir.« Sami wechselte seine Stellung, indem er das andere Bein überschlug, mit dem er nicht mehr an den Schreibtisch rankam.

»Die Aufgabe ist ein bisschen heikel.« Eine tolle Art, einen Job anzupreisen. »Aber echt interessant«, sagte er daher schnell.

Er war sich sicher, dass *interessant* nicht das Attribut war, das Sami vom Hocker hauen würde. Aber *abgefuckt* zu benutzen, schien ihm ebenfalls nicht angemessen. Zumindest hatte er jetzt Samis Aufmerksamkeit.

»Wie interessant?«, fragte der und zeigte zum ersten Mal echtes Interesse.

»Pass auf, Sami.« Jürgen rollte mit dem Stuhl um seinen Schreibtisch herum, um Sami die Wichtigkeit ihres Gespräches klarzumachen und Vertrautheit zu demonstrieren. »Wir haben ein Problem in unserem Dorf. Der Bürgermeister weiß aus sicherer Quelle, dass ein paar Schläfer in Löckerbach wohnen.«

Sami schaute ihn misstrauisch an. Anscheinend fragte er sich gerade, ob er einen Verrückten vor sich hatte.

»Ich weiß, dass es sich verrückt anhört. Aber es stimmt. Bohnenschäfer hat konkrete Hinweise vom BND. Das Problem ist, es könnten auch Deutsche sein. Das macht die Sache kompliziert.«

Jürgen dankte sich noch nachträglich für diesen Einfall. Sonst hätte es für die Familie Maalouf in Löckerbach arg eng werden können.

»Krass.«

Jürgen hatte es endlich geschafft, Samis Aufmerksamkeit voll und ganz auf sich zu ziehen. In den letzten zwei Jahren war ihm das nicht immer gelungen. Geschichten über Mord und Totschlag bargen halt Potenzial.

»Was soll ich in der Sache machen?«, unterbrach Sami seine Überlegungen.

»Du kommst nach Löckerbach und mischst dich unters Volk. Hältst die Augen und Ohren auf. Nimmst Kontakt zu ihnen auf.«

»Ihr wisst doch gar nicht, wer die sind.«

»Das ist der Trick«, antwortete Jürgen geduldig. »Du sollst das herausfinden.«

»Ich soll gefährliche Irre aufspüren? Wieso gerade ich?«

»Du hast halt besonders viel mit denen gemeinsam. Wegen der Kultur und so.«

Jürgen empfand das Gespräch als noch unangenehmer, als er es befürchtet hatte.

»Ich? Welche Kultur? Ich spreche ja noch nicht mal eine andere Sprache.«

Sami war nach der Scheidung bei seiner deutschen Mutter aufgewachsen, die nicht sehr viel Wert darauf legte, die pakistanischen Wurzeln ihres Sohnes zu erhalten.

»Ja, ich weiß. Du passt aber optisch gut dazu. Dann noch deine Vergangenheit. Es ist perfekt.«

Dabei hatte Sami durchaus eine zwar kurze, aber äußerst spektakuläre Karriere hinter sich. Schon in der Schule war ihm klar, dass er auf keinen Fall in einem Job in irgendeinem stupiden Büro versauern wollte. Dafür war er durch sein exotisches Aussehen von vornherein schon nicht prädestiniert. Menschen wie er wurden entweder studierte Wissenschaftler oder Kleinkriminelle.

Da er allerdings beidem nicht sehr viel Reiz abgewinnen konnte, entschloss er sich für eine weitere Variante, die einen in der heutigen Zeit nahezu an jeder Ecke ansprang. Er trat dem IS bei, um sich im Irak als Schläfer ausbilden zu lassen, nur um festzustellen, dass auch die Geduld des IS bei seinen freiwilligen Helfern ihre Grenzen hatte.

Samis Schläferkarriere war kurz und schmerzvoll gewesen. Seine geringe Leidensfähigkeit, gepaart mit absoluter Unfähigkeit, hatte ihn schnell wieder nach Deutschland zurückkatapultiert. Er bekam ein Rückflugticket und die warmen Worte mit auf den Weg, sein Glück besser bei einer anderen Entfaltungsmöglichkeit zu suchen.

Sami schwieg und nestelte an den Knöpfen seiner Weste. Jürgen betete, dass er anbiss. Darauf baute sein ganzer Plan, und eine Alternative hatte er nicht. Er beschloss, Sami die Entscheidung leichter zu machen.

»Wegen der Bezahlung können wir auch noch mal reden«, sagte er. »2.000 wären da vielleicht doch noch drin.«

»Wie wäre es mit fünf?« Bei *Bezahlung* war Sami endgültig dabei.

»Okay, fünf«, sagte Jürgen und wünschte sich, das wäre realistisch. Bohnenschäfer würde ihm den Kopf abreißen. Jetzt musste er ihn auch noch davon überzeugen, dass es sich hier um ebenso gut investiertes Geld handelte wie bei seinen Ausgaben für die seltenen Orchideen im Atrium des Rathauses.

»Ich überleg es mir vielleicht doch noch mal.« Sami stand auf. »Für heute war's das? Oder kommen wir noch zu den langweiligen Angeboten?«

»Nein, für heute ist es das«, erwiderte Jürgen unglücklich. Er hatte eine schnellere Entscheidung erwartet, jedoch leider vergessen, dass Sami kein Dummkopf war. Nur ein Ex-Schläfer, allerdings einer mit Abitur. Frustriert warf er seinen Locher gegen die bereits geschlossene Tür.

Wie immer war der Flur vor dem Jobcenter leer, als Sami nach kurzem Klopfen direkt eintrat, ohne auf eine Bestätigung zu warten. Jürgen blickte ihn überrascht an, so schnell hatte er ihn sicherlich nicht erwartet.

»Wie wäre es mit zehn?«

»Fünf ist das letzte Angebot.«

»Ich komme mit in dein Dorf«, sagte er, während er offensichtlich versuchte, sich an den Namen des Kaffs zu erinnern.

»Löckerbach«, erwiderte Jürgen.

»Wegen mir. Wann geht's los?«

»Am besten heute noch. Komm um fünf Uhr vors Rathaus. Dann habe ich alles geregelt.«

Sami machte sich auf den Weg, seine Brücken abzubrechen. Jürgen fragte sich, woher er die 5.000 Euro nehmen sollte, die er so freimütig versprochen hatte.

»Jetzt können Sie Jürgen Schuster rufen«, teilte Clemens seiner Sekretärin mit. Diesmal benutzte er die Sprechanlage. Sein Mund war zu ausgedörrt, um erneut gegen die geschlossene Tür anzubrüllen. Sein Konkurrent kam beeindruckend schnell.

»Jürgen, was soll das hier?«, fragte Clemens, nachdem dieser Platz genommen hatte.

Er hatte beschlossen, eine andere Strategie zu fahren als die, die ihm ursprünglich in den Sinn gekommen war. Aber Jürgen mit der Gemeindeflagge so lange zu schlagen, bis dieser die Flausen aus dem Kopf hatte, war wohl weniger eine Strategie als eine Rüpelei und eines amtierenden Bürgermeisters bei Weitem nicht würdig. Er musste jetzt Besonnenheit, Verhandlungsgeschick und Führungsqualitäten an den Tag legen.

»Meine Kandidatur«, sagte Jürgen überflüssigerweise.

»Wie schön«, erwiderte Clemens nur und schwieg, während er – die Hände über seiner Brust gefaltet und im Schreibtischsessel zurückgelehnt – beobachtete, wie der vermaledeite Küchenchef Mutzke seine Zwiebelschalen aus der oberen Etage entsorgte. Konsequentes Schweigen schüchterte ein. So verhörte unter anderem das FBI seine Verdächtigen. Die Chance war dann größer, dass sie zuerst das Reden anfingen und sich selbst in die Pfanne hauten. Jürgen hätte als Verdächtiger beim FBI eine große Karriere vor sich gehabt, denn er schwieg ebenso konsequent zurück und es schien ihn nicht einmal besonders zu belasten. Nur zu langweilen.

»Wenn Sie sonst nichts Wichtiges haben, gehe ich wohl besser. Ich habe viel zu tun.«

»Das hast du jeden Tag. Wer soll denn die Arbeit machen, wenn du nicht mehr im Sozialamt sitzt?«

»Jobcenter«, korrigierte Jürgen ihn. »Die macht dann ein anderer. Oder nicht?«

»Ich dachte, deine Arbeit sei kein Beruf, sondern eine Berufung?« Das abgeschmackte Klischee hatte Jürgen tatsächlich mal weinselig bei einem Dorffest bemüht. Clemens wunderte sich, dass er sich daran noch erinnern konnte. Normalerweise vergaß er solche alkoholgeschwängerten Schwachsinnsaussagen auf gesellschaftlichen Zwangsverpflichtungen immer relativ schnell. Sie waren austauschbar und brachten keinen irgendwie weiter, außer morgens mit einem schalen Geschmack im Mund aufzuwachen und sich mehrere Tage nicht mehr vor die Tür zu trauen, da man nicht wusste, wem man wann auf den Schlips getreten war.

»Kann sein, dass ich das mal gesagt habe«, erwiderte Jürgen und rutschte auf seinem Stuhl noch weiter nach vorn, als er es sowieso schon getan hatte.

Clemens schwieg wieder. Diesmal allerdings weniger aus taktischen Gründen. Ihm fiel einfach kein vernünftiger Einwand mehr ein. Er hatte gehofft, dass alleine der Umstand,

Jürgen in sein Büro zitiert zu haben, dessen Widerstand bereits insoweit brechen konnte, dass er auf den Knien um Vergebung bittend versprach, seine Kandidatur sofort zurückzuziehen. Leider sah Jürgen trotz seiner offen zur Schau gestellten Nervosität nicht aus, als würde er ihm den Gefallen tun. Auf jeden Fall nicht freiwillig. Freiwillig. Das Stichwort erweckte bei Clemens Assoziationen. Das hier war nicht auf Jürgens Mist gewachsen.

»Hat Beate dich dazu getrieben?«, fragte er und beugte sich vor. Jürgens Frau war zwar nicht unsympathisch, aber ziemlich rustikal, was den Umgang mit ihr anging. Clemens war heilfroh, dass sie nicht seine Frau war. In Anbetracht dessen, was er mit Rita manchmal so mitmachte, konnte man Beates Charakterzüge fast nicht besser zum Ausdruck bringen.

»Beate hat nichts damit zu tun«, sagte Jürgen schnell. Zu schnell, wie Clemens fand.

»Jürgen, komm schon. Wenn Beate dir zusetzt, Bürgermeister zu werden, heißt das doch nicht, dass du das unbedingt musst. Warum überhaupt? Reich wird man damit nämlich auch nicht.«

Dass es bei Schusters mit ihren drei Kindern finanziell nicht besonders rosig aussah, war in Löckerbach kein Geheimnis. Auch ohne echtes Hintergrundwissen, wie viel ein Sachbearbeiter im Sozialamt – oder wegen Clemens auch Jobcenter – nun genau verdiente, reichten die fleckige Fassade und die bröckeligen Stufen vor Schusters Haustür, die Fantasie darüber diesbezüglich so weit anzukurbeln, dass es bei Jürgen sicher nicht viel zu holen gab.

»Es geht nicht ums Geld«, sagte Jürgen dennoch.

»Jetzt komm mir bitte nicht mit Ruhm und Ehre. Davon gibt es nicht besonders viel, das kann ich dir flüstern. Und deinen Idealismus kannst du auch direkt zu Hause lassen.«

»Warum eigentlich keinen Idealismus?«, entgegnete Jürgen. »So ein Amt braucht Idealismus.«

»Nein, braucht es nicht«, sagte Clemens bestimmt. »Es braucht einen klaren Kopf, Ehrgeiz und die Fähigkeit, im entscheidenden Moment trotzdem mal den Mund zu halten, wenn es der Sache dient. Alles Eigenschaften, die ich bei dir bisher noch nicht entdeckt habe.«

»Wenn es der Sache dient?«, fragte Jürgen gedehnt. »Welche Sache meinst du genau? Den Transporter, den du letztes Jahr für den Bauhof bestellt hast, mit dem die aber nicht fahren dürfen? Oder den Schlüssel dafür, der seit der Zeit in deinem Büro liegt, damit du jederzeit ins Gartencenter fahren kannst?«

»Der Transporter war nötig und den Schlüssel habe ich verdient. Außerdem kann das gar nicht sein.«

»Was kann nicht sein? Dass du den Schlüssel hast oder dass ich davon weiß?«

»Jürgen, was soll das? Ist das jetzt die Retourkutsche, dass der Gemeinderat dein Jugendprojekt gestrichen hat? Daran war ich nur bedingt beteiligt, das weißt du. Wenn du jetzt glaubst, als Bürgermeister könntest du das sofort wieder zum Leben erwecken, dann bist du naiver, als ich bis jetzt geglaubt habe.«

»Das werden wir dann noch sehen. Im Dezember sind wir schlauer.«

Clemens hatte zwar keine Kinder, aber wer brauchte die schon, wenn es im Rathaus davon haufenweise gab. Eines von denen saß gerade vor seinem Schreibtisch und beharrte bockig darauf, Bürgermeister werden zu wollen.

»Wenn du meinst«, sagte er daher und mimte den Friedfertigen. Hier kam er auf gar keinen Fall weiter. Er würde das Übel an der Wurzel packen müssen, und das war ganz eindeutig Jürgens Frau Beate.

»Mir steht noch Wahlgeld zu«, sagte Jürgen und stand auf, obwohl Clemens ihr Gespräch noch nicht für offiziell beendet erklärt hatte. Das wurde ja immer besser. Clemens hatte dieses in einer Satzung auf Kommunalebene vor Jahren durchgesetzt, um sich seinen eigenen Wahlkampf finanzieren zu lassen. Wenn er die Wahl überstanden hatte, würden hier wieder andere Seiten aufgezogen werden, so viel stand fest.

»Geh zum Böhm. Der kann das überweisen«, sagte er und lächelte gezwungen freundlich.

Viel hing in den nächsten Wochen davon ab, wie souverän er mit der Situation umging. Er könnte damit anfangen, Beate Schuster Geld anzubieten, damit sie ihren Mann davon überzeugen konnte, mit dem Schwachsinn wieder aufzuhören. Das würde kein besonders angenehmes Gespräch werden, obwohl er hoffte, dass wenigstens Beate ihren Idealismus über den Haufen werfen würde, wenn dafür ein neuer Herd oder ein gebrauchter Kleinstwagen raussprang. Idealismus sollte man sich auch leisten können.

Jürgen stieß an der Tür mit der Willers zusammen, die gerade draußen stand, um anzuklopfen.

»Wir haben noch einen neuen Kandidaten«, sagte sie.

Clemens war sich sicher, genau diesen Satz vorhin schon einmal gehört zu haben. Was war das hier? Der scheiß Murmeltiertag?

Kapitel 10

Die niederschmetternden Nachrichten am heutigen Tag hatten wenigstens den Vorteil, dass sein Hunger auch mittags noch nicht zurückgekehrt war, als er – mehr aus Gewohnheit als aus Gewissheit – nach Hause fuhr, um dort einen verwaisten Esstisch vorzufinden. Seine Frau hingegen fand er hinter dem Haus, wo sie ihre Buntnesseln umtopfte. Clemens hielt sie für komplett nutzlose Pflanzen und ließ seinen Blick wohlgefällig über seinen Garten schweifen, dessen unbefugtes Betreten Lebensgefahr oder sogar Ausschluss aus der Familie nach sich ziehen konnte. Gott sei Dank zeigte Rita für seinen Garten überhaupt kein Interesse, nur an diesen hässlichen Buntnesseln hing sie und verteidigte ihre Anwesenheit auf der Terrasse konsequent.

»Zwei neue Kandidaten«, sagte er, weil er vergessen hatte, dass sie sich offensichtlich im Streit befanden, wenn er auch keine Ahnung hatte, wieso.

»Wofür?«, fragte Rita, sicher mehr aus Gewohnheit.

»Für die Wahl als Bürgermeister natürlich«, erwiderte Clemens und ermahnte sich zur Ruhe. Schließlich bestand die Möglichkeit, dass er morgen wieder Hunger haben könnte. Eine beleidigte Ehefrau, die er über das, was er nicht wusste hinaus, zusätzlich noch angeschrien hätte, wäre sicher keine gute Basis, dann etwas zu essen zu bekommen.

»Hast du doch jedes Mal«, sagte Rita betont uninteressiert. »Was ist daran jetzt Besonderes?

»Du wirst nicht glauben, wer es ist.«

»Wer ist es denn?« Ihre zur Schau getragene Lässigkeit war zwar sehr gekonnt, aber allmählich wurde es lästig.

»Jürgen Schuster und Regina Klein.«

Allein die Erwähnung des letzten Namens verursachte ihm immer noch das Gefühl, auf einer Nussschale im stürmischen Meer auf und ab zu hüpfen ohne Hoffnung, jemals wieder festen Grund unter die Füße zu bekommen. Wenigstens erregte die Erwähnung von Reginas Namen das, was er seit gestern nicht mehr geschafft hatte: die ungeteilte Aufmerksamkeit seiner Frau.

»Regina Klein?«, vergewisserte sie sich und fing an zu lachen. Das tat sie selten, daher traf es Clemens ganz besonders hart.

»Lach du nur«, entgegnete er bitter. »Du weißt ja gar nicht, was ich für einen Tag hinter mir habe.«

»Na, dann musst du dich diesmal ja richtig anstrengen«, sagte Rita und ging wieder ins Haus. Offensichtlich lachte sie dort immer noch. Missverstanden und verlassen blieb Clemens draußen stehen und bemitleidete sich selbst, bis sie wieder zurückkam.

»Da sind Leute für dich an der Tür.«

»Mittags empfange ich keinen. Da habe ich Pause.«

»Ich dachte nur, wo du sowieso nicht isst, hast du sicher Zeit. Außerdem solltest du dich in den nächsten Wochen doch vielleicht um Stimmen bemühen. Heute ist eine schöne Gelegenheit, damit anzufangen.«

»Führ sie in mein Arbeitszimmer.« Clemens seufzte gottergeben.

»Wer bin ich denn hier? Die Empfangsdame? Bring sie gefälligst selbst dorthin.« Sprach's und verschwand.

Das Frauenzimmer war seit gestern unberechenbar. Wie sonst war es zu erklären, dass sich im engen Hausflur sieben Personen tummelten, die Clemens auf den ersten Blick rein gar nichts sagten? Der zweite Blick gab immerhin etwas Aufschluss. Er erkannte Dieter Landgräber, den Onkel von Klaus. Dann musste es sich bei den anderen erbärmlich verwahrlosten Gestalten ebenfalls um Bewohner des Altenheims handeln.

»Herr Bürgermeister, können wir mit Ihnen sprechen?«, fragte einer von ihnen, der mit seinen tiefen Geheimratsecken, dem schlohweißen Haar und der Goldrandbrille sehr distinguiert aussah. Seine gebräunte Haut deutete darauf hin, dass er sehr viel Zeit an der frischen Luft verbrachte. Clemens dachte an die begrenzte Kapazität seines Arbeitszimmers.

»Ja, natürlich. Dann besser im Esszimmer«, sagte er. Am Tisch würde dank Ritas Kochstreik wenigstens sehr viel Platz sein.

»Uns muss jemand helfen«, sagte der Mann mit der Goldrandbrille, der sich als Josef Gottschalk vorgestellt hatte. »Bis jetzt ging es halbwegs. Aber langsam wird es unerträglich.«

»Das ist alles so schwierig geworden, seit wir das Nebengebäude räumen mussten«, erläuterte eine Frau, die mit ihrem jugendlichen, fein geschnittenen Gesicht und den leicht schrägen Augen in der Runde sehr exotisch wirkte.

»Ich habe schon so etwas gehört«, erwiderte Clemens vorsichtig, da er nicht wusste, ob die Bewohner bereits informiert waren, dass ihnen das dauerhaft blühte. Er entdeckte Dieter Landgräber, der mit Zylinder und Rüschenhemd wirkte wie ein alternder Galan aus einer vergangenen Epoche, als würde der Verlust seiner Lebensqualität es begünstigen, dass es mit seinem Verstand rapide bergab ging.

»Vorher war es nur dreckig und das Essen ungenießbar«, sagte eine andere Dame.

Clemens hatte diese Frau bereits öfter im Dorf spazieren gehen sehen. Sie wirkte mit ihrem unsteten Blick immer etwas verwirrt.

»Jetzt habe ich nicht einmal mehr einen richtigen Platz zum Schlafen. Und das bei meiner Hüfte.«

»Wir schlafen alle nicht besser, also reg dich ab.«

Das war Robert Heinen, der sich immer Tabakkrümel aus seinem Vollbart zupfte. Clemens kannte ihn aus dem Rathaus, als er noch regelmäßig die Anträge des Senioren-Fördervereins dort abgegeben hatte.

»Was können wir schon tun?«, fragte die sommersprossige Ines Amsel wehmütig. Sie hatte ihr dünnes graues Haar keck zu einem Pferdeschwanz gebunden. Deswegen und wegen ihrer Sommersprossen wurde sie oft für jünger gehalten. Sie hatte im Nachbarort Mutzenbach gelebt, bis ihr Sohn sie ins Altenheim steckte, weil er das Haus brauchte.

»Unseren Kindern ist das alles sowieso egal. Hauptsache sie sind beruhigt und wir gehen ihnen nicht auf die Nerven.«

»Ich soll immer so viele Tabletten nehmen und weiß gar nicht wofür. Ich fühle mich ständig komplett benebelt.«

»Dann sei nicht so doof, schluck sie einfach nicht. Als ob irgendeiner vom Personal Zeit hätte, das zu kontrollieren.«

Das tue ich schon lange nicht mehr«, sagte Heinen. »Mit den Tabletten kann ich wesentlich schlechter denken. Angeblich soll ich sie aber genau dafür nehmen. Da kenne sich noch einer aus.«

»Wenn du nicht mehr klar im Kopf bist, kannst du nicht mehr so viel meckern.«

»Weiß einer von Ihnen, warum Sie überhaupt umziehen mussten?«, unterbrach Clemens die Unterhaltung. Es konnte ja sein, dass diese Neuigkeiten noch nicht im Altenheim angekommen waren.

»Herr Landgräber setzt Flüchtlinge in den Anbau. Das bringt ihm wahrscheinlich mehr Prestige ein«, übernahm Josef Gottschalk wieder das Wort.

»Eher mehr Geld«, erwiderte Clemens vorsichtig. Wenn er es geschickt anstellte, hatte er auf einen Schlag mehr Wähler. »Landgräber bezieht sein Prestige sicher nicht über Flüchtlinge. Die werden nur um einiges lukrativer sein als Sie.«

»Da haben Sie wohl recht«, sagte Gottschalk, während der Rest der Truppe schlagartig ruhig im Esszimmer stand und betreten guckte.

»Das bedeutet natürlich nicht, dass ich Ihnen nicht helfe«, sagte Clemens leutselig und überlegte, wie er nun am besten vorgehen sollte. Er sah noch nicht wirklich die Möglichkeit, Klaus von seinem Vorhaben abzuhalten, aber das musste hier ja keiner erfahren.

»Selbstverständlich können Sie auf meine Unterstützung zählen. Ich bitte Sie nur, jetzt erst einmal wieder nach Hause zu gehen, damit ich mir Gedanken machen kann, wie es weitergehen soll.«

»Wie lange wird das dauern?«, fragte Josef Gottschalk.

Er war eindeutig der praktisch Veranlagte der wild gemischten Delegation, die zwischen vergeistigt, durcheinander und vollkommen konfus so ziemlich jeden Geisteszustand verkörperte. Clemens hoffte, dass ihn vorher der Schlag traf, bevor er wie Dieter Landgräber in so einem Heim landete, in das ihn Rita sicher mit wachsendem Vergnügen einliefern würde.

»Ich bitte Sie, nur noch ein wenig durchzuhalten«, sagte er, darauf bedacht, keinen Termin anzugeben, auf den man ihn festnageln konnte. Er hatte keine Ahnung, wie er helfen sollte, war sich aber sicher, dass ihn die Hilfe auf Wahlkampfplakaten sehr gut aussehen lassen würde.

»Wir zählen auf dich«, entgegnete Dieter Landgräber, der offenbar einen lichten Moment hatte.

»Regina ist da«, teilte ihm Rita mit, als Clemens sich gerade in die Küche aufmachen wollte, um vielleicht doch noch etwas Essbares zu finden. Die Aussicht auf einen Wahlkampf, bei dem er sich trotz Flüchtlingen auf die Grundwerte besann, die Alten und Hilflosen der Gesellschaft zu unterstützen, gab ihm den nötigen Auftrieb, sich selbst um sein leibliches Wohl zu sorgen. Ein Butterbrot schmieren konnte nicht so schwierig sein.

»Wie? Warum? Ich habe die Klingel gar nicht gehört.«

»Sie hat auch nicht geklingelt. Deine alten Leutchen haben die Tür offen gelassen.«

Und die Klein in der Zeit sicher in ihren Schubladen herumgestöbert. Clemens war froh, dass sie im Flur nichts von Bedeutung aufbewahrten.

»Sind wahrscheinlich schon ebenso durcheinander wie Walter.«

Regina erschien hinter Rita und drängte sich an ihr vorbei. Clemens betrachtete sie mit Abscheu. Sie war genauso lang und hager, wie sie verbittert war. Wenn das aus Frauen wurde, die ihr Leben lang nicht arbeiten mussten, dann hoffte er nicht, dass Ritas jüngstes Verhalten nun den Anfang davon darstellte. Er fühlte sich bemüßigt, Walter zu verteidigen, mit dem ihm all die Jahre eine lose Freundschaft verbunden hatte, die eingeschlafen war, da der sich nicht mehr immer an seinen Namen erinnern konnte.

»Durcheinander bist in meinen Augen du«, erinnerte er sich an sein Ursprungsproblem. »Wie kannst du es wagen!«

»Ich denke, du spielst auf meine Kandidatur an. Wieso nicht? Jürgen hat sich schließlich auch aufstellen lassen, obwohl ich das – ehrlich gesagt – dieser Schlafmütze gar nicht zugetraut habe.«

»Jürgen hat wenigstens einen Hauch von politischem Hintergrund. Was ist deine Entschuldigung?«

»Ich brauche keine. Ich bin geeignet für den Posten. Außerdem habe ich die nötigen Stimmen gesammelt.«

»Was wiederum der Grund ist, warum du überhaupt zur Wahl zugelassen bist«, sagte Clemens. »Obwohl ich mich frage, woher du die Stimmen hast. Gekauft?«

»Das musste ich gar nicht. Gott sei Dank haben wir einen unfähigen Bürgermeister, der es nicht einmal schafft, anderen Leuten ihre Carports genehmigen zu lassen.«

»Dieser ganze Zirkus für ein lächerliches Carport?«

»Nein, dieser ganze Zirkus für eine ganze Menge unerledigter Anliegen der Demarchauer Bürger. Die fanden es alle hochinteressant, dass ich mich um ihre Belange kümmern werde, die unser jetziger Bürgermeister nicht erledigt bekommt.«

»Wenn du jetzt von den Schulzes und ihrer verwünschten Hundesteuer sprichst ...«

»Wenn DU der Meinung bist, nur die Schulzes wären unzufrieden mit deiner desolaten Führung, dann bist du mehr zu bedauern, als ich dachte. Irgendwann muss es auch dir mal klar sein, dass du eine absolute Pfeife bist.«

Rita in der Küche lachte. Das zweite Mal heute, wahrscheinlich 1.000 Prozent über ihrem Jahresschnitt und eindeutig zweimal zu oft.

»Siehst du, selbst deine Frau stimmt mir zu«, sagte Regina süffisant, die normalerweise mit einer absoluten Ignoranz gegenüber ihrer Umwelt geschlagen war, wenn sie durch Löckerbach ging und mit irgendeinem nicht reden wollte.

»Lass Rita aus dem Spiel«, erwiderte Clemens, der nicht noch eine Diskussion über seine anscheinend kriselnde Ehe anzetteln wollte. Falls es darauf hinauslaufen sollte, musste das unbedingt bis nach der Wahl aufgeschoben werden. Er hoffte nur, dass Rita das ebenso sah. Er hatte mit den Angriffen aus dem Hinterhalt bereits jede Menge zu tun, da konnte er sich nicht noch darum kümmern, wo bei Rita der Furz quer hing. Außerdem war das schlecht für den Wahlkampf.

»Dann reden wir jetzt mal Tacheles«, sagte Regina. »Ich könnte mir wirklich Schöneres vorstellen, als in meinem Alter für so einen Posten zu kandidieren. Aber wenn man etwas erreichen will, muss man auch ungewöhnliche Wege gehen.«

»Soll heißen?«, fragte Clemens, der sich schon denken konnte, worauf das Ganze hier hinauslief. »Wenn du dein Carport bekommst, dann ziehst du deine Kandidatur zurück?«

»Das wäre zu einfach. Findest du nicht? Wenn alle Löckerbacher das genehmigt bekommen, was sie haben wollen, dann bin ich bereit dazu.«

»Seit wann interessieren dich andere?«, fragte Clemens mehr aus Reflex. Er versuchte, sich all die abgelehnten Bedürfnisse der Einwohner ins Gedächtnis zu rufen. Er sah eine Lawine auf sich zukommen. Er wusste gar nicht, wie er es dem Bauamt erklären sollte, wenn plötzlich eine Flut von Bauanträgen hereinbrach für nicht genehmigungsfähige Bauten im besten Fall oder für statisch unmögliche, die darüber hinaus an den Grenzen des guten Geschmacks rieben. Wie zum Beispiel Bantenbergs zehn Meter hohe Statue, die er im

Vorgarten aufzustellen gedachte. Nicht, dass jemand gegen ein wenig Kultur in Löckerbach etwas einzuwenden gehabt hätte; allerdings hatte diese Skulptur eine verblüffende Ähnlichkeit mit Junta Bantenberg, und die war offensichtlich nackt modelliert worden. Das Bauamt beschloss, dass die überdimensionale Version der kleinen Vietnamesin weichen musste, da sie sowohl den Verkehr mit ihrer Optik als auch mit ihrer mangelnden Standfestigkeit gefährdete, da ihre Statik nicht stimmte. Keiner, der sich ihre Formen anschaute, hegte daran einen Zweifel.

»Tun sie gar nicht. Aber ich will, dass die Aufgabe so schwierig wie möglich für dich wird. Ich will, dass du richtig ins Schwitzen kommst.«

Das würde sie mit dieser Aktion auch erreichen, darüber machte Clemens sich keinerlei Illusionen. Er rechnete seine Chancen aus, ob er mit einem blauen Auge davonkommen zu können. Es würde schwierig werden.

»Oder ich komme nicht ins Schwitzen und mache einfach nur ganz altmodischen Wahlkampf«, sagte er und wünschte sich, er wäre nur halb so zuversichtlich, wie er es gerne sein wollte.

»Clemens, erzähl mir nichts. Du überlässt doch nichts dem Zufall. Wie könnte es sonst sein, dass beim letzten Wahlkampf auf einmal alle Wahlplakate außer deinem verschwunden waren? Es sei denn, es gibt in Demarchau marodierende Horden, die scharf auf so was sind.«

Clemens fand, dass er längst mal wieder einen Stimmungscheck in seiner Gemeinde hätte veranlassen sollen. Für solche Fälle hatte er eine Horde Informanten auf seiner Bestechungsliste, die ausschwärmte, um in Kneipen, Restaurants oder einfach nur an der Fleischtheke im Supermarkt zu erfahren, wie es um die Treue zum Bürgermeister bestellt war. Da diese allerdings aus seiner Schwarzkasse bezahlt wurden, die in den letzten Jahren nicht mehr so reichlich gefüllt war, hatte er darauf verzichtet. Schließlich musste für ihn auch noch etwas übrig bleiben.

»Unterstell mir nicht so einen Schwachsinn«, antwortete er ausweichend. »Ich werde mir das überlegen.«

»Überleg mal besser nicht zu lang.«

Regina verschwand so aufdringlich, wie sie gekommen war. Clemens ließ sich auf den nächsten Stuhl fallen. Das hätte er gerne bereits während des Gesprächs getan, aber er wollte sich vor seiner Gegenkandidatin keine Blöße geben.

»Warum sitzt du? Es gibt kein Essen«, sagte Rita, die mit der Zimmergießkanne aus der Küche kam.

»Herrgott noch mal, das ist mein Haus und wenn ich mich setzen will, dann tue ich das.«

»Das Gespräch mit Regina hat dich anscheinend schwer mitgenommen. Ich dachte, es gäbe keine ernsthafte Konkurrenz für dich. Hast du auf jeden Fall immer behauptet.«

»Das tue ich auch noch. Regina muss mich erst einmal in die Ecke drängen, in der sie mich haben will.«

»Ich finde, das macht sie schon ganz gut«, erwiderte Rita lakonisch und ging auf die Terrasse, um ihre Buntnesseln zu gießen.

»Hier ist er«, sagte Jürgen und schob den verhinderten Schläfer ins Sichtfeld.

»Beeindruckend«, grummelte Clemens schlecht gelaunt, als er abends die Haustür aufmachte, um Jürgen und seinen Besuch hereinzulassen. Wenigstens sah der Schwarze nicht so schwarz aus, wie er befürchtet hatte. Allerdings schwarz genug, um Löckerbach in Alarmbereitschaft zu versetzen. Er war Pakistaner, wenn er sich richtig erinnerte.

»Ich hatte euch früher erwartet.«

»Wir sind pünktlich«, erwiderte Jürgen ziemlich patzig. Überhaupt schien er seit seiner Kandidatur um einiges gewachsen zu sein, zumindest was seinen mangelnden Respekt Clemens gegenüber betraf.

Dessen Laune hatte sich im Laufe des Tages nicht verbessert, obwohl er auf der Heimfahrt in Wolperach bei einer

Imbissbude angehalten hatte. Er wollte sich nicht darauf verlassen, dass Rita ihren Boykott aufgegeben hatte. Eine weise Entscheidung, wie sich herausstellte.

»Wo wohnt er?«, fragte er Jürgen, nachdem dieser die Tür des Arbeitszimmers geschlossen hatte.

»Bei mir zu Hause kann er nicht schlafen, wir haben einfach zu wenig Platz«, erklärte Jürgen. Er hatte drei Kinder und ein kleines Haus.

»Das fällt dir früh ein«, knurrte Clemens und stellte fest, dass sie zu schlecht vorbereitet waren auf das, was hier passieren sollte.

»Was ist mit dem Nebengebäude?« Das Nebengebäude, das Reginas Carport im Weg stand.

»Mir ist alles egal, solange es kein Stall ist«, sagte der Pakistaner. Seine Stimme war leise und sanft. Weibisch, konstatierte Clemens.

»Na ja, nicht gerade«, murmelte Jürgen. Er sah geknickt aus. Das schadete ihm nichts.

»Hinter dem Haus steht ein winziges Gerätehäuschen. Solide gemauert, kein Schuppen«, sagte er schnell, als er Samis Gesicht sah. »Dachstuhl, Dachziegel, quasi ein Haus in Miniatur.«

»Wie mini?«, fragte dieser Sami und klang jetzt schon resigniert. Clemens fragte sich, wie heutzutage die IS-Kämpfer in ihren Ausbildungscamps untergebracht waren, dass ihn das nun ernsthaft stören könnte. Wahrscheinlich hatte er ein Loft unterm Dach erwartet.

»Ein Zimmer, kleine Kochstelle. Nur für das Badezimmer musst du reinkommen.«

»Er hat alles, was er braucht«, sagte Clemens unwirsch, dem das Ganze eindeutig zu lange dauerte.

»Hört sich so an. Sie haben hier ein Problem?«

»Natürlich, sonst wären Sie nicht hier. Ich hoffe nur, Sie kriegen das in den Griff.«

»Keine Sorge, es gibt sehr genaue Anzeichen, an denen man den Dschihad erkennt«, sagte Sami.

Clemens fragte sich, wovon zum Teufel er eigentlich redete. Allerdings klang es einigermaßen fundiert, daher hakte er nicht nach.

»Ich werde in den nächsten Tagen mit der Bevölkerung Kontakt aufnehmen, etwas plaudern, mich zum Essen einladen lassen. Dabei bekommt man immer was raus.«

»Sie waren wohl noch nicht oft auf dem Dorf, wie?« Clemens kniff die Augen zusammen und verzog das Gesicht. »Zum Essen einladen lassen, ha. Wie viele Wochen soll das Spektakel denn dauern, bis Sie hier einer zum Essen einlädt? Das ist schon als normal Zugezogener schwer genug.«

»Haben Sie schon jemanden in Verdacht?«, fragte Sami.

»Wenn ja, dann bräuchte ich Sie nicht.«

Clemens war allgemein nicht gerade für seine charmante Art bekannt. Er wusste das, es interessierte ihn jedoch nicht.

»Menschen, mit denen man jahrelang zusammenlebt, könnten sich plötzlich als mordende Irre herausstellen. Auf Publicity dieser Art kann ich in meiner Gemeinde locker verzichten.«

»Also gut, ich verdächtige alles und jeden«, sagte Sami. »Ich regle das.«

»Schnell wäre auch nicht schlecht«, entgegnete Clemens. »Trotzdem haben wir einige Prädestinierte. Dieser Arzt Maalouf wohnt mit seiner Familie hier. Araber. Ach, ich wünschte, es wäre so einfach. Dann dieser Japaner, Takahashi. Auch ein heißer Favorit.«

»Japaner als Schläfer des IS? Das ist nun wirklich mal was Neues«, sagte Jürgen trocken.

Woher hatte der neuerdings diesen Rebellionsgeist? Clemens versuchte sich an die Zeit zu erinnern, in der er das erste Mal kandidierte und ob ihn das in seiner Persönlichkeitsentwicklung ähnlich beflügelt hatte. Leider erinnerte er sich nicht mehr daran. Er war damals noch zu sehr damit beschäftigt gewesen, Rita zu gefallen.

»Verlassen Sie sich auf mich«, sagte Sami, für Clemens etwas zu großspurig, und wandte sich zum Gehen.

»Nichts, was wir hier besprechen, darf nach draußen gelangen.« Das war Clemens so wichtig, dass er sich erhob, um Jürgen und Sami den Weg zu versperren. »Hören Sie, keiner darf etwas wissen außer uns.«

»Schon klar«, sagte der Pakistaner und öffnete die Tür, um Rita in die Arme zu laufen, die im Flur mit dem Staubtuch herumwedelte. Lauschen war eigentlich nicht ihre Art. Trotzdem hatte irgendetwas ihr Interesse geweckt und sie dazu veranlasst, sich vor dem Arbeitszimmer aufzuhalten.

»Rita, bring diesen jungen Mann bitte zur Tür.« Wenn sie dort schon herumlungerte, konnte sie sich immerhin nützlich machen.

»*Vor* die Tür«, betonte er. »Ich muss kurz noch etwas mit Jürgen besprechen.«

Wenn der junge Mann sein Misstrauen als Beleidigung aufgefasst hatte, ließ er es sich zumindest nicht anmerken.

»Du hast erwähnt, wir müssen ihm für seine Arbeit etwas bezahlen?«

»Natürlich. Wir können wohl kaum erwarten, dass er es umsonst macht.«

Clemens hätte Jürgen gerne einen Vortrag darüber gehalten, was Hartz-IV-Empfänger in seinen Augen alles umsonst machen sollten, hielt jedoch im Augenblick so eine Diskussion allgemein und mit Jürgen im Speziellen nicht für sonderlich fruchtbar, da der sowieso für seine liberale Einstellung bekannt war.

»Was schwebt dir denn so vor?«, fragte er vorsichtig und überschlug den Inhalt seiner Schwarzgeldkasse. Eigentlich hatte er sich von dem Geld noch etwas versprochen.

»Ganz billig wird es leider nicht. Die ganze Sache ist schließlich auch nicht ungefährlich.«

Jürgen eierte eindeutig um die Wahrheit herum. Clemens bekam den Eindruck, dass sein Schwarzgeld nicht reichen würde.

»Spuck's schon aus.«

»Ich hatte zwei angeboten, aber er wollte fünf.«

»Fünfhundert?«

»Fünftausend«, antwortete Jürgen plötzlich wieder äußerst kleinlaut. Dafür konnte Clemens sich leider auch nichts kaufen.

»Fünftausend!«, brüllte er, dämpfte seine Stimme allerdings sofort wieder. Bei dieser Lautstärke brauchte noch nicht einmal jemand an der Tür zu lauschen. »Bist du vollkommen irre?«

»Sonst wäre er nicht mitgekommen.«

»Dann wäre er zu Hause geblieben. Ich engagiere ihn schließlich nicht für eine Nashornjagd mit einem Landrover. Wir reden hier von einem unauffälligen Schläfer. Wenn ich Zeit hätte, würde ich ihn selbst ausfindig machen.«

»Das würde nie funktionieren.«

»Das meinte ich auch nur rhetorisch. Für 5.000 könnte ich wahrscheinlich Sendezeit bei der Fußballweltmeisterschaft kaufen. Was meinst du, wo das Geld herkommen soll?«

Die Frage fasste nun wiederum Jürgen anscheinend als rhetorisch auf, denn er enthielt sich einer Antwort.

»Soll ich ihn zurückbringen?«, fragte er stattdessen.

»Nachdem er jetzt weiß, was er weiß und es vermutlich noch irgendwelchen zwielichtigen Freunden erzählt, die in Löckerbach dann ein neues Geschäftsmodell wittern? Tolle Idee.«

Clemens fragte sich, was ihn geritten hatte, sich auf diesen Plan einzulassen. Offensichtlich konnte er in Schocksituationen keine vernünftigen Entscheidungen treffen.

»Lass ihn hier«, sagte er daher barsch. »Ich überlege mir was.«

Was das war, darüber ließ er Jürgen im Ungewissen. Eines war allerdings glasklar: Es würde ihn keine 5.000 Euro kosten.

Kapitel 11

»Bohnenschäfer, ich muss dich sprechen.«

Karl drängte sich unsanft an ihm vorbei und bohrte ihm seine Stockspitze in den Fuß. Clemens verzog schmerzhaft das Gesicht. Durch die Ereignisse der letzten Tage und die urplötzliche Eiseskälte seiner Frau hatte er eindeutig schon genug gelitten. Er konnte nicht einsehen, dass seinen inneren Problemen jetzt noch die physischen folgen sollten. Karl sah jedoch aus, als wäre ihm das ziemlich egal.

»Karl, kommen Sie doch rein«, sagte Clemens daher gottergeben und trat ein Stück zur Seite, damit dieser nicht auch noch seinen anderen Fuß traf.

»Wir haben einen Schwarzen im Dorf«, sagte Karl. Es war genau das, was Clemens eigentlich längst schon erwartet hatte.

»Er ist Pakistaner. Die sind nicht schwarz«, erwiderte er immer noch ruhig und massierte seinen schmerzenden Spann.

»Schon möglich, aber deswegen bin ich nicht da.«

Karl setzte sich ohne Aufforderung auf den vorderen Teil des Stuhls und stützte sich auf seinem Stock ab. Clemens horchte auf. Ein Hassobjekt in Karls Nähe und solch eine verhaltene Reaktion? Wer Karl kannte, glaubte jetzt zumindest an Demenz oder an eine akute tödliche Krankheit, wobei Letzteres Karl sicher nicht vom Krakeelen abhalten würde. Trotzdem war irgendetwas anders.

»Wie kann ich Ihnen helfen?«

Clemens setzte sich ebenfalls. Nicht, um eine vertrauliche Atmosphäre zu schaffen, die bei Karl sowieso nichts bewirkt hätte, sondern weil er so besser an seinen verletzten Fuß kam, ohne auf einem Bein hopsen zu müssen.

»Mein Schwiegersohn, der Nichtsnutz, will an mein Haus.« Karl ächzte und rieb seine falsche Hüfte.

»Das ist aber doch wirklich nichts Neues.«

Das wollte Klaus bereits, kurz nachdem er Britta geheiratet hatte.

»Lass mich ausreden. Ich komme schon noch zum Punkt.«

»Na endlich«, murmelte Clemens zwischen den Zähnen. Er betrachtete den Stapel auf seinem Schreibtisch, der seit der Löckerbacher Flüchtlingskrise stetig an Ausmaß zunahm.

»Denk nicht, ich hätte dich nicht gehört«, sagte Karl und klopfte zur Bestätigung seiner Aufmerksamkeit mit dem Stock auf den Boden. »Meine Ohren sind besser, als euch lieb ist.«

Clemens waren Karls Ohren absolut wurscht, aber er wollte das Gespräch nicht weiter hinauszögern als nötig. Dagegenreden war offensichtlich kontraproduktiv, am schnellsten ging es wohl noch, wenn er einfach den Mund hielt.

»Die Sache an sich ist nicht neu. Aber seine Methoden.«

Karl spuckte auf den Boden. Clemens blickte fassungslos auf den Speichelfaden und fragte sich, wie er das der Putzfrau erklären sollte.

»Dieser Widerling will mich entmündigen lassen und ist sogar zu feige, mir das selbst zu sagen. Seine Frau hat er vorgeschickt.«

»Hat sie das wirklich genau so gesagt?«, fragte Clemens zweifelnd. Karl hatte diesbezüglich eine äußerst lebhafte Fantasie. Sein Gehör war eindeutig nicht mehr gut, er kompensierte das jedoch damit, dass er die Lücken mit der ihm eigenen Logik auffüllte, was nicht immer dem entsprach, was ursprünglich gemeint war. Überflüssig zu erwähnen, dass Karl nicht dieser Meinung war.

»Glaubst du, ich lüge? Das waren ihre Worte. Undankbar, das sage ich dazu. Hat mich lange genug viel Geld gekostet, die Madame, und das kommt dabei raus.«

»Das ist wirklich keine Art«, erwiderte Clemens schlicht. Er war zum wiederholten Mal froh, keine Kinder zu haben. Mit denen handelte man sich augenscheinlich nur Ärger ein.

»Jetzt kommst du ins Spiel.«

»Ich verstehe Ihr Problem. Ich weiß nur nicht, wie ich Ihnen dabei helfen kann.«

»Du musst ihn aufhalten.«

Clemens fragte sich, was genau sich Karl Schmelzer unter *aufhalten* vorstellen mochte. Ob er erwartete, dass er mit Feuer und Schwert auf den Berg stürmte und Klaus zum Duell aufforderte?

»Da wird dir doch wohl was einfallen«, sagte Karl. Wahrscheinlich, weil Clemens nicht sofort begeistert zustimmte, setzte er nach: »Wofür bist du denn Bürgermeister?«

Der Bürgermeister verzichtete darauf, ihm zu erklären, dass er zwar Gemeindeoberhaupt, damit aber noch nicht zwangsläufig für jedes Wohl und Wehe der Bevölkerung zuständig war. Aber vielleicht konnte Karls Verbindung zu seinem Schwiegersohn nützlich sein, wenn es darum ging, Informationen zu bekommen. Er kam sicher in Landgräbers Haus. Ein Privileg, das Clemens seit Jahren verwehrt blieb.

»Dann muss ich irgendetwas in die Finger bekommen, das belastend für ihn ist«, sagte er und überlegte, wie eine erfolgreiche Taktik aussehen könnte. Wenn auch lästig, war Schmelzer beileibe nicht dumm. Er durfte keinesfalls den Eindruck erwecken, er bräuchte Karls Hilfe dringender als dieser seine.

»Gibt es davon nicht genug? Müsste im Rathaus genug darüber zu finden sein.«

»Karl, wir haben keine Akte über Klaus. Wir sind schließlich nicht die Stasi.«

»Besser wär's aber«, knurrte der Alte und klopfte zur Bestätigung erneut mit seinem Gehstock auf den Boden. Clemens nervte dieses ständige Geklopfe als Demonstration seines Unwillens, aber alles war besser als spucken.

»Hören Sie zu, ich werde Ihnen helfen. Ich möchte Ihnen helfen. Dafür brauche ich Sie aber.«

»Was stellst du dir vor? Ich bin 95 Jahre alt, soll ich durch Büsche kriechen, um den Feind auszuspionieren?«

»Etwas Belastendes aus dem Haus würde mir schon reichen.«

»Vergiss es. Das betrete ich bestimmt nicht mehr.«

»Dann kann ich Ihnen auch nicht helfen.«

Clemens betete, dass das gut ging. Mittlerweile hatte er nämlich die Möglichkeiten dieser Allianz in ihrer ganzen Tragweite erkannt. Wenn es eine Gelegenheit gab, Klaus nachhaltig an den Karren zu fahren und damit das Flüchtlingsthema vom Tisch zu fegen, dann war sie nun definitiv gekommen. Er war sich sicher, dass es im Haus genug Material gab, um Klaus auf Lebenszeit in ein Bergwerk nach Sibirien zu verfrachten.

Tok, tok, tok. Clemens überlegte, Karls Stock aus dem Fenster zu werfen, war sich jedoch sicher, dass es seine Wiederwahl nicht günstig beeinflussen würde, alte Menschen respektlos zu behandeln. Dann blickte er in Karls verbiestertes Gesicht und war sich auf einmal gar nicht mehr so sicher. Wahrscheinlich bekäme er dafür eher den Löckerbacher Verdienstorden.

»Ich mach es«, sagte Karl dann. »Aber nicht um des lieben Friedens willen. Bin immer noch der Meinung, du könntest mir auch so helfen. Ist dir anscheinend zu lästig. Der Schwachkopf glaubt sicher, ich würde zu Kreuze kriechen.«

»Am Ende wird er das nicht mehr denken, Karl. Glauben Sie mir.«

»Also, was soll ich jetzt tun?«

»Backen Sie kleine Brötchen. Sehen Sie zu, dass Sie ins Haus kommen. Versuchen Sie, sein Arbeitszimmer zu durchsuchen, um so viel wie möglich herauszubekommen. Brauchen Sie eine Kamera?«

»Hör mir auf mit Kamera. Ich habe meine Augen und meinen Verstand.«

Wenigstens funktionierte das bei Karl ausgezeichnet. Sozialkompetenz wäre für das, was Clemens mit ihm vorhatte, sowieso eher hinderlich.

Clemens lag Karls bevorstehende Mission im Hause Landgräber ordentlich im Magen, und das bekam Rita ebenfalls zu spüren, obwohl sie nicht wusste, warum ihr diese Ehre zuteilwurde.

»Wenn du das Ei nicht magst, lass es stehen«, gab sie daher zur Antwort, als Clemens über die Konsistenz des Eigelbs lamentierte, obwohl er es sich selbst hatte kochen müssen.

»Dann habe ich ja noch immer keins«, sagte Clemens.

»Aber das ist dein Problem«, gab Rita zurück und es klang in seinen Augen eindeutig desinteressiert. So sollte eine liebende Ehefrau ihren Mann nicht behandeln, zumal wenn der Ehemann auch noch geachteter Bürgermeister von Demarchau war. Das sagte er ihr auch und bekam trotzdem nicht, was er wollte.

»Geachteter Bürgermeister, dass ich nicht lache«, erwiderte Rita trocken und biss ungerührt von ihrem Marmeladenbrot ab. Clemens gab es auf. Er hoffte, später im Amt mehr Glück zu haben.

Er hatte die Zahlungen für Stuben noch nicht eingestellt. Das lag aber mehr daran, dass er es vergessen hatte, als dass es seine Überzeugung war, es würde noch ernsthaft etwas bringen. Jetzt wurde er wieder daran erinnert und ärgerte sich darüber, denn der Landrat rief an.

»Wie ich sehe, gehst du weiter fest davon aus, die Sache würde sich im Sande verlaufen«, sagte der Landrat.

»Meinst du, ich habe nicht genug Probleme?«, schnauzte Clemens. »Was willst du noch von mir? Wenn du mir nicht helfen kannst, lass mich in Frieden.«

»Aber darum geht es ja«, jammerte Stuben. »Ich will dir ja helfen. Ist dir noch gar nicht aufgefallen, dass du mich immer noch bezahlst?«

»Wie bitte?« Clemens kippte mit seinem Bürostuhl nach vorne. »Das Geld bekomme ich zurück! Das kann doch wohl nicht wahr sein.«

»Wie stellst du dir das denn vor?«, keifte Stuben. »Dann kannst du direkt eine Anzeige in der Zeitung aufgeben. Das fällt auf. Das geht so nicht.«

»Verdammt«, knurrte Clemens und notierte sich im Geiste, umgehend die Zahlungen zu stoppen. »Noch was?«, fragte er dann gottergeben.

»Landgräber holt zum endgültigen Schlag aus. Aber das weißt du ja sicherlich.«

»Nein, tue ich nicht«, quetschte Clemens zwischen seinen Lippen hervor. Der Landrat hatte etwas an sich, das ihn aufregte.

»Er hat Fördergelder beantragt und auch bekommen. Das müsste dir doch auffallen. Er sollte längst beim Umbau sein.«

Clemens rief sich noch einmal das Bild von Löckerbach vor Augen, das er heute Morgen von seiner obligatorischen Rundfahrt durchs Dorf im Hinterkopf hatte.

»Nein, umgebaut wird nicht. Das wäre mir wirklich aufgefallen.« Landgräber war immer klamm, auch wenn er noch so dick auftrug. Ohne Fördergelder könnte der sicherlich nicht bauen.

»Na, dann wird er das gewiss bald tun«, sagte der Landrat fröhlich und sichtlich erleichtert, dass er endlich auflegen durfte. »Das Haus hat riesige Baumängel. Sie müssen unter das Fundament. Verzögert die ganze Sache natürlich. Ich schicke dir die Unterlagen mal per Mail rüber.«

»Was heißt, sie müssen unter das Fundament?«

»Anscheinend hat Landgräber damals beim Bau gespart. Die Baugrube ist nicht ausreichend verfüllt worden. Interessierte da bei der Bauabnahme aber noch keinen. Ist auch schwer festzustellen. Das Gebäude ist einsturzgefährdet. Was meinst du, was das für eine Presse gibt, wenn das voll mit Flüchtlingen passiert? Das wünscht sich kein Politiker bei dieser angespannten Situation im Moment.«

Clemens pustete Luft aus, damit die ihm nicht aus den Ohren herauskam wie bei einem Dampfkessel, der Überdruck hatte. Es war dringend nötig, damit er nicht vor lauter Zorn platzte. Das hatte ihm gerade noch gefehlt.

»Für solche riesigen Baumaßnahmen hat er doch gar kein Geld«, versuchte er, sich selbst wieder zu beruhigen.

»Hörst du mir nicht zu? Fördergelder!«

»Fördergelder sind aber nicht dazu da, Schlampereien am Bau auszugleichen.«

»Sollte man meinen. Trotzdem bekommt er die Sanierung bezahlt. So läuft es halt.«

»Fest steht auf jeden Fall, *deine* Fördergelder sind ab heute gestrichen«, sagte Clemens mittlerweile übelst gelaunt.

Das sah Landgräber wieder einmal ähnlich, seinen Pfusch am Bau noch als heilbringende Maßnahme zu verkaufen. Clemens beschloss, ihn anzurufen, solange seine Wut noch frisch genug war.

»Ein Vögelchen hat mir gezwitschert, dass du dich am Staat bereichert hast«, sagte er, ohne eine Ahnung zu haben, welche Richtung dieses Gespräch nehmen würde.

»Das fällt dir verdammt früh auf«, erwiderte Landgräber, der nur mäßig beeindruckt schien. »Bist nicht richtig informiert. Wie immer.«

»Ich bekomme meine Informationen schon früh genug. Mach dir darüber mal keine Sorgen.«

Das fehlte noch, dass er sich von Landgräber die Butter vom Brot nehmen ließ. Da das in der Vergangenheit allerdings schon häufig passiert war, redete er sich mehr Rückgrat ein, als er eigentlich bei seinem Rivalen verspürte.

»Dann weiß ich nicht, warum du mich anrufst. Hast du nichts Besseres zu tun?«

»Im Augenblick nicht. Ich mache mir nur Sorgen, da bei uns noch kein Bauantrag eingetrudelt ist. Bei Investitionen in der Höhe sollte man das erwarten.«

»Das geht dich verdammt noch mal nichts an.« *Verdammt* war Landgräbers Lieblingswort, wie unschwer zu überhören war. Clemens hatte es schon in sämtlichen Variationen und Stimmungen bei Klaus gehört.

»Ich will doch nur nicht, dass du mit dem Gesetz in Konflikt kommst«, sagte Clemens süffisant. »Oder muss ich dich an Fristen erinnern?«

»Leck mich«, schnauzte Landgräber. Der Ausspruch stand sicherlich auf Platz 2 seiner Top Ten der unflätigen Ausdrücke. Clemens gedachte allerdings auf keinen Fall das zu tun. Gerüchten zufolge konnte er nicht einmal seine Frau Britta dazu überreden. Das würde einiges erklären, unter anderem, warum er so aggressiv war.

»Ich würde vorschlagen, du zerbrichst dir deinen Kopf mal nicht über solche Dinge. Schließlich hast du selbst genug Dreck am Stecken.«

»Ich weiß nicht, was du meinst«, entgegnete Clemens beunruhigt.

»Das weißt du schon ganz genau«, antwortete Klaus. »Ich weiß, wie verrückt dich das macht, wenn etwas nicht mit rechten Dingen zugeht.«

Jetzt auch noch Sarkasmus. Allmählich war Clemens jegliche Lust auf dieses Gespräch vergangen. Das sollte sich nicht ändern.

»Dafür gibt es doch eine ganz einfache Lösung«, fuhr Klaus fort. »Zieh dich auf dein Altenteil zurück und streichle deine Blumen. Dann brauchst du dich über nichts mehr zu ärgern.«

»Das bestimmst sicher nicht du.« Clemens hätte am liebsten in den Hörer gespuckt, bevor ihm noch rechtzeitig einfiel, dass Klaus das gar nicht sehen konnte.

»Mag sein. Das werden die Wähler schon tun. Oder was meinst du, wie das ankommt, wenn der Hauptinhalt deines Wahlprogramms auf einmal zusammenbricht? Klingelt es, wenn ich *Flüchtlinge* sage?«

Das war in der Tat ein heikles Thema, das Clemens im Moment allerdings nicht über Gebühr beschäftigte. Er dachte jedoch nicht daran, Klaus seine Sorgen auf die Nase zu binden.

»Warten wir es ab«, erwiderte er daher kurz angebunden und versuchte, in diesen kurzen Satz sämtliche Zuversicht hineinzupacken, zu der er fähig war.

»Warte du, bis du schwarz wirst«. Klaus Landgräber legte auf. Für ihn war das Gespräch auf seine altbewährte Weise beendet.

Ein bisschen weniger Sozialkompetenz hätte sich Clemens auch für andere Schäfchen der Gemeinde gewünscht. Wie sonst konnte man es erklären, dass die Löckerbacher Bürger Reginas wirre Versprechen, die angeblich von Clemens kamen, ernst nehmen würden. Clemens hatte noch nie freiwillig Wünsche erfüllt, das alleine hätte schon stutzig machen müssen.

»Was für Leute stehen da draußen?«, fragte er seine Sekretärin, als er schnell wieder die Tür geschlossen hatte, bevor man ihn sehen konnte.

»Das sind Ihre Nachbarn«, sagte Frau Willers. »Die sollten Sie eigentlich kennen.«

»Was wollen die denn alle hier?«, fragte er, ihre letzte Bemerkung geflissentlich ignorierend. Dann hätte er nämlich zugeben müssen, dass ihm gerade von den Zugezogenen längst nicht alle so bekannt waren, wie sie es hätten sein sollen.

»Was weiß ich?« erwiderte die Willers patzig. Alles was mit zusätzlicher Arbeit zu tun hatte, war ihr generell ein Gräuel. »Sie kamen alle gleichzeitig hier an. Wollten auch alle gleichzeitig hier herein. Ich hab sie wieder rausgeschickt.«

»Das zwar zweifellos das Richtige«, sagte Clemens, der normalerweise nur ungefähr so viel Lob aussprach wie ein Verurteilter für seinen Henker. Gleichzeitig überlegte er, wie er der Meute entgehen konnte, fand diesbezüglich allerdings keine befriedigende Lösung. Er würde sicher nicht aus dem zweiten Stock in den Müllcontainer springen und sich für den Rest seines Lebens zum Gespött von Mutzke machen.

»Sagen Sie einfach, ich wäre nicht mehr da. Ich wäre hinten raus.«

»Hinten raus? Wir haben kein *Hinten raus.*«

»Sie wissen das und ich weiß das. Nur die da draußen wissen das doch nicht.«

»Lügen tue ich nicht«, entgegnete Barbara Willers bestimmt.

»Dann lassen Sie sie halt rein.« Clemens pustete entnervt die Luft aus, die er unbewusst angehalten hatte. »Aber einer nach dem anderen, wenn ich bitten darf.«

Zwei Minuten später wünschte er sich, er hätte die Horde auf einen Schlag wie eine Stampede durch sein Büro trampeln lassen, damit diese durch das offene Fenster in den Müllcontainer geflogen wäre.

»Einer nach dem anderen ging nicht«, teilte ihm die Willers mit, als sie die Tür zu seinem Büro öffnete, bevor sie von Rolf Domschneider an die Wand gedrückt wurde.

»Ich spreche mit einem von euch, nicht mit allen.«

»Es geht uns aber alle etwas an.«

»Mag sein, aber mein Büro hat seine Gesamtkapazität definitiv überschritten. Wir können unter vier Augen reden.«

»Ausnahmsweise«, sagte Rolf und die Gruppe hinter ihm nickte bestätigend und kollektiv. Sie nickte immer noch, als Domschneider die Tür auffällig langsam schloss. Clemens stellte sich vor, dass sie im Vorzimmer weiter nickte wie ein Wackeldackel, der auf der Hutablage eines Autos stand.

»Es geht einiges im Dorf vor, worüber wir reden müssen.«

»Ich weiß nicht, was du meinst«, erwiderte der Angesprochene unbehaglich. »Soweit ich weiß, ist alles in Ordnung.«

»Dann warst du offenbar lange nicht mehr vor der Tür. Seit wann haben wir Flüchtlinge im Dorf?«

Anscheinend hatte Regina die frohe Kunde der bedingungslosen Genehmigung unsinniger Bauprojekte noch nicht verbreitet.

»Das ist kein Flüchtling«, entgegnete Clemens. Wenigstens das konnte er mit Bestimmtheit beantworten. »Das ist Besuch von Jürgen.«

»Von Jürgen, der das ganze Leben noch nicht über die Grenzen von Demarchau hinausgekommen ist? Klar, der hat sicher einen ganzen Haufen solcher Bekannter.«

Clemens betrachtete Rolf angewidert. Der Inhaber einer Bauelementefirma war dafür bekannt, keine Konfrontation auszulassen, und sei es nur, um aller Welt ungefragt seine Meinung zu verkünden oder die Nachbarn mit dem Pochen auf unnütze Vorschriften zu brüskieren. Clemens konnte sein Haus zwar vom Ende seines Grundstückes sehen, er wohnte jedoch nicht in seiner direkten Nachbarschaft. Clemens war dafür äußerst dankbar. Solange Domschneider seine Salven in die anderen Richtungen abschoss, war Clemens nicht geneigt, daran etwas zu ändern. Vera Krug konnte ein Lied davon singen. Jetzt sah es aber leider so aus, als wäre seine Glückssträhne der Unsichtbarkeit vorbei. Trotzdem hielt er es für angebracht, bei dieser Variante der Geschichte zu bleiben.

»Er ist ein Bekannter von Jürgen«, sagte er daher so bestimmt wie möglich.

»Wie willst du dann das erklären, was Klaus vorhat?«

»Was sollte ich da erklären?«, fragte Clemens irritiert, der den Zusammenhang nicht erkennen konnte.

»Ein Vögelchen hat mir gezwitschert, dass der in dieser Hinsicht auch noch einiges vorhat.«

»Rolf, sprich nicht in Rätseln«, sagte Clemens, dem es allmählich reichte. »Was hat Jürgens Besuch mit dem zu tun, was Klaus angeblich vorhat?«

»Es geht das Gerücht um, dass Klaus den Neubau für Flüchtlinge frei gemacht hat.«

»Klaus hat den Anbau frei gemacht, weil er saniert werden muss. Leider ist beim Bau etwas schiefgelaufen.«

Clemens hätte vor ein paar Minuten noch nicht gedacht, dass er Klaus für diese Ausrede mal dankbar sein würde. Rolf blickte ihn prüfend an, konnte aber anscheinend nichts entdecken, das Clemens' Geschichte Lügen strafte.

»Und was hat Jürgens Bekannter damit zu tun? Meinst du, der wurde als Vorhut geschickt, um die Lebensbedingungen für Flüchtlinge in Löckerbach unter die Lupe zu nehmen?«

»Es sind viele Faktoren, die da eine Rolle spielen. Es macht sich Unruhe breit im Dorf«, sagte Rolf vage. »Deswegen haben wir Regina bei ihrer Kandidatur auch mit unserer Unterschrift unterstützt. Es sei denn, du bist zu dem ein oder anderen Zugeständnis bereit.«

»Zugeständnis welcher Art?«, fragte Clemens, hauptsächlich um Zeit zu gewinnen. Regina war in der kurzen Zeit wohl doch nicht untätig gewesen.

»Sie erzählt überall herum, sie hätte bereits so viel Einfluss im Rathaus, um jedem den Schwachsinn genehmigen zu lassen, den er sich wünscht. Du kannst dir vorstellen, dass das nicht in meinem Sinn ist.«

Ohne Frage würde das Domschneiders Nerven eindeutig strapazieren, dessen ganzes Leben danach ausgerichtet war, gesetzestreu zu leben und andere permanent daran zu erinnern, das ebenfalls zu tun. Allerdings interessierte sich Clemens im Augenblick keineswegs für Rolfs Nerven, da er eindeutig einer größeren Schweinerei auf der Spur war.

»Sie erzählt bitte was?«, fragte er.

»Die Nachbarschaft solle zu dir kommen, wenn sie etwas will. Sie hätte mit dir bereits alles geklärt, als Zeichen dafür, dass sie sich für ihre Wähler einsetzt.«

»Mit mir geklärt? Für ihre Wähler? Ich hör wohl nicht richtig!«

»Also nicht. Ich hatte mich schon gewundert. Entspricht überhaupt nicht deinem Naturell.«

Diese Einschätzung seiner Person empfand Clemens als durchaus tröstlich, die Konsequenzen der unterschiedlichen Möglichkeiten allerdings nicht. Er brauchte dringend Zeit zum Nachdenken.

Kapitel 12

Karl war an diesem Mittag ins Haus seiner Tochter zum Mittagessen geladen worden, wenigstens lautete so die offizielle Version. Inoffiziell war Karl sich sicher, dass Britta ihn ärgern wollte. Sie wusste, wie schwer es ihm fiel, die steile Straße hinaufzukommen, und wie lange es bei ihm dauerte, sodass er sich das Mittagessen redlich verdient hatte, als er oben ankam. Ihm war klar, dass seine Tochter ihn nur dazu einlud und zu Fuß hierherlaufen ließ, obwohl sie ihn genauso gut abholen könnte, um zu beweisen, dass er zu alt und zu gebrechlich war, weiter alleine klarzukommen. Es traf sich allerdings ausgezeichnet. So hatte er Gelegenheit, sich im Arbeitszimmer seines Schwiegersohnes mal genauer umzusehen. Das war auch der einzige Grund, warum er diese Einladung überhaupt annahm, denn so gut kochte seine Tochter nun auch nicht.

Sein unmöglicher Enkel war aus dem Bus gestiegen und gab sich alle Mühe, trotz seines Übergewichtes den Berg so schnell wie möglich hochzuhetzen, damit er sich bloß nicht mit seinem Großvater unterhalten musste, dem das allerdings herzlich egal war. Es gab nichts, was er diesem ungehörigen Kind sagen wollte.

»Du kommst spät«, sagte seine Tochter, als sie ihm die Tür öffnete. »Wir wollten gerade anfangen.«

»Ich bin pünktlich«, stellte Karl klar und lehnte seinen Gehstock in eine Ecke, da er ihn wegen des Parketts nicht in der Wohnung benutzen durfte. Britta warf ihm einen Blick zu, der aussagte: *Na, wenn du meinst.*

»Er denkt halt, alle Menschen hätten so viel Zeit wie er«, sagte sein Schwiegersohn und faltete die Zeitung zusammen, in der er gelesen hatte. Er wirkte auf den ersten Blick durch seine dichten blonden Haare sehr jugendlich. Karl hatte aber auch schon mal bessere Augen gehabt, daher wusste er, dass diese Illusion kippte, wenn man ihn genauer betrachtete.

Dann machten der strenge Seitenscheitel und der verkniffene Mund das aus ihm, was er halt war – ein Arschloch.

Seine Tochter war durchaus hübsch, das musste er zugeben, auch wenn er sie nicht leiden konnte. Die langen blonden Haare hatte sie kunstvoll hochgesteckt, auf den grünen Augen lag schwer die Last ihres Lidschattens, die Lippen voll und das Gesicht apart. Perlenohrringe betonten ihren guten Geschmack bei Kleidung und Accessoires. Sie hatte etwas Aristokratisches und wäre durchaus auch als *schön* durchgegangen, wenn sich nicht zwischen Mund und Nase im Laufe der Jahre zwei hässliche Falten gebildet hätten, die von Unzufriedenheit, Gehässigkeit und Neid zeugten.

Karl ignorierte die letzte Bemerkung seines Schwiegersohns und setzte sich auf den Platz, den man ihm vor ewigen Zeiten einmal zugewiesen und der sich seitdem von der Qualität her nicht verbessert hatte. Es war immer noch derselbe wacklige Stuhl und immer noch dieselbe düstere Ecke, von der aus er noch nicht einmal aus dem Fenster gucken konnte. Was die Qualität seines Essens anging, hatte er auch nicht wesentlich mehr Hoffnung. Er sollte sich nicht irren.

»Hast du's dir jetzt überlegt?«, fragte Britta, als sie das Essen auftrug.

»Ich weiß nicht, was du meinst.« Karl schaufelte sich in aller Ruhe Kartoffeln auf den Teller, die wenigstens essbar aussahen.

»Tu nicht so. Du weißt genau, was ich sagen will.«

»Vielleicht weiß ich das, vielleicht auch nicht. Fest steht auf jeden Fall, ich will nichts davon hören.«

»Das finde ich ziemlich egoistisch«, sagte Britta und schaffte es tatsächlich, sehr geknickt auszusehen. Karl wäre fast darauf reingefallen, aber er kannte seine Tochter viel zu gut und wusste daher, dass es ihr scheißegal war, ob er egoistisch war oder nicht. Hauptsache sie hatte irgendwie ihren Vorteil.

»Weißt du, Karl«, sagte Klaus. Der Angesprochene hatte sich schon gewundert, dass sich sein Schwiegersohn nicht schon früher zu Wort gemeldet hatte. »Du kannst nicht von uns verlangen, dass wir uns ständig um dich Sorgen machen müssen.«

»Ich kann mich nicht daran erinnern, dass ich dich darum gebeten habe«, erwiderte Karl und inspizierte die Bratensoße, von der ein merkwürdiger Geruch ausging.

»Ich bin auch nicht glücklich darüber«, sagte Klaus, »aber es wird von uns nun mal erwartet, dass wir uns um dich kümmern.«

»Schau mal, Papa. Das musst du doch verstehen. Wenn dir da oben was passiert, wirft das ein sehr schlechtes Licht auf uns.« Britta wirkte gelassen, aber ihre Nasenflügel bebten.

»Ich bleibe da, wo ich bin.« Karl ärgerte sich wieder einmal, dass er sich neben dem schlechten Essen noch so einen Mist anhören musste. Schlecht essen konnte er auch zu Hause.

»Ich sage dir jetzt einmal, wie es läuft«, ergriff Klaus erneut das Wort, schob den Stuhl ein Stück vom Tisch und lehnte sich zurück. »Ich habe keine Lust, diese Diskussion ewig zu führen. Wir machen es ganz einfach. Entweder du gehst freiwillig ins Altenheim oder wir lassen dich für unmündig erklären. Das hat dir Britta schon angedroht.«

Also war dieser Quatsch wirklich wahr. Karl hatte noch gehofft, es wäre ein halbherziger Schuss ins Blaue gewesen. Klaus war nicht gerade dafür bekannt, Dinge zu Ende zu führen. Er drohte zwar gerne, war aber ein Feigling, der den Schwanz einzog, wenn es wirklich ernst wurde. Da hatte seine Tochter wesentlich mehr Mumm. Sie war allerdings sehr darauf bedacht, nach außen gut dazustehen. Karl hatte nach ihrem letzten Gespräch ein paar Pillen zusätzlich nehmen müssen, damit er ihnen nicht den leichten Weg ermöglichte, an ihr Erbe zu kommen. Er hatte sich in der Sache selbst aber nicht ernsthaft Sorgen gemacht. Der paradiesische Zustand war nun eindeutig vorbei. Britta schien wenigstens den Hauch eines schlechten Gewissens zu haben. Sie mied seinen Blick und schob die Schüssel mit dem Salat hin und her.

»Ich höre wohl nicht recht.« Karl stellte fest, dass seine Stimme noch beeindruckend laut war. Er schaffte es sogar, seinen feisten Enkel Felix aufzuschrecken, der bis jetzt damit beschäftigt gewesen war, Essen in seine dicken Backen zu stopfen.

»Ich glaube, du hörst sehr gut«, sagte Klaus Landgräber gelassen und zog seinen Stuhl wieder näher an den Tisch. »Du kannst es dir ja überlegen.«

»Ich wusste schon, dass ihr so einiges tun würdet, um an mein Grundstück zu kommen. Aber das schlägt dem Fass den Boden aus.«

Karl hatte sich erhoben. Seine Knie zitterten, er hätte seinen Stock gebraucht.

»Papa, versteh das bitte. Du lässt uns ja keine Wahl.«

Britta hatte ihre Sprache wiedergefunden, aber nach dem, was sie zu sagen hatte, hätte sie für Karls Geschmack genauso gut die Klappe halten können.

»Ich muss mal aufs Klo«, sagte er schroff, da er sich daran erinnerte, warum er eigentlich gekommen war. Er wackelte in den Flur, wo er dankbar nach seinem Stock griff.

Klaus hatte sein Arbeitszimmer eine Etage tiefer. Das hatte er vollkommen vergessen. Er betrachtete die offene Wendeltreppe, die nach unten führte, und rechnete seine Chancen aus, heil dort anzukommen. Wie lange konnte er sich Zeit lassen, bis seine Tochter nach ihm gucken kam, weil sie wahrscheinlich Angst hatte, er wäre in der Toilette ertrunken? Es war schwachsinnig gewesen, Clemens anzubieten, Informationen zu beschaffen. Aber irgendetwas musste er liefern, schließlich sollte der Trottel ihm helfen. Karls Blick schweifte aus dem Dunkel der Treppenflucht die Fliesen entlang und die holzgetäfelte Wand hoch. Dort sah er etwas, was ihm die rettende Idee bescherte.

»Ich betrachte das Essen als beendet«, rief er durch die geschlossene Esszimmertür und stopfte den Schlüssel der zweiten unteren Haustür tief in die Tasche seines Dufflecoats.

Auf seinem Weg die Straße runter, deren Abstieg ebenso beschwerlich war wie ihr Aufstieg, rechnete er seine Chancen in der nahen Zukunft aus. Er hatte es momentan eindeutig nur mit Verrückten zu tun. Was er dringend brauchte, war normales Verhalten. Was in seinem Fall normal war oder nicht, darüber musste er noch nachdenken.

Kapitel 13

Nachdem Clemens Rolf Domschneider davon überzeugt hatte, dass Löckerbach keine Flüchtlingsinvasion bevorstand und der Besuch von Sami durchaus seine Richtigkeit hatte, rief er Jürgen an, um diesem Besuch auch die viel gerühmte Richtigkeit zu verpassen.

»Ich muss dich sprechen. Sofort. Und bring diesen Pakistaner mit.«

»Wie soll ich das denn machen? Der ist in Löckerbach und ich bin hier auf der Arbeit.«

»Nach dem Mittagessen«, befahl Clemens.

Nach dem Mittagessen war er keineswegs besser gelaunt, da Rita nicht nur ihren Kochstreik weiterbetrieb, sondern auch nicht zu Hause war. Das war in 30 Jahren noch nie vorgekommen. Nachdem er einen unbefriedigenden Imbiss mit Brot und Käse hinter sich hatte, konstatierte er, dass es im Rathaus auch nicht trostloser sein konnte als daheim. Das war der Hauptgrund, dass er um 14 Uhr wieder in seinem Büro saß, als Jürgen auf den Punkt genau 30 Sekunden später direkt an seine Tür klopfte, da seine Sekretärin nur halbtags arbeitete. Er hatte eine ziemlich lädierte Ein-Mann-Antiterror-Einheit im Schlepptau. Sameer Anbar Almasi hatte ein blaues Auge und roch darüber hinaus penetrant nach Alkohol.

»Ich habe den nicht engagiert, damit er säuft und sich prügelt. Oder ist das vielleicht Teil seiner verdeckten Ermittlungen?«

»ICH bin geschlagen worden«, sagte der Gescholtene.

»Gestern Abend in Wolperach«, ergänzte Jürgen. »Es ist unsere Aufgabe, etwas dagegen zu unternehmen.«

Er sah auf beunruhigende Weise wütend aus. Clemens hatte Respekt vor Männern, die zu Hause nichts zu sagen hatten und urplötzlich zornig wurden. Dabei kam selten etwas Vernünftiges heraus.

»Was genau meinst du?«, fragte Clemens und hoffte, dass es deeskalierend genug klang. Einen durchdrehenden Sozialsachbearbeiter konnte er im Moment so nötig brauchen wie ein Loch im Kopf.

»Fremdenhass natürlich. Wir müssen gegen Fremdenhass vorgehen.«

Zumindest sah Jürgen nicht mehr so aus, als würde er bei dem kleinsten Anlass in die Luft gehen. Sein Gegenüber ablenken war immer noch die beste Taktik.

»Wir sollten auch gegen junge Männer vorgehen, die nachts durch Wolperach ziehen und sich volllaufen lassen«, sagte er und blickte den *jungen Mann* angewidert an. Besoffene waren ihm prinzipiell ein Gräuel.

»Clemens, das ist wirklich nicht hilfreich«, erwiderte Jürgen.

»Es ist auch nicht besonders hilfreich, wenn Domschneider und ein ganzer Teil unserer Nachbarschaft hier steht und sich über die Anwesenheit unseres Besuchs beschwert.«

»Dann wird es höchste Zeit, dass sie sich in Toleranz üben.«

»Das solltest du auf dein Wahlplakat drucken«, sagte Clemens. Wenn er Glück hatte, nahm Jürgen seinen Rat an. Dann war er in Demarchau schneller weg vom Fenster, als er *Bürgermeisterkandidat* sagen konnte.

»Wir sollten erst einmal dafür sorgen, dass er nicht mehr ziellos durch die Ortschaften rennt. Ich habe ihm eine nette Arbeit besorgt. Damit ist es bei ihm in den letzten Jahren ja nicht mehr allzu gut bestellt gewesen.«

»Eine Arbeit?«, fragte Sami und klang beunruhigt. Wahrscheinlich dachte er an Abbrucharbeiten mit Hammer und Meißel im nahe gelegenen Steinbruch. Clemens bedauerte, dass die dort nicht mehr üblich waren, sonst hätte die praktische Komponente seiner Idee gleich noch eine befriedigende gehabt, zumindest für ihn.

»Genau. Um Ihren Aufenthalt bei uns glaubwürdiger zu gestalten. Ich habe Ihnen eine Aushilfsstelle im Altenheim besorgt.«

Das war nicht weiter schwierig gewesen, da dort wegen unmöglicher Arbeitszeiten und miserabler Bezahlung ständiger Personalmangel herrschte. Clemens hatte es nur fünf Minuten seiner mittlerweile ohnehin unbefriedigenden Mittagspause gekostet.

»Im Altenheim?«

Der Pakistaner glaubte garantiert, am Tiefpunkt seines Lebens angelangt zu sein. Es war nur ein schmaler Grat, von einem Agenten gegen den Terrorismus, der in Jürgens kleinem miefigen Anbau ohne eigenes Badezimmer saß, zu einer Pflegehilfskraft, die ab morgen alten Menschen den Hintern abputzen musste.

»Eben dort«, antworte Clemens genüsslich. »Der ideale Platz. Keine Grundqualifikation nötig, kein Auto. Sie können zu Fuß zur Arbeit gehen. Es gibt sogar noch etwas Geld. Geradezu ideal.«

»Wie viel Geld?«

Das interessierte ihn offenbar nach dem ersten Schock dann doch am meisten.

»Was juckt es Sie? Sie dürfen sowieso nur einen Teil davon behalten. Schließlich liegen Sie dem Staat auf der Tasche. Immerhin bekommen Sie noch Geld, wenn Sie mir einen Verdächtigen liefern.«

»Ich glaube, ich möchte das nicht«, sagte Sameer und schaffte es, sogar in diesen unspektakulären Satz allen Widerwillen hineinzupacken, zu dem er fähig war.

»Wissen Sie was? Das juckt mich nicht«, erwiderte Clemens.

Er war mit sich und der Lösung des Problems äußerst zufrieden. Sollte noch mal jemand sagen, er wäre nicht ausreichend konfliktorientiert. Er erhob sich, um seinen Besuch hinauszukomplimentieren.

»Was juckt dich nicht?«, fragte seine Frau auf einmal hinter ihm.

Rita war im Rathaus mit Sicherheit ein gern gesehener, aber speziell im Büro ihres Mannes ein überaus seltener Gast. Nicht dass es Clemens sonderlich gestört hätte. Es reichte ihm in der Regel, wenn sie ihm zu Hause bereits in alles hineinredete. Es hatte durchaus seine Vorteile, morgens das Haus verlassen zu dürfen.

»Nichts, was dich interessieren müsste«, antwortete er ungalant. Wenn seine Frau sich nicht mehr um sein leibliches Wohl kümmern wollte, verdiente sie keine Höflichkeit und erst recht keine geheimen Informationen.

»Clemens hat meinem Bekannten Sami einen Job im Altenheim besorgt, Rita.«

Jürgen galt zwar nicht als der Frauenversteher in Löckerbach – dieser Job war Udo Fuhrmann vorbehalten –, jedoch weckte er bei der kompletten weiblichen Bevölkerung das Bedürfnis, ihm liebevoll über den Kopf zu streichen. Er war immer ausgesprochen höflich und zuvorkommend. Unnütz zu erwähnen, dass Clemens das überflüssig fand. Rita fand darüber hinaus Jürgens letzte Bemerkung eher zweifelhaft.

»Wirklich? Das klingt so gar nicht nach ihm.«

»Ich bin im Zimmer«, fühlte Clemens sich bemüßigt, seine sichtbare Anwesenheit mitzuteilen.

»Trotzdem«, erwiderte Rita knapp. »Ich war beim Einkaufen und wollte dich nur daran erinnern, dass du heute Abend die Sachen aus der Reinigung mitbringen sollst. Keine Angst, ich fahre jetzt wieder nach Hause.«

»Dann könntest du Sami mitnehmen«, sagte Jürgen.

Rita würde durchs Dorf fahren und den Schwarzen im Auto haben. Clemens hoffte, dass Karl nicht der Schlag traf, falls er zufällig draußen herumlief. Alle anderen Einwohner würden besser tot umfallen, bevor sie das sähen.

»Dann soll er sich bücken, wenn ihr durch den Ort fahrt.«

»Das wird er ganz bestimmt nicht tun«, erwiderte Rita und zog Sami am Ärmel zur Tür hinaus.

144

Rita Bohnenschäfer war wirklich unübersehbar. Zwar nicht eine der Art, der Männer mit heraushängender Zunge hinterherhechelten, aber einige Leute drehten sich dennoch um, wenn sie groß und aufrecht im schwarzen Kostüm über die Straße ging, mit perfekt gelegten blonden Haaren, in denen noch nicht eine graue Strähne zu sehen war, und vollen, sinnlichen Lippen, die leider ein wenig zu verkniffen waren, um wirklich Verheißung zu versprechen. Das war die offizielle Version ihrer Person. Keiner in Löckerbach und Umgebung ahnte, dass der Rita, die allen Augen verborgen war, reihenweise Männer zu Füßen lagen, die sie mit einem Blick der Huldigung oder Ablehnung zur Ekstase oder zu weiterem Sehnen verdammen konnte. So viel zur Theorie.

In der Praxis wäre es Clemens nicht im Traum eingefallen, sich ihr zu Füßen zu legen, und in Ekstase geriet er nur, wenn sie ein Tablett Essen an ihm vorbeitrug. Das wenigstens mit schönster Regelmäßigkeit. Dass er nicht zum Traummann mutieren würde, war ihr vor ihrer Hochzeit schon klar gewesen. Sie hatte leider nur unterschätzt, wie dröge seine mangelnde Leidenschaft im Laufe der Jahre wurde. Während der Klub der Landfrauen froh war, wenn ihre Männer mit einem Bier vor den Sportnachrichten einschliefen und damit nicht den längst mal wieder fälligen Beischlaf einfordern konnten, bekam Rita nicht zum ersten Mal das Gefühl, dass sie mehr gebumst würde, wenn sie den Kopf einer Sonnenblume hätte, da Clemens nur dann einen Hauch Sinnlichkeit entwickelte, wenn die Knospen ihre Blüten öffneten. Das war bei Weitem häufiger, als Rita Beachtung von ihrem Ehemann bekam, die über normale Haushaltstätigkeiten hinausging. Dadurch gelangte sie zu der festen Überzeugung, dass es ihr keiner übel nehmen konnte, für die nötige Befriedigung ihrer Bedürfnisse selbst zu sorgen.

Dabei dachte sie keinesfalls an Dinge, die der Markt für erotische Vergnügungen so hergab. Rita war ein Vollblutweib, das sich nicht mit weniger als einer handfesten Affäre zufriedengab, wenn es auch bezüglich Ort und Wahl bessere Möglichkeiten gegeben hätte als die von ihr letztendlich getroffene. Deswegen wurde sie nie gewahr, ob Egon Durr freiwillig das Weite gesucht hatte oder wirklich von Doris weggeschickt worden war mit einem Ticket ohne Wiederkehr. Wenn Letzteres zutraf, besaß Doris eine bewundernswerte Kaltschnäuzigkeit, was Rita allerdings nicht glaubte. Tatsache war jedoch, dass ihre sexuelle Befriedigung seit dieser Zeit wieder auf dem Trockendock lag und es nicht so aussah, als ob sich das je wieder ändern würde. Bis heute.

Rita hatte sich schon vieles im Leben vorgestellt, allerdings noch keinen Sex mit einem jüngeren Mann. Clemens war mit seiner gedrungenen Gestalt derart erotisch einschläfernd, dass Ritas Ansprüche bereits auf eine Weise heruntergefahren waren, die eine Gurkenscheibe in einer Abnehmgruppe erstrebenswert aussehen ließ. Wie anders ließe sich ihr kurzes, aber überaus stürmisches Verhältnis zu Egon erklären?

Der junge Mann mit dem bronzefarbenen Hautton und den schokoladenfarbenen Augen ließ ganz tief in ihrem Unterleib eine Glocke klingeln, die sich fast hinderlich für die Autofahrt erwiesen hätte. Erst ein Passant, der ihr einen Vogel zeigte, als sie an einem Fußgängerüberweg haarscharf an ihm vorbeirauschte, weil sie sich just in diesem Moment vorstellte, wie Samis Schweiß schmecken würde, brachte sie zur Besinnung.

»Sind Sie mit Ihrer Unterkunft zufrieden?«, fragte sie, während sie den Wagen geschickt durch die Straßenverengung an der Verkehrsinsel vorbeilenkte. Das war eine rhetorische Frage. Rita kannte den kleinen Anbau von Jürgen, wie sie überhaupt alles in Löckerbach von innen und außen kannte.

»Passt schon«, erwiderte der jugendliche Appetithappen in einem Tonfall, der Rita andeutete, dass es keinesfalls passte und er nur so höflich war, das Thema nicht weiter auszuführen.

»Sie hätten bei uns wohnen können«, sagte sie fast entschuldigend. »Aber wir sind auf Besuch nicht so eingerichtet.«

Sie verschwieg, dass Clemens der Einzige im Haus war, der darauf nicht eingerichtet war. In ihren Träumen sah sie sich oft als Frau von Welt, die wie eine Bohemienne durch die Räume schwebte und mit Champagner und Kaviarhäppchen Gäste in ihrem Garten bewirtete, die über Nacht blieben und morgens in zwangloser Kleidung auf dem Sofa saßen, Café au Lait aus großen Tassen schlürften und wichtige Fragen der Kultur und der Weltpolitik diskutierten. Das Einzige, was es beim Frühstück zu diskutieren gab, war, ob Clemens' Ei die richtige Konsistenz hatte.

»Danke. Das ist nett von Ihnen«, erwiderte Sami. Es klang beinahe ehrlich. »Ist wahrscheinlich besser so. Ihr Mann macht nicht den Eindruck, als hätte er das toll gefunden.«

»Ich hätte es aber toll gefunden.«

Das war ihr rausgerutscht. Sie hoffte, dass er nichts von dem inbrünstigen Enthusiasmus bemerkte, der sich wie ganz von selbst in diesen Satz geschlichen hatte. Anscheinend doch. Sami drehte den Kopf und lächelte sie an. Rita konnte sich nicht mehr daran erinnern, wann ein Mann sie zuletzt derart angelächelt hatte. Sie zwang sich zur Ruhe. Ein fast toter Fußgänger am Tag war genug.

»Ich auch«, sagte Sami und verstärkte sein Lächeln noch.

Rita hatte eigentlich mit Poesie nichts am Hut, aber seine strahlend weißen Zähne schimmerten wie Perlen auf einer Silberschnur. Sie schalt sich eine Närrin und gab zum Ausgleich wieder etwas mehr Gas.

»Sie können sicher einmal zum Essen kommen«, entschlüpfte es ihr wie von selbst. Für Clemens nicht zu kochen bedeutete schließlich nicht, es für andere nicht zu tun. »Am besten wenn mein Mann nicht da ist.«

Hatte sie das wirklich gesagt? War sie von allen guten Geistern verlassen?

»Ich meine, weil ich für meinen Mann im Moment nicht koche«, sagte sie schnell. »Wir haben da eine kleine Meinungsverschiedenheit.«

»Klar«, erwiderte Sami, als ob er genau wusste, wovon sie redete.

Es lag durchaus im Bereich des Möglichen, dass er das tatsächlich wusste. Schließlich hatte er ihren Mann kennengelernt. Rita hingegen war sich sicher, dass Clemens in keiner Weise wusste, wie und warum ihm das geschah, geschweige denn, dass es überhaupt eine Meinungsverschiedenheit gab. Allerdings war ihr das nun vollkommen gleichgültig. Es gab lohnenswertere Beschäftigungen, als sich um Clemens' Seelenheil zu kümmern.

»Sie sind eine wirklich tolle Frau«, sagte Sami und streifte wie zufällig ihren rechten Oberschenkel, als er ein blondes Haar von ihrem Stiftrock zupfen wollte.

Damit war Ritas Urteilsfähigkeit endgültig ad acta gelegt.

Sami hatte gegen vieles im Leben etwas einzuwenden. Kleine spießige Dörfer gehörten auf jeden Fall dazu. Trotzdem verhinderte das im Moment, dass er von Leuten gefunden werden konnte, von denen er nicht gefunden werden wollte. Zumindest war das die Version, mit der er sich geheimnisvoll gab und gefährlich wirken wollte. *Leute* bedeutete in dem Fall hauptsächlich sein Vater.

Sami war die Symbiose einer deutsch-pakistanischen Beziehung, die aber an den Kinderkrankheiten kränkelte, die diese Vereinigungen oft nach sich zogen. Sein Vater und seine Mutter stellten bereits nach einem Jahr fest, dass eine anfangs erotische Beziehung der unterschiedlichen Kulturen nicht in der Lage war, diese Spannung in eine erfolgreiche Ehe zu überführen. Nach einer für Sami endlosen Zeit der Streitereien und Vorwürfe schmiss sein Vater das Handtuch beim Versuch, eine Ehe mit einer westlichen Egomanin zu führen. Um die Endgültigkeit seiner Entscheidung zu betonen, verließ er das Land, um in Pakistan die Geschäfte weiterzuführen, die ihn bereits in Deutschland so erfolgreich gemacht hatten. Für seinen Sohn, der sein Leben vertändelte und Schulden anhäufte, zeigte er nur wenig Verständnis. Das hatte er ihm auch noch mal unmissverständlich mitgeteilt, als er ihn vor ein paar Tagen am Telefon erreichte.

»Endlich gehst du ran«, sagte sein Vater auf Deutsch, denn Sami weigerte sich, die in Pakistan gebräuchliche Landessprache Urdu zu lernen.

»Hab viel zu tun«, antwortete er ausweichend.

»Was hast du schon zu tun?«, fragte sein Vater, erwartete aber offensichtlich keine Antwort. »Auf dem Sozialamt rumhängen und dich vor der Arbeit drücken?«

»Ich drück mich nicht, ich krieg halt keine.«

»Und wessen Schuld ist das? Wer ist denn zu den Dschihadisten gerannt? Hab ich dich geschickt?«

»Nein, natürlich nicht«, leierte Sami die stereotype Antwort, ohne wirklich zuzuhören. Sein Vater war zwar Moslem, allerdings viel zu westlich, um für Samis Handeln irgendeine Art von Verständnis aufzubringen.

»Ich habe mir das lange genug angesehen«, sagte sein Vater. »Wenn du nicht alleine in der Lage bist, dein Leben auf die Reihe zu bekommen, ich bin es.«

Das klang eindeutig nicht danach, einen Batzen Geld in die Hand gedrückt zu bekommen.

»Schick mir einfach etwas Geld«, sagte Sami schnell. »Dann komme ich zurecht, bis ich Arbeit gefunden habe.«

»Mir reicht es aber jetzt«, schnauzte sein Vater. »Ich habe lange genug zugesehen. Morgen schicke ich einen Wagen und lass dich abholen.«

Was sich hier so freundlich anhörte, spiegelte Samis Albtraum eines verpfuschten Lebens nahezu perfekt wider. Sein Vater hatte schon öfter gedroht, ihn nach Pakistan zu holen. Sami hatte das immer wieder aufschieben können. Jeder normale westliche Mann hätte sich an den Kopf gefasst, von seinem Vater die Drohung zu bekommen, zwangsweise das

Land verlassen zu müssen. Aber in Samis Kopf waren ausreichend muslimische Restbestände, um genau das klaglos zu tun, wenn sein Vater seiner habhaft wurde. Das konnte er allerdings mit seinem Besuch in Löckerbach erst einmal verhindern. Vor dem Arbeiten schützen ihn dieser offenbar nicht.

Sami wünschte sich, er hätte diese ganze Schläfergeschichte etwas ernster genommen und sie nicht als Spinnerei überdrehter Dorftrottel angesehen, die einen Schläfer nicht von einem Känguru unterscheiden konnten. Er hatte sich vorgenommen, ein paar Wochen entspannt durch den Ort zu schleichen, mit den weiblichen Einwohnern zu flirten und hier und dort bei Bohnenschäfer ein paar Andeutungen fallen zu lassen, welche die nichts ahnende Arztfamilie Maalouf als Schläfer enttarnen und ihn mit 5.000 Euro von dannen ziehen lassen würden. Auf keinen Fall sollte dieser schwachsinnige Auftrag in wirkliche Arbeit ausarten.

Ebenso wenig wie er bei weiblichen Einwohnern im Traum an Frauen über 50 gedacht hatte, auch nicht, wenn sie durchaus annehmbar aussahen. Leider war Samis Liebesleben beängstigend auf null geschrumpft. Ohne das nötige Kleingeld konnte er nicht in Bars und Diskotheken auftauchen. Überhaupt war sein komplettes soziales Leben quasi auf dem Hund gekommen, seit er aus dem Irak zurück war, was ihm die Aussicht auf ein Techtelmechtel mit Rita Bohnenschäfer nicht mehr vollkommen abwegig erscheinen ließ. Nicht zu vergessen die Vorteile, die das sonst noch haben könnte.

Kapitel 14

Das mit Egon Durr war eine komische Sache. Das war zumindest der einhellige Tonus, wenn im Dorf über sein Verschwinden spekuliert wurde. Obwohl es nicht minder komisch war, insgesamt 35 Jahre mit einer Frau wie Doris verheiratet gewesen zu sein, schien sein Verschwinden ohne Nachricht weitaus mehr Wellen zu werfen als die lautstarken Diskussionen aus dem Hause Durr, die zuvor durch die ganze Nachbarschaft gehallt waren. Beziehungen wurden halt selten allein im Himmel geschlossen. So war das Leben.

Ein Leben ohne Geld, EC- und Kreditkarten war allerdings so schlecht vorstellbar, dass sein Verschwinden dennoch die Kriminalpolizei aus Walderau auf den Plan rief, die mehr schlecht als recht versuchte, etwas über Egons Leben und seinen Verbleib herauszukriegen. Ohne Erfolg. Egon blieb unauffindbar. Doris konnte man nichts nachweisen. Der Einzige, der etwas über seinen Verbleib hätte sagen können, wurde nicht befragt. Es war also nicht verwunderlich, dass Clemens einiges dagegen hatte, wenn unter dem Anbau des Altenheims das Fundament freigelegt würde, um auf größere Überraschungen zu stoßen, als man sie in Löckerbach allgemein erwartet hätte. Egon ruhte im Kies unter dem Fundament, wenn auch der Begriff *ruhen* hinsichtlich der Baustahlmatten, die in seinen Körper garantiert ein wenig vorteilhaftes Muster gequetscht hatten, sicher nicht ganz der treffende Ausdruck war.

Eigentlich pflegte Clemens keine leblosen Körper in offene Baugruben zu werfen. Dass Egon dort lag, war nur der Tatsache geschuldet, auf der Straße neben dem Baugrundstück zu Tode gekommen zu sein. Überhaupt leblos zu sein, hatte er sehr wohl Clemens zu verdanken, der ihm in einem Anfall von Wut einen Stein über den Kopf gezogen hatte, als er im unkrautüberwucherten Graben vor dem jetzigen

Wolff-Anwesen lag und seinen Rausch ausschlief. Die Tatsache, friedliche Saufgelage mit Klaus Landgräber zu verbringen, nur um nicht zu seiner Alten nach Hause zu müssen, dabei aber die Alte eines anderen Mannes – in diesem Fall die von Clemens – zu beglücken, brachte diesen mehr zur Raserei, als wenn man ihm erzählt hätte, Rita würde in Walderau in einem Stripklub arbeiten.

Er hatte abschätzend die Heckenschere in seiner Hand betrachtet, während er ein Gespräch zwischen Rita und Egon am Telefon belauschte. Es war heiß gewesen an diesem Tag und Clemens suchte im Kühlschrank nach einem kühlen Bier, nachdem er vergeblich darauf gewartet hatte, dass Rita auf der Terrasse erschien, weil sie seinen Wunsch mit den Antennen einer guten Ehefrau aufgefangen hatte. Leider waren diese Antennen gestört, weil Egon offenbar an ihnen herumpolierte.

»Egon, ich sag dir doch, es geht diese Woche nicht«, sagte Rita im Flur leise, obwohl sie ihren Mann immer noch im Garten wähnte. »Clemens ist die ganze Woche zu Hause. Doris hat mich bei der letzten Landfrauensitzung auch schon so merkwürdig angeguckt.«

Egon schien etwas wahnsinnig Beruhigendes zu sagen, denn Rita kicherte plötzlich wie ein kleines Mädchen. Wann hatte Clemens sie jemals kichern gehört?

»Hör auf, du Schlingel«, antwortete Rita, was ihn dazu veranlasste, vorsichtig am Kühlschrank vorbeizulinsen. Es war tatsächlich seine Frau. Clemens hatte das für einen Augenblick bezweifelt. »Ich werde ja ganz rot.«

»Ja, da auch«, quiekte sie. Genau in dem Maße entrüstet, dass ihr Gegenüber wusste, exakt den richtigen Ton getroffen zu haben.

Die Stellen, an denen sie just in diesem Augenblick rot wurde, hatte Clemens das letzte Mal vor acht Jahren gesehen. Aber die Vorstellung reichte ihm, die Heckenschere fester zu packen und darüber zu sinnieren, ob man mit ihr mühelos einen Kopf vom Hals abtrennen konnte. Mit einer Leidenschaft, die er noch nie empfunden hatte, verzog er sich zurück in den Garten, um dort allen Orchideen die Köpfe abzuschneiden. Probeweise. Leider frustrierte ihn das noch mehr. Er liebte seine Orchideen.

Die nächsten Tage kam er allerdings zu der interessanten Erkenntnis, dass er seine Frau ebenfalls liebte. Außerdem schickte es sich keineswegs, wenn er als Bürgermeister Hörner aufgesetzt bekam. Auch nicht, wenn sie von Egon waren, der in jungen Jahren sage und schreibe vier Affären gleichzeitig gehabt hatte, sich aber dann aus unerfindlichen Gründen für die zwar gut aussehende, aber freudlose Doris entschieden hatte. Clemens hatte nur eine romantische Beziehung in seinem Leben gehabt und auch vor, diese zu behalten. Wenigstens die Beziehung. Romantik wurde sowieso überbewertet. Obwohl Rita das ohne Frage anders einschätzte. Zumindest nach 18 Jahren, wenn Clemens davon ausging – und das hoffte er stark –, dass es sich hier um ihren ersten Ausrutscher handelte. Aber daran wollte er nicht denken.

Wohl aber, wie er mit der Situation umzugehen gedachte. Das war nicht nur schwieriger, als er es sich anfangs vorgestellt hatte. Es war ein verdammtes, schier unlösbares Problem, das sich allerdings in einer lauen Sommernacht von selbst auflöste. Egon lag sturzbetrunken im Graben, Clemens war auf einem späten Abendspaziergang und das Haus der Wolffs noch nicht gebaut. Keiner in der Nähe, der ihn hätte beobachten können. Manche Lösungen präsentieren sich von selbst, wenn man ihnen nur ein wenig Zeit gibt, sich zu entfalten.

In dieser Nacht verschwand Egon spurlos. Weder Doris noch die Polizei oder seine Frau waren in der Lage, ihn zurückzubringen.

Es dauerte elend lange, bis Clemens endlich nach Hause kam. Sein Auto versagte in Wolperach seinen Dienst. Das überraschte ihn nicht wirklich. Seit dem letzten Werkstattbesuch verlor der Wagen Öl. Clemens weigerte sich daher konsequent, die Rechnung der Werkstatt zu bezahlen, und ebenso die Werkstatt daraufhin, den Schaden zu beheben. Er war den ganzen Schleichweg hoch von Mutzenbach gelaufen und versuchte, nicht allzu misstrauisch beäugt zu werden. Anscheinend hatte sich die letzte Neuigkeit noch nicht bis in den Nachbarort herumgesprochen. Mutzenbach war um einiges schlafmütziger als Löckerbach. Es dämmerte schon, als er auf der Höhe von Regina und Walter Kleins Haus herauskam. Er hatte Hunger und ihm war kalt. Da er immer mit dem Auto fuhr, verzichtete er in der Regel bis zum ersten Frost auf eine Jacke. Er konnte schließlich nicht ahnen, dass er an diesem Tag noch ausgedehnte Ausflüge würde unternehmen müssen. Er überquerte die Hauptstraße und schlug dabei Haken wie ein Kaninchen, immer in der Angst, plötzlich von hinten oder der Seite angesprochen zu werden. So ungemütlich und frierend kam er schließlich bei sich zu Hause an. Er musste klingeln, da er das Haus sonst immer durch die Garage betrat. Der Garagenöffner lag im Wagen. Rita öffnete ihm die Tür.

»Schön, dass du auch endlich mal da bist«, sagte sie. »Wo ist das Auto?«

»Vergnügt sich in Wolperach«, antwortete Clemens. »Ich hatte eine Panne.«

Das fehlte noch, sich hier rechtfertigen zu müssen. Er war immerhin erwachsen.

»Ach, ich dachte, es käme mal etwas Originelles. Könntest du nicht versuchen, mich zu beeindrucken?«, fragte seine Frau.

»An was dachtest du da?«, fragte Clemens zurück. »Überfall, Heldentat, was? Warum kann ich nicht einfach nur jetzt erst nach Hause kommen?«

»Außerdem kann ich es nicht leiden, wenn man zum Essen zu spät kommt. Das weißt du ganz genau.«

»Dann kann ich ja ausziehen«, knurrte Clemens und drängelte sich an Rita vorbei ins Esszimmer. Auf solche Späßchen konnte er heute locker verzichten. Rita anscheinend nicht. Sie blickte ihn finster an.

»In unserem Haus isst man pünktlich zu Abend«, sagte sie.

»Wie soll ich wissen, dass es jetzt wieder was gibt? Ich habe sowieso keinen Hunger.«

»Wo sind die Sachen aus der Reinigung?«

»Im Auto. Wo sonst? Ich schleppe sie doch nicht den ganzen Weg hier rauf.«

»Du hättest anrufen können. Dann hätte ich dich geholt.«

»Du weißt genau, dass ich kein Telefon dabei habe.«

»Was kann ich dafür, wenn du keinen fragen willst, ob du mal telefonieren darfst.«

»Ich gehe ins Wohnzimmer.«

Das erschien ihm als die beste Lösung. Der Tag war anstrengend gewesen und er schlief bereits während der Tagesschau ein. Nachts rüttelte plötzlich jemand sehr nachdrücklich an seiner Schulter.

»Clemens«, zischte eine Stimme, die dieser eindeutig Rita zuordnen konnte. Das durfte doch wohl nicht sein, dass das Weib ausgerechnet jetzt Sex wollte.

»Clemens, wach auf!«

Ihre Stimme klang aufgeregt. Clemens vermutete, dass es nicht direkt etwas mit ihm zu tun hatte. Ihre Aufregung musste andere Gründe haben. Er fuhr unter seiner Decke hoch.

»Was ist passiert?«, zischte er zurück.

»Es brennt, Clemens. Steh auf.«

Vor Feuer hatte er Respekt, daher war er umgehend auf den Beinen. Er kratzte sich am Kopf und versuchte, sich zu orientieren. Irgendetwas fehlte.

»Wo denn?«, fragte er dann. »Ich rieche keinen Rauch.«

»Nicht bei uns, Idiot«, sagte Rita wenig zärtlich. »Die Scheune brennt. Die bei Peter. Das ganze Dorf ist auf den Beinen.«

»Dann brauchen sie mich ja nicht dabei«, stellte Clemens fest und machte Anstalten, wieder ins Bett zu gehen.

»Clemens, ich denke, du solltest auch mitkommen«, sagte Rita eindringlich. Irgendwas stimmte da nicht.

»Warum? Löschen die mit Wassereimern. Da wird doch wohl die Feuerwehr kommen.«

»Jürgen meint, es sähe nach einem Anschlag aus«, sagte Rita. »Er hat gerade angerufen. Wir sollen uns alle unten auf der Hauptstraße sammeln. Alle Löckerbacher sollten zusammen sein, damit keinem etwas passiert.«

»Ein Anschlag?«, fragte er erst ungläubig.

»Ein Anschlag.« Diesmal war es eine Feststellung.

Das hatte ihm gerade noch gefehlt. Ein Anschlag und er hatte dem BND nicht den Hauch eines Verdächtigen zu präsentieren.

Peter Schusters Scheune stand klein und unauffällig auf dem Weg, der zu Peter Schuster und Karl Schmelzer hinaufführte. Sie war in keinem allzu guten Zustand gewesen und eigentlich für nichts weiter zu gebrauchen. Da sie sicher ebenso baufällig war, bedeutete es für Peter bestimmt einen Segen, sie auf diesem Wege loszuwerden. Das sah Peter allerdings doch ein bisschen anders. Er stand mit Jürgen vor dessen Haus und beide blickten den Weg hoch, wo man zwar Feuer und die Feuerwehr, aber keine Einzelheiten erkennen konnte. Clemens stellte sich zu ihnen.

»Da haben wir damals unsere Ziegen gehalten, weißt du noch«, sagte Peter Schuster wehmütig zu seinem Sohn.

»Reg dich nicht auf, Papa. Wir haben sie doch nicht mehr gebraucht.«

»Trotzdem, sie stand schon ewig da. Und wer sagt denn, dass das nicht mir gegolten hat? Morgen stecken die vielleicht mir die Hütte an.«

»Du kommst natürlich jetzt erst mal zu uns«, meinte Jürgen.

Clemens fragte sich, ob es Jürgen in dem Fall lieber war, dass seine Hütte in Brand aufging.

Man konnte von dem Platz, an dem Clemens stand, nicht wirklich gut sehen. Er ließ Jürgen und seinen Vater zurück und ging ein Stück weiter hoch, um die Scheune richtig im Blick zu haben. Das war nur in begrenztem Maß möglich, da die Feuerwehr bereits auf halber Höhe die Löckerbacher Bevölkerung am Weitergehen hinderte. Dieser nichtsnutzige Pakistaner stand ebenfalls da herum.

»Vielleicht sollten Sie Ihre Nachforschungen etwas beschleunigen«, sagte Clemens, ohne ihn anzusehen. »Bevor hier noch alles in Brand aufgeht.«

»Das weiß man doch noch gar nicht. Es könnte auch nur ein normales Feuer sein, ein paar Jugendliche.«

»Das halte ich eher für unwahrscheinlich. Es sei denn, Jugendliche schreiben Hassparolen gegen Deutsche auf Schilder.«

»Welche Hassparolen?«, fragte Sami.

Clemens antwortete nicht, sondern zeigte nur auf ein weißes Schild, das auf einen Holzstecken geschraubt war und auf der Seite lag. Er musste noch ein Stück vorgehen und den Hals ziemlich recken, dann konnte er gerade erkennen, dass darauf *Dutsland mus veräcke* in ungelenken, zittrigen Lettern stand.

»Wow«, sagte Sami.

»*Wow* ist nicht ganz der richtige Ausdruck dafür«, erwiderte Clemens. »Für unser Dorf auf jeden Fall eine absolute Katastrophe.«

»Sie!« Regina war wie aus dem Nichts aufgetaucht und bohrte ihren Finger in Samis Brustkorb. »Sie sind an allem schuld. Das passiert erst jetzt, wo Sie hier aufgetaucht sind.«

»Regina, lass es gut sein«, sagte Clemens. Durchdrehende Hausfrauen konnte er jetzt gar nicht brauchen.

Das Feuer hatte nicht nur die Brandbekämpfer auf den Plan gerufen, sondern auch die Polizei. Clemens wollte Sami nicht mit der Demarchauer Polizei bekannt machen, die ihm nach Einblick in seine Akten sicher die ein oder andere Frage stellen würde. Vor allen Dingen wenn Regina weiter in der

Gegend herumplärrte, dass er der Täter sei. Regina war irgendwo in der Menge verschwunden und Clemens atmete auf.

Das Feuer war mittlerweile gelöscht, bis auf einzelne Rauchwolken, die auf der Flucht vor dem grellen Schein der Halogenstrahler der Feuerwehr waren, indem sie sich aufwärts schlängelten und im Dunkel des Himmels verschwanden. Clemens fand es an der Zeit, an den Leuten vorbeizulaufen, um hier und da Schultern zu klopfen, tröstende Worte zu sprechen und auf diese Weise wenigstens etwas Wahlkampf zu machen.

»Liebe Freunde, ich habe eine Ankündigung«, rief er über die Köpfe seiner Nachbarn hinweg. Es dauerte einen Moment, bis das Geschnatter aufhörte und alle Augen und Ohren sich auf ihn richteten. Selbst die Polizei und die Feuerwehr gaben Ruhe.

»Wir haben alle einen ordentlichen Schrecken bekommen«, sagte er und versuchte, sich auf eine Zinkwanne zu stellen, die sich allerdings erfolgreich zur Wehr setzte, indem sie an einer schwachen, verbeulten Stelle einfach durchbrach. Leise vor sich hin fluchend schüttelte Clemens den Rest der Wanne von seinem Fuß und widmete sich wieder dem eigentlichen Grund, aus dem er auf die Wanne gestiegen war.

»Trotzdem möchte ich euch bitten, alle wieder nach Hause zu gehen und wenigstens noch etwas zu schlafen.«

»Das ist leicht gesagt«, rief jemand aus der Menge. Clemens beugte sich vor und sah, dass es Harald Bantenberg war. Er machte den Eindruck, als hätte er bereits im Dunkeln Angst. Er hatte den Arm um seine kleine Frau Junta gelegt, die sich ängstlich an seinen Bauchring klammerte.

»Harald, es wird dir nichts passieren«, sagte Clemens geduldig. Es war faszinierend, wie langmütig er sein konnte, wenn er sich etwas davon versprach. »Geh mit Junta nach Hause. Heute Nacht ist alles sicher.«

Bantenberg schien nicht komplett überzeugt, enthielt sich jedoch der Antwort und zog seine Frau mit, als er die Straße hochging. Clemens hätte es nicht gewundert, wenn sie mit ihren Beinen nicht mehr den Boden berührt hätte. Langsam machten sich die Familien wieder auf den Weg zu ihren Häusern.

»Was halten Sie davon«, fragte der Polizeiobermeister, der sich seine Handschuhe angezogen hatte und vorsichtig das Schild aus dem Gras zog. Wahrscheinlich um keine Fingerabdrücke zu verwischen. Clemens war sich sicher, dass die Kripo bereits anrückte, um alles hier unter die Lupe zu nehmen.

»Dummer-Jungen-Streich«, sagte Clemens. »Sollten wir nicht überbewerten.«

»Potztausend«, sagte Dieter Landgräber, der unvermittelt hinter einem Baum hervortrat und Clemens fast zu Tode erschreckte. »Das ist noch nicht vorbei.«

An diese fast prophetische Aussage würde Clemens sich auch Jahre später noch erinnern.

Kapitel 15

Clemens fühlte sich heute Nacht auf zweierlei Art beleidigt. Erstens war es allein schon eine Unverschämtheit, in seinem Dorf eine Scheune anzuzünden, unabhängig davon, ob es nun Jugendliche waren oder Terroristen. Damit war man schon bei der zweiten Unverschämtheit. Die Terroristen waren immer noch auf freiem Fuß.

Er machte die Haustür hinter sich zu und suchte Rita, die offensichtlich noch nicht nach Hause gekommen war. Das war auch gut so. Er wollte Dampf ablassen, und das ging besser, wenn seine Frau in weiter Ferne war. Dampf ablassen bedeutete bei ihm, sich ein großes Glas von seinem besten Whisky einzuschenken, den er in seinem Arbeitszimmer aufbewahrte und nur bei besonderen Gelegenheiten trank. Die Ereignisse der heutigen Nacht waren auf jeden Fall Gelegenheit genug. Er wusste schließlich Dinge, die außer ihm nur wenige wussten.

Es war einfacher gewesen als gedacht, die Nachbarn in Sicherheit zu wiegen. Er hoffte, dass sie auch wirklich in Sicherheit waren. Dabei ging es ihm weniger um das Wohl seiner ihm anvertrauten Schäfchen, sondern mehr darum, welches Licht es auf ihn warf, wenn denen durch den bösen Wolf doch etwas passierte. Das hatte er jetzt davon, jemanden mit einer Aufgabe zu betrauen, der keinerlei Ahnung davon hatte, mit Bedrohungen und Gefahren umzugehen. Er nahm sich vor, dem pakistanischen Sozialhilfeempfänger morgen mal ordentlich die Leviten zu lesen und Jürgen, der ihm diese menschliche Pleite ins Dorf geschleppt hatte, am besten gleich mit.

Er hörte einen Schlüssel im Schloss der Haustür. Rita war zurück. Das veranlasste ihn, sich mit seinem Glas ins Badezimmer zu verziehen. Anders als in sein Arbeitszimmer kam ihm Rita hier dann doch nicht hinterher. Dort saß er auf dem Rand der Badewanne und überlegte weiter. Den Platz auf dem Klodeckel hatte Rita ihm schon vor etlichen Jahren verboten, da dieser in ihren Augen nicht so stabil war, das Gewicht ihres Mannes, das zugegebenermaßen im Laufe der Jahre etwas zugelegt hatte, auf Dauer unbeschadet zu halten. Sie sah ihn zwar nicht, aber Clemens hielt sich dennoch an diese Anordnung. Er hatte während seiner Ehe gelernt, bei Nebensächlichkeiten nachzugeben.

Er horchte, wie Rita hin und her durch das Haus rannte, anscheinend suchte sie ihn. Wenn er Glück hatte, dachte sie, er wäre noch irgendwo draußen. Das Glück war ihm nicht hold. Sie drückte die Klinke herunter, merkte, dass abgeschlossen war und klopfte energisch an die Tür.

»Clemens, komm raus da. Wir haben wichtigere Probleme, als dass du auf dem Klo sitzt.«

»Ach was, ich war dabei«, knurrte er genervt durch die geschlossene Tür. »Meinst du, ich bin aus Spaß hier drin?«

»Selbstverständlich«, erwiderte Rita. »Glaubst du, ich wüsste nicht, dass du dich da drin versteckst und deinen Whisky trinkst? Komm gefälligst raus. Wir müssen über das reden, was heute Nacht passiert ist.«

»Ich komme sofort«, brüllte Clemens. »Herrgott, hat man in diesem Haus noch nicht einmal nach einem Brandanschlag seine Ruhe?«

»Du erlebst gleich einen Brandanschlag im Badezimmer, wenn du nicht in zwei Minuten hier draußen bist«, keifte Rita und Clemens hörte, wie sie sich wieder entfernte.

Exakt zwei Minuten später kam er ins Wohnzimmer, wo Rita in ihrem Sessel Platz genommen hatte, ganz auf der Kante, mit geradem Rücken, wie immer, wenn sie innerlich angespannt war.

»Wer, glaubst du, war das?«, fragte sie. »Erzähl mir nichts von irgendwelchen Jugendlichen, das kaufe ich dir nicht ab. Ich kenne dich, Clemens Bohnenschäfer. Dein Gesichtsausdruck da draußen war das personifizierte schlechte Gewissen.«

»Ich war aufgeregt und besorgt«, verteidigte er sich.

»Ach, hör auf.« Rita winkte ab. »Um wen denn besorgt? Deine Nachbarn sind dir doch mehr als egal, wenn sie nicht gerade etwas tun, was dir Vorteile bringt.«

»Gut, du hast gewonnen.«

Clemens setzte sich ihr gegenüber auf die Couch. Rita war nicht dumm. Er musste ihr einen Happen hinwerfen, an dem sie eine Zeit lang zu kauen hatte. Jetzt dankte er für Samis Anwesenheit, die ihm eine passende Entschuldigung liefern konnte.

»Ich hege nur den Verdacht, dass unser neuer Einwohner etwas damit zu tun hat. Deswegen habe ich ein schlechtes Gewissen, weil ich Jürgen quasi erlaubt habe, ihn mitzubringen.«

»Seit wann hast du ein schlechtes Gewissen? Vor allen Dingen, seit wann kannst du bestimmen, welche Besucher die Leute mitbringen?«

»Als Bürgermeister kann ich alles«, erwiderte Clemens selbstgefällig. Auf jeden Fall hatte Rita diese Lüge schon mal nicht erkannt.

»Ich glaube nicht, dass Sami etwas damit zu tun hat«, sagte Rita. »Er ist so ein netter Junge.«

»Woher willst du das denn wissen? Du hast ihn doch noch gar nicht kennengelernt.«

»Man redet im Dorf aber davon. Ich habe das schon von einigen Frauen hier gehört.«

»Weibergewäsch«, entgegnete Clemens, aber vorsorglich ziemlich leise. Rita blickte ihn prüfend an, hakte aber nicht weiter nach.

»Außerdem macht er einen sehr guten Eindruck. Im Altenheim hat er sich nach der kurzen Zeit schon als große Hilfe herausgestellt. Und er ist immer gepflegt und gut angezogen.«

»Sind wir mit den Lobeshymnen jetzt mal fertig?«, fragte Clemens genervt. Die Unterhaltung hatte eine Richtung angenommen, die er leicht merkwürdig fand. Es war normalerweise nicht Ritas Art, jemanden in Schutz zu nehmen, egal ob nett oder nicht. Ihre Landfrauen mussten ihr ja etwas Tolles erzählt haben.

»Auf jeden Fall glaube ich nicht, dass Sami es war.«

Was das anging, blieb Rita hart. Vielleicht sollte er ihr verbieten, immer mit diesen Weibern herumzuhängen. Die brachten sie nur auf dumme Gedanken, deren Auswüchse im Endeffekt er ausbaden musste.

»Glaub, was du willst. Ich geh jetzt ins Bett«, sagte er beleidigt und stand von der Couch auf.

Für heute reichte es ihm. Erst dieser Zirkus mitten in der Nacht, dann eine Diskussion mit seiner Frau, bei der er noch nicht einmal seinen Whisky genießen konnte. Er ging mit seinem Glas wieder zurück in sein Arbeitszimmer, wobei er Ritas Zuruf: „Ich dachte, du wolltest ins Bett", ignorierte und die Tür hinter sich zumachte, nur für den Fall, dass sie noch mehr zu sagen hatte.

Ehrlich gesagt glaubte auch er nicht, dass Sami etwas mit diesem Anschlag zu tun hatte. Schließlich hatte er ihn nach Löckerbach geholt, damit er etwas gegen die unbekannte Gefahr im Dorf unternehmen sollte, was leider bis jetzt nur leidlich funktionierte. Das mochte an der Raffinesse der Schläfer liegen oder – und das glaubte er eher – an der Dämlichkeit seines Agenten. Er war froh, die 5.000 Euro nur erfolgsabhängig angeboten zu haben. Er überlegte, ob er den Betrag kürzen konnte, wenn die Erfüllung der Aufgabe nicht in seinem Sinne geschehen war, nämlich falls Sami erst viel zu spät Ergebnisse vorzuweisen hatte. Er schenkte sich noch mal nach und legte die Füße auf die Schreibtischplatte. Sein Blick fiel auf das scheußliche Bild, das ihm Rita gegen seinen Willen ins Büro gehängt hatte. Sie fand es schön und er es einfacher, das einfach zu dulden und das Bild ansonsten geflissentlich zu übersehen.

Ein Blick auf den Kalender sagte ihm, dass es bis zur Bürgermeisterwahl nur noch zwei Monate waren. Wenn Sami in diesem Tempo weitermachte, dann könnte seine Wiederwahl ernsthaft gefährdet sein. Er überlegte, wen er im Dorf als

Schläfer opfern könnte. Das könnte sich jedoch schwierig gestalten, da entsprechende Beweise platziert werden müssten. Das ging nur in dem Haus des unfreiwilligen Freiwilligen selbst und bedeutete für ihn einen ganz klaren Gesetzesverstoß. Nicht, dass er mit Verstößen gegen das Gesetz Probleme gehabt hätte. Schließlich praktizierte er das in der ein oder anderen Form ja bereits im Rathaus. Das hier war jedoch ein ganz anderes Kaliber und musste wohlüberlegt sein.

Er fing direkt damit an und wog die Vor- und Nachteile der Idee ab, Sami für diesen Dienst einzuspannen. Leider fand er mehr Argumente gegen seinen ganz speziellen Einsatz als dafür. Eins hatte er in seinem Leben gelernt: Wenn man wollte, dass etwas gut gemacht wird, musste man es selber tun. Er wurde müde, entweder von der späten Stunde oder den zwei Gläsern Whisky, was bereits eines über seinem Limit war. Besser war, er ging ins Bett.

Er entschied, die Opferlamm-Variante bis auf Weiteres zu vertagen und dafür Sami erst einmal ordentlich Druck zu machen. Ein geeignetes Mittel dafür kam ihm eben in den Sinn.

»Mein Gott, was für ein Zirkus«, stöhnte Petra Fuhrmann, die mit ihren Eltern zu deren Haus gegangen war, nachdem sie ihren Mann Udo ins Bett geschickt hatte.

»Brandstiftung hier bei uns. Das ist unglaublich.«

Man konnte Regina ansehen, dass ihr Weltbild erschüttert war.

»Die Welt ist verrückt geworden«, sagte Walter betrübt. Er faltete seine Hände über den runden Bauch seines gedrungenen Körpers.

»Die Einzige, die hier verrückt wird, bin ich, wenn ich mir so dummes Zeug anhören muss«, schnappte Regina zurück.

»Lass Papa in Ruhe, er hat doch recht.«

Petra strich ihrem Vater beruhigend über den Rücken, der nach der harschen Ansprache seiner Frau ziemlich verschreckt aussah.

»Das finde ich auch, Tante Regina«, mischte sich Yvonne Durr ein, die nach dem Verdacht, ihre Mutter Doris habe ihren Vater umgebracht, fluchtartig das Elternhaus verlassen und Obdach bei der Schwester ihrer Mutter gefunden hatte. Sie war zwar bereits 33 Jahre alt, fühlte sich aber noch nicht imstande, den Schritt in die Selbstständigkeit zu wagen.

»Lass das, du brauchst mich nicht zu unterstützen«, ätzte Petra, die ihr nie verziehen hatte, dass sie bei ihren Eltern untergekrochen war, wo sie doch selber am liebsten wieder wäre, wenn sie nicht das dämliche Haus und diesen noch dämlicheren Mann gehabt hätte.

»Ihr hört beide auf, sonst bekomme ich wieder meine Migräne«, schnauzte Regina. »Clemens soll ruhig noch mehr von draußen hier wohnen lassen. Er wird schon sehen, was er davon hat.«

Derselben Ansicht war man im Hause Landgräber auch, aber auf eine andere Weise als Regina.

»Clemens, dieser verdammte Hund.« Klaus Landgräber ärgerte sich, und das hasste er, weil es meistens damit einherging, dass er nicht das bekam, was er wollte. »Das hat er wieder geschickt angestellt.«

»Was meinst du?«, fragte Britta abwesend. Sie roch überall nach Rauch, das ekelte sie an. Jetzt musste sie sich noch die Haare waschen. Dann brauchte sie schon gar nicht mehr ins Bett zu gehen.

»Och, Britta, streng dein hübsches Köpfchen doch mal an«, sagte Klaus für ihren Geschmack äußerst herablassend. »Das hat der Alte geplant, darauf könnte ich wetten.«

»Du meinst, er hat die Scheune angesteckt?«

Bei Britta war der Groschen gefallen. Sie roch am Ärmel ihrer Jacke.

»Dann rufen wir die Polizei«, schlug Felix vor.

»Felix, mach dich gefälligst ins Bett«, sagte Klaus Landgräber genervt, schob seinen Sohn vom Wohnzimmer in den

Flur und machte ihm die Tür vor der Nase zu. Er würde versuchen zu lauschen, da war er sich sicher, aber die Türen waren stabil und ließen nicht viel durch.

»Sicher nicht er selbst, da hätte er zu viel Schiss, erwischt zu werden«, fuhr Klaus erheblich leiser fort. »Ich dachte mehr an diesen Araber, Syrer oder was weiß ich.«

»Das ist doch verrückt. Warum sollte er das tun?«

Britta zog die Spange aus ihrer Frisur, der schlechte Geruch des Rauches umwehte sie, als die Haare wie ein Vorhang herunterfielen. Ekelhaft, warum war sie nur mitgegangen?

»Denk doch mal nach. Wenn Flüchtlinge in unserem Ort Gebäude anstecken, dann will das Dorf auch keine hier haben. Dann haben wir urplötzlich alle Nachbarn am Hals, die nicht wollen, dass wir welche aufnehmen.«

»Verdammter Hund.« Britta wusste, worauf es ihm ankam.

»Sag ich doch«, erwiderte er zufrieden.

»Bohnenschäfer, was zum Teufel glaubst du, was du hier treibst?«

Clemens hatte schlecht und vor allen Dingen sehr wenig geschlafen. Außerdem fing er den Tag nicht gerne mit einer keifenden Kreatur vor seinem Bett an. Das billigte er höchstens, wenn es Rita war. Aber auch nur zähneknirschend. Auf keinen Fall wollte er Doris in seinem Schlafzimmer haben. Wahrscheinlich wollte das keiner.

»Geh weg«, knurrte er und drehte sich demonstrativ in die andere Richtung. Vielleicht verschwand sie freiwillig. Tat sie natürlich nicht.

»Das würde dir so passen.«

Wenn Egon nicht bereits unfreiwillig verschwunden wäre, hätte er das früher oder später sicher noch freiwillig getan. So gesehen schuldete er Clemens einen Gefallen. Dem würde es vollkommen reichen, wenn er zum Dank dafür so lange in seiner ungewöhnlichen Ruhestätte ausharrte, bis Clemens tot umgefallen war. Was danach mit seinem Ruf passierte, war ihm gleichgültig.

»Ich wurde vom Dorf geschickt. Als Sprecherin für unsere Sicherheit und unsere Rechte sozusagen.«

»Mit eurer Sicherheit ist alles in Ordnung und ihr sorgt schon dafür, dass ihr euer Recht bekommt. Da habe ich keine Bedenken.«

Clemens hatte sich aufgerichtet, hielt aber inne, da es sich in seinem Kopf drehte. Die momentan spärliche Essenszufuhr und die insgesamt vier Whiskys rüttelten an seinem Kreislauf. Er kniff die Augen zusammen und sah an Doris hoch, die groß und breit wie ein Zerberus mit zu dickem Hintern vor ihm stand. Für dieses Gespräch bräuchte er einen Hammer.

»Wir wollen, dass Jürgens Besuch verschwindet.«

»Und warum sagst du mir das? Sag das Jürgen.«

»Du bist aber der Bürgermeister und für unser Wohlergehen verantwortlich.«

»Herrgott, Doris, eine Scheune hat gebrannt. Nicht mehr. Das waren ein paar Jugendliche aus Wolperach. Da hängen sowieso die merkwürdigsten Typen herum.«

Clemens hatte seinen Schwindel mittlerweile im Griff. Er sah Rita im Türrahmen stehen und starrte sie wütend an. Als Ehefrau sollte sie sich eigentlich dazu berufen fühlen, solch morgendlichen Unbill von ihm fernzuhalten. Er konnte von Glück sagen, dass sie keine Herde Büffel durch sein Schlafzimmer gescheucht hatte. Rita starrte zurück. Sie schien nicht sonderlich beeindruckt von seinem stechenden Blick.

»Da sind wir ganz anderer Meinung«, lenkte Doris die Aufmerksamkeit wieder auf sich.

Wir waren in dem Fall sicher sie und ihre Schwester, sowie ein paar andere versprengte Idioten wie Rolf Domschneider und Markus Schulze.

»Aber es war uns klar, dass du das sagst. Daher werden wir uns auch Hilfe von außerhalb suchen.«

»Hilfe von außerhalb? Was soll das bedeuten? Wollt ihr einen Sturmtrupp mit Maschinengewehren engagieren?«

Clemens wäre gerne aufgestanden. Seine Blase drückte. Das machte ihn unleidlich und verleitete ihn zu frechen Bemerkungen.

»Dir wird das Lachen noch vergehen«, entgegnete Doris. »Rolf setzt uns ein Schreiben auf, damit wir uns bei der Landesregierung beschweren können.«

»Warum nicht gleich in Berlin? Und worüber beschweren, um Himmels willen? Meinst du, die in Düsseldorf lassen eine Antiterrorbrigade anrücken, nur weil in Löckerbach eine Scheune brannte?«

Clemens musste allmählich wirklich dringend. Daher beschloss er, sich nicht mit Kleinigkeiten seiner Schamhaftigkeit aufzuhalten, sondern schlug die Bettdecke beiseite. Leider schlug er Doris damit nicht gleichzeitig in die Flucht. Die war den Anblick eines Mannes in Schlafanzughosen durchaus gewohnt.

»Die werden schon Interesse zeigen. Schließlich geht es um ihre Wähler.«

»Sollten sie, haben sie aber nicht«, sagte Clemens. »Die sind zu weit weg von der wirklichen Welt. Was interessiert die, was in Löckerbach vorgeht?«

»Dann wenden wir uns halt an den Landrat«, erwiderte Doris, die offenbar den Unsinn ihres Ansinnens erkannte, jedoch nicht bereit war, den Gedanken vollends fallen zu lassen.

»Das macht mal«, sagte Clemens.

Der Landrat war gut. Den hatte er wenigstens unter Kontrolle. Er schwang die Beine aus dem Bett und traf Doris mit dem Fuß am Oberschenkel. Diese sprang ein Stück zurück, als hätte er sie mit einem Elektroschocker berührt.

Clemens blickte an sich runter und stellte fest, dass sein bestes Stück aus seinem Hosenschlitz lugte. Er warf einen Blick zur Tür, aber Rita war verschwunden. Wunderbar. Jetzt, wo er auf ihre Anwesenheit wirklich angewiesen gewesen wäre. Sie hätte bezeugen können, dass er kein Exhibitionist war, der Witwen seine weniger appetitlichen Körperteile zeigte.

»Wenn ich gehen soll, dann sag es einfach«, zischte sie. »Es ist nicht nötig, dich vor mir zu entblößen.«

Wenigstens schaffte sein Genital das, was er mit seiner Diskussion nicht geschafft hatte. Doris rauschte aus dem Zimmer, aus dem Haus und wenn er Glück hatte – falls sie am Bürgersteig nicht anhielt und ein Auto just in diesem Moment käme – auch aus seinem Leben. Der letzte Gedanke versüßte ihm die Zeit, während er in die Toilettenschüssel strullerte.

»Was wollen sie gegen Sami unternehmen?«, fragte seine Frau plötzlich hinter ihm. Sie hatte mit dem Anblick seiner Geschlechtsteile kein Problem, solange sie sie nicht anfassen musste.

»Nichts«, antwortete Clemens genervt und verstaute alles wieder sorgfältig. »Dem wird schon nichts passieren. Sie werden Stuben einen Beschwerdebrief schreiben und damit hat's sich dann auch.«

Er wünschte, er wäre so zuversichtlich wie er klang. Der Brand schien immerhin Rita so weit besänftigt zu haben, dass sie ihm wieder etwas zu essen machte. Zuvor verschwand Clemens aber in sein Arbeitszimmer. Wenigstens konnte er auf die Beschwerde bei Stuben Einfluss nehmen, was er auf jeden Fall zuerst erledigen wollte, bevor er endlich doch mal frühstücken konnte. Leider tat der Landrat im Moment offenbar Ähnliches. Seine Mailbox schaltete sich an. Er hasste es, Sprachnachrichten zu hinterlassen.

»Ich bin's.« Der Schwindel kam wieder und er ließ sich kraftlos auf seinen Arbeitsstuhl fallen. Wäre er doch erst frühstücken gegangen.

»Clemens«, ergänzte er für den Fall, dass Stuben ihn nicht an der Stimme erkannte.

Normalerweise hätte er längst aufgelegt, wollte aber auf jeden Fall der Erste sein, von dem der Landrat die Neuigkeiten aus Löckerbach erfuhr.

»Du wirst heute Sachen hören, die dir nicht gefallen.«

Verdammt, gar nicht so einfach, Dinge zu erzählen, wenn kein Gegenüber als Stichwortgeber fungierte, das ihn wie von selbst auf den Kern des Problems gebracht hätte.

»Die größte Schreckschraube in unserem Dorf wird sich bei dir melden und erzählen, wir hätten hier ein Problem mit extremistischen Anschlägen. Großer Gott, es war nur eine Scheune!«

Jetzt wurde ihm auch noch übel. Vielleicht sollte er sich die nächsten Tage ein wenig mehr schonen.

»Aber mach dir keine Sorgen, ich habe alles im Griff«, würgte er in den Hörer, bevor er ins Badezimmer rannte, um sich zu übergeben.

»Ich habe dir gesagt, du sollst das mit dem Whisky lassen«, konnte Rita sich nach der unwürdigen Szene im Badezimmer nicht verkneifen zu bemerken, brachte ihm aber dennoch Magentropfen und einen Kamillentee. Clemens fehlte die Lust, sie darauf hinzuweisen, dass sie nichts dergleichen gesagt, sondern nur über seinen Whiskykonsum an sich gemeckert hatte. Außerdem war ihr Interesse an der Unschuld des Pakistaners größer gewesen als ihre Sorge um die Wahlkampftauglichkeit dieses nächtlichen Ausrutschers.

»Ich fahre heute nicht ins Rathaus«, sagte Clemens leidend.

»Ruf die Willers an und sag Bescheid.«

»Soll ich dir vielleicht noch eine Entschuldigung schreiben? Mach das gefälligst selbst. Ich gehe zum Friseur.«

Nach dieser – für Clemens unbefriedigenden – Aussage würde er sie bis zum Nachmittag nicht mehr sehen. Das gab ihm allerdings die Gelegenheit, Maßnahmen für eine erfolgreiche Terrorbekämpfung in Löckerbach zu entwickeln. Frauen wie Rita, die dauernd Bedenken irgendwelcher Art anmeldeten, wenn man in der Wahl seiner Mittel kreativ wurde, störten dabei sowieso nur. Leider waren seine Mittel nicht ganz so durchschlagend, wie Clemens sich das gewünscht hätte. Fakt war, dass er keinerlei Erfahrung mit Ausschreitungen dieser Art hatte, wenn man davon absah, dass Horst Kösgen nach einem Saufgelage regelmäßig mit Dirk Biermann aus Frackhausen aneinandergeriet und die Einwohner von Walderau sich bei ihm beschwerten, dass am nächsten Morgen alle Mülltonnen umgeworfen waren. Aber die Brandstifter durch Präsenz abzuschrecken, das konnte er möglicherweise bewerkstelligen. Dafür gab es nur ein probates Mittel.

»Karl, könnten Sie eben zu mir herüberkommen?«, fragte er zwei Stunden später, als sein Magen und sein Kopf wieder auf einer Wellenlänge schwammen.

»Warum?«, fragte der prompt. »Ich bin fast 100 Jahre alt. Dann sollen die Leute gefälligst zu mir kommen, wenn sie was wollen.«

Clemens verkniff sich die Bemerkung, dass Karl sich schließlich auch regelmäßig den Berg hoch zu seiner Tochter kämpfte sowie nicht zu alt war, das Rathaus regelmäßig zu besuchen. Der Wunsch, als Gemeindeoberhaupt wahrgenommen zu werden, zu dem die Schäfchen kamen und nicht umgekehrt, wurde ihm in Löckerbach noch weniger erfüllt als sonst in der Gemeinde. Dafür kam er wenigstens an die frische Luft. Es war in den letzten Tagen deutlich kälter geworden, als wolle der Herbst dem Winter zeigen, wozu er fähig war.

Karl stand bereits an der Tür. Er hatte sich offenbar auf den sofortigen Besuch des Bürgermeisters verlassen, es sei denn, er nutzte die Gelegenheit, Doris bei der Gartenarbeit auf das gewaltige Hinterteil zu starren. Ambitionen dieser Art hätten Clemens allerdings sehr verwundert. Er war nur froh, dass sie ihn nicht bemerkte, während er hastig Karls holperigen Kiesweg überquerte.

»Dass du dich noch hierhertraust«, sagte der anstelle einer Begrüßung.

»Warum sollte ich nicht?«

Clemens wusste, worauf Karl anspielte, hoffte aber, dass dieser durch eine Hinhaltetaktik vergessen würde, worauf er hinauswollte. Das funktionierte bei Karl jedoch leider nicht. Auch wenn seine Knochen mittlerweile ihren Dienst verweigerten, dachte sein Kopf noch nicht im Entferntesten daran, das ebenfalls zu tun.

»Nach den Ereignissen letzte Nacht wundert es mich, dass dich noch keiner besinnungslos geprügelt hat.«

»Warum sollte man?«, erwiderte Clemens wenig originell. In der Nähe von Karl Schmelzer nahm sogar die Wortgewandtheit Reißaus.

»Du hast den Schwarzen hier hereingelassen. Dafür bist du verantwortlich.«

»Das ist Jürgens Besuch«, sagte Clemens zum gefühlt hundertsten Mal. »Er kann zu Besuch haben, wen er möchte.«

»Nicht, wenn dieser Besuch nachts durch die Gegend schleicht und Häuser ansteckt.«

»Scheune«, berichtigte Clemens. »Und ich bezweifle, dass es Herr Almasi war.«

Er wünschte sich, er würde selbst alles glauben, was er erzählte.

»Wer so heißt, macht nichts anderes«, entgegnete Karl und bestätigte damit nur das, was Clemens insgeheim dachte.

Für richtige Schläfer war diese Sache eine Spur zu unprofessionell und zu opferlos. Er hoffte nur nicht, dass die sich durch solch dilettantische Aktionen in ihrer Ehre gekränkt sahen und sich verpflichtet fühlten zu zeigen, dass sie es besser konnten.

Sie waren mittlerweile in Karls Wohnraum angelangt. Der alte Schmelzer hatte seinen Haushalt noch verdammt gut in Schuss, auch wenn es die Einrichtung nicht in die Zeitschrift *Schöner Wohnen* schaffen würde. Clemens kannte deren Kriterien. Rita hatte sich einmal bei denen beworben. Ohne Erfolg.

»Ich brauche Ihre Hilfe, Karl.«

Clemens senkte seine Stimme um eine Oktave. Das machte man so, wenn man sein Gegenüber zum Geheimnisträger auserkoren hatte. Es sollte Vertrauen und Kompetenz vermitteln, zumindest hatte er das gelesen. Mit starken Stimmen hatte Karl in seiner Jugend allerdings genug Erfahrung gesammelt, sodass Clemens ihn damit nicht sonderlich beeindrucken konnte.

»Schmier mir keinen Honig ums Maul, sondern sag, was du willst.«

»Ich brauche nachts jemanden da draußen, der keine Angst und ein waches Auge hat.«

»Soll ich draußen rumlaufen, nur weil du keine Lust hast, dein Bett zu verlassen?«

Das kam der Wahrheit schon gefährlich nah. Darüber hinaus wollte Clemens weder als Brandstifter noch als Spanner verdächtigt werden, und das käme dabei heraus, wenn er nachts von Regina, Doris oder sonst wem gesehen würde.

»Natürlich nicht«, erwiderte er dennoch gekränkt. »Sie sind einfach der Beste dafür, schließlich haben Sie Fronterfahrung. Sie wissen, wie man in Deckung bleibt.«

»Worauf du einen lassen kannst«, sagte Karl selbstgefällig.

»Ich will nur, dass Sie die Lage da draußen ein bisschen im Auge behalten. Sobald Sie etwas Verdächtiges sehen, rufen Sie mich an.«

»Womit? Mit der Buschtrommel vielleicht?«

Natürlich. Karl hatte kein Mobiltelefon.

»Sie bekommen abends das Handy von meiner Frau«, sagte er, ohne zu wissen, wie er das bewerkstelligen sollte. Am besten kaufte er in Walderau direkt ein neues.

»Lass mich mit diesem neumodischen Kram in Ruhe, Bohnenschäfer. Wenn ich was entdecke, wirst du es schon gewahr.«

»Da bin ich sicher.« Wenigstens eine Baustelle, um die er sich nicht kümmern musste. »Diese Sache muss ganz unter uns bleiben. Ich will nicht, dass die Nachbarn sich unnütz aufregen.«

»Die sollen nicht wissen, wie ernst die ganze Sache ist. Das ist der einzige Grund. Mir machst du nichts vor.«

»Auch gut«, erwiderte Clemens mild. Wenigstens hatte er den Alten überredet. Wenn einer merkte, ob nachts etwas im Ort vorging, dann war es auf jeden Fall Karl. Clemens hätte auch nicht gewusst, wen er sonst hätte fragen können.

»Ich nehme mir den Schuster als Verstärkung mit. Dann hat der auch was zu tun.«

»Das sollte doch unter uns bleiben.«

Sonst wollte Schmelzer von keinem was wissen und war für solch ein Unterfangen deshalb der ideale Partner. Jetzt auf einmal entdeckte er sein Herz für Peter Schuster.

»Bohnenschäfer, mach dir bloß nicht ins Hemd.«

Dann halt auch Jürgens Vater. Darauf kam es wahrscheinlich auch nicht mehr an.

Clemens hatte Sami durch Jürgen zu sich nach Hause zitieren lassen. Rita befand sich immer noch beim Friseur. Sie sollte kein Futter für weitere Spekulationen bekommen. Fremdländische Gesichter in Löckerbach war das eine, sie zum wiederholten Mal in seinem Haus zu empfangen das andere.

»Ins Arbeitszimmer«, bellte er, als er zur Seite trat und Sami mit ausgestrecktem Arm den Weg dorthin zeigte, um sein Gedächtnis aufzufrischen. Er wusste nicht, ob der sich noch an den Weg erinnerte. So kopflos, wie er seine Aufgabe anging, hätte Clemens das nicht gewundert.

»Schöne Sauerei«, sagte er dann, als er die Tür unsanft ins Schloss fallen ließ. Er bemerkte nicht, dass sie dabei wieder aufsprang. »Habe die ganze Nacht und den halben Morgen bei den Bullen zugebracht.«

Man hätte vermutet, dass ein Bürgermeister ein anderes Verhältnis zur örtlichen Polizei pflegte und sie dabei auf jeden Fall nicht *Bullen* nannte. Jedoch war Clemens über jegliche Art von Verhältnissen erhaben. Außerdem war es so schlimm gar nicht gewesen. Aber das musste Sami nicht unbedingt wissen.

»Wollten das ganze Dorf durchsuchen. Sind ziemlich aufgeschreckt durch die angespannte Lage in Deutschland.«

Das hörte sich logisch an und würde diesem Aushilfsagenten hoffentlich ein wenig auf die Sprünge helfen. Selbst der musste begreifen, dass nach diesem Vorfall sein Aufenthalt im Ort mehr als eine Frage aufwarf.

»Da wird jede Mücke zum Elefanten«, pflichtete Sami ihm bei.

»Mücke?«, fragte Clemens.

Wenn der Brandanschlag für den Pakistaner eine Mücke war, dann wollte er nicht wissen, welche Maßstäbe er für eine richtige Katastrophe ansetzte, damit sie auch als solche durchging.

»Nur weil ich hier Bürgermeister bin und ihnen versichert habe, dass in meinem Dorf alles mit rechten Dingen zugeht, haben sie davon abgesehen, jeden noch vor Sonnenaufgang wieder aus dem Bett zu holen.«

»Das hört sich doch gar nicht so schlecht an«, sagte Sami. Er versuchte offenbar, mehr gefällig als unauffällig zu wirken.

»Nicht schlecht? Das hört sich in meinen Ohren immer noch beschissen genug an. Den ganzen Morgen klingelt das Telefon und die Nachbarn fragen mich, was ich zu tun gedenke. Soll ich ihnen vielleicht sagen, dass ich einen komplett unfähigen Experten beschäftige, um uns ein Problem vom Hals zu schaffen?«

»Wenn Sie meinen, das würde helfen«, erwiderte Sami eindeutig patzig.

»Versuchen Sie nicht, witzig zu sein. Ich kann Ihnen versichern, Sie sind es nicht«, schnauzte Clemens. »Ich bin es leid, hier zu hocken und auf Ergebnisse zu warten, die doch nicht kommen.«

»Glauben Sie mir, ich bin wirklich dran«, beteuerte Sami. »Aber es ist nicht einfach. Die haben kein Schild auf der Stirn, das sie als Terrorist ausweist.«

»Vielleicht finden Sie auch einfach nichts, weil Sie es selbst waren.«

Auch wenn Rita von seiner Unschuld überzeugt war, brauchte Clemens das noch lange nicht zu sein. Es würde zwar viel erklären, ihm einen schnellen Erfolg bei seinen Nachbarn bringen, der ihm wieder die nötige Ruhe verschaffen würde. Das eigentliche Problem war damit allerdings noch lange nicht behoben. Würden abgebrühte Schläfer Scheunen von friedlichen Rentnern zur Übung anzünden oder direkt das Rathaus von Demarchau in die Luft sprengen? Clemens wusste es nicht. Er wusste eigentlich gar nichts. Das wurde ihm in solchen Momenten immer schmerzlich bewusst.

»Ich? Ich war das nicht!«

Sami schaffte es, so entsetzt auszusehen, dass Clemens einen Augenblick versucht war, ihm bedingungslos alles zu glauben, was er ihm erzählte. Der Dauerstress der letzten Tage war eindeutig nicht gut für sein Urteilsvermögen.

»Ich sage Ihnen jetzt mal was. Ich werde den Anreiz für Sie erhöhen, mir in spätestens 14 Tagen einen angemessenen Verdächtigen zu präsentieren.«

Clemens rannte ruhelos im Raum hin und her, was besonders lästig war, da dieser nicht allzu groß war. Jedes Mal musste Sami seine Füße einziehen, wenn er an ihm vorbeikam.

»Lassen Sie nur, die 5.000 Euro sind schon genug«, sagte Sami.

Clemens fühlte sich, als erwartete er sekündlich den nahen Herztod.

»Sie denken, Sie kriegen mehr Geld? Sind Sie komplett irre?«, keuchte er. »Wenn Sie nicht bald in die Gänge kommen, lasse ich Sie ausweisen, so sieht's aus.«

Samis Unruhe nahm sichtbar zu. Er öffnete den Mund, um etwas zu erwidern.

»Um Ihre Frage vorwegzunehmen, ob ich das kann ...« Clemens hatte seine Gedanken erraten. »Seien Sie sicher, ich kann.«

»Aber ich bin Deutscher«, erwiderte Sami deutlich empört. »Sie können mich nicht ausweisen.«

»Das hilft Ihnen gar nichts«, kläffte Clemens. »Sie sind auch ein ehemaliger Kämpfer des Dschihad. Demzufolge haben Sie in unserem Land nichts zu suchen.«

»Ich habe mich geändert. Und ich habe Rechte.«

»Ihre Rechte interessieren mich einen faulen Furz. Glauben Sie mir, wenn ich die richtigen Leute anspreche, dann sind Sie schneller weg, als Sie *Schläfer* denken können.«

Clemens wusste natürlich, dass das nicht möglich war, aber er hoffte, dass Sami das nicht klar war. Außerdem hatte der keine Ahnung von den Machtbefugnissen, die Clemens gerne hätte. Er hoffte, dass er als Gegner ernst genug genommen wurde.

Das Kuriose an der Sache war, dass Sami ihm das trotz seiner ungewöhnlichen Erscheinung tatsächlich abnahm. Der Bürgermeister sah trotz des grünen Gartenoveralls und des Strohhuts, die er immer trug, sobald er zu Hause war, nicht danach aus, als könne man ihn nicht ernst nehmen. Dafür war seine Lage zu verzweifelt.

»Also, haben Sie kapiert, dass schnelle Ergebnisse jetzt ein großer Vorteil für Sie wären?«

»Ich denke schon«, antwortete Sami einsilbig. Zu mehr Konversation war er anscheinend nicht bereit.

»Das ist schön«, entgegnete Clemens und schaffte es tatsächlich zu lächeln und umgehend wieder einigermaßen zufrieden auszusehen. Er begleitete Sami bis zur Haustür, wie es jeder gute Gastgeber tat, und schaffte es sogar, ihm freundlich nachzuwinken. Wenn sich ein Nachbar, der zufälligerweise gerade aus dem Fenster schaute, später an diese Szene erinnern würde, sollte er nichts anderes erkennen als trautes Einvernehmen.

Was beide nicht gesehen hatten, war die blonde aufrechte Gestalt in einem züchtigen schwarzen Kostüm, die verdeckt von den Mänteln der ohnehin im Dunkeln liegenden Garderobe die Szene beobachtet hatte. Die immer noch leicht schwingenden Vorhänge am Flurfenster ließen ahnen, dass sie vor ein paar Sekunden noch ganz woanders gestanden hatte.

Kapitel 16

Klaus fand, dass es im Augenblick gar nicht so schlecht für ihn lief. Natürlich hatte ihn die Auflage, das Fundament unter dem Anbau abstützen zu müssen, geärgert, aber nicht sonderlich überrascht. Das war keine Neuigkeit. Neu war nur, dass die Bauaufsichtsbehörde offenbar eine Wachphase hatte, wohingegen das Demarchauer Bauamt damals im Koma gelegen haben musste, als es die Baufertigabnahme erteilt hatte. In Düsseldorf waren sie durchaus etwas mehr auf Zack als die müden Gestalten, die auf dem Amt durch die Gänge schlichen und vom Steuerzahler unterhalten wurden. Er war umso schneller mit der Sachlage versöhnt, als nicht nur die Kosten für diese Maßnahme komplett vom Land übernommen wurden, sondern auch die Bauarbeiter bereits diesen Freitag anrücken sollten, um die nötigen Vorbereitungen zu treffen. Der Winter nahte und bis dahin musste alles erledigt sein.

Bis sein Schwiegervater einknickte, war es nur noch eine Frage der Zeit. Wenn das stimmte, was Clemens sagte, konnte er den Alten damit so lange erpressen, bis der entweder das Geld herausrückte, von dem Klaus sowieso nicht überzeugt war, dass es existierte, oder er mit der ganzen Bruchbude schon vorher in die Luft fliegen würde. Eigentlich die sauberste Lösung. Dann hätte er zumindest die Kosten für den Abriss gespart.

Aber die 100 Fässer lagen nicht nur auf einem seiner Grundstücke, sondern ihm auch schwer im Magen. Er sollte Jossen anrufen. Zur Not musste der die Dinger wieder ausgraben und irgendwo zwischenlagern, bis die Luft rein war. Von Regina hatte er nach dem letzten Telefonat nichts mehr gehört. Er wollte sich jedoch nicht darauf verlassen, dass der Testballon vom Verschwinden ihres Schwagers ausreichen würde, sie in Schach zu halten. Sonst musste sie mit den Fässern verschwinden. Im Gegensatz zu denen allerdings dauerhaft.

Alles in allem, Klaus hatte schon schlechtere Tage gehabt.

»Beim Altenheim geht was vor«, sagte Britta, als sie vom Einkaufen kam und übertrieben kraftlos die Tüten auf die Kücheninsel wuchtete. Klaus betrachtete sie mitleidslos. Warum sollte nur er alleine es schwer haben.

Noch vor fünf Jahren hatte eine Haushälterin solche Arbeiten erledigt, die in dem Moment das Haus verlassen hatte, als bekannt wurde, dass Klaus in einen Crash von immensem Ausmaß schlitterte. Das Leben im Hause Landgräber war für Angestellte alles andere als einfach gewesen. Daher gab es keinen Grund, das Leiden zu verlängern, wenn man dafür noch nicht einmal bezahlt wurde.

»Was sollte da schon sein?«, fragte er mechanisch, während er versuchte, sich auf einen Artikel in der *Wirtschaftswoche* zu konzentrieren.

»Da stehen Leute.«

Was Klaus an seiner Frau nicht ausstehen konnte, war ihre absolute Fantasielosigkeit.

»Was denn für Leute?«, fragte er, bereits leicht gereizt. »Die Bauarbeiter kommen erst am Freitagmorgen. Also wer? Die Nachbarn? Die Puppen aus der Muppets-Show?«

»Alte«, antwortete Britta, die es schaffte, ihre ganze Verachtung für diesen Daseinszustand in diesem einen kleinen Wort auszudrücken. Klaus fragte sich, wie es mit ihr wohl in 20 Jahren bestellt sein würde. Dann sprang sie sicherlich von der nächsten Brücke. Trotz allem war an der Aussage noch nichts Außergewöhnliches.

»Die wohnen da. Das solltest du wissen. Davon beziehen wir einen guten Teil unseres Einkommens.

»Auf dem Vorplatz des Anbaus? Das wäre mir neu.«

»Was genau meinst du?«

Klaus faltete die Zeitung zusammen. Anscheinend erforderte die Angelegenheit doch ein wenig mehr Aufmerksamkeit.

»Ich meine, dass deine Alten vorm Haus kampieren. Wenigstens sieht es so aus. Außerdem haben sie irgendwelche Plakate aufgehängt.«

»Und was steht da so drauf?«, fragte Klaus betont ruhig. Felix betrat gerade die Küche und fixierte seine Eltern mit einem forschenden Blick.

»Nieder mit dem Kapitalisten. Das konnte ich im Vorbeifahren noch lesen. Schätze, damit bist du gemeint.«

»Was ist ein Kapitalist?«, fragte sein Sohn neugierig.

»Etwas, das du nie sein wirst«, sagte Klaus gereizt. »Jetzt mach dich wieder auf dein Zimmer.«

»Dann google ich es nach«, entgegnete sein Sohn schnippisch, verließ aber immerhin die Küche. Das war längst nicht selbstverständlich.

»Du meinst, die demonstrieren da unten?«, wandte er sich wieder seinem brandneuen Problem zu.

»Sieht ganz danach aus. Vielleicht solltest du was unternehmen.«

»Das werde ich, verdammt. Verlass dich drauf«, sagte Klaus grimmig und stand auf. Eigentlich wollte er jetzt ein Golfturnier im Fernsehen schauen, aber alte Leute von Grundstücken jagen tat er mindestens ebenso gerne.

Draußen war es kälter, als der sonnige Tag hätte vermuten lassen. Das war auf jeden Fall von Vorteil und würde diese Schwachsinnsaktion so schnell wie möglich auflösen. In Kälte demonstrieren war schon für wesentlich kräftigere und — vor allen Dingen – jüngere Menschen kein Vergnügen, den renitenten Alten würde sie hoffentlich das Genick brechen. Leider waren die besser ausgerüstet, als er vermutet hätte.

»Wollt ihr den ganzen Ort abfackeln? Wo habt ihr dieses Ding überhaupt her?«, fragte er zehn Minuten später fassungslos, als er vor einem enormen gasbetriebenen Heizgebläse stand. Die Hitze, die ihm entgegenblies, raubte ihm für einen Moment den Atem.

»Eigentlich geht Sie das nichts an, aber wir haben das von Heizung Breuer«, antwortete der Greis mit der goldenen Brille, der ihm in der Vergangenheit schon mehr als einmal dumm gekommen war. Leider waren diese Querulanten zäh und fielen nicht einfach tot um. Klaus beschloss, auch mit Friedhelm Ganter ein ernstes Wörtchen zu reden. Der Vorsitzende des Golfklubs schuldete ihm noch was, da Klaus ihm vor sechs Jahren dabei geholfen hatte, nicht von der Bildfläche verschwinden zu müssen, nachdem ein paar eindeutige Aufnahmen von ihm und der Frau des ortsbekannten Schlägers Horst Kösgen auf einem Plakat an fast allen Bäumen der Gemeinde aufgetaucht waren. Klaus hatte ein paar Leute losgeschickt, die dafür sorgten, dass alle Blätter wieder eingesammelt waren, bevor Kösgen von der Spätschicht kam und der darauf Abgebildete schmerzhaft in seine Schranken gewiesen wurde.

»Was soll der ganze Schwachsinn hier bezwecken? Meint ihr, es interessiert auch nur einen Menschen, ob ihr drüben im alten Gebäude versauert?«

»Die anderen Menschen vielleicht nicht, aber uns«, erwiderte eine kleine Frau mit vielen Sommersprossen. »Und das wollen wir auch zeigen.«

»Zeigt, was ihr wollt. Hauptsache ihr seid am Freitag verschwunden. Da kommen die Bauarbeiter.«

»Na, dann werden wir wohl auch hier sein«, sagte die Alte, die immer griesgrämig durchs Dorf schlurfte, um aufsässige Kinder und Katzen zu erschrecken.

Klaus ließ seinen Blick durch die Reihen schweifen und erblickte etwas, das ihm noch weniger gefiel als ein Rudel verrückt gewordener alter Vehikel, die meinten, er gäbe einen Deut auf das, was sie wollten.

»Dieter!« brüllte er über die Köpfe hinweg. Der Angesprochene duckte sich.

Prinzipiell war es Klaus egal, wo Dieter sich herumtrieb, solange er es nicht in seinem Haus tat. Er tendierte allerdings dazu, dieses Verbot auch auf alle Grundstücke auszuweiten, die ihm gehörten. Ganz egal, wo sein Onkel sich dann noch aufhalten würde, er konnte ihm wenigstens nicht mehr in den Rücken fallen.

»Herr Landgräber, können Sie das hier nicht beenden?«

Jennifer Wolff und ihr Mann waren plötzlich hinter seinem Rücken aufgetaucht.

»Sonst müssen wir die Polizei rufen. Wir sind schließlich aufs Land gezogen, um unsere Ruhe zu haben.«

Sven Wolff war und blieb ein Trottel.

»Machen Sie doch, was Sie wollen«, knurrte er.

Wenn die Wolffs die Polizei riefen, brauchte er das wenigstens nicht zu tun.

Karl stellte fest, dass man heutzutage für nächtliche Patrouillen längst nicht mehr das Equipment benötigte wie nach dem Krieg, als er sich auf den Weg gemacht hatte, um nach einzelnen Kohlen zu suchen, die die Transporte der Alliierten verloren hatten. Die Zeiten waren einfach nicht mehr das, was sie früher mal gewesen waren. Auf jeden Fall nicht mehr so gefährlich wie damals, als er noch befürchten musste, von einem mageren Russen verdroschen zu werden, da er ihm einen knochigen Klepper unter dem Hintern weggezogen hatte, weil er ihn essen wollte. Trotzdem wollte er nicht alleine gehen. Daher hatte Peter Schuster das Glück, ihn zu begleiten, was er in Kürze auch erfahren würde.

»Du willst was?«, fragte der, nachdem Karl gegen seine Haustür gewummert und dabei die Klingel konsequent ignoriert hatte.

»Auf Streife gehen. Hast du Kaugummi in den Ohren?«

Würde ihn nicht wundern. Peter war kurz nach dem Krieg erst fünf Jahre alt und ganz verrückt auf das Zeug gewesen, das diese Amerikaner eingeschleppt hatten.

»Aber warum, um Himmels willen?«

»War das meine Scheune oder deine, die abgefackelt wurde?«

»Deswegen verstehe ich immer noch nicht, warum ich nachts durchs Dorf rennen soll. Ich bin dabei, ins Bett zu gehen.«

»Und wenn es nicht bei der Scheune bleibt? Wer weiß, vielleicht ist es das nächste Mal sogar dein Haus.«

»Dann sollte ich erst recht hierbleiben und darauf aufpassen«, erwiderte Peter folgerichtig.

Karl ärgerte sich, ihm diese Steilvorlage gegeben zu haben. Logik ärgerte ihn in der Regel immer, es sei denn, es war seine eigene. Vielleicht sollte er es mit ein bisschen mehr Diplomatie versuchen. Leider hatte er so gar keine Ahnung, wie man das machte.

»Du kommst mit, weil du mein Freund bist«, sagte er bestimmt. Das war schon mal ein akzeptabler Anfang.

»Seit wann?«

»Seit ich nicht alleine im Dunkeln durchs Dorf rennen will, verdammt. Ich sehe nachts nicht mehr so gut.«

»War doch klar, dass es mal wieder nur um dich geht«, sagte sein Nachbar und seufzte. Er würde mitkommen, da war sich Karl nun ganz sicher. Wenn Peter seufzte, hatte er aufgegeben.

Aufgegeben hatte er es offenbar auch zehn Minuten später, von Karl nähere Informationen über ihre Mission zu bekommen. Der fand es überraschend schwierig zu erklären, was seine Rolle bei diesem Einsatz war. Auf jeden Fall fand er keine Variante, bei der er gut wegkam. Denn so ganz selbstlos war sein Engagement nicht. Schlimm genug, dass sein Schwiegersohn es geschafft hatte, ihn derart aus der Reserve zu locken, dass er wie ein Trottel im Dunkeln um die Häuser schlich, damit ihn der idiotische Bürgermeister eventuell vor den Konsequenzen bewahrte. Das war weiß Gott nichts, womit man Werbung machen musste.

»Also, ich weiß nicht«, sagte Peter. »Die Idee mit der Bürgerwehr finde ich ein bisschen weit hergeholt. Und auch deine Rolle dabei. Warum sucht sich Clemens dafür nicht jüngere Leute?«

»Weil die alle so scheißliberal sind. Wahrscheinlich müssen wir uns noch bei den Brandstiftern bedanken, dass sie unsere Scheunen anzünden.«

»Meine Scheune«, korrigierte Peter. »Ich weiß nur nicht, wie Clemens darauf kommt, auf einmal die Gegend überwachen zu lassen. Das waren doch sowieso nur ein paar Jugendliche.«

»Kannst du nicht wissen. Hast du die Drohung auf dem Schild vergessen? Heutzutage ist alles möglich.«

»Das beweist nur, dass es mit der Rechtschreibung nicht mehr allzu weit her ist. Ich meine, Clemens ist doch sonst nicht so überdreht.«

»Der ist überdreht genug«, knurrte Karl.

Sie waren mittlerweile an der Gabelung angekommen, die hoch zum neuen Teil des Altenheims und Karls Schwiegersohn führte. Karl blieb stehen und stützte sich auf seinen Stock. Das Altenheim war zwar nur etwa 250 Meter von Peters und seinem Haus weg, aber die gefühlte Strecke verdreifachte sich, wenn man nicht mehr richtig laufen konnte.

»Ich muss die Lage sondieren«, sagte er.

»Du musst verschnaufen«, erwiderte Peter. »Aber macht nichts. Ich kann auch eine kleine Pause brauchen.«

»Sondieren«, beharrte Karl und schaute die Straße hoch, um etwas zum Sondieren zu finden. Ausnahmsweise tat der Herrgott ihm mal einen Gefallen.

»Was ist das?«, fragte er und zielte mit seinem Stock ungefähr in die Richtung, in der er den hellen Schein wahrnahm.

»Das sind Scheinwerfer. Ziemlich grelle sogar. Ich dachte, dein Schwiegersohn hätte den Anbau leer räumen lassen?«

»Hat er auch. Das ist bestimmt Feuer.«

»Das sind Scheinwerfer«, erwiderte Peter bestimmt. »Das mit dem Feuer wird ja zur fixen Idee. Außerdem stehen und sitzen Leute davor.«

»Können wir dann endlich mal weitergehen?«, fragte Karl, der keinen Widerspruch leiden konnte, und hinkte den Berg hinauf. Wenn er zu lange stand, meldete sich seine Arthrose.

Es waren Leute, und er erkannte sie sogar, als er näher kam. Eigentlich ignorierte er die Bewohner des Altenheims konsequent, da sie alle gnadenlose Verlierer waren, die sich auf Gedeih und Verderb dem Wohlwollen ihrer Familien auslieferten und sich ihrem Schicksal ergaben, das Karl – zumindest bis heute – erfolgreich bekämpft hatte. Dennoch wunderte er sich, dass er einige sogar mit Namen kannte, von dem schwachsinnigen Dieter Landgräber mal abgesehen. Den kannte er natürlich, ob er wollte oder nicht. Trotzdem musste er mit keinem reden. Das übernahm Peter schon für ihn.

»Recht habt ihr«, sagte der, als Karl sich von seinen Gedanken wieder auf das Hier und Jetzt konzentrierte. »Man darf sich schließlich nicht alles gefallen lassen.«

»Man darf aber auch weitergehen«, zischte Karl ihm in den Nacken. »Los. Hier gibt es nichts zu entdecken.«

»Natürlich. Sie könnten sich uns anschließen«, sagte Josef Gottschalk zu ihm, der seinen letzten Satz offenbar gehört hatte.

»Wofür soll das denn gut sein?« Wie ein Linksradikaler auf Plastikstühlen sitzen und fremde Häuser besetzen. Das fehlte ihm gerade noch.

»Wer weiß, morgen müssen Sie vielleicht auch zu uns. Dann wären Sie bestimmt dankbar, nicht mit zehn Personen in einem Raum schlafen zu müssen. Mit Frauen sogar.«

»Wenn ich Glück habe, erlebe ich das nicht mehr.«

Ines Amsel wusste gar nicht, wie nah sie der Wahrheit war. Karl würde ihr sicher nicht auf die Nase binden, dass sein Schwiegersohn quasi über seinen Einzug ins Altenheim entschieden hatte. Sie kam aus dem Nachbarort Mutzenbach und hatte das Pech gehabt, einen Mann zu heiraten, der nicht nur trank, sondern auch spielte. Später hatte sie sich von ihrem nichtsnutzigen Sohn das Haus abnehmen lassen. Trotzdem trug sie die Nase immer noch hoch.

»Wir würden natürlich gerne helfen«, entgegnete Peter, dieser verdammte Diplomat. »Leider haben wir selbst noch die wichtige Aufgabe, unser Dorf vor dem nächsten Brandanschlag zu schützen.«

»Was erzählst du denn da?« Karl wäre froh gewesen, nicht mehr so gut hören zu können, wie er es seiner Meinung nach noch tat. »Das geht keinen etwas an. Das habe ich dir doch gesagt.«

»Nein, hast du nicht«, erwiderte Peter. »Außerdem, was soll's? Je mehr mit aufpassen, desto besser. Viele Augen sehen mehr als vier. Oder zwei. Du siehst ja nicht mehr so gut.«

Karl wusste genau, dass der alte Schuster Ines Amsel beeindrucken wollte. Er hatte ihn im Sommer oft dabei beobachtet, wie er mit hündischer Anbetung über den Zaun kiebitzte, wenn sie beim Spaziergang den Weg hochkam.

»Wovor beschützen?«, fragte die alte Fregatte auch direkt. Warum mussten Weiber immer so neugierig sein?

»Wir bilden die Bürgerwehr gegen die Brandstifter«, sagte Peter. Wenn er den Bauch noch mehr einzog, würden ihm oben die Knöpfe vom Hemd springen. Dank der nächtlichen Festtagsbeleuchtung konnte er wenigstens das gut sehen.

»Ach, ich dachte, es sind nur harmlose Jugendliche«, sagte Gottschalk.

»Wir gehen jetzt sofort weiter.«

Karl zog Peter so bestimmt am Ärmel, dass der seine dämlichen Flirtversuche aufgab und sich von ihm zum Weitergehen bewegen ließ.

»Dir erzähle ich noch mal was«, keuchte er. Das Ziehen und der überhastete Aufbruch weiter den Berg hoch schlugen ihm auf die Kondition.

»Ach, hör auf. Was ist daran so schlimm, wenn sie auch ein wenig wachsam sind«, erwiderte Peter friedlich. Er hatte durchaus noch Luft für so lange Sätze, aber er war schließlich auch über 15 Jahre jünger als Karl.

Sie passierten das Haus der Wolffs, in dem auch jetzt um halb elf noch Licht brannte. Sven Wolff stand an der Haustür, stierte wütend die Straße runter und telefonierte dabei offenbar mit der Polizei.

»Was heißt, Sie wollen nicht kommen? Das ist Ruhestörung. Genau wie heute Nachmittag auch. Dann halt nicht. Das hat ein Nachspiel, da können Sie sicher sein.«

Er taxierte Peter und Karl, die vorsichtig und bedächtig die letzte Steigung vor der Rechtskurve in Angriff nahmen.

»Der hat was Irres im Blick«, sagte Peter leise, obwohl sie längst hinter der Kurve verschwunden waren.

»Da passt er hier zu den meisten«, meinte Karl nur. Er musste sich auf den Weg konzentrieren. Hier gab es keine Straßenbeleuchtung mehr und sein verblödeter Schwiegersohn war ebenfalls zu geizig, die Außenbeleuchtung brennen zu lassen.

»Schuster, wo bist du?«, bellte er in die Dunkelheit. Es war abends schon bewölkt gewesen, was die Sicht nachts auf dem Land nicht gerade verbesserte. Mittlerweile hatte er die Orientierung verloren und blieb stehen.

»Ich bin hier«, antwortete Peter irgendwo aus der Dunkelheit.

Der Schlag auf den Hinterkopf traf Karl heimtückisch und unerwartet.

Kapitel 17

Clemens war mit seiner Situation unzufrieden, was sich darin manifestierte, dass er mürrisch durch die Gegend schlich und seine Frau ankeifte, die das mit heroischer Gelassenheit ertrug, weil es ihr mit ziemlicher Sicherheit komplett egal war. Da er bei Rita nicht den nötigen Erfolg hatte, weitete sich seine schlechte Laune erst auf Löckerbach und dann auf das Rathaus aus, bis ihm seine Sekretärin nahelegte, entweder zu Hause zu bleiben oder sich mit dem Pächter der Kantine zu duellieren. Dann hätten wenigstens alle etwas davon, zumindest gute Unterhaltung. Als er sich selbst nicht mehr leiden konnte, wurde ihm klar, dass er dringend etwas unternehmen musste, um wenigstens eines seiner Probleme in den Griff zu bekommen. Er entschloss, mit Landgräber anzufangen.

Klaus Landgräber spielte einmal die Woche – unter anderem mit Rolf Domschneider – Poker in Mutzenbach, was ihnen den Hauch der Verruchtheit und Dekadenz verlieh, den sie alle so verzweifelt gerne gehabt hätten. Clemens gehörte nicht zu der Gruppe. Erstens hatte er kein Geld zu verschenken und zweitens hatte man ihn auch nie eingeladen, woran er heute noch zu knabbern hatte. Er erzählte jedem, der es hören wollte oder nicht, dass er als Bürgermeister natürlich mit gutem Beispiel voranging, da er Glücksspiel zwar nicht dulden konnte, diesem hier aber nur aus reiner Freundlichkeit seinerseits nicht den Garaus machte, obwohl jeder es besser wusste. Britta Landgräber nutzte die Gelegenheit, mit ihrer besten Freundin in die Sauna und danach zum Essen zu gehen, wobei sie ihren Sohn Felix bei seinem Großvater parkte, der darüber mindestens ebenso erfreut war wie dieser.

Erfreut darüber war allerdings Clemens, der diesen Abend zum Anlass nehmen wollte, sich bei den Landgräbers mal etwas genauer umzusehen und Beweise für Klaus' Mauscheleien zu finden. Er bedankte sich innerlich bei Karl, der so viel Geistesgegenwart bewiesen hatte, zumindest den Schlüssel der Hintertür einzustecken. Clemens beschloss, seiner Pflicht als guter Nachbar nachzugehen und im Hause Landgräber einmal nach dem Rechten zu gucken.

»Ich bin noch mal weg«, sagte er nahezu freundlich zu seiner Frau, die nach seiner Saulaune in den letzten Tagen leicht überrascht aufblickte. Das war allerdings auch alles an Begeisterung, die sie für seine Ankündigung aufbringen konnte. Mit dem beruhigenden Gefühl, nicht über Gebühr vermisst zu werden, machte sich Clemens in der schützenden Dunkelheit auf den Weg zu Landgräbers Villa.

Das Haus stand oben an der Nebenstraße und war von keiner Seite einzusehen. Allerdings sahen die Ahornbäume links davon aus, als wären sie vor nicht allzu langer Zeit erst gepflanzt worden, wahrscheinlich um den Blick auf den Prachtbau von Dominik Krumm und Christoph Pick zu verbergen. Um etwas ähnlich Schickes zu haben, müssten sie ihr Haus schon abreißen und neu bauen.

Sowohl die offene Garage als auch die Stellplätze vor dem Haus bewiesen, dass das Haus verwaist war, zumal Britta Landgräber auf der Hauptstraße vorhin mit ihrem roten Boxter an Clemens vorbeigerauscht war. Der protzige Mercedes von Klaus war auch nicht zu sehen. Hinter den Ahornbäumen war die Fassade noch schäbiger und hätte dringend einen neuen Anstrich nötig gehabt. Aber Landgräber präsentierte sich hier, wie man ihn kannte. Man sah es nicht, also war es egal. Nur die Dinge, die andere Menschen sehen konnten, mussten entsprechend tipptopp sein.

Noch etwas anderes wies darauf hin, dass diese Seite des Hauses dem Aus-dem-Auge-aus-dem-Sinn-Prinzip folgte. Links befand sich die zweite, alte Haustür. An den moosbewachsenen Waschbetonplatten, die am Haus entlangführten, ließ sich erkennen, dass es hier unten eine Einliegerwohnung gab, die schon lange nicht mehr benutzt wurde. Clemens zögerte einen Moment. Sich auf dem Grundstück herumzutreiben, war eine Sache. Das hier schon eine ganz andere. Aber er gab sich einen Ruck, als er sich vor Augen führte, wie kompromisslos seine Lage war. Der Staub auf der Deckenlampe des schmalen Flurs ließ vermuten, wie lange keiner mehr diese Wohnung betreten hatte. Er schlich weiter und riskierte einen Blick in alle Räume, die ausnahmslos leer und staubig waren. In der Küche führten drei Stufen zu einer anderen schmalen Tür, die ebenfalls offen war. Clemens linste nach oben die Stufen entlang, die in den oberen Flur führten. An einer Garderobe sah er Jacken und Mäntel; eine verlassene Handtasche stand auf einem Sideboard, über dem ein Porträt hing, welches Familie Landgräber krampfhaft lächelnd in glücklichen Zeiten zeigen sollte.

Er hatte zwar eine Taschenlampe eingesteckt, sich jedoch in dem Moment dagegen entschieden, als er die Tür aufschloss. Zwar war das Haus von jeder Seite geschützt und so gut wie gar nicht einsehbar, er wusste aber nicht, ob es klug war, den schwankenden Schein einer Taschenlampe durch offene Ritzen leuchten zu lassen. Daher war es sicher sinnvoller, einfach das Licht anzumachen. Schließlich durfte er nicht vergessen, dass er den besorgten Nachbar vorgab, dem etwas Ungewöhnliches aufgefallen war, dem er nachgehen wollte. Die Guten mussten sich nicht verstecken. Die Schlechten schon. Das wurde ihm in dem Moment umso klarer, als er in Samis entsetztes Gesicht blickte, das ihm von der Treppe der oberen Etage plötzlich entgegensah und sich eindeutig ertappt fühlte.

»Was zum Teufel machen Sie denn hier?«, zischte Clemens äußerst ungehalten.

»Das kann ich Sie doch wohl auch fragen«, gab Sami in seinen Augen ziemlich frech zurück. »Sie haben hier ebenfalls nichts zu suchen.«

»Woher wollen Sie das denn wissen?«, fragte Clemens. Ruhe bewahren war jetzt das oberste Gebot. Er hatte noch die guten Karten auf seiner Seite.

»Ich lebe noch nicht lange hier, aber ich habe bereits gehört, dass Sie und Landgräber nicht gerade beste Freunde sind«, sagte dieser unverschämte Pakistaner mit dem unmöglichen Nachnamen.

»Also, erstens leben Sie nicht hier, sondern wohnen hier vorübergehend, und zweitens haben Sie keinerlei Ahnung über mein Verhältnis zu Klaus Landgräber.«

Er hoffte, dass sein scharfer Ton reichen würde, Sami in seine Schranken zu weisen. Tat er nicht.

»Ich glaube, ich weiß mehr, als Sie ahnen«, erwiderte diese Agentenseuche. »Sie sind gekommen, um hier herumzuschnüffeln.«

»Warum habe ich dann einen Haustürschlüssel?«, fragte Clemens triumphierend und hielt das Beweisstück hoch.

»Das weiß ich auch nicht, aber ich bin sicher, Herr Landgräber kann mir das sagen.«

Das wurde immer besser. Clemens musste sich am Riemen reißen, nicht allzu hörbar nach Luft zu schnappen. Er bemühte sich, seine Miene so eisern wie möglich zu halten.

»Was tun Sie eigentlich hier?«, blaffte er. »Das haben wir schließlich noch überhaupt nicht besprochen.«

»Ich gehe meiner Aufgabe nach«, sagte sein Agent ruhig. »Ich mache das, was Sie mir aufgetragen haben.«

»Ich habe Ihnen nie gesagt, Sie sollen hier einbrechen«, empörte Clemens sich. Das wurde ja immer schöner.

»Vielleicht ja, vielleicht nein. Aber das weiß ja schließlich keiner, oder?«

»Also eine kleine Erpressung«, stellte er fest.

»Wieso Erpressung? Ich habe keinerlei Forderung an Sie gestellt«, sagte der Bursche erschreckend logisch. »Ich werde auch keine stellen, sonst wäre ich ja – wie Sie so schön bemerkten – ein Erpresser. Das bin ich nicht.«

Damit kannte Clemens sich weiß Gott nicht aus. Erpresser, die keine waren, da sie keine Forderungen stellten, waren ihm in seinem Leben noch nicht untergekommen.

»Wie geht es jetzt weiter?«, fragte er, obwohl seine Faust liebend gerne dem Pakistaner die Nase zertrümmert hätte, aber das durfte er als Bürgermeister noch nicht einmal denken. Trotzdem fühlte es sich gut an.

»Erst einmal gar nicht«, antwortete Sami. »Wir werden sehen, was passiert.«

Ohne weitere Erklärungen schlüpfte er an Clemens vorbei durch die Haustür.

Clemens hatte nicht oft mit Aufmüpfigen zu tun, da er diese im Rathaus konsequent an anderen Mitarbeitern abprallen ließ. Die Löckerbacher Bevölkerung zeichnete sich auch nicht gerade dadurch aus, für den Weltfrieden auf die Barrikaden zu gehen. Selbst Klaus Landgräber und er hatten sich im Laufe der Jahre so arrangiert, dass jeder seinen eigenen krummen Geschäften nachgehen konnte, ohne dem anderen in die Quere zu kommen. Jetzt spürte er auf einmal von allen Seiten Widerstand, und zwar reichlich. Er hätte auf diese Erfahrung wirklich verzichten können.

»Clemens, du solltest mal zum Altenheim kommen.«

Es hörte sich nicht so an, als ob er in dieser Sache eine Wahl hätte. Dafür klang Regina zu bestimmt. Clemens hatte sich nach einer Nacht Schlaflosigkeit, einem Krankheitstag und einem Berg von Problemen dann doch entschlossen, sich als Märtyrer ins Rathaus zu schleppen. Das Volk sollte nach dem nächtlichen Anschlag auf Peters Scheune nicht das Gefühl haben, führungslos zu sein. Leider war die Rolle als Anführer nur so lange angenehm, wie man sie nicht erfüllen musste. Das schien sich nun beunruhigend schnell zu ändern.

»Was ist denn los?«, fragte er überflüssigerweise. Irgendetwas hatte Klaus getan, was wenigstens eine Einwohnerin in Alarmbereitschaft versetzte.

»Entweder ist Klaus verrückt geworden, oder du hast mir nicht richtig zugehört. Ich habe dir doch gesagt, dass du dich um diese Flüchtlingsangelegenheit kümmern sollst.«

»Regina, komm zum Punkt«, erwiderte Clemens gereizt.

Seine Sekretärin hatte ihm gerade eine Tasse Kamillentee gebracht als Reaktion auf die traumatischen Erlebnisse, die er am vergangenen Tag hatte erfahren müssen, hatte aber gleichzeitig nicht versäumt, ihm kundzutun, dass das jetzt sicher nicht die Regel wurde. Daher hatte Clemens beschlossen, diesen Zustand heute besonders zu genießen. Damit schien es nun leider frühzeitig vorbei zu sein.

»Hier ist eben ein ganzer Konvoi Baumaschinen vorbeigefahren. War nicht zu überhören. Bei mir haben die Gläser im Schrank geklirrt. Deswegen bin ich rausgegangen. Ich wollte wissen, zu wem die fahren.«

»Natürlich«, sagte Clemens so neutral wie möglich. Vergeblich.

»Komm mir bloß nicht so. Wenn es nach dir ginge, könnten hier die Hugenotten einfallen. Das wäre dir komplett egal.«

»Weiter!«, sagte Clemens mit Nachdruck und blickte betrübt auf seinen Tee, der nun vor sich hin erkaltete.

»Was noch? Natürlich sind die zum Altenheim gefahren und laden jetzt die Bagger ab. Warum habe ich sonst am Anfang gesagt, du solltest da hinkommen.«

»Was weiß ich?«, antwortete Clemens.

Offensichtlich hatte Klaus keine Zeit verschwendet. Oder die Landesregierung. Clemens überlegte, warum er es in zwanzig Jahren nicht geschafft hatte, eine Fahrbahnsanierung für die Bundesstraße in Wolperach zu bekommen, die Gelder für die Sanierung des Altenheims jedoch quasi über Nacht bereitgestellt wurden. Doch ganz egal warum, es war eine Katastrophe. Clemens wusste nicht, wie lange sein Wahlversprechen *Keine Flüchtlinge in Demarchau* noch Wirkung zeigen würde, zumal nun bald unübersehbar für alle am Stein des Anstoßes gearbeitet wurde. Clemens hatte sich darauf verlassen, dass Klaus seine Gier nach Karls Grundstück und dem geheimnisvollen Vermögen wenigstens so lange in Schach hielt, bis die Wahl im Dezember vorbei war. Der sowieso äußerst marode Waffenstillstand war vorzeitig gebrochen worden.

»Kommst du jetzt endlich?«, holte Regina ihn wieder in das Hier und Jetzt zurück.

»Was erwartest du von mir? Soll ich mich vor den nächsten Bagger schmeißen?«

»Das haben andere schon erledigt«, erwiderte Regina spitz, was Clemens veranlasste, umgehend nach Hause zu fahren, zumal sie sich keine weiteren Informationen entlocken ließ, was unter dieser undurchsichtigen Äußerung zu verstehen war.

Dass die Alten gestern einen Sitzstreik angezettelt hatten, war ihm nicht verborgen geblieben, obwohl er es vorgezogen hatte, ihn zu ignorieren. Ihm war dumpf im Hinterkopf geblieben, dass die Bewohner des Altenheims noch Hilfe von ihm erwarteten, die er ebenso freimütig versprochen hatte, wie er seine Wahlversprechen abgab: darauf bauen, dass seine Versprechen bis zur Wahl geglaubt wurden und deren Nichterfüllung bis zur nächsten Wahl vergessen war. Das hatte auch bis jetzt immer geklappt. Ausgerechnet in der letzten Wahlperiode vor seiner Rente wurde die Luft dünn, die ihm hauptsächlich in Löckerbach um die Nase wehte, aber durchaus das Potenzial hatte, sich auf den Rest der Gemeinde auszudehnen und dort die Gedanken zu verpesten. Wenn Regina ihre letzte Aussage wörtlich gemeint hatte, konnte das schneller passieren, als ihm lieb war.

Deswegen war Clemens 30 Minuten später nicht wenig erleichtert, dass die Lage vor Ort zwar unübersichtlich, dafür aber wenigstens unblutig war.

»Wir können nicht anfangen«, sagte ein Mann zu ihm, der mit seinem Helm und dem Funkgerät aussah, als hätte er das Sagen.

»Warum erzählen Sie das mir?«, entgegnete Clemens und betrachtete den trotzigen Haufen von Senioren in der Einfahrt frustriert. Diese ganze Flüchtlingsgeschichte bekam mit solchen Aktionen wesentlich mehr Aufmerksamkeit, als ihr guttat.

»Weil Sie hier der Chef sind?«

»Ich bin der Bürgermeister«, erwiderte Clemens. »Für das hier bin ich nicht zuständig. Rufen Sie den Landgräber an. Das ist sein Gebäude.«

»Mir ist das egal. Wir arbeiten auf Zeit«, sagte der Bauleiter und trollte sich, um an der Ecke in sein Funkgerät zu brüllen.

Clemens beobachtete ihn eine Weile dabei. Nicht, weil es so interessant war, was er tat. Er wollte nur auf keinen Fall in die andere Richtung gucken, um nicht von den anklagenden Augen der Grundstücksbesetzer angesehen zu werden, die ihn an sein verdrängtes Versprechen erinnerten. Die Alten hatten mittlerweile eine Kette rund um das Anwesen gebildet und hockten dort nun grau und unverrückbar wie die Steinstatuen auf den Osterinseln.

Die Bagger hatten einen ganzen Teil Löckerbacher angelockt. Clemens dankte Gott, dass sich die meisten noch auf der Arbeit befanden, wenn auch der verbleibende Rest, den ganz besonders unangenehmen Teil darstellte. Er sah Markus Schulze mit seinem Tross, der aus Ehefrau Sabine und den vier Kindern bestand, über den Stacheldraht am Feldweg klettern und sich über das Baugrundstück zwischen den Wolffs und dem Altenheim durch das hohe Gras kämpfen, das noch auf den letzten Schnitt vor dem Winter wartete. Clemens entschied, dass es jetzt ganz eindeutig Zeit war, sich zu verdrücken. Sollte Landgräber doch sehen, wie er mit dem Problem fertig wurde. Der glänzte jedoch weiterhin mit Abwesenheit.

»Da sind wir ja gerade noch rechtzeitig gekommen«, sagte eine Stimme hinter ihm, was Clemens veranlasste, sich umzudrehen.

Er hatte nichts übrig für weibliche Gruppierungen. Er begrüßte ausschließlich aus männlichen Mitgliedern bestehende Vereine, die sich engagierten, ohne ihm in die Quere zu kommen. Die einzige Ausnahme, die ihn seine Regel hätte brechen lassen, wäre vielleicht eine Gruppe halb nackter Asiatinnen gewesen. Mit denen hatten die *Hausfrauen gegen gegen Unrecht und für Moral* leider nichts gemein. Dieser Verein bestand ausschließlich aus Hausfrauen, die nichts weiter zu tun hatten, als ihre verwöhnten Rotznasen morgens mit dem Van in die Schule zu fahren, dabei in Walderau den kompletten Zufahrtsweg zu den Schulen zu blockieren, während sie das Handy ans Ohr hielten und aufgeregt hineinplapperten, als ginge es um ihr Leben, nur um sich dann mit Freundinnen zum Shoppen und Kaffeetrinken zu verabreden. Die hatten den lieben langen Tag auch nichts Besseres vor, um ihren Männern abends die Ohren vollzuheulen, wie schwer sie es doch hatten. Nicht zu vergessen, Clemens auf die Nerven zu gehen, natürlich. Dieser hatte schon einige Male unliebsame Begegnungen mit den Weltverbesserinnen gehabt, wenn er versucht hatte, gemeindepolitische Ziele durchzusetzen, die im Endeffekt keinem außer ihm nutzten.

Als zwei gefährlich aussehende Matronen im XXL-Format die Stecken für ein Banner mit der Aufschrift *Gerechtigkeit für die Schwachen* in den weichen Boden vor dem Altenheim rammten, war Clemens sich sicher, dass seine Anwesenheit nicht mehr vonnöten war.

Kapitel 18

Rita war bereits seit Jahren weit entfernt davon, ihr Leben befriedigend zu finden. Der Glanz der Bürgermeistergattin hatte sich so schnell abgewaschen wie Wimperntusche in einem Platzregen. Eine Nachbesserung würde es nicht geben. Leider war bei Clemens kein weiterer Schritt auf der Karriereleiter mehr zu erhoffen. Samis Aufenthalt in Löckerbach hatte das geschafft, was noch nicht einmal Egon Durr langfristig hatte sicherstellen können. Rita fühlte sich befriedigt, und das keineswegs nur sexuell. Die Aufmerksamkeit des um fast 40 Jahre jüngeren Pakistaners hatte all die Gefühle wieder erweckt, die sie bei der Heirat mit Clemens zu den Akten gelegt hatte und nicht wieder hervorzuholen gedacht hatte. Die Ehe war kein Ort für romantisches Fahrwasser, sondern eine Zweckgemeinschaft, wo jeder sich die Vorteile sicherte, die einen vorwärtsbrachten.

Sie hatte sich noch keine weiteren Gedanken gemacht, wo diese Beziehung hinführen würde. Fest stand jedoch, dass sie sie keinesfalls enden lassen wollte, bevor sie das wusste. Genau das würde allerdings passieren, wenn Clemens seine Drohung wahr machte und Sami ausweisen ließ. Rita machte sich über den Einflussbereich ihres Mannes keine Illusionen. Sie glaubte nicht annähernd so stark an seinen Einfluss, wie er es vielleicht selbst tat. Sie wusste aber, dass er besonders penetrant sein konnte, wenn er eine fixe Idee hatte. Die Gefahr, dass ihm jemand seinen Wunsch erfüllte, nur um seine Ruhe vor ihm zu haben, war groß. Außerdem hatte ihr Gatte keinerlei Skrupel, seinen Willen mit Mitteln durchzusetzen, die moralisch zumindest bedenklich waren.

Zum Glück hatte er am Donnerstag ihre Anwesenheit im Flur nicht bemerkt, als er die Haustür hinter Sami schloss. Sie hatte sich geistesgegenwärtig hinter dem langen Vorhang des bodenhohen Flurfensters versteckt und verschwand eilig von ihrem Lauschposten, bevor sich die Tür des Arbeitszimmers öffnete.

Trotzdem war Rita eine loyale Ehefrau und nicht bereit, eine Entscheidung zu treffen, über die sie nicht vorher gründlich nachgedacht hatte. Daher war es bereits Freitagnachmittag, als sie das Haus verließ und nur ihre Schultertasche darauf hinwies, dass sie nicht nur einen Spaziergang durchs Dorf machte. Ritas Entscheidungen waren nie übereilt, ausgeführt wurden sie dann jedoch immer zügig. Daher nahm sie den Auflauf der Menschen und Maschinen vor dem Altenheim zwar wahr, hielt es aber durchaus für vertretbar, sich erst später dafür zu interessieren.

Da die Bewohner des Altenheims ihre Streikposten seit Donnerstag nicht verlassen hatten, waren die Angestellten dazu übergegangen, den Tag nach ihren Wünschen zu gestalten, die mit dem landläufigen Verständnis von Arbeit nicht viel zu tun hatten. Sie saßen zu viert auf der Holzterrasse, mit Aussicht auf die Hauptstraße. Diese Veranda war beim Bau des Altenheims auf der großen Flachdachgarage errichtet worden, in der Klaus Landgräber seine Oldtimer aufbewahrte. Das Bodenholz war dunkel und roch bereits muffig, sodass sich ansässige Baufirmen standhaft weigerten, die ebenfalls wenig vertrauenerweckende Holztreppe hinaufzusteigen, um nach dem Rechten zu sehen. Die Sonne kam hier niemals hin, daher nutzten die Bewohner und das Personal den vom Haupthaus her schlecht einzusehenden Platz, um zu rauchen. Eigentlich war das auf dem Gelände strengstens verboten, aber das wenige Personal hatte weder Lust noch Zeit, die Einhaltung dieser Vorschrift durchzusetzen. Rita hatte ebenfalls nicht vor, sich den Hals zu brechen, und winkte zu Sami hinauf.

»Warum kommst du hierher?«, fragte er, nachdem sie Deckung hinter einem Transporter gesucht hatten. »Hältst du das für eine gute Idee?«

»Warum sollte ich nicht? Ich darf mich doch wohl mit einem Besucher unseres Dorfes unterhalten.«

»Besucher? Echt witzig. Arbeitssklave trifft's wohl eher.«

»Aber das Arbeiten hier im Altenheim ist doch eine Chance.«

»Wofür? Bekomm doch sowieso nur einen Hungerlohn. Aber das mache ich eh nicht mehr lange, zumindest wenn es nach deinem Alten geht.«

»Deswegen bin ich hier«, sagte Rita und kramte in ihrer Tasche.

Hinter dem Lieferwagen konnten sie von der Terrasse aus nicht gesehen werden. Sie hatte schon gehofft, dass Sami diesen Umstand für Zärtlichkeiten nutzen würde, die leider ausblieben. Aber sie hatte etwas, das sein Interesse sicher wiederbeleben würde.

»Ich habe euer Gespräch gestern gehört. Na gut, belauscht«, sagte sie. Sie wollte ihn nicht belügen, das wäre ein schlechter Start für ihre Beziehung.

»Ihr seid echt schräg hier. Belauschen, ausspionieren und übereinander herziehen.«

»Das ist das normale Leben auf einem Dorf«, erwiderte Rita pikiert, die es nicht mochte, *schräg* genannt zu werden. Auch nicht von dem Mann, mit dem sie vor Kurzem intim war. Von dem erst recht nicht.

»Aber egal«, sagte sie. »Es ist nicht richtig, was Clemens mit dir macht. Wenn ich auch nicht weiß, wieso er das tut und von welchen Verdächtigen er geredet hat. Leider habe ich nicht alles verstanden.«

»Das soll er dir selbst erklären.«

Rita hätte etwas mehr Vertrauen durchaus reizend gefunden, schalt sich dann aber eine Närrin. Sie sollte aus der Erfahrung der Älteren wissen, dass sich das nicht über Nacht einstellte.

»Das werde ich bei passender Gelegenheit schon tun. Trotzdem habe ich so viel verstanden, dass du Hilfe brauchst. Dafür muss ich nicht den kompletten Zusammenhang kennen.«

»Und du kannst mir helfen?«

Rita ärgerte sich über Samis ungläubigen Tonfall. Sie fragte sich, was er eigentlich in ihr sah. Eine weltfremde, altbackene und vergessene Hausfrau in einem 100-Seelen-Dorf, befürchtete sie. Höchste Zeit, dass sie ihm das Gegenteil bewies.

»Sicher«, erwiderte sie betont gelassen und zog einen Schnellhefter aus der Tasche.

Sami griff danach und schlug ihn unlustig auf. Nachdem er begonnen hatte zu blättern und zu lesen, verschwand sein Desinteresse schlagartig.

»Weißt du, was du mir hier zeigst?«

»Natürlich, bin ich ein Trottel?« Der Sex mit ihm hatte sie keineswegs weicher gemacht. »Ich weiß sehr wohl, wie brisant das ist.«

»Warum zeigst du es mir dann?«

»Weil ich meinen Schwachkopf von Mann einmal in seine Schranken weisen will. Aber auch, weil der Sex mit dir gut war.«

Beim letzten Satz schaffte sie es tatsächlich, ihrer Stimme einen sanfteren Klang zu geben.

»Ich glaube, du hättest ein wenig Hilfe nötig. Es kommt im Moment alles doch sehr knüppeldick.«

»Das hilft mir sicher. Ich weiß nur noch nicht, wie. Aber da fällt mir bestimmt noch etwas ein. Vermisst dein Mann das nicht?«

»Keine Sorge. Das sind Kopien. Auf seine Papiere guckt er wirklich äußerst selten.«

»Das ist nett von dir«, sagte Sami.

Das war nicht ganz das, was Rita sich erhofft hatte, aber sie beherzigte einen alten Rat, den jedes junge Mädchen einmal bekam. Sie musste sich interessant machen, wenn sie seine Aufmerksamkeit wollte.

Daher ging sie ohne ein weiteres Wort und ließ Sami allein mit den Papieren, die die Bestechung des Landrates durch Clemens Bohnenschäfer bewiesen.

Jörn Jossen war ein untersetzter Mann, der nicht gut mit Stress umgehen konnte. Das bekam Klaus mal wieder ganz deutlich zu spüren, als der ihn an dem Tag besuchte. Das war umso erstaunlicher, da Jossen als Chef einer internationalen Spedition, die er gerne gehabt hätte – zumindest hatte er das auf den Planen der Lkw stehen –, mit nationalen Problemen bereits überfordert war.

Klaus hätte es absolut nicht gekümmert, wie überfordert der labile Spediteur war, wenn Jossens Fähigkeit, Stress zu bewältigen, nicht das Zünglein an der Waage gewesen wäre, das bei Gericht zwischen einer Bewährungs- und einer Haftstrafe entscheiden würde. Deswegen ließ er ihn auch ins Haus, als dieser nachmittags unangemeldet an seiner Tür klingelte.

»Was ist da unten beim Altenheim los?«, fragte Jossen, während er ungebührlich lang an Brittas Seidenschal herumfingerte, der im Flur auf der Kommode lag.

»Kümmer dich nicht drum«, entgegnete Klaus und betrachtete Jossens Wurstfinger angewidert. »Lass den Schal meiner Frau in Ruhe.«

»Ich wollte doch nur mal gucken«, sagte Jossen, zog die Hand allerdings sofort zurück. »Bin an Frauensachen nicht so gewöhnt. Das weißt du.«

Das wusste die ganze Gemeinde. Vor allen Dingen der weibliche Teil. Der Spediteur streunte gerne mal nach zehn Bier in Wolperachs einziger Kneipe und zu fortgeschrittener Stunde durch die Gegend, um alleinstehende Frauen durchs Fenster zu beobachten.

»Spuck's aus. Was willst du?«

»Kannst du dir das nicht denken?«, fragte Jossen, während sein Blick versuchte, Einzelheiten aus Landgräbers Schlafzimmer durch die halb geöffnete Tür zu erspähen. Klaus trat vor und schlug sie zu.

»Verdammt, ich habe für deine Spielchen keine Zeit. Komm zum Punkt oder verpiss dich.«

»Die Umweltbehörde war letztens bei mir. Die machen Kontrollen, weil in den vergangenen Monaten einige Chemikalien ohne Nachweis verschwunden sind.«

»Und? Haben sie was gefunden?«

Aufgrund der sich überschlagenden Ereignisse der letzten Tage war Klaus dazu übergegangen, neue Katastrophen in eine Prioritätenliste einzuordnen. Da Jossen in seinem Flur stand und noch nicht in Untersuchungshaft war, beschloss er, dass dieses Thema zwar handlungsbedürftig, aber keinesfalls dringend war.

»Was sollen sie finden? Ist ja nichts da. Trotzdem. Wie kommen die auf mich?«

»Du hast gerade gesagt, dass die überall Kontrollen machen.«

»Ja, aber warum gerade bei mir? Sie hätten ja auch zu Raakers fahren können. Da waren sie aber nicht«, erwiderte Jossen weinerlich. Seine Hose war über den hängenden Bauch nach unten gerutscht. Normalerweise trug er Hosenträger. Die Untersuchung schien seinen Zustand noch desolater werden zu lassen, als er es ohnehin schon war.

»Vergiss es. Das ist Routine bei diesen Arschlöchern. Haben nichts anderes zu tun, als den Leuten ans Bein zu pinkeln. Du hältst einfach die Füße still und sitzt das aus. Was können sie dir schon?«

»Alles auseinandernehmen? Meine ganzen Unterlagen durchsuchen? Es gibt noch andere Sachen, die sie nicht bei mir finden sollen, das kannst du mir glauben.«

»Dann räum die weg. Hast doch jetzt verdammt genug Zeit dafür. Oder haben sie schon was beschlagnahmt?«

»Nein«, sagte Jossen, der an Klaus vorbei ins Badezimmer blickte, wo Brittas BH zum Trocknen hing, nachdem sie einen Fleck ausgewaschen hatte. Warum musste dieses verdammte Weib auch immer alle Türen offen stehen lassen.

»Bin noch mal davongekommen«, fuhr Jossen fort, nachdem Klaus ihm auch diesen Ausblick versperrte hatte. »Aber ich mach mir Sorgen, Klaus, große Sorgen. Die Sache ist nicht mehr so leicht wie vor ein paar Jahren. Heute kontrollieren die alles viel genauer.«

»Das sind diese verdammten Ökos, die mittlerweile auf jedem Posten im Bundestag sitzen. Vor 20 Jahren haben sich die Minister schön um ihren eigenen Scheiß gekümmert. Hatte jeder genug mit seinem eigenen Dreck am Stecken zu tun.«

In Wahrheit konnte Klaus sich daran nur rudimentär erinnern, weil er zu der Zeit viel zu sehr damit beschäftigt war, ein Mädchen ins Bett zu bekommen. Kein bestimmtes, nur überhaupt mal eins. Jedoch erinnerte er sich daran, seinen Vater öfter darüber reden gehört zu haben.

»Ich höre auf damit«, brachte Jossen ihn wieder in die Gegenwart zurück. »Hörst du, ich will das nicht mehr.«

»Deine Entscheidung«, erwiderte Klaus. »Jammer mir nachher aber nicht die Ohren voll, wenn es bei dir hinten und vorne nicht mehr reicht. War ein anständiger Zuverdienst für dich.«

»Der hilft mir nichts, wenn ich einsitzen muss. So was bestrafen die hart, das weißt du.«

Klaus verzichtete auf eine Antwort. Es war die allgemeine öffentliche Meinung, dass Umweltverschmutzer und Steuerschuldner härter bestraft wurden als Vergewaltiger und Mörder. Solche Stammtischphilosophien machten selten vor Leuten wie Jossen halt. Die schluckten die bereits mit der Muttermilch. Das war jedoch das Problem. Es machte ihm mehr Gedanken, wie der mit der neuen Situation fertig werden würde. Im Grunde war der schmerbäuchige Unternehmer ein Feigling, der mehr zu der kreativen Entsorgung der Chemikalien überredet worden als davon überzeugt war. Klaus sollte schneller eine Antwort bekommen, als ihm lieb war.

»Man kriegt mildernde Umstände, wenn man denen hilft. Hab ich gehört. Du weißt, ich würde dich nicht verraten. Auf gar keinen Fall«, bekräftigte Jossen schnell. Er hatte wohl seinen Gesichtsausdruck gesehen.

»Woher hast du den Schwachsinn? Meinst du, irgendein verdammter Staatsanwalt würde dir einen Deal anbieten? Die heben sie sich für andere Kaliber auf. Das kannst du mir glauben.«

Klaus wünschte sich, er wäre genauso von dem überzeugt, was er sagte. Giftmüllfässer auf den grünen Feldern von Demarchau waren eine Straftat der Größenordnung, die sich nicht so ohne Weiteres wegdiskutieren ließ. Es war zwar kein Landschaftsschutzgebiet, was die Volksseele jedoch nicht davon abhalten würde, sich zu empören und die Todesstrafe zu fordern. Mindestens.

»Aber wenn es so ist? Was mache ich dann? Ich kann nicht ins Gefängnis. Das schaffe ich nicht. Weißt du, was die da mit einem machen?«

Klaus betrachtete den dickwanstigen Mann mit den zurückgegelten Haaren und konnte sich beim besten Willen nichts vorstellen. Was er sich aber leider nur zu gut vorstellen konnte, war, dass dieses Weichei den Mund nicht halten würde.

»Geh nach Hause und reg dich ab. Ich lass mir was einfallen. Halte dich einfach zurück, bis es so weit ist.« Klaus öffnete die Haustür, um zu signalisieren, dass das Gespräch für ihn beendet war.

»Mach ich. Trotzdem, wenn ich in den Knast muss, gehe ich nicht allein.«

Sofort war Jossen auf seiner Prioritätenliste ein ordentliches Stück nach oben gerutscht.

Kapitel 19

»Du willst *was?*«, fragte Rita Samstagmorgen beim Frühstück.

»Die Demo am Altenheim unterstützen«, erwiderte Clemens und löffelte so konzentriert sein Rührei in sich hinein, als könne er seine Frau damit ablenken. Leider wusste er aus Erfahrung, dass das nicht funktionierte, was ihn allerdings nicht davon abhielt, es immer wieder zu versuchen.

»Bist du verrückt geworden?«, erkundigte sich seine Frau vorsichtig. Sie verhielt sich in den letzten Tagen sowieso äußerst merkwürdig. Normalerweise hätte sie diese Aussage nicht infrage gestellt.

»Nein, nur engagiert«, antwortete Clemens.

»Du warst noch nie engagiert.«

»Dann gab es bis jetzt eben noch nichts, wofür sich das lohnte«, sagte er und stopfte sich sein Marmeladenbrötchen ganz in den Mund, nur um einer weiteren Diskussion zu entgehen.

An dem hatte er noch zu kauen, als er die Straße hoch zum Anbau ging. An so manchem anderen allerdings ebenfalls. Die Gruppierung *Hausfrauen gegen Unrecht und für Moral* unterstützen zu wollen, war nichts, das man freiwillig tat, wenn man nicht senil, geisteskrank oder lebensmüde war. Sie hatten letzten Monat vor dem Haus eines Vorsitzenden Richters des Amtsgerichts gegen das Nacktbaden am Wolperacher Baggersee protestiert. Der Richter erholte sich jetzt noch von dem Schock. Es war nicht jedermanns Sache, zur nachtschlafenden Zeit in eine Horde blindwütiger Walküren zu laufen, wenn man nur eben im Garten nach dem Rechten sehen wollte, weil man ein merkwürdiges Geräusch gehört hatte. Das sollte sich bestätigen. Nicht, dass die nächtliche Szenerie an Merkwürdigkeit sowieso nicht zu überbieten war. Eine Rotte von barbusigen Frauen, die nichts anderes anhatten als naturfarbene Baströcke, um so die nötige Disharmonie von Mensch und Natur bestmöglich zur Geltung zu bringen, hatte etwas dermaßen Bizarres, dass der Richter ab diesem Tag nie mehr die gemischte Sauna betreten sollte, in der er bislang Stammgast gewesen war. Sein Bedarf an nackten Brüsten war seitdem zeitlebens gedeckt.

Clemens hegte die Hoffnung, dass diese Gelüste, die er weder näher benennen noch beschreiben konnte, wenigstens im Moment bei ihm noch nicht in Gefahr waren. Die *Hausfrauen gegen Unrecht und für Moral* waren noch nicht da, wogegen die Alten anscheinend noch an genau den Plätzen ausharrten, an denen sie sich gestern befunden hatten, als er nach Hause ging. Clemens konnte nicht umhin, sie dafür zu bewundern. Spätestens nach Sonnenuntergang hätte er die Chance genutzt, sich im Schutz der Dunkelheit in sein Bett zu verkriechen. Weit und breit waren keine Bauarbeiter mehr in Sicht, obwohl sie fünf Bagger, drei Raupen und etwas, das aussah wie eine Rakete auf einem Fahrgestell, abgeladen hatten, die still und imposant darauf warteten, am Montagmorgen endlich zum Einsatz zu kommen. Derweil dienten sie als Spielplatz für Dieter Landgräber, der viele Jahre und viele verlorene Gehirnzellen später seine Kindheitsträume wiederzuentdecken schien, indem er auf einem Bagger herumturnte und permanent nervtötend »Nicht im Schwenkbereich aufhalten« rief. Clemens fragte sich, was zum Henker er sich hiervon eigentlich versprach. Das fragte sich Josef Gottschalk offenbar auch.

»Was wollen Sie denn hier, Herr Bürgermeister?«, sprach er ihn an und schaffte es bewundernswert, auf dem Grat zwischen Höflichkeit und Unverschämtheit zu balancieren. Clemens versuchte, sich an ihr letztes Gespräch vor vier Tagen zu erinnern. Ihm war vage bewusst, dass er Hilfe angeboten hatte. Er hatte sicher nichts Konkretes versprochen, auf das man ihn hier festnageln konnte.

»Sehen, wie es Ihnen geht«, antwortete er und fand, er hatte die Klippe gut umschifft.

»Mit *Sehen* ist uns leider nicht geholfen«, erwiderte Gott-schalk, der nach 24 Stunden Belagerung nicht mehr frisch aussah. Selbst seine Bräune schien durch die ungewohnten Strapazen zu verblassen. Clemens störte das nicht. Er hatte es immer schon unnatürlich gefunden, wenn über 70-Jährige aussahen, als kämen sie gerade von einem Segeltörn. Wo blieb da die Würde des Alters?

»Deswegen bin ich hier«, sagte Clemens und unterdrückte noch rechtzeitig den Impuls, dem alten Mann kumpelhaft auf die Schulter zu hauen. Gottschalk sah nicht so aus, als wäre er besonders standhaft auf den Beinen.

»Wenn Sie wirklich helfen wollen, dann nehmen Sie den Platz von Ameline ein. Sie könnte etwas Ruhe gebrauchen.«

Gottschalk zeigte auf eine verhutzelte Dame, deren Rü-cken wie ein Fragezeichen gebogen war und die Clemens auf ihren Stock gestützt trotzig entgegenblickte. Clemens hatte sich durchaus erfreulichere Aufgaben gewünscht, die ihn im Lokalfernsehen als Vertreter der Hilflosen und Entrechteten auswiesen. Die Reporter hatte er vorsorglich bereits gestern informiert. Ein paar Hände zu schütteln, hätte ihm durchaus zur Demonstration seines guten Willens gereicht.

»Sie müssen es nicht machen, wenn Sie nicht wollen«, sagte Josef Gottschalk, der dazu übergegangen war, weitere Pla-kate mit dem Nacken einer Gartenaxt festzuschlagen. »Auf unser Hilfegesuch haben Sie schließlich auch nicht reagiert.«

»Ich habe Ihnen gesagt, dass es Zeit braucht. Meinen Sie, ich kann Landgräber einfach so davon abhalten zu tun, was er halt tut?«

»Das genau ist das Problem. Wir haben keine Zeit. Wenn der anstehende Umbau vom Land bezahlt ist, können wir nie wieder hierhin zurück. Auf jeden Fall nicht in den nächs-ten Jahren. Schließlich renovieren die nicht wegen uns.«

»Instandsetzen«, berichtigte Clemens. »Das Gebäude ist einsturzgefährdet. Seien Sie froh, dass Sie frühzeitig hier her-ausgekommen sind.«

»Sie haben Ihre Sichtweise, wir haben unsere«, erwiderte Gottschalk. »Wenn Sie wirklich noch helfen wollen, dann lösen Sie Ameline ab. Das ist eine Hilfe, die Sie sofort leisten können. Nicht nur eine leere Versprechung.«

»Natürlich soll Frau Ameline sich ausruhen«, sagte Clemens galant und ignorierte Gottschalks letzte Spitze. Er schob sich am Heizgebläse vorbei. Aus dem strömte zwar eine wohltuende Hitze, die den frischen Oktobermorgen mit einem Hochsommertag auf Hawaii vergleichbar machte, dafür allerdings so viel Platz wegnahm, dass keine Katze sich dahinterquetschen konnte, selbst wenn sie es gewollt hätte.

Irgendwo hier drunter lag Egons Leiche. Clemens konnte nicht mehr sagen, wo genau. Damit hatte er sich einer unglaublichen Ignoranz schuldig gemacht, die selbst ihm auffiel. Allerdings war Egon seine erste Leiche. Er war so erpicht darauf gewesen, ihn loszuwerden, dass er es nicht für elementar wichtig hielt, wo dieser seine letzte Ruhe fand. Hätte er damals geahnt, wie wichtig das noch werden würde, hätte er Egon nach genau definierten Geokoordinaten in ein Loch geworfen. Wer konnte ahnen, dass der alte Durr ihm unter Sand, Kies und Betonfundament noch gefährlich werden konnte? Im Moment allerdings konnte ihm nur die Hundescheiße gefährlich werden, in die er fast reingetreten wäre.

»Regina will dich sprechen. Fühlst du dich dazu in der Lage?«

Der letzte Satz war ironisch. Rita hatte es noch nie gekümmert, ob er sich zu etwas in der Lage fühlte oder nicht.

Dabei war es eine durchaus berechtigte Frage. Clemens hatte sich für mehrere Stunden in einer Haltung befunden, die in der Medizin *embryonal* genannt wurde. Bis heute war ihm nicht klar gewesen, dass diese Definition durchaus auch auf Demonstranten zutraf. Zumindest wenn sie gezwungen waren, in Fötushaltung vor einem Fundament zu kauern und dabei ihre Arme um ihre Knie zu schlingen. Eine komplett unsinnige Aktion, wie Clemens fand. Zumal die Bauarbeiter erst am Montag wieder anrücken würden.

Der Lokalsender ließ sich Zeit und kam erst mittags, obwohl Clemens ausdrücklich um einen frühen Termin gebeten hatte. Leider waren die Reporter bei *Conquer Media TV* nicht so sehr von seiner Wichtigkeit überzeugt wie er selbst, wodurch Berichte über zwei überfahrene Katzen und die Einweihung einer Glocke ihm den Rang abliefen. Mittags war er mittlerweile so steif, dass er sich für das Interview kaum aufrichten konnte und im Fernsehen sicher den Eindruck erweckte, er wäre Quasimodo. Oder Ameline. Daher war Ritas Frage, ob er sich in der Lage fühlte, berechtigter, als sie es wirklich meinte.

»Was will die? Hat sie was gesagt?«

»Frag sie doch selbst«, erwiderte Rita und machte die Tür ganz auf, um Regina ins Wohnzimmer zu lassen. Ihm blieb heute wirklich nichts erspart.

Regina zeigte nie Mitleid. Ihr Mann Walter konnte ein Lied davon singen. Bei Clemens machte sie keine Ausnahme.

»Was soll das? Die Alten sind immer noch auf ihren Posten. Steh gefälligst auf.«

Clemens hätte ihr gern erklärt, dass es einen Unterschied machte, ob er stand oder lag, zweifelte aber, ob Regina für diese Argumentation viel Verständnis aufbringen würde.

»Zu deiner Information, meine Bandscheibe hat was abbekommen. Ich hätte mit meinem schlimmen Rücken sowieso nicht da mitmachen können.«

Rita war hoffentlich nicht mehr in Hörweite. Die könnte sich sonst bemüßigt fühlen, den Besuch über Clemens' Bandscheibe aufzuklären.

»Ach was? Davon merkst du aber nicht viel, wenn du in deinem Garten die Rosen massakrierst.«

»Ich massakriere sie nicht, ich stutze sie zurück. Warum bist du hier? Eine neue Erpressung oder hast du noch andere Ideen?«

»Hat dich das aufgeschreckt? Wusste ich doch. War auch dringend nötig, dass du mal etwas in Wallung kommst. Hast es sogar überzeugender hinbekommen, als ich vermutet hätte.«

»Hm«, antwortete Clemens nur.

Er selbst wusste noch nicht, wie er dem Bauamt schmackhaft machen sollte, dass Roswitha Turnbull einen Schutzbunker im Garten bauen wollte.

»Egal. Deswegen bin ich nicht hier. Ich brauche deine Hilfe.«

Regina war eindeutig übergeschnappt, obwohl sie nach außen hin absolut normal wirkte. Vielleicht etwas sauertöpfischer als sonst. Das allein hätte aber noch nicht gereicht, Clemens in Alarmbereitschaft zu versetzen. Er blickte verzweifelt zur Tür in der Hoffnung, Rita in beruhigender Sichtweite zu haben. Die tat ihm diesen Gefallen nicht.

»Hilfe? Wobei?«

Er hoffte nicht, dass sie ihren Mann ins Jenseits befördert hatte. Sonst würde es in Löckerbach nachher zur Gewohnheit, Ehemänner verschwinden zu lassen, die einem in irgendeiner Weise in die Suppe spuckten. Clemens mochte sich nicht ausmalen, was das eventuell für ihn bedeuten würde.

»Bei Klaus. Die ganze Sache ist extrem unerfreulich. Aber ich möchte mich nicht mitschuldig machen, nur weil ich nichts sage.«

Clemens wollte eigentlich nicht wissen, was genau Regina mit Klaus zu schaffen hatte, war sich jedoch sicher, der Wunsch würde ihm nicht erfüllt werden. Es sei denn, in der nächsten Sekunde fegte ein Tornado durch das Wohnzimmer. Regina deutete sein Schweigen offenbar als Aufforderung weiterzusprechen.

»Du kennst doch die Grundstücke beim Steinbruch? Die angeblich einem Investor in Köln gehören.«

»Viele von den Grundstücken sind an Städter verkauft worden«, erwiderte Clemens. »Halt ich moralisch nicht für anstößig.«

Dieser Boom zog sich vor einigen Jahren eine kurze Zeit wie ein Lauffeuer durch die Gemeinde. Das Areal rund um den Steinbruch stand kurz vor dem Beschluss, in Baugrundstücke aufgeteilt zu werden, was aufgrund der anstehenden Erschließungskosten kurzfristig panikartige Reaktionen hervorgerufen hatte. Diese Grundstücke gehörten allesamt keinem einzigen aktiven Landwirt, sondern wurden als Erbe durch die Generationen gereicht, wenn auch die Erben nie wussten, was sie mit einem schönen grünen, darüber hinaus aber vollkommen sinnlosen Grundstück anfangen sollten. Ein Grund mehr, sie vor einer eventuell drohenden Kostenübernahme so schnell wie möglich abzustoßen. Dass das Baugebiet später nicht beschlossen wurde, da man ein Gelände mit einer lukrativeren Lage in der Nachbargemeinde Seligenwalde vorzog, hinterfragte dann keiner mehr.

»Ich schon, wenn hinter diesem dubiosen Kölner Investor Klaus Landgräber steckt.«

»Ich verstehe zwar nicht, was ihm das bringen könnte, aber es ist mir auch egal.«

Clemens richtete sich probeweise auf, fiel aber umgehend wieder auf die Couch zurück. Er wollte Regina keinen Grund geben, seine fehlende Einsatzfähigkeit anzuzweifeln.

»Er hat eine Briefkastenfirma gegründet und sich das Grundstück selbst abgekauft. Irgendeinen Vorteil hat der davon, da kannst du sicher sein. In der Zwischenzeit benutzt er es, um Giftmüll zu entsorgen.«

»Landgräber?«, fragte Clemens, der sich nun doch aufrichtete. Regina würde es jetzt sicher nicht auffallen, nachdem sie diese Bombe gezündet hatte. »Woher hast du denn das?«

»Dass er die Grundstücke selbst gekauft hat? Das weiß ich von meiner Nichte. Die arbeitet in der Kommunalverwaltung.«

»Darüber darf sie dir gar keine Auskunft geben«, konnte Clemens sich nicht verkneifen. »Aber das nur am Rande.«

»Spielst du hier auf einmal den Moralapostel? Frag mich bloß nicht, was ich über dich alles weiß.«

»Kommen wir mal wieder zu deiner anderen Behauptung«, sagte Clemens schnell, weil er sich nicht sicher sein konnte, wie viel Regina wirklich wusste. Oft streute sie haltlose Behauptungen, nur um an Informationen zu gelangen oder ihre Ahnungen bestätigt zu bekommen. »Wie kommst du darauf, dass Klaus Giftmüll entsorgt? Hat dir das auch deine Nichte erzählt?«

»Quatsch. Walter trinkt in Wolperach einmal in der Woche ein paar Bier im Eselskopf. Dabei unterhält er sich schon mal mit Jossen, diesem Schwachkopf. Wenn der betrunken ist, redet er viel dummes Zeug. Manchmal ist da aber auch etwas Interessantes dabei.«

Clemens wusste nicht, was ihn mehr verwunderte. Dass Walter gestattet bekam, einmal wöchentlich in die Kneipe zu gehen, oder dass Regina so gut über das Bescheid wusste, was Jossen redete, wenn er betrunken war. Sie weigerte sich standhaft, überflüssige Kontakte zu pflegen. Wenn der schmierige Spediteur nicht in diese Kategorie fiel, dann wusste Clemens nicht, wer dann.

»Du kannst doch nicht einfach in der Gegend herumlaufen und solche Behauptungen aufstellen.«

»Ich laufe nicht in der Gegend herum, ich erzähle es dir.«

»Damit ich was tue?«

»Frag nicht so blöd. Natürlich sollst du etwas dagegen unternehmen. Du hast mehr Möglichkeiten als ich. Oder sollen wir Klaus gewähren und unseren Lebensraum vergiften lassen?«

Clemens glaubte nicht an ihr urplötzlich auftretendes ökologisches Bewusstsein. Nicht bei einer Frau, die kürzlich noch die Reste ihres Pflanzenschutzmittels in den Gully vor ihrem Haus gekippt hatte. Sie hatte irgendeinen Grund, den er nicht erkennen konnte. Das würde ihn aber nicht davon abhalten, sich die Situation zunutze zu machen.

»Ich könnte schon etwas tun«, sagte er. »Kommt darauf an, was du mir anbieten kannst.«

»Wie kommst du darauf, dass ich das tue?«

»Weil es dir wichtig ist. Darum. Also versprichst du dir etwas davon, was ich auch nicht wissen will. Trotzdem: Was ist dein Angebot?«

»Gibst du Ruhe, wenn ich meine Kandidatur zurückziehe? Es soll nur keiner wissen, dass du das hier von mir hast.«

»Dann sind wir im Geschäft«, sagte Clemens. Regina musste mindestens einen Mord begangen haben, wenn sie das freiwillig anbot. Er würde nie erfahren, wie nah er damit an der Wahrheit war.

Kapitel 20

Rita legte bei allen Nachbarn eine unverbindliche Gelassenheit an den Tag. Bei Regina fiel ihr das allerdings schwer, obwohl sie für ihre Unerschütterlichkeit bekannt war. Natürlich interessierte sie, was Regina von ihrem Mann wollte, war jedoch sicher, dass sie das noch erfahren würde. Clemens konnte selten etwas vor ihr geheim halten, dafür war sein Mitteilungsbedürfnis zu groß.

Sie zog daher das kleinere Übel vor und besuchte die Sitzung des Landfrauenverbandes, die jeden dritten Samstag im Monat stattfand. In der Anfangszeit machte man das noch jeden Samstag, bis sie feststellten, dass es für Landfrauen in der Gemeinde Demarchau nicht allzu viel zu tun gab. Die Häufigkeit dieser Sitzungen wurde drastisch eingeschränkt, als es die ersten Alkoholexzesse gab und die Frau eines Walderauer Optikers halb nackt über den Rasen des evangelischen Pfarrheims lief. Ab diesem Zeitpunkt befanden die Ehemänner, dass ein Hobby ja ganz nett war, aber nur solange es den Rest der Familie nicht in Verruf brachte. Dennoch wurde weiterhin ebenso viel Quatsch zusammengeredet wie bei Clemens zu Hause, wenigstens erfuhr Rita hin und wieder doch etwas Interessantes. Diesmal hatte sie das im Gefühl, als die Rede auf Sami kam, nachdem sie die ohnehin überschaubare Liste der Tagesordnungspunkte abgearbeitet hatten und es Zeit wurde, den Eierlikör und die Plätzchen auszupacken.

»Ihr habt einen Neuen oben im Ort?«, fragte Grete Bosch, die übelste Klatschtante von Mutzenbach. Rita war heilfroh, wenigstens einen Kilometer von ihr weg zu wohnen.

»Jürgen Schuster hat einen Bekannten zu Besuch«, erwiderte sie einsilbig. Jetzt ausgerechnet über Sami zu diskutieren, war nicht das, was sie sich von diesem Treffen erwartet hatte. Die Messlatte dafür lag sowieso nicht besonders hoch.

»Und so einen neetteen.«

Der Angewohnheit, Silben sinnlos in die Länge zu ziehen, konnte Rita nichts abgewinnen. Karin Kaiser ebenso wenig. Sie war die albernste Person, die sie kannte.

»Wenn man das mag«, erwiderte sie ausweichend.

»Ach, Rita, du bist manchmal wirklich ein Spielverderber. Wie kann man den nicht nett finden?«

»Indem man sich auf Dinge im Leben konzentriert, die sinnvoll sind.«

Das klang ein wenig von oben herab, was auch durchaus beabsichtigt war. Wenn die Runde machte, dass sich die Bürgermeistergattin wie ein Teenager über den knackigen Hintern eines jungen Mannes ausließ, der ohne Weiteres ihr Sohn sein konnte, war das ihrem Ansehen alles andere als dienlich. Lieber bigott als libidinös.

»Hör auf. Als ob du nicht auch geguckt hättest.«

Silke Domschneider, die schräg hinter ihnen wohnte, kicherte los und hielt sich sofort die Hand vor den Mund. Das machte sie nicht aus innerem, sondern wegen ihres äußeren Schamgefühls. Ihre lückenhaften Zähne standen im krassen Gegensatz zu ihrer sonst sehr gepflegten Erscheinung. Anscheinend war das ihrem Mann Rolf nicht wichtig genug, als dass er die Behandlung bezahlte. Bei seiner Bauelementefirma gab es keine nennenswerten Repräsentationspflichten, daher sah er es nicht ein, Geld für Zähne auszugeben, wenn seine Frau fast den ganzen Tag nur im Haus herumsaß. Beim Einkaufen konnte sie ohne Weiteres den Mund halten, dabei würde sonst sowieso nur noch mehr Zeit vergeudet. Rolfs Sichtweise hatte Rita quasi aus erster Hand. Clemens hatte es ihr erzählt, mit genau dem wehmütigen Blick, den er bekam, wenn er sich an die gehorsame Art seiner Mutter erinnerte. Mit der Drohung, sie würde seinen Garten mit Jauche zukippen, wenn er auf ähnliche Ideen käme, war diese Diskussion im Hause Bohnenschäfer ruckzuck beendet und nie wieder aufgenommen worden.

»Wir haben alle geguckt«, sagte die Belzer, die neben der Kaiser wohnte. »Und einige von uns auch ein bisschen mehr als das.«

Rita hatte noch nie dazu geneigt, rot zu werden, und hoffte, dass sie jetzt nicht damit anfing. Allerdings tat sie in der Regel auch nie etwas, was das nötig machte. Deswegen widerstand sie der Versuchung, ihren Blick auf ihre eleganten Schuhe zu senken, sondern hielt Maria Belzers Blick so lange stand, bis sie merkte, dass die sie gar nicht ansah, sondern Silke Domschneider, die schräg neben ihr saß.

»Keine Ahnung, was du meinst«, sagte die schnell. Leider hatte sie im Gegensatz zu Rita sehr wohl die Neigung zum Erröten.

»Das weißt du schon ganz genau«, erwiderte Maria ungerührt. »Sich hinter der Hecke von Mehlers zu verstecken, ist immer eine schlechte Idee. Zu viel Publikumsverkehr. Besonders neugieriger, vor allen Dingen, wenn der junge Mehler in der Nähe ist.«

»Du hattest Sex mit Sami?«, hörte Rita sich fragen. Glücklicherweise bemerkte keine der anderen, dass sie den jungen Pakistaner beim Vornamen nannte, da das bei Fremden nicht ihrer Art entsprach.

»Und was für welchen«, sagte Maria genüsslich. »Davon spricht schon mein ganzer Kegelklub. Du kannst nur froh sein, dass der aus Seligenwalde ist. Dann besteht Hoffnung, dass dein Mann das nicht mitbekommt.«

»Das ist doch Quatsch«, meldete sich Melanie Reinhardt zu Wort. Sie wohnte mit ihrem Mann, der nichts zu sagen hatte, und zwei gnadenlos verwöhnten Kindern am Anfang des Dorfes.

»Warum sollte er das tun? Gerade mit Silke.«

»Was soll denn das bedeuten?«, fragte diese zu Recht pikiert.

»Na hör mal, warum sollte er dich nehmen, wenn er ganz andere Möglichkeiten hat?«

Rita machte sich die fehlenden körperlichen Vorzüge von Silke bewusst und musste ihr widerwillig zustimmen.

»Du hattest also auch Sex mit ihm?« Karin Kaiser wollte den Dingen grundsätzlich auf den Grund gehen.

Höchste Zeit, dass hier alle Karten auf den Tisch kamen. Melanie hingegen hüllte sich in vornehmes Schweigen.

»Also ja«, sagte Rita. Hoffentlich konnte man die Bitterkeit ihres Tonfalls nicht heraushören. Die Sorge war unbegründet. Wen interessierte, ob die Bürgermeistergattin bitter klang, wenn es jede Menge andere brisante Neuigkeiten gab.

»Denkt, was ihr wollt.«

Melanie hatte offensichtlich nicht vor, irgendetwas zu sagen, woraus ihr später ein Strick gedreht werden konnte. Das war umsichtig. Rita hätte es genauso gemacht.

»Wenn ihr es schon wisst, dann kann ich euch auch davon erzählen.«

»Oh, bitte nicht«, sagte Rita, die öffentliche Gespräche über Sex nicht mochte. Kein Wunder, dass die Kultur des Abendlandes unterging, wenn zu jedem passenden und unpassenden Zeitpunkt über erogene Zonen, Orgasmen und Sex hinter Hecken geredet wurde. Es genügte zu wissen, dass es das gab, man brauchte nicht noch darüber reden. Die Erkenntnis, dass es so etwas gab, war für Rita noch neu.

»Davon glaube ich kein Wort«, machte Melanie noch mal nachdrücklich ihren Standpunkt klar.

Rita wünschte, sie täte das ebenfalls. Leider fehlte ihr eine wichtige Eigenschaft, die Melanie hatte – die Kunst, sich Dinge schönreden zu können.

Sie trennten sich, ohne einen versöhnenden Konsens gefunden zu haben.

Klaus hatte nicht oft unruhige Nächte. Dafür war er von sich und seinem Handeln zu sehr überzeugt. Dennoch passierten hin und wieder Dinge, die diese Nachtruhe erschütterten. Als sein Vater als Zechpreller in einem Bordell in Walderau aufgegriffen worden war, zum Beispiel. Oder als Felix ihm ein Glas Wasser in den Mund schüttete, weil er testen wollte, ob man im Bett ertrinken kann. Oder wenn er befürchtete, in den Knast wandern zu müssen, nur weil ein idiotischer Spediteur wahrscheinlich seinen Mund nicht halten konnte. Jossen war ein zu dick geratener Schwächling mit zu wenig Hirn. Genau das machte ihn unberechenbar. Unberechenbarkeit konnte Klaus nicht ausstehen. Berechenbarkeit offensichtlich auch nicht, wie sich nun herausstellen sollte.

»Clemens ist da«, teilte ihm Britta mit und setzte sich wieder an den Küchentisch.

Nach dem zweiten Klingeln hatte sie widerwillig ihren Nagellackpinsel beiseitegelegt, da Klaus keine Anstalten machte, die Tür zu öffnen. Gewisse Rollen in einer Ehe mussten eben eingehalten werden, zumal die weibliche Rolle sich seit Jahren konsequent weigerte, zum Familieneinkommen beizutragen. Britta schaffte es, ihre Missbilligung dieser Tatsache mit dem Trockenschütteln ihrer Nägel zu übermitteln.

»Wo, verdammt noch mal, ist er jetzt?«, fragte Klaus. Er konnte es nicht leiden, wenn sich Leute unbeaufsichtigt in seinem Haus herumtrieben.

»Wahrscheinlich noch an der Tür.« Britta trug die nächste Schicht Nagellack auf, während ihr Mann sich in sein Schicksal fügte und zur Haustür ging. Wenn Clemens persönlich vorbeikam und nicht nur anrief, war aus dieser Ecke sicher nichts Angenehmes zu erwarten. Klaus hatte jetzt schon die Schnauze gründlich voll davon.

»Was willst du?«

»Vielleicht sollte ich erst mal reinkommen?«

»Mach's nicht so spannend.«

»Glaub mir, ich sollte besser reinkommen.«

Damit waren die harmlosen Geschichten wie das Flüchtlingsthema oder die Empörung der Bewohner des Altenheims bereits vom Tisch. Daher war ein Gespräch unter vier Augen tatsächlich keine so schlechte Idee.

»Also was?«, fragte er, als er die Tür der Waschküche hinter sich schloss. Er würde den Teufel tun und Clemens in sein Arbeitszimmer zu seinen Unterlagen lassen. Nicht mal dann, wenn dieser taub und blind gewesen wäre.

»Ich habe was sehr Interessantes gehört.«

Clemens versuchte, es sich auf einem umgedrehten Wäschekorb bequem zu machen, ohne dabei sein betont gleichmütiges Gehabe zu verlieren. Es gelang ihm nicht, was Klaus wenig überraschte.

»Interessantes höre ich schon seit ein paar Tagen. Beziehungsweise das, was die Leute für interessant halten. Du musst dich also schon sehr anstrengen, um mich zu überraschen.«

»Es wird gleich spannender. Wie du weißt, habe ich Informanten, die immer auf der Suche nach Dingen sind, die mich interessieren könnten.«

Klaus grunzte nur. Der Trottel würde nicht verstehen, dass ein pickliger Oberstufler der Walderauer Gesamtschule noch weit davon entfernt war, als richtiger Informant zu gelten.

»Ich habe mich doch wirklich fair verhalten, oder nicht? Ich habe dir mehrere Angebote gemacht, damit wir diese ganze Sache gütlich regeln. Keins davon hast du angenommen?«

»Von welchen Angeboten redest du?« Klaus hatte sich zwar vorgenommen, nichts zu sagen, bevor er endlich wusste, worum es ging, aber Schwachsinn wollte er sich dann doch nicht anhören. »Von dem Unsinn mit den Bomben? Oder dem Geld unter dem Haus des Alten? Bis jetzt habe ich noch kein vernünftiges Angebot von dir gehört.«

»Dann wird sich das jetzt ändern. Obwohl es kein Angebot ist. Es gibt nämlich keine Alternative. Auf jeden Fall nicht für dich.«

Alternativlose Angebote bedeuteten selten etwas Gutes. Sogar bei einer Nullnummer wie dem Bürgermeister.

»Ich bin extrem gespannt«, sagte er gelassen. So weit käme es noch, dass er sich von dem Trottel ins Bockshorn jagen ließe. Dafür verbreitete Clemens zu oft zu viel heiße Luft.

»Das bin ich auch«, erwiderte dieser. »Vor allen Dingen darauf, wie es jetzt weitergeht. Obwohl ich glaube, dass deine Freundschaft mit Jossen darunter leiden wird.«

Clemens wusste definitiv was. Es war höchste Zeit, seine laxe Überheblichkeit aufzugeben und in das Stadium höchster Wachsamkeit zu wechseln. Um sich das selbst zu verdeutlichen, beugte Klaus sich ein Stück vor, sodass er Bohnenschäfers Atem riechen konnte, der überraschenderweise völlig geruchlos war. Klaus hatte nicht weniger als den Gestank von Pech und Schwefel erwartet.

»Ich bin nicht mit Jossen befreundet, was, verdammt noch mal, faselst du da?«

»Dann nennen wir es Zweckgemeinschaft. Befreundet bist du ja eher mit diesen Investoren aus Köln.«

Klaus rechnete sich seine Chancen aus, falls Clemens Zufallsinformationen ohne Zusammenhang in einen Topf warf. Sie standen schlecht bis null. Es war Zeit, das Tänzchen um die Jungfrau zu beenden.

»Ich höre«, sagte er knapp.

»Bist du jetzt kooperativ?«

»Ich höre.«

Eigentlich wollte er Clemens lieber ein paar aufs Maul hauen. Allerdings wäre das jetzt wenig hilfreich. Das würde er sich für später aufheben.

»Dann lass uns nicht um den heißen Brei herumreden. Ich weiß das mit den Giftfässern. Woher ich das weiß, muss dich nicht interessieren. Aber ich habe mehr Beziehungen im Landtag, als du glaubst.«

»Stuben?«

Das war eine Falle. Wenn Clemens das bejahte, log er. Er konnte das auf keinen Fall von ihm wissen. Klaus hielt nicht viel von dem Landrat, wenn er nicht gerade bei seinen Geschäften die Augen zumachte, aber ein Vollidiot war er trotzdem nicht.

»Nein. Wie kommst du auf den?«

Das war nicht gespielt. Von Stuben hatte er es auf jeden Fall nicht. Klaus fiel auf, dass ihm das Wissen trotzdem nicht weiterhalf. Wenn es nicht Stuben war, waren die anderen Möglichkeiten unberechenbar.

»Dann reden wir jetzt mal davon, was du willst.«

Es hatte keinen Sinn, weiter in Spekulationen zu versinken. Clemens wollte was und das würde er dann leider wohl bekommen.

»Das weißt du genau. Revidiere dein Angebot für die Flüchtlingsunterkunft. Pfeif die Bauarbeiter zurück.«

»Das muss ich sowieso. Oder meinst du, der Staat bezahlt mir eine Sanierung, wenn ich dafür keine Gegenleistung bringe?«

»Möglich wäre es. Aber das wirst du nicht erfahren. Am Montagmorgen rückt der Bautrupp mit all seinen Gerätschaften wieder ab. Ich sorge für einen Bericht im Walderauer Anzeiger. Schließlich sollen die Wähler wissen, was ihr Bürgermeister für sie erreicht hat.«

Das würde sogar funktionieren. Das brauchte man Klaus nicht extra sagen. Er überschlug kurz die Einnahmen, die er sich vom Flüchtlingsheim erhofft hatte, und rechnete sie mit denen aus der Giftmüllverklappung gegen. Er konnte mit dem Ergebnis leben.

»Wegen mir«, sagte er dann und war froh, Clemens endlich wieder zur Tür bringen zu können.

»Und noch was«, drehte der sich noch mal herum. »Lass das in Zukunft mit deiner Müllentsorgung.«

So funktionierten Geschäfte nur, wenn das Gegenüber alle Trümpfe in der Hand hielt.

Kapitel 21

»Du weißt, wie viel Uhr wir haben?«

»Natürlich«, antwortete Clemens, während er sich an Rita vorbei ins Badezimmer schob. Dabei verschwieg er, dass er bereits fünf Minuten vor der Tür gewartet hatte, bis sie endlich herauskam.

Streng genommen war das unfair. Rita konnte auf gar keinen Fall wissen, dass ihr Mann – gegen jegliche Gewohnheit – bereits um sechs Uhr aufstehen würde. Außerdem brauchte sie im Badezimmer selten länger als zehn Minuten und schaffte es dabei, immer gleich gepflegt und adrett auszusehen.

»Was soll mir das jetzt sagen? Möchtest du dein Frühstück jetzt?«

Clemens hatte es immerhin geschafft, seine Frau zu irritieren. Das war nicht einfach.

»Nicht nötig. Ich hole mir nachher etwas in der Bäckerei.«

Rita blieb stehen und beobachtete ihn misstrauisch, bis Clemens die Badezimmertür zumachte. Er konnte es nicht leiden, wenn man ihm bei der Verrichtung seiner morgendlichen Tätigkeiten zusah, ganz egal wie banal die auch sein mochten. Da ihn seine Prostata bereits seit fünf Jahren regelmäßig um vier Uhr aus dem Bett scheuchte, blieb dort später nicht mehr allzu viel für ihn zu tun. Aber gerade das sollte seine Frau nicht wissen.

Das *Holen in der Bäckerei* schien sie allerdings nachhaltig zu beschäftigen, da Clemens es normalerweise im Traum nicht einfallen würde, auswärts zu frühstücken, wenn er es zu Hause hätte tun können. Als er das Badezimmer wieder verließ, stand sie zwar nicht mehr im Flur, sondern in der Küche, die Skepsis in ihrem Blick war jedoch noch nicht verschwunden.

»Es ist doch alles in Ordnung?«, fragte sie.

Clemens konnte sich nicht daran erinnern, wann sie das zuletzt gefragt hatte.

»Natürlich«, sagte er zum zweiten Mal an diesem Morgen, obwohl Rita permanente Wiederholungen hasste. Sie hielt es für Frevel an der Vielfalt der deutschen Sprache und für den Niedergang der westlichen Zivilisation. Da sie ihn – gegen ihre Art – nicht sofort darauf hinwies, fand er, sie hatte durchaus etwas mehr Information verdient.

»Ich wollte vorher noch zum Altenheim und den Bewohnern sagen, dass sie ihre Zelte abbrechen können. Die Sanierung findet nicht statt.«

»Wann ist denn das beschlossen worden?«

»Gestern«, log Clemens. »Oder besser heute Nacht.«

Rita musste nicht wissen, dass diese Sache schon am Samstag geregelt gewesen war. Sie hätte es sicher nicht gutgeheißen, dass Clemens die alten Leute noch zwei Nächte länger im Freien hatte übernachten lassen. Aber erstens fand er diese Art von Strafe für Klaus mehr als angemessen und zweitens hielt er diese Art von Freizeitbeschäftigung für die alten Leute durchaus für spannender, als im Altbau nutzlos durch die Gänge zu schleichen und sich selbst zu bedauern. Immerhin gab es nachts noch keinen Frost.

»Wann hast du denn heute Nacht mit Klaus gesprochen?« Rita wäre nicht Rita, wenn sie den Dingen nicht auf den Grund gehen wollte.

»Als du im Bett warst.«

»Davon gehe ich aus. Trotzdem, wann? Ich habe im Bett noch gelesen. Es wäre mir aufgefallen, wenn du telefoniert hättest.«

Im Schlafzimmer stand ein Zweitapparat, der immer ein kurzes *Ring* von sich gab, wenn am anderen Gerät der Hörer abgenommen wurde. Warum das so war, konnte ihm bislang noch kein Telefontechniker beantworten.

»Ziemlich spät. Da hast du auf jeden Fall schon geschlafen. Himmel, ist das wichtig? Es war halt spät. Wie viel Uhr? Keine Ahnung. Wichtig ist nur, Klaus ist eingeknickt. Ich will rübergehen, um sicher zu sein, dass die Bauarbeiter wieder abrücken.«

»Der Anbau muss doch trotzdem saniert werden?«

»Richtig. Das wird jetzt nur nicht mehr das Land bezahlen. Da muss Klaus jetzt selbst ran.«

»Also wird nie was passieren«, konstatierte Rita. »Dir ist schon klar, dass Risse im Fundament sind?«

»Natürlich«, erwiderte Clemens zum dritten Mal und überstand auch das unbeschadet. Seine Frau war heute eindeutig nicht in Form. »Aber es ist weder mein Gebäude noch sind es meine Risse. Damit hat die öffentliche Hand nichts zu tun. Keine Verpflichtung.«

»Doch, eine moralische. Das ist nicht nur für Flüchtlinge gefährlich, sondern für die alten Leute ebenso.«

»Erkläre das mal einem wie dem Schulze, der sich schon weigert, die Hundesteuer zu bezahlen, dass das seine moralische Verpflichtung ist. Der wird dir was husten, und das ist freundlich formuliert.«

»Ich weiß nicht, trotzdem finde ich, man sollte was tun.«

»Mal sehen«, entgegnete Clemens versöhnlich. Die Sache war einfach zu gut für ihn gelaufen, da konnte er ein wenig großzügig sein. »Wenn sich alles wieder beruhigt, sehe ich mal, was ich tun kann.«

Das waren eindeutig die richtigen Worte gewesen.

»Soll ich dir nicht doch Frühstück machen?«

Clemens hätte durchaus etwas zu essen vertragen können, wollte aber seine moralische Überhand nicht aufs Spiel setzen.

»Nein, ich mach mich lieber auf den Weg. Schließlich sollen die Bewohner die gute Botschaft direkt von mir hören.«

Er ging in den Flur, um sich seine Jacke zu holen. Rita begleitete ihn zur Tür. Auch das war etwas, das äußerst selten passierte. Clemens begann, sich in seiner neuen Rolle als Wohltäter der Gemeinde zu gefallen. In all den Jahren als Bürgermeister war ihm nie in den Sinn gekommen, dass dieses ebenfalls ein Schlüssel zur Gunst der Wähler hätte sein können. Wenn es bei seiner Frau schon so gut funktionierte, war das sicher noch potenzierbar.

»Ich bin stolz auf dich«, sagte Rita tatsächlich. »Ich hätte nicht gedacht, dass du dich für etwas anderes interessierst als für dich und deine Blumen.«

»Du hast mich eben die ganzen Jahre verkannt«, antwortete der so Gelobte. »Außerdem stimmt das nicht. Für dich interessiere ich mich immer noch am meisten.«

Er verließ das Haus, nicht ohne von Rita fürsorglich ein paar unsichtbare Fuseln vom Jackenärmel gezupft zu bekommen. Zu größeren Liebesbezeugungen war sie nicht fähig, aber Clemens bemerkte es doch. Er hatte einfach einen Lauf.

Der endete auch nicht, als er eine Straße weiter aus dem Auto stieg und die alten Leute beobachtete, die vorübergehend ihre Kette rund um das Gebäude unterbrochen hatten, um sich am Heizlüfter die Finger und die verfrorenen Glieder zu wärmen.

»Gehen Sie nach Hause«, sagte er zu Josef Gottschalk, der am Eingang stand und den alten Leutchen Durchhalteparolen zurief. »Die Sache ist vorbei. Landgräber gibt klein bei.«

»Was soll das bedeuten?«

Dieser Gottschalk war eine Plage. Clemens war froh, dass er bereits so alt war, sonst wäre er sicher auf die Idee gekommen, ebenfalls noch zu kandidieren. Er war auch froh, dass er zumindest Regina jetzt los war.

»Das Flüchtlingsprojekt ist gestorben. Die ganzen Maschinen werden geholt und die Arbeiter rücken gleich ab. Das war doch das, was Sie wollten.«

»Uns ging es um menschenwürdige Bedingungen und eine angemessene Wohnsituation. Wie soll sich die ändern, nur weil keine Flüchtlinge kommen?«

»Wenigstens haben Sie jetzt wieder mehr Platz.«

»Platz in einem Gebäude, das jederzeit zusammenbrechen kann.«

»Seien Sie doch mal mit einer Sache zufrieden«, erwiderte Clemens ungeduldig. Er hatte zwei weiße Transporter von der Hauptstraße abbiegen sehen. Die Baufirma rückte an.

»Das andere wird sich auch noch regeln. Haben Sie doch mal etwas Geduld.«

Er ließ Josef Gottschalk stehen, um den Arbeitertrupp in die Schranken zu weisen.

»Ich dachte, die Bauarbeiten sollten nicht weitergehen?«, fragte Rita am anderen Ende der Leitung.

Clemens war bereits beunruhigt, als er die Rufnummer seines Zuhauses im Display erkannte. Rita rief normalerweise nie an. Es sei denn, gewisse Dinge erreichten ein apokalyptisches Ausmaß wie damals, als die *Hausfrauen gegen Unrecht und für Moral* sich auf einem Protestmarsch von Walderau nach Wolperach befanden und nicht nur zahllosen Autofahrern die Durchfahrt vermiesten, sondern auch dem Kurierfahrer einer Organtransportfirma, der auf dem Weg in die Walderauer Klinik war, um dort ein Herz abzugeben.

»Sollten sie auch. Da habe ich mich eigentlich klar ausgedrückt.«

»Anscheinend nicht klar genug.«

Dabei hatte Clemens nach ihrem ungewöhnlichen Auftritt am heutigen Morgen gedacht, seine Frau hätte in ihrem Verhalten eine komplette Kehrtwende gemacht. Falsch gedacht.

»Auf jeden Fall wird hier wieder gearbeitet. Das habe ich gesehen, als ich vorhin zum Einkaufen fuhr.«

»Ich kläre das«, erwiderte Clemens unwirsch und spürte Ärger in sich aufsteigen. Den spürte allerdings auch Rita.

»Was soll der Ton? Ich kann nichts dafür«, sagte sie und legte den Hörer auf. Die Hoffnung auf den Anbruch eines neuen Zeitalters in seiner Ehe konnte Clemens wahrscheinlich wieder zu Grabe tragen. Nicht zu Grabe tragen wollte er allerdings das ruhige Gefühl, dass er sich wieder halbwegs in Sicherheit befand. Er wählte die Nummer von Klaus.

»Was soll das? Ich dachte, ich hätte mich deutlich ausgedrückt.«

»Ich vermute, du spielst damit auf die Arbeiten am Altenheim an.«

»Wir waren uns doch einig?« Clemens merkte, dass er weinerlich klang. Das war nicht gerade der Eindruck, den er als Herrscher über die Gemeinde erwecken wollte.

»Sind wir immer noch, bleib ruhig.«

Falls Klaus etwas gemerkt hatte, behielt er es überraschenderweise für sich. Außerdem hatte er auffällig gute Laune, die Clemens schon per se verdächtig vorkam.

»Trotzdem kann mir die Baufirma die Bude sanieren, wenn sie schon einmal da ist. Bezahle ich dann halt selbst.«

»Aber das kannst du doch nicht machen?«

»Warum nicht? Ist doch mein Geld.«

»Ich dachte, du hättest keins?«

»Verdammt, Bohnenschäfer, was willst du von mir?«

Clemens wusste es – ehrlich gesagt – auch nicht. Zumindest konnte er es nicht laut aussprechen. Klaus musste nicht wissen, wo die Leichen bei ihm vergraben waren.

Während er noch über eine gelungene Retourkutsche nachdachte, musste die nun leider in den Tiefen seines Gehirns versauern. Witze über tatsächliche Leichen waren zu schnell nicht mehr lustig.

»Was machen die denn jetzt genau?«, fragte er. Vielleicht gab es noch Möglichkeiten, die Gefahr abzuwenden.

»Was sollen die schon machen? Das Ding ist einsturzgefährdet, weil beim Fundament geschlampt wurde. Die untergraben das jetzt irgendwie und setzen neue Streifenfundamente rein. Was fragst du mich? Bin ich Maurer?«

Das war Clemens zwar auch nicht, sein Wissen reichte aber, um zu ahnen, dass er sich keine großen Chancen ausrechnen konnte. Egon würde wieder auftauchen, allerdings in einem anderen Zustand, als er diese Welt verlassen hatte.

»Wie lange dauert so was?«

»Verdammt, Bohnenschäfer, du gehst mir auf den Geist. Wenn du eine Bauberatung haben willst, frag einen Experten.«

Es wäre vielleicht nicht dumm, genau das zu tun. Zwar hatte der überbezahlte Fachbereichsleiter Agnus Tibeto im Bauamt nur theoretische Kenntnisse, aber das waren schon hundert Prozent mehr, als Clemens aufweisen konnte.

»Tibeto, was gibt es für Methoden, ein Fundament zu erneuern?«

»Woher soll ich das wissen?«, fragte der Bauamtsleiter. »Ich genehmige Bauten. Ich führe keine aus.«

»Herrgott, du musst doch Erfahrungswerte haben.«

»Ich vermute stark, es geht dir um das Altenheim? Keine Sorgen. Das kostet uns keinen Cent mehr. Landgräber hat sein Angebot wohl heute Morgen schon zurückgezogen. Sagt auf jeden Fall der Flurfunk. Das würdest du wissen, wenn du mal in die Kantine kämest.«

»Nein, danke«, erwiderte Clemens und dachte an den Kantinenchef Mutzke. Er hatte keine Lust, den Schwanz einer toten Ratte auf seinem belegten Brötchen zu finden. »Können wir das nicht trotzdem irgendwie stoppen?«

»Wieso? Es geht uns doch nichts mehr an. Bezahlen müssen wir es auch nicht. Es kann also nur besser werden.«

Clemens beschloss, die Taktik zu ändern, bevor sich Tibeto fragte, warum der Bürgermeister so ein reges Interesse daran zeigte, eine dringend erforderliche Maßnahme zu verhindern.

»Ich befürchte nur, die ganze Angelegenheit ist mit jeder Menge Lärm und Dreck verbunden. Schließlich wohnen wir ganz in der Nähe. Du kannst dir denken, dass meine Frau nicht sonderlich begeistert darüber sein wird.«

»Wirklich? Sie kommt mir eigentlich immer sehr entspannt vor. Zwar ein bisschen reserviert, macht aber nicht den Eindruck, als wäre sie eine notorische Nörglerin.«

Tibeto traf Rita und ihn jedes Jahr beim Sommerfest, wo sie freiwillig am Kuchenstand aushalf. Dafür schmachtete Agnus sie mit hündischer Ergebenheit an.

»Du kennst ja die Frauen«, sagte Clemens. Das war reine Höflichkeit. Tibeto kannte die Frauen mitnichten, es sei denn seine Mutter, bei der er mit Mitte 30 immer noch wohnte.

»Da würde ich mir nicht allzu viele Sorgen machen. Die Klemt KG versteht ihr Geschäft. Die werden immer gerufen, wenn solche aufwendigen Sanierungen anstehen.«

Das sollte Clemens sicher beruhigen, heizte aber in dem Moment seine Fantasie wieder an, als das Wort *aufwendig* fiel. Aufwendig klang nach Erdbewegungen mit monumentalen Ausmaßen.

»Wie aufwendig genau?«

Agnus Tibeto, der Sohne einer Irin und eines italienischen Gastarbeiters, schwieg einen kurzen Moment, bevor er antwortete. Wahrscheinlich überlegte er gerade, Clemens zu sagen, er solle ihm nicht auf den Geist gehen. So hätte Clemens auf jeden Fall reagiert. Seine Höflichkeit hielt ihn davon ab.

»Am besten unterhältst du dich mit Steinbächer. Das ist der Vorarbeiter. Der ist sicher vor Ort.«

»Gute Idee«, antwortete Clemens und beschloss, genau das zu tun. Schließlich fuhr er sowieso gleich zum Mittagessen.

Welche Erkenntnisse sich Clemens bei einer Unterhaltung mit den Bauarbeitern auch erhofft hatte, gehörten diese spätestens in dem Moment der Vergangenheit an, als es an der Haustür klingelte, noch bevor er seinen Nachtisch aufgegessen hatte. Die Informationen waren sowieso nur äußerst dürftig gewesen. Nachdem ihm der Polier Fachbegriffe wie Abspannung und Aussteifung um die Ohren gehauen hatte, machte sich Clemens nach Hause mit dem Gefühl, vom Bau nicht mehr zu wissen als ein Ochsenfrosch vom Eierlegen.

»Wer kommt denn gerade zur Mittagszeit?«, fragte Rita, die keine Anstalten machte aufzustehen, um sich genau diese

Frage zu beantworten. Sie hatte grundsätzlich keinen Besuch, der die gesellschaftlichen Konventionen nicht einhielt. Fehlende Konventionen sollten jedoch das kleinste Problem sein, das Clemens heute bekommen würde. Der Abstieg kam in Gestalt von Regina.

»Wir haben eine Leiche«, sagte sie.

Die Ehe von Rita und Clemens war zwar kein Feuerwerk an romantischen Explosionen, funktionierte aber wenigstens so gut, dass keiner den anderen einer Tat bezichtigen würde, die über die Grenzen der allgemeingültigen moralischen Grundsätze hinausging. Zumindest war das der Stand bis zum heutigen Tag. Jetzt war sich Rita allerdings nicht mehr sicher.

Irgendetwas an dem Fundort von Egons Leiche störte sie. Sie konnte sich einfach nicht vorstellen, dass Doris sich die Mühe gemacht hatte, ihren Mann schweißtreibend in eine Baugrube zu schleifen. Obwohl sie vom Körperumfang einiges hermachte, fehlte ihr dennoch die Urkraft, Menschen und Dinge jenseits des Gewichtes einer Kiste Mineralwasser zu bewegen. Sonst hätte sie beim letzten Dorffest nicht solch ein Problem gehabt, den Klapptisch auf den Anhänger zu hieven. Nein, das passte nicht. Die Alternative war durchaus nicht so erfreulich wie erhofft, weil Ritas Gedanken dabei immer wieder an Clemens hängen blieben. Konnte sie ihrem loyalen, aber antriebslosen Ehemann zutrauen, eine so leidenschaftliche Tat begangen zu haben? Er stand neben diesem Kommissar und Klaus und sah überaus unschuldig aus. Antwort erhoffte sie sich ausgerechnet von Doris, die in für sie unüblicher Entfernung vom Geschehen herumstand und den Eindruck erweckte, lieber kilometerweit weg zu sein. Der Eindruck täuschte nicht, wenn auch anders, als Rita vermutete.

»Guck dir das nicht an«, sagte Rita und hakte sie unter. »Es ist auch so schon schlimm genug.«

»Schlimm ist nur, dass ich das Chorsingen in Mutzenbach verpasse«, erwiderte Doris. »Ausgerechnet heute musste dieser Idiot wieder auftauchen.«

»Das meinst du doch nicht so.«

»Und ob ich das so meine«, sagte Doris. »Sag mir nicht, was ich wie meinen soll.«

»Du bist durcheinander. Ist auch alles ein bisschen viel auf einmal.«

»Durcheinander? Dass ich nicht lache. Es ärgert mich nur, dass jetzt alles neu aufgerollt wird. Neue Verhöre und neue Verdächtigungen. Unterhaltung nennt man das heutzutage. *Wir wollen uns nur mit Ihnen unterhalten.* Dabei haben sie dich schon mit einem Bein an der Zelle festgekettet.«

»Willst du denn nicht wissen, wer es getan hat?«

Rita hatte Doris instinktiv ein Stück zurückgezogen, als diese aus Zorn ihre Stimme erhob. Die neugierigen Ohren von Silke Domschneider standen bereits auf Empfang. Rita konnte auf zusätzliche Spekulationen verzichten. Sie hatte mit ihren eigenen genug zu tun.

»Wofür soll das gut sein? Ich weiß es doch schon.«

»Du weißt, wer Egon ermordet hat?«

Jetzt war Rita unbeabsichtigt lauter geworden. Doris riss sie unsanft am Arm, hauptsächlich wahrscheinlich, weil sich Silke erneut umdrehte, was von Doris mit einem „Dreh dich um, du Gans" quittiert wurde.

»Ich weiß schon mehr, als ich jemals wollte«, sagte Doris, was zwar interessant klang, Rita allerdings nicht weiterbrachte.

So war Doris schon immer gewesen. Sie war eine Meisterin der Andeutungen und hatte damit in der Vergangenheit so manche Unruhe in Löckerbach gestiftet. Neulich erst, als sie vor Melanie Reinhardt andeutete, ihren Mann Sascha in einer eindeutigen Position gesehen zu haben, worauf diese sich aufgebracht nach Mutzenbach aufmachte, um ihn umgehend zur Rede zu stellen, um zu erfahren, dass Sascha nur unter dem Auto eines Freundes gelegen hatte. Daher hielt sich Rita mit der Interpretation dieser Aussage zurück.

»Vor allen Dingen, was dich betrifft«, fuhr sie fort.

Jetzt war eine harmlose Interpretation nicht mehr möglich. Rita ärgerte sich einen Moment, von ihrem eigenen als Nettigkeit getarnten Wissensdurst in die Falle gelockt worden zu sein, aber sie versteckte sich nie vor unangenehmen Dingen.

»Was meinst du?«, fragte sie daher so neutral wie möglich. Neugierig, ohne schuldig zu klingen.

»Das weißt du ganz genau. Ich kann es auch laut aussprechen, wenn du das unbedingt willst.«

»Nein, lass nur. Ich weiß, was du mir sagen willst.«

»Ach, tatsächlich? Du kannst dir nicht annähernd vorstellen, was ich dir noch alles gerne sagen möchte und auch sicher noch tun werde, wenn wir mal nicht hier mitten auf der Straße stehen.«

»Es tut mir leid«, sagte Rita und meinte es auch so. Sie mochte es nicht, wenn sie anderen Menschen Umstände machte.

»Dafür kann ich mir nichts kaufen. Hast mir trotzdem einen Gefallen getan. Den Alten wäre ich sonst nie losgeworden.«

»Dir ist doch klar, dass ich ihn nicht umgebracht habe?«, fragte Rita beunruhigt, die sich auf einmal in eine Richtung manövriert sah, die ihr gar nicht gefiel. Falls Doris auf diese Weise einen Weg suchte, sich an ihr zu rächen und sich selbst aus der Schusslinie zu ziehen, musste sie schnellstens gegensteuern.

»Mir ist das klar. So etwas ist einfach nicht dein Stil. Machst dir nicht gerne die Finger schmutzig. Feine Dame, darauf stand Egon. Das ist aber nicht die Frage. Die Frage ist, was die Polizei glaubt.«

»Wem sollte sie wohl glauben, Doris?«, fragte Rita und zum ersten Mal an diesem unglückseligen Tag überwog der

Ärger den Schmerz. »Der glücklichen Geliebten oder der betrogenen Ehefrau?«

»Der Ehefrau, die zu ihrem Mann hält, oder der Geliebten, die unglücklich ist, dass dieser Mann genau diese Ehefrau nicht verlassen wird?«

»Doris, was soll das? Das bringt uns doch nicht weiter.«

»Das meinst du. Mich bringt das sehr wohl weiter. Auf jeden Fall von dem Präsentierteller runter, auf dem ich sitze, seit dieser alte Narr verschwunden ist. Ich habe keine Lust, den Rest meiner elenden Jahre im Knast zu verbringen.«

»Ich weiß nicht, wer Egon umgebracht hat. Vielleicht du, vielleicht jemand anderes.« Vielleicht Clemens, fügte sie in Gedanken hinzu. »Aber ich werde nicht für eine Tat ins Gefängnis gehen, die ich nicht begangen habe.«

»Recht und Gerechtigkeit. Den Unterschied kennst du hoffentlich. Aber keine Angst. Mit der Sorge bist du nicht allein.«

»Ich weiß nicht, was du jetzt wieder andeuten willst.«

»Du glaubst tatsächlich, dass du die Einzige warst? Den Zahn muss ich dir leider ziehen. Egon hatte schon seit 40 Jahren seine Finger und andere Körperteile an Stellen, wo sie von Rechts wegen nicht hingehörten.«

»Das ist mir egal«, erwiderte Rita. Offenbar war das im genetischen Code der Männer mit eingebaut. Zumindest war sie in kurzer Zeit bereits auf zwei Exemplare getroffen, die es mit Monogamie nicht so genau nahmen.

»Ich habe nichts davon gesagt, dass Egon seine Affären immer brav hintereinander hatte. Wie egal ist es dir denn jetzt?«

Mit dieser unappetitlichen Aussage ließ sie Rita stehen und ging weiter nach vorne, um nichts von der Bergung ihres Mannes zu verpassen.

Kapitel 22

Die Leiche von Egon war ein ähnliches Großereignis, wie es damals die 865-Jahr-Feier von Walderau gewesen war. Vielleicht sogar noch ein bisschen mehr. Nur dass sich Clemens heute nicht ganz so amüsierte, wie es vor 30 Jahren der Fall gewesen war. Zu dem Zeitpunkt war er gerade Bürgermeister geworden, seine Ehe befand sich auf ihrem Zenit, das Leben war noch prall gefüllt mit verheißungsvollen Ahnungen, was die Zukunft alles bringen konnte. Was sie jetzt bringen würde, begeisterte ihn allerdings wenig.

»Mein Gott«, sagte Rita und wurde auffällig blass, als Regina auf der Straße lauthals verkündete, dass es sich um Egon handele. Vorsorglich, falls es irgendeinen gab, der das noch nicht mitbekommen hatte.

Zu ihrer Ehrenrettung musste man sagen, dass das auf Anhieb auch nicht so einfach zu erkennen gewesen war. Egon hatte sich in den zwölf Jahren unter etlichen Tonnen Kies, Baustahlmatten und Beton zwar beeindruckend konserviert, das aber auf gar keinen Fall vorteilhaft. Das fand anscheinend auch Hauptkommissar Brauer, der auf einer Schubkarre stand, um sich die Leiche genauer ansehen zu können, da Egon noch unter einem T-Träger und dem Rest einer Baustahlmatte eingeklemmt war. Sein Gesichtsausdruck war alles andere als begeistert, obwohl er es damals bei dem Zwischenfall in der forensischen Psychiatrie in Frackhausen mit weitaus mehr Leichen zu tun bekommen hatte als andere Kommissare in ihrem ganzen Leben. Allerdings waren die auch weitaus unbeschadeter gewesen. Alles in allem war dieser Tag nur für wenige Menschen in Löckerbach ein Vergnügen gewesen.

»Wenn das wirklich der verschwundene Egon Durr ist, dürften eigentlich von ihm nur noch die großen Knochen übrig sein. Faszinierend, was Beton so alles bewirken kann«, sagte Brauer. »Aber seine Frau hat ihn an den Resten seiner Kleidung erkannt.«

»Was für eine verdammte Scheiße«, meinte Klaus, der als Eigentümer ebenfalls einen Blick von der Schubkarre riskieren durfte.

»Wenn Sie es so ausdrücken wollen«, entgegnete Hauptkommissar Brauer. »Seine Frau würde es sicher anders nennen.«

»Ach was, die hat ihn doch sicher da reingeworfen.«

Clemens musste zugeben, dass diese Möglichkeit etwas für sich hatte. Er hatte sich so nah wie möglich ans Geschehen begeben und hoffte somit, seiner Rolle als Orts- und Gemeindevorsteher gerecht zu werden. Allerdings war ihm leicht übel.

»Keine voreiligen Thesen«, sagte Brauer und sein Gesichtsausdruck machte klar, dass er darüber nicht weiter diskutieren wollte.

»Wie ist denn Ihre verdammte These, wann es hier weitergehen kann?«, schnauzte Klaus, der sich von der Exekutive grundsätzlich nicht beeindrucken ließ. In der Zwischenzeit hatten die Feuerwehrmänner die Leiche von Egon freibekommen und zogen sie an den Fußknochen zwischen dem Baustahl her. Vorher hatten sie einen Winkelschleifer benutzt, bis der den FI-Schalter im Altbau hatte rausspringen lassen. Der Sicherungskasten blieb unauffindbar und Klaus weigerte sich konsequent, einen Elektriker zu bestellen, den er dann bestimmt auch noch bezahlen sollte.

»So schnell nicht«, antwortete Brauer gemächlich. Diese Diskussion führte er mit Sicherheit häufiger. »Morgen früh lassen wir erst noch einmal die Spurensicherung hier durch. Heute finden wir sowieso nichts mehr. Es wird schon früh dunkel.«

Clemens blickte auf die Uhr und musste feststellen, dass dieser Zirkus hier bereits vier Stunden dauerte. Er hoffte, dass ein Tornado den Anbau über Nacht wegfegen würde, obwohl er nicht glaubte, irgendetwas Verräterisches hier hinterlassen zu haben. Wenigstens hoffte er das nicht. Aber er hatte auch nicht viel Ahnung von DNS. Er versuchte, Rita in der Menge zu entdecken, aber dafür war das Getümmel zu groß.

Obwohl die Einsatzkräfte nach und nach den Ort verließen, blieb Clemens, bis es auch dem letzten Löckerbacher zu langweilig wurde und er nach Hause ging. Er hatte die Hoffnung, noch etwas zu hören, das ihm hilfreich sein konnte. Wenn jedoch irgendeiner in der fraglichen Nacht etwas gesehen oder gehört hatte, konnte er es auf jeden Fall für sich behalten.

Seine Frau behielt definitiv ihre Gefühle für sich. Selbst Rita wäre nach solch einem Ereignis nicht erhaben darüber gewesen, mit Clemens noch die halbe Nacht zu diskutieren, wie es wahrscheinlich sonst überall im Ort geschah. Heute lag sie bereits im Bett und Clemens wettete darauf, sie stellte sich schlafend. Er wäre ihrem Beispiel gerne gefolgt, aber die Optionen seiner mehr oder weniger glücklichen Zukunft überschlugen sich, bis er in den frühen Morgenstunden in einen unruhigen, dämmerhaften Schlaf fiel.

»Clemens, steh auf«, flüsterte jemand. War das Rita? Das war ungewöhnlich. Rita flüsterte selten. Egons Tod schien sie nachhaltig getroffen zu haben.

»Steh auf!« Die Stimme war nun deutlich lauter. »Es brennt.«

Clemens kniff die Augen zu und rechnete sich die Chancen aus, dass es sich um ein Déjà-vu handelte.

»Quatsch«, brummte er. »Es hat gebrannt. Heute haben wir einen Toten.«

»Einen Toten und einen Brand«, bekräftigte die Stimme, die er nun eindeutig seiner Frau zuordnete. »Das Haus der Wolffs brennt.«

Jetzt waren die Wolffs als zugezogene Querulanten nicht gerade das, was man sich unter einer gelungenen Integration in einer Dorfgemeinschaft vorstellte.

»Du verwechselst das. Die Scheune von Peter hat gebrannt.«

»Herrgott, jetzt steh endlich auf!«

Herrgott war bei Rita kritisch, die zwar selten die Kirche
in Wolperach besuchte, aber dennoch durchaus gottesfürch-
tig zu nennen war und den Namen des Herrn nicht unnütz
missbrauchte. *Herrgott* bedeutete, es war wirklich etwas passiert, etwas, das Clemens die Augen endgültig öffnen ließ.
Jetzt hörte er auch das sich überschlagende Geheule der Feuerwehrsirenen, die sich offenbar aus verschiedenen Richtungen schnell näherten. Er stellte die Füße vor das Bett und
wartete darauf, dass sein Kreislauf seinen Geisteszustand ein-
holte, damit er das Bett verlassen konnte.

»Wie schlimm ist es?«

»Sehr schlimm«, antwortete Rita, die um einiges länger
wach gewesen zu sein schien als er. »Ich konnte nicht schlafen
und wollte einen kurzen Spaziergang machen. Das ganze
Haus steht in Flammen. Ich bin sofort wieder zurückgerannt
und habe die Feuerwehr gerufen.«

Die Ereignisse der letzten Stunden hatten Rita mitgenommen. Einen Augenblick war Clemens versucht, den Arm um
sie zu legen, bis ihm wieder einfiel, dass sie das seit ungefähr
15 Jahren nicht mehr machten.

»Wir gehen hoch«, sagte er, da er es mittlerweile geschafft
hatte, seine Anziehsachen und seine Gedanken zu sortieren.
Brand im Anbau des Altenheims hätte ihm definitiv besser
in den Kram gepasst. Er ärgerte sich, dass ihm das nicht vor
ein paar Stunden eingefallen war, als er der letzte Löckerbacher war, der endgültig den Heimweg antrat.

Das Haus der Wolffs lag vor der scharfen Rechtskurve auf
dem Weg zu der Landgräber-Villa, durch den Anbau des Altenheims verdeckt. Einzig Rolf Domschneider hätte das
Feuer sehen können, wenn er oder jemand aus seiner Familie
zufällig aus dem Küchenfenster geguckt hätte und nicht von
den Wolffs vor einem Monat beim Ordnungsamt denunziert

worden wäre. Daher glaubte Clemens eher, dass Rolf vielleicht mit Genugtuung den Flammen zugesehen, seine Milch getrunken und ansonsten die beruhigende Gewissheit hatte, dass die Dinge immer ihren gerechten Lauf nahmen.

Rita konnte zwar selten verlässliche Zustandsbeschreibungen seiner Rosen im Garten geben, mit einer Aussage hatte sie allerdings absolut recht. Das Haus der Wolffs brannte lichterloh.

Samis Intuition sagte ihm, vom Brand fernzubleiben, als Jürgen ihn weckte. Es sollte sich herausstellen, dass es jedenfalls die richtige gewesen war. Reginas Aufmerksamkeit wurde zwar stark vom aktuellen Geschehen in Beschlag genommen, war aber dennoch ohne Weiteres in der Lage, sie über die anderen Vorgänge auf dem Laufenden zu halten. Das betraf leider auch Sami, obwohl er sich Mühe gegeben hatte, von keinem gesehen zu werden.

»Da ist der Brandstifter!«, schallte ihre Stimme über die Köpfe der Nachbarn hinweg. Unhöflicherweise zeigte sie auch noch mit dem Finger auf ihn, damit an seiner Schuld keinerlei Missverständnis aufkommen konnte. Der Rest der Löckerbacher Bevölkerung nahm das zum willkommenen Anlass, seinen Zorn zu kanalisieren und ihm bedrohlich auf die Pelle zu rücken. Sami ergriff die Flucht.

Verbrecher oder nicht, Sami stand auf der Seife. Oder zumindest in der Kälte. Es war zwar noch kein Winter, aber er war sich sicher, dass ein weiterer Aufenthalt draußen in seinem dünnen Aufzug seiner Gesundheit nicht gerade zuträglich war. Sami ging seine Möglichkeiten durch, die waren jedoch nicht sonderlich berauschend. Er merkte, dass Sex mit Frauen nicht gleichzeitig Freundschaft bedeutete. Im Dorf würde keine einem vermeintlichen Brandstifter Zuflucht bieten. Eins stand auf jeden Fall fest – auf dem Bürgersteig und somit auf dem Präsentierteller konnte er nicht bleiben.

Löckerbach war mittlerweile wieder ruhig geworden. An der schwelenden Brandstelle sah er schemenhafte Gestalten, wahrscheinlich die Brandwache. Sami tauchte nach dem Altenheim wieder rechts in die Hinterhöfe ab. Er erinnerte sich an den Stall am Ende des Grundstücks vom alten Nazi. Da würde er wenigstens geschützt sein. Wenn er Glück hatte, fand er vielleicht auch irgendetwas, das wärmte. Trotzdem war ihm überhaupt nicht klar, wie es weitergehen sollte. Der Hohn war, dass er in seinem Gästezimmer bei Jürgen Geld hatte, an das er jetzt nur blöderweise nicht rankam. Sonst hätte er sich bereits auf den Weg nach Demarchau gemacht. Auch wenn seine Wohnung beschissen war, sie gehörte immer noch ihm.

Da ihm die Alternativen ausgingen, machte er sich wie Josef ohne die Jungfrau Maria auf den Weg, um in einem Stall zu übernachten. Wie weit konnte man sinken? Er beschloss, diese Frage auf einen geeigneteren Zeitpunkt zu verschieben. Wie zum Hohn fing es an zu nieseln, was Sami veranlasste, einen Zahn zuzulegen und den Ort, zu dem er musste, als heimelige Zuflucht anzusehen. Er kletterte über den windschiefen Zaun, der Karl Schmelzers Grundstück vom Rest von Löckerbach abtrennte, obwohl Sami nicht glaubte, dass irgendjemand das Bedürfnis verspürte, seinem Grundstück näher als nötig zu kommen.

Der kleine Stall war innen jedoch in tadellosem Zustand und picobello sauber, soweit Sami es mit seiner Lampe am Smartphone feststellen konnte. Leider zu sauber, denn es fand sich wirklich nichts, was in irgendeiner Form zum Aufwärmen zu gebrauchen war, es sei denn, er steckte gleich das ganze Gebäude in Brand, eine Idee, die er nach den aktuellen Vorfällen nicht für allzu gelungen hielt.

Er setzte sich in einen schmalen Koben auf dem Boden und lehnte sich gegen die Mauer, die weicher war, als er dachte. Er puhlte mit dem Fingernagel dran herum und stellte fest, dass sie aus Lehm und Stroh bestand. Er hatte schon davon gehört, dass das damals so gemacht worden war, sah es aber jetzt zum ersten Mal. Sein Akku piepste und kündigte seine baldige Aufgabe an. Wahrscheinlich war dem auch zu kalt.

Er beobachtete Schmelzers Haus, in dem kein Licht brannte. Wahrscheinlich war der wie alle unterwegs, um ihn zu suchen. Das könnte die Gelegenheit sein, um im Haus nach Anziehsachen und Geld zu suchen.

Es wurde ihm einfacher gemacht als vermutet. Die Hintertür war zwar abgeschlossen, aber das Schließblech so krumm, dass der Riegel beinahe freiwillig heraussprang. Er schaltete wieder die Taschenlampe an seinem Smartphone an und hoffte, dass der Akku noch eine Weile durchhielt. Er passierte einen schmalen Flur mit Türen links und rechts und betrat den Raum, der scheinbar als Küche und Wohnzimmer gleichzeitig diente. Hier befand sich auch der Ofen, der für die Wärme im Haus sorgen sollte. Leider war der kalt, und das anscheinend schon länger. Überhaupt fehlte dem Haus die Wärme der gemütlichen Sorte, wie sie von Holz und Feuer kam, die Sami bis heute nur aus Erzählungen kannte. Sami blickte sich in dem spartanisch eingerichteten Raum um und vermutete, dass es früher Küche und Esszimmer war. Heute war ein Teil des Esszimmers zu einem Wohn-/Schlafzimmer umfunktioniert worden. In der Ecke stand ein Röhrenfernseher mit einer Zimmerantenne, von dem Sami vermutete, dass er noch Schwarz-Weiß-Empfang hatte. Davor befand sich ein Bastläufer, der an der Stelle komplett fehl am Platz wirkte. Außerdem lag er schief. Sami zog ihn mit der Fußspitze an sich heran, um ihn gerade zu rücken. Dabei fiel ihm etwas auf, das ihn den Teppich komplett zur Seite schieben ließ. Darunter befand sich eine Klappe, so sauber in den Boden eingelassen, dass sie plan mit dem Rest des Bodens war. Der Ring zum Öffnen lag in einer ausgefrästen Mulde. Sami hob ihn an und zog daran. Es knirschte ein wenig, als die Scharniere sich schwergängig in Bewegung setzten.

Er stieg drei Stufen hinunter und leuchtete mit dem Handy in den Raum hinein, der sich im Lichtschein vor ihm ausbreitete. Es gab einen Holztisch, der von hier aus schon wackelig aussah, mit vier Stühlen, ein Sofa, von dem Sami sicher war, dass dort bereits die Mäuse hausten, und zwei gegenüberliegende Etagenbetten, allerdings ohne Bettzeug oder Matratzen. Es roch nach alter Luft, Feuchtigkeit und modriger Erde. Sami fragte sich, was hier vorgegangen war.

»Wofür hat man so einen Raum?«, murmelte er, ohne eine Antwort zu erwarten.

Wahrscheinlich hatte das irgendetwas mit dem Krieg zu tun. Vielleicht ein Schutzraum für Bombenangriffe. Wofür er auch gewesen sein mochte, für Sami war es das ideale Versteck. Er musste damit rechnen, dass der alte Schmelzer jeden Augenblick wiederkam. Er entdeckte am Ende der Stufen einen Schalter an der Wand. Offenbar gab es sogar Strom da unten. Sami durchsuchte die Küche schnell nach Lebensmitteln, fand aber nur Dinge, die er erst kochen müsste, bevor er sie essen könnte. Nicht nur dass er dafür keinerlei Talent hatte, es half ihm in seinem Versteck auch nicht weiter. Schließlich klemmte er sich ein paar Dosen Bohnen unter den Arm. Unten auf der Straße hörte er laute Stimmen.

»Ach je«, seufzte Sami unglücklich, der es noch nicht verkraftet hatte, sich heute Morgen nicht hatte umziehen zu können, da all seine Sachen noch bei Jürgen waren. Nach einer Nacht mit Feuer, Rauch und vielleicht noch Schlimmerem, wie Schafsköttel aus dem Stall im Garten, war so ein Tagesanfang härter als die Todesstrafe für ihn. Am besten ginge er einfach raus und ließe sich meucheln, das könnte auch nicht katastrophaler sein als ungepflegt, ungewaschen und sicherlich auch noch stinkend dahinzuvegetieren. Er machte sich dennoch auf den Weg nach unten.

»Das durfte alles nicht passieren«, sagte Jürgen.

Er schien zu nervös, um den ihm angebotenen Platz zu nehmen, und war offenbar erschüttert. Clemens ging es zwar ähnlich, er suhlte sich jedoch in der beruhigenden Gewissheit, nur Egon auf dem Gewissen zu haben und dafür nicht Jennifer und Sven Wolff. Wenn man mal ehrlich war, hatte es der Erstere auch verdient; Clemens war sich sicher, im

Wilden Westen hätte man ihm recht gegeben und an anderen Ecken dieser Welt auch heute noch. Ehebruch war verwerflicher als Sado-Maso-Spielchen, bei denen der Ehemann mit Handschellen an den Bettpfosten gekettet wurde, die Ehefrau nach Ausbruch des Feuers die Schlüssel nicht mehr fand und aus Sympathie direkt mit ihm verbrannte. Wahrscheinlich um das alles nachher nicht noch den Nachbarn erklären zu müssen.

»Es sollte nicht passieren«, pflichtete er Jürgen bei und versuchte, so beruhigend wie möglich zu wirken. »Ist es jetzt aber leider. Wir müssen das Beste daraus machen.«

»Das Beste?«, fragte Jürgen. Die Aufregung schleuderte seine Stimme eine Oktave höher. »Kannst du mir erklären, wie man daraus noch etwas Gutes machen kann?«

»Das sagte ich auch nicht, sondern das Beste aus dem Schlechten.«

Jürgen würde heute für eine spitzfindige Argumentation kein Interesse aufbringen. Clemens ließ ihm das durchgehen. Streng genommen war er sowieso an allem schuld. Hätte er nicht diesen absolut unfähigen Pakistaner angeschleppt, wäre das Schläferproblem unter Umständen bereits gelöst. Clemens hatte dennoch den Verdacht, dass Sami hinter den Brandanschlägen steckte. Wahrscheinlich um Clemens gegenüber seine Anwesenheit und seine Bezahlung zu rechtfertigen. Man hätte ihm sagen sollen, dass das erst bei Ergreifung der Täter der Fall gewesen wäre.

Die Löckerbacher gaben Sami offensichtlich ebenfalls die Schuld. Warum sonst waren sie die komplette Nacht unterwegs gewesen, um ihn aufzuspüren? Bislang vergebens.

»Wir müssen jetzt allerdings auf unsere Außenwirkung aufpassen.«

Vielleicht hatte Jürgen dafür mehr Verständnis.

»Clemens, zwei Menschen sind tot. Die Außenwirkung sollte uns jetzt vollkommen egal sein.«

»Du hättest recht, wenn wir normale Einwohner wären. Aber ich bin Bürgermeister und du Kandidat dafür. Das bringt eine Verpflichtung mit sich.«

»Wenn die darin besteht, die Menschlichkeit an zweite Stelle zu rücken, dann soll mir die Kandidatur gestohlen bleiben.«

Das hörte Clemens außerordentlich gern, hielt es jedoch nicht für den geeigneten Zeitpunkt, Jürgen zu dieser Erkenntnis zu gratulieren.

»Da reden wir dann drüber, wenn wir dieses Desaster hier hinter uns haben. Wir sollten uns eher Gedanken darüber machen, was wir unseren Nachbarn jetzt sagen. Wie viel sollten sie wissen? Was behalten wir besser für uns?«

»Wen kümmert das jetzt noch? Die Sache ist trotzdem schrecklich.«

Jürgen gebärdete sich schlimmer als ein angeschossenes Frettchen im Wäscheschrank. Wie konnte er auf die Idee kommen, der Richtige für den Posten als Bürgermeister zu sein, wenn er bereits mit zwei Toten überfordert war, die er noch nicht einmal selbst auf dem Gewissen hatte? Clemens hatte Egon, Klaus, Regina, das ganze Dorf und nicht zuletzt diese ominösen Schläfer am Hals und schaffte es dessen ungeachtet, die Lage nicht zu unübersichtlich werden zu lassen.

»Beruhige dich«, sagte er gönnerhaft.

Endlich hatte er mal wieder jemanden vor sich, bei dem er das sein konnte. Jürgen sollte jetzt mal sehen, wie man die Dinge regelt.

»Ich treffe mich heute Nachmittag mit den Brandursachenermittlern, damit ich erst einmal genau sagen kann, was los war. Wer weiß, vielleicht war es doch nur ein Unfall.«

»Meinst du, die Jennifer hat in der Wohnung mit Feuer gespielt, während ihr Mann ans Bett gekettet war? Was kann daran ein Unfall gewesen sein?«

»Warten wir es ab. Wenn es keiner war, haben wir wenigstens den endgültigen Beweis, dass Schläfer im Ort wohnen. Dann war die Scheune deines Vaters wirklich nur eine

Übung. Wer weiß, was denen als Nächstes einfällt. Sie müssten sich dann eigentlich steigern. Wenn wir Glück haben, sprengen sie das verlauste Gehöft der Schulzes in die Luft. Dann müssen die auch keine Hundesteuer mehr bezahlen.«

»Clemens, ich muss dir was sagen.«

»Ja, ich weiß. Du kannst so was nicht leiden. Das brauchst du mir nicht extra erzählen.«

»Nein, was anderes. Wahrscheinlich wirst du mich umbringen. Könnte ich verstehen. Oder nie mehr mit mir sprechen. Nähme ich dir auch nicht übel.«

Clemens konnte es nicht leiden, wenn um den heißen Brei herumgeredet wurde. Zumindest nicht, wenn andere Leute das taten. Bei sich selbst war er da etwas großzügiger.

»Wie wäre es, wenn du es mir endlich sagen würdest, damit ich das entscheiden kann?«

»Es gibt keine Schläfer hier bei uns.«

»Keine hier in Löckerbach, meinst du?«

»Auch nicht in Mutzenbach oder in Wolperach. Es gibt keinerlei Schläfer hier in Demarchau.«

»Woher willst du das wissen?«

»Weil das nur ein Einfall von mir war.«

»Red nicht so einen Blödsinn. Schließlich hat mich jemand vom BND angerufen.«

»Hast du dich nicht gewundert, dass der sich nicht noch einmal gemeldet hat?«

»Warum sollte er? Es ist ja noch nichts weiter passiert. Bis auf letzte Nacht. Wahrscheinlich werden die jetzt erst richtig wach in Berlin.«

»Er wird nicht mehr anrufen, glaub mir. Wer dich angerufen hat, war ein Freund von mir. Er wohnt in Berlin. Das hat er in meinem Auftrag gemacht.«

»Aber warum, zum Teufel? Was habe ich dir denn getan?«

»Was du mir getan hast? Das Jugendprojekt abgenommen, zum Beispiel. Mich auch vor dem Gemeinderat wie einen kleinen Jungen behandelt.«

»Das heißt, diesen Pakistaner hast du mir ganz umsonst hier angeschleppt?«

»Wenn das deine einzige Sorge ist.«

»Ja, Jürgen, das ist im Moment meine einzige Sorge. Was, zum Kuckuck, hast du dir denn dabei gedacht?«

»Du solltest einen kleinen Denkzettel bekommen.«

»Das hat ja auch tadellos geklappt. Die Wolffs sind hinüber und die Scheune deines Vaters hat es auch noch erwischt. Dafür habe ich jetzt den Zirkus hier am Hals.«

»Ich weiß, du traust Sami nicht. Aber das war er nicht. Er würde so etwas nicht tun.«

»Dir ist aber klar, dass wir dann ein noch viel größeres Problem am Hals haben?«

»Ja«, sagte Jürgen und hatte wenigstens den Anstand, schuldbewusst auszusehen. »Wer hat dann das Feuer gelegt?«

Im selben Moment gab es einen ohrenbetäubenden Knall und die Luft explodierte vor Clemens' Augen.

»Was, zum Teufel …«

Clemens versuchte verzweifelt, nach Luft zu schnappen, während Jürgen so aussah, als hätte er den Kampf bereits verloren. Er konnte schemenhafte Gestalten ausmachen, die sich durch den sich langsam verziehenden Nebel auf ihn zubewegten.

»Bleiben Sie, wo Sie sind, und heben Sie Ihre Hände«, befahl eine körperlose Stimme aus dem Hintergrund.

Clemens dachte nicht im Traum daran, sich in seinem eigenen Wohnzimmer Befehle geben zu lassen. Es reichte bereits, dass Rita ihm verbat, die Füße auf den Couchtisch zu legen. Jürgen erwachte aus seiner Paralyse und hustete. Das klang zwar nicht gesund, aber wenigstens lebte er noch.

»Ich tue nichts dergleichen!«, brüllte er. »Ich bin Clemens Bohnenschäfer, der Bürgermeister dieser verfluchten Gemeinde, und das hier ist mein Haus. Ich schätze es gar nicht, wenn meine Tür eingetreten und mein Haus in Brand gesetzt wird.«

»Wir treten schon lange keine Türen mehr ein«, sagte jemand, den Clemens immer noch nicht erkennen konnte. Er vermutete, es war eine Art Einsatzleiter. »Wir produzieren hier schließlich nicht *Rambo*. Dafür nutzen wir einen Rammbock. Es brennt auch nicht, das ist eine Rauchbombe. Ein bisschen Hexachlorethan, Aluminiumpulver und Zinkoxid sowie Zinkchlorid für die Rauchentwicklung. Aber völlig ungefährlich.«

Jürgen sah aus, als könne er dem Einsatzleiter da nicht zustimmen.

»Aber warum stürmen Sie denn gerade mein Haus?«, schnauzte Clemens. »Gäbe es hier nicht lohnenswertere Ziele? Vielleicht die Maaloufs ein paar Meter weiter?«

»Wir haben uns von diesen Vorverurteilungen frei gemacht«, erwiderte ein gescholtener SEK-Beamter bestimmt, der rechts neben ihm aufgetaucht war. »Bei uns ist jeder gleichermaßen verdächtig.«

»Schlagen Sie auch bei jedem sofort die Tür ein? Oder machen Sie das nur beim Bürgermeister?«

»Das weiß ich nicht«, antwortete der Beamte, schielte aber beunruhigt nach Schützenhilfe von seinem Vorgesetzten, den Clemens auf einmal ebenfalls sehen konnte. Irgendjemand hatte die Terrassentür aufgemacht.

»Beruhigen Sie sich. In solchen Fällen können wir keine Rücksicht nehmen.«

»Fälle?«, keuchte Clemens. »Von welchen Fällen reden wir denn hier?«

»Einem terroristischen Anschlag natürlich.«

»Wir haben hier keine terroristischen Anschläge. Wie kommen Sie denn überhaupt darauf?«

»Was war das heute Nacht? Zwei Menschen sind tot.«

»Vermuten Sie hinter jedem Brand mit Todesfolge einen Anschlag? Dann haben Sie ja einiges zu tun.«

»Das haben wir tatsächlich«, erwiderte der Einsatzleiter. »Bei dieser prekären Sicherheitslage im Moment müssen wir immer vom Schlimmsten ausgehen.«

»Aber nicht, wenn die Toten sich mit Handschellen ans Bett fesseln, um sich dann mit Federn zu Tode zu kitzeln oder sich mit neunschwänzigen Katzen mit Samttroddeln auf den Hintern zu schlagen.«

»Ich glaube nicht, dass so was bei BDSM üblich ist«, warf Jürgen schüchtern ein, der gerade anscheinend wieder Luft zum Reden gefunden hatte, um dann direkt mit so einem Schwachsinn um die Ecke zu kommen.

»Sei still. Du bist doch an allem schuld.«

»Interessant.«

Der Einsatzleiter wedelte mit der Hand, worauf sich sofort vier Gewehrläufe auf Jürgen richteten. Es wäre so einfach gewesen, aber Clemens wollte keinen billigen Sieg.

»Lassen Sie den Mann in Ruhe«, sagte er. »Er hat nichts getan. Außer mir auf die Nerven zu gehen. Leider ist das noch nicht strafbar.«

»Wollen Sie uns jetzt sagen, was hier los ist, oder nicht?«, fragte der Befehlshaber.

»Hier ist gar nichts los.«

Nach den neuesten Erkenntnissen stimmte das sogar. Keine Schläfer, keine Anschläge.

»Landrat Stuben ist da anderer Meinung. Der hat uns den Hinweis gegeben. Daher beobachten wir den Ort schon seit ein paar Tagen.«

»Stuben? Woher weiß er von ... ich meine, wie kommt der auf ... Wissen Sie was, vergessen Sie es einfach.«

»Oh, ich wünschte, das könnte ich«, sagte der Einsatzleiter. »Der ganze Ort hier ist vollkommen verrückt. Ein paar grenzdebile Hausfrauen rennen herum und kreischen, ein Trupp seniler Rentner zeltet im Freien und auf einmal tauchen Leichen unter Fundamenten auf.«

»Eine Leiche«, korrigierte Clemens. »Was mit dem geschehen ist, ist noch nicht geklärt. Vielleicht hat er sich da verkrochen, um zu sterben. Bei seiner Frau wäre das kein Wunder. Wenn sich Stuben nach einem einfachen Hausbrand auf einmal krude Theorien aus dem Hirn saugt, dann kann ich nichts dafür.«

Wobei für Clemens immer noch die Frage blieb, woher der überhaupt davon wusste. Vage kam ihm in den Sinn, den Landrat vor fünf Tagen angerufen zu haben, obwohl ihm dermaßen übel war, dass er das Gespräch ziemlich abrupt abbrechen musste. Vielleicht hatte der die Feinheiten dabei missverstanden.

»Tatsache ist aber, dass diese Brände erst angefangen haben, nachdem ein gewisser Sameer Anbar Almasi hier aufgetaucht ist.«

»Sami war das nicht«, warf Jürgen dazwischen.

»Ruhe«, sagte Clemens. »Das wird sich noch herausstellen.«

»Die Einwohner glauben das ebenfalls. Auf jeden Fall sind sie auf der Suche nach ihm. Er ist verschwunden.«

»Das wären Sie auch, wenn die Klein oder die Durr nach Ihnen suchen würde. Dann weiß ich allerdings nicht, warum Sie hier noch rumstehen. Wenn der schlau ist, ist er sowieso jetzt schon über alle Berge.«

»Wir müssen halt in alle Richtungen ermitteln.«

»Wenn das bedeutet, harmlosen Menschen die Tür einzutreten, dann ist es mit Ihren Ermittlungen nicht weit her. Ja, ich weiß, Sie treten die Türen nicht mehr ein«, sagte Clemens, als der junge SEK-Beamte mit der für seinen schmächtigen Körper viel zu großen Waffe etwas sagen wollte.

Er fühlte sich mittlerweile mehr als genervt. Vor allen Dingen hoffte er nicht, dass Rita gerade jetzt nach Hause kommen und das Chaos im Flur sehen würde.

»Wir schauen uns im Dorf um«, sagte der Einsatzleiter und gab seinen Gefolgsleuten einen Wink. Offenbar das Zeichen für den Rückzug.

»Warten Sie, was soll jetzt mit meiner Tür passieren? Was meinen Sie, was meine Frau mir erzählt.«

»Tut mir leid, Herr Bohnenschäfer. Als Bürgermeister dieser Gemeinde haben Sie doch bestimmt Verständnis für unsere Sicherheitsmaßnahmen.«

Clemens wurde das Gefühl nicht los, dass er ihn verarschte, und blickte ihn prüfend an, aber der Einsatzleiter machte ein absolut harmloses Gesicht.

»Geht es dir noch gut?«, zischte er leise zu Jürgen rüber, als die Einheit vorsichtig durch das geborstene Glas der Haustür nach draußen kletterte. »Warum hast du Stuben diesen Schwachsinn erzählt?«

»Um den Druck zu erhöhen«, erwiderte Jürgen, der wenigstens so klang, als hätte er ein schlechtes Gewissen. »Ich dachte, er würde mit dir darüber reden. Ich konnte ja nicht wissen, dass der direkt das SEK informiert.«

»Was hätte dieser Trottel sonst machen sollen? Wenn es einer gewahr geworden wäre, dass er von Schläfern Kenntnis hatte, ohne etwas zu unternehmen, wäre er seinen Posten schnell losgeworden.«

»Was kann ich jetzt für dich tun?«, fragte Jürgen.

»Ruf den Domschneider an. Ich brauche umgehend eine neue Haustür. Danach gehst du durchs Dorf und versuchst, Regina und Doris davon abzuhalten, das SEK mit ihren Theorien zu bequatschen. Das bist du mir schuldig.«

»Ich mach ja schon«, sagte Jürgen folgsam und kletterte durch die Tür ins Freie.

Clemens blickte sich frustriert in seinem Wohnzimmer um. Zumindest hatten sie seinen Garten nicht zertrampelt. Damit hätte Rita zwar sicher besser leben können, aber im Moment hatte er in seinen Augen alles verdient, was ihn nur ein wenig trösten konnte.

Kapitel 23

Jürgen fand so einiges im Dorf, vor allen Dingen an allen Ecken und Enden verstreute SEK-Beamte oder Splitter von beschädigten Haustüren. Das Haus von Clemens war nicht das einzige Schlachtfeld geblieben. Sein Haus hatten sie Gott sei Dank verschont, Beate war nicht da und die Kinder noch in der Schule. Wen er nicht fand, war irgendeinen Nachbarn auf der Straße, was nach einer Katastrophe dieses Ausmaßes nur logisch war. Die Löckerbacher schienen so nachhaltig eingeschüchtert von dem plötzlichen Einfall der Sicherheitskräfte, dass sich offenbar noch nicht einmal Regina und Doris nach draußen trauten. Dankbar, dass sich dieser Teil seiner Aufgabe quasi von selbst erledigt hatte, trabte Jürgen zurück zu Domschneiders Haus. Er blickte die Straße hoch zu dem dampfenden Haufen Geröll von Jennifer und Sven Wolff und fragte sich, wann sie die verbrannten Leichen wohl abtransportiert haben mochten. Außer der Feuerwehr, die auch jetzt noch mit ein paar Einsatzkräften die Brandstelle bewachte, hatte er keinen weiteren Menschen gesehen. Gesehen werden wollte er jetzt ebenfalls nicht. Er wollte nur so schnell wie möglich bei Domschneider sein, bevor einer vom SEK ihn ansprach, was er auf der Straße zu suchen hatte, falls ein Ausgehverbot verhängt worden war. Das würde auf jeden Fall die ausgestorbenen Straßen erklären. Wenigstens Domschneiders Haustür war noch intakt.

»Was willst du?«, fragte Rolf, der die Tür gerade weit genug öffnete, dass er seine Nase durchschieben konnte.

»Du sollst so schnell wie möglich bei Clemens vorbeikommen. Er braucht eine neue Haustür.«

»Wer nicht?«, fragte Rolf.

Nach Jürgens Meinung könnte er ruhig ein wenig mehr Begeisterung aufbringen. Schließlich bescherte ihm das Stürmen der Häuser einen ganzen Teil lukrativer Aufträge.

»So schnell wie möglich«, bekräftigte er noch mal.

»Er wird sich gedulden müssen. Ich habe mehr als genug zu tun. Es ist dir vielleicht aufgefallen, dass im Dorf nicht nur eine Haustür beschädigt ist.«

Was nicht erklärte, warum Rolf immer noch seelenruhig zu Hause herumhing.

»Aber er ist der Bürgermeister«, sagte Jürgen.

»Er ist aber auch ein schleppender Zahler. Nur weil er glaubt, gerade als Bürgermeister müsse er alles umsonst bekommen.«

Jürgen ging gerade siedend heiß durch den Kopf, dass er vergessen hatte, bei seinem Vater nach dem Rechten zu gucken.

»Hat mein Vater dich angerufen?«

»Von deinem Vater habe ich noch nichts gehört. Ist bei ihm alles in Ordnung?«

»Vermutlich«, erwiderte Jürgen. Wenn er genau überlegte, hatte er Peter schon seit ein paar Tagen nicht mehr gesehen. Sie sahen sich zwar nicht jeden Tag, aber es war dennoch ungewöhnlich.

»Denk an Clemens«, erinnerte er Rolf noch mal, bevor er ihn verließ.

Er war schon zu sehr in Gedanken, um die wenig schmeichelhafte Antwort Rolfs mitzubekommen.

Vor dem Haus seines Vaters sah alles friedlich aus. Sogar zu friedlich. Der Einsatztrupp des SEK schien nicht hier oben gewesen zu sein, denn Karl Schmelzers Haustür war ebenfalls unversehrt. Trotzdem störte Jürgen etwas, das er nicht genau benennen konnte. Noch bevor Doris Durrs Kopf über der Hecke erschien, wusste er, was es war. Das Haus wirkte unbewohnt. Die Rollläden waren geschlossen – um diese Uhrzeit äußerst ungewöhnlich. Schließlich war es fast Mittag.

»Wo ist dein Vater?«, fragte Doris. »Er hat mir nicht gesagt, dass er in Urlaub fährt.«

»Ist er auch nicht«, antwortete Jürgen. Doris wäre sicher die letzte Person gewesen, der sein Vater Bescheid gesagt hätte. Er war jetzt offiziell beunruhigt und suchte nach dem Ersatzschlüssel an seinem Bund.

»Soll ich mitkommen?«, hörte er Doris noch fragen, bevor er die Haustür wieder hinter sich zumachte. Das hätte ihm gerade noch gefehlt. Sein Vater hatte es bislang erfolgreich vermieden, sie außerhalb offizieller Anlässe wie seinen Geburtstag ins Haus zu lassen. Er würde es seinem Sohn übel nehmen, wenn er diese Tradition nicht wahrte.

Zumindest war Peter nichts passiert, was sich nach einem Gang durch sämtliche Räume schnell herausstellte. Auf jeden Fall nicht hier. Das Bett war nicht benutzt. Er hatte das Haus offenkundig im Dunkeln verlassen, sonst wären die Rollläden nicht heruntergelassen. Nur – seit wann war er nicht mehr da? Jürgen versuchte, sich zu erinnern, wann genau er ihn zum letzten Mal gesehen hatte. Das musste beim Brand der Scheune gewesen sein. Eine Rückkehr in die Küche brachte ihm neue Erkenntnisse, da auf der Anrichte der mittlerweile verwelkte Salatkopf vom Bauern aus Mutzenbach lag. Von ihm bekam er jeden Donnerstag selbst gezogenes Gemüse aus dem Garten. Das hätte er – wenn auch nicht sofort – so doch spätestens am nächsten Tag weggeräumt. Jürgen verließ sein Elternhaus und hoffte, dass seine Frau wieder zurück war. Sie wüsste, was zu tun wäre. Doris stand immer noch hinter der Hecke.

»Der alte Zausel ist auch nicht mehr da«, fuhr sie ungerührt fort, als wäre ihre Unterhaltung nicht unterbrochen worden.

Jürgen wusste nicht auf Anhieb, wer mit dem Zausel gemeint war, konnte es sich aber vorstellen.

»Nicht, dass mich das stören würde. Wegen mir könnte das auch so bleiben. Fiel mir nur auf, weil abends kein Licht mehr drüben im Haus ist.« Karls Haus war bereits gebaut worden, als man an Rollladen noch keinen Gedanken verschwendete.

»Vielleicht ist der alte Knochen plötzlich blind geworden und braucht kein Licht mehr.«

Jürgen überlegte, ob er sich auf Karls Grundstück näher umsehen sollte, entschied sich aber dagegen. Er wollte sich nicht allein auf die Aussage von Doris verlassen. Was war, wenn er sich doch im Haus aufhielt? Jürgen wäre nicht der Erste, den Schmelzer mit seinem Gehstock verprügelt hätte.

»Ich kümmere mich darum«, sagte er daher nur und ging zügig den Weg zur Hauptstraße hinunter, der trotz der darüberliegenden Grundstücke von Karl und seinem Vater nie geteert worden war. Wahrscheinlich hatte die Gemeinde damals beschlossen, dass es sich für zwei Häuser nicht lohne. Seinem Vater und sogar Karl war es egal gewesen. Letzterer hatte sein ganzes Leben nie ein Auto besessen. Er war im Krieg gewesen und ungeteerte Straßen stellten zu jener Zeit wirklich das geringste Problem dar.

Es beruhigte ihn sehr, den alten Ford seiner Frau neben dem Haus stehen zu sehen. Die alleinige Verantwortung zu tragen, lag ihm nicht.

»Mein Vater ist verschwunden«, sagte er zu Beate, die in der Küche stand und die Einkäufe in den Kühlschrank räumte.

Karl lag bequem. Es roch zwar ein wenig muffig, auf jeden Fall anders als in seinem Haus. Nicht nach verbranntem Holz und Kohl, mehr nach feuchten Socken, die ungewaschen in einer Ecke vermoderten, aber er hatte schon Schlimmeres gerochen. Alles in allem war das Lager, auf dem er die letzten fünf Nächte verbringen musste, gar nicht so schlecht, wenn man die Alternativen bedachte.

Peter war da nicht ganz einer Meinung mit ihm. Er hatte seitdem nichts anderes getan, als sich zu beklagen. Über den Geruch, den Mangel an Tageslicht und das Essen. Ganz besonders das Essen. Karl hatte zwar insgeheim schon vorher gewusst, dass sein Nachbar eine verweichlichte Memme war, dennoch hätte er sich etwas mehr Courage gewünscht. Aber was wollte er erwarten von einem Mann, der selbst bei Sonnenschein einen Regenschirm mitnahm. Manche Dinge waren einfach schon vorher klar und die Hoffnung, es würde doch anders laufen, von vorneherein verschwendet.

»Mein Rücken tut weh«, klagte Peter auch dann, als er sich neben Karl auf seiner Liege aufrichtete. Eine schwach leuchtende Glühbirne ohne Schirm warf ein diffuses Licht in den Raum, ohne es zu schaffen, die Ecken vernünftig auszuleuchten.

»Stell dich nicht so an, Schuster. Du kannst froh sein, dass du noch so klein warst im Krieg. Da hättest du allen Grund zum Klagen gehabt.«

»Irgendwas war draußen los heute Nacht«, sagte Peter, ohne auf die letzte Bemerkung einzugehen. »Ich habe Feuerwehrsirenen gehört.«

»Meinst du, ich bin taub?«, fragte Karl und hoffte, Peter würde nicht einen Gegenbeweis verlangen und von nun an nur noch flüstern. Er hatte auch etwas gehört, konnte aber auf die Entfernung keine Feuerwehrsirene mehr von einer Kuhglocke unterscheiden.

»Sie haben richtig gehört«, sagte Josef Gottschalk, der aus dem Schutz der Dunkelheit ins spärliche Licht trat. Er trug ein Tablett mit Essen. »Das Haus weiter oben hat gebrannt.«

»Das Haus von diesen Städtern?«, fragte Karl. Er wollte sich aufrichten, aber seine Hüfte streikte. Daher rollte er sich vorsichtig auf die Seite und stellte probeweise einen Fuß neben seine Schlafstätte. Das klappte erstaunlich gut.

»Ja«, sagte Gottschalk einsilbig. »Es lief nur nicht ganz so wie geplant.«

»Warum überhaupt?«, fragte Peter, der sich mittlerweile ebenfalls aufgesetzt hatte. Natürlich nicht, ohne die komplette Zeit mit unregelmäßigem Stöhnen zu begleiten. »Das klappt doch sowieso nicht.«

»Quatsch. Wenn man was erreichen will, muss man ein paar Teller zerschlagen. Wenn mein degenerierter Schwiegersohn nicht freiwillig einsieht, dass er einlenken muss, dann halt so.«

»Leider hat das *So* nicht so geklappt wie geplant.«

Gottschalk hatte die letzten Tage schon eindeutig siegessicher gewirkt. Heute wirkte er wie ein Kuckuck, der aus dem Nest gefallen war.

»Ach was, was konnte da schon schiefgehen? Diese Brandbomben erfüllen ihren Zweck. Konnte man schon bei diesen Scheißautonomen in den 60ern sehen.«

»Oh ja, die haben ihren Zweck erfüllt, da haben Sie recht.«

Gottschalk sagte das ein wenig zu bitter, um auf einem Siegeszug zu sein. Karl konnte das beurteilen, mit Verbitterung kannte er sich aus. Das war er vor drei Tagen ebenfalls noch gewesen, als er mit schmerzendem Schädel und einer gewaltigen Beule in diesem Raum aufgewacht war. Hierbei handelte es sich um einen Abstellraum des Altenheims, der hinter dem Waschkeller lag, was den Geruch nach feuchten Socken erklärte.

»Was ist denn passiert?«, fragte Peter, der es endlich geschafft hatte, seinen Körper in eine aufrechte Position zu bringen. Wenn er neugierig war, konnte er sich auf einmal auch bewegen.

»Darüber möchte ich lieber nicht sprechen«, erwiderte Gottschalk.

Dieser alte Trottel hatte einiges von seiner arroganten Selbstsicherheit verloren. Nach Karls Erfahrung bedeutete das bei Menschen, die ihr ganzes Leben nur Akten von einem Regal in ein anderes sortiert hatten, nur eines: Es war wirklich etwas passiert.

»Hoffentlich ist keiner zu Schaden gekommen«, bestätigte Peter seine Vermutung.

»Wer konnte denn ahnen, dass es Leute gibt, die sich ans Bett ketten? Wussten wir das? Jeder andere wäre einfach aus dem Haus gerannt.«

Karl hatte selbst keine Erfahrungswerte damit, warum man sich ans Bett ketten sollte, es klang jedoch nicht so, als wäre das in dieser Situation von Vorteil gewesen. Er bekam eine vage Ahnung, was mit den Wolffs passiert war.

»Ganz tot oder nur verbrannt?«, fragte er daher.

»Wo ist der Unterschied?« Gottschalk hatte offenbar keinen Sinn für sprachliche Feinheiten.

»Also tot«, sagte Karl.

Nicht, dass ihn der Tod sonderlich geschockt hätte. Gerade im Fall der Wolffs war es wohl kein allzu großer Verlust, soweit er den Erzählungen der Nachbarn Glauben schenken konnte. Er überlegte, was das für ihn und seine Situation bedeuten könnte, und beschloss, dass es nichts ausmachte.

»Oh mein Gott«, sagte Peter und wurde blass. »Das ist furchtbar.«

»Ja, das ist es«, pflichtete ihm Gottschalk bei. »Vor allen Dingen werden jetzt Ermittlungen angestellt. Was ist, wenn sie auf uns kommen? Was passiert dann mit uns?«

»Dann buchten sie euch alle ein wegen Mord«, sagte Karl.

Er kannte sich mit den modernen Ermittlungsmethoden nicht aus, war aber sicher, dass da so einiges möglich war.

»Wegen Mord und Körperverletzung«, ergänzte Peter. »Oder hast du vergessen, woher deine Beule am Kopf kommt?«

»Das mit Ihren Beulen tut uns leid«, sagte Josef Gottschalk. Seine goldumrandete Brille rutschte ihm auf der Nase herunter, um zu unterstreichen, wie leid es ihnen tat. »Wir wollten nicht so fest zuschlagen. Wir konnten nur nicht riskieren, dass Sie uns bei Ihren nächtlichen Streifzügen auf die Schliche kommen.«

»Dafür kann ich mir nichts kaufen«, murrte Peter dennoch.

»Halt den Mund«, sagte Karl unwirsch. »Er will uns was erzählen.«

Das waren die ersten Informationen, die sie bekamen, seitdem sie hier im Keller eingeschlossen worden waren. Die anderen Tage waren sie von einer verhuschten Irren mit einem wieselartigen Gesicht versorgt worden, die ihnen Essen, Getränke und Zeitschriften brachte, die ohne Lupe keiner von ihnen lesen konnte, und ihnen dreimal am Tag einen engen, schmalen Raum mit einer Toilette ohne Deckel am anderen Ende des Gangs aufschloss, von der Karl einmal beinahe nicht mehr hochkam. Offenbar glaubte hier keiner an eine eigenständige Flucht. Karl wäre sowieso nicht geflüchtet, bevor er der Sache auf den Grund gegangen wäre. Außerdem wollte er sich nicht zum Affen machen, weil er jede Treppenstufe nur Schritt für Schritt nehmen konnte und daher wahrscheinlich von einer Wanderschnecke hätte eingefangen werden können. Peter war seit dem Schlag auf seinen Kopf immer noch ein wenig desorientiert. Ihm war noch nicht einmal die Idee zur Flucht gekommen.

»Wir haben für Gerechtigkeit gekämpft«, sagte Gottschalk betrübt. »Für bessere Lebensbedingungen, mehr Essen und Heizung im Winter.

»Das bekommen Sie jetzt auch«, prophezeite Karl. »Gefängnisse sind zu den reinsten Hotels verkommen.«

»Das ist wenigstens ein Trost. Wenn ich auch die letzten paar Jahre nicht hinter Gittern verbringen wollte. Die anderen sicher auch nicht.«

»Vielleicht muss das auch keiner«, erwiderte Karl. »Ich habe da noch eine andere Idee.

Kapitel 24

»Bist du jetzt nicht ein bisschen zu weit gegangen?«

Clemens hatte zwar nicht vorgehabt, die Landgräber-Villa so schnell wieder zu betreten, aber die neuesten Ereignisse trieben ihn vor die Tür. Zumindest vor das, was noch davon übrig war. Rolf Domschneider hatte seine Vorhersage gegenüber Jürgen wahr gemacht und Clemens konsequent nicht an die Spitze der Personenliste gesetzt, die seine Hilfe brauchten. Dementsprechend war Ritas Laune, die ihm dafür die Schuld gab.

»Was kann ich dafür, dass der nicht kommt?«, hatte er vor ein paar Minuten gefragt, als seine Frau immer noch fassungslos auf der Außentreppe stand und sich das Fiasko ansah.

»Wärst du ihm in der Vergangenheit etwas mehr entgegengekommen, ginge das hier sicher schneller.«

»Ich denke, du spielst damit auf den Vorfall mit der Hecke an«, hatte Clemens geantwortet und just in dem Moment beschlossen, Jürgens Wunsch zu erfüllen und ihm bei der Suche nach seinem Vater zu helfen, zumal er einen ziemlich genauen Verdacht hatte, wann die beiden Alten verschwunden sein mussten. Wahrscheinlich hatte Klaus die Gelegenheit genutzt, seinen Schwiegervater aus dem Verkehr zu ziehen, und Peters Anwesenheit einfach unter Pech abgehakt.

All das brachte Clemens innerhalb weniger Tage erneut vor Klaus Landgräbers Tür.

»Was willst du von mir?«

Klaus wirkte zwar genervt, aber längst nicht so, wie man es bei einem Leichenfund auf seinem Grundstück hätte vermuten können. Anscheinend liefen die Dinge für ihn nicht so schlecht. Kein Wunder, wenn er seinen Schwiegervater nebst seinem Kompagnon aus dem Verkehr gezogen hatte.

»Du weißt genau, warum ich hier bin.«

»Bist du jetzt auch irre geworden? Meinst du, ich habe Zeit für ein verdammtes Rätselraten? Weißt du, was hier im Moment los ist?«

»Natürlich weiß ich das. Schließlich bin ich der Bürgermeister.«

»Bürgermeister? Am Arsch. Nichts von dem, was in den letzten Tagen hier passiert ist, hast du im Griff. Lässt dir von Stuben das SEK auf den Hals hetzen, ohne vorgewarnt zu werden. Du bist wirklich eine verdammte Niete.«

»Trotzdem gibt dir das nicht das Recht, deinen Schwiegervater aus dem Verkehr zu ziehen – und Peter Schuster erst recht nicht.«

Fast hätte Clemens *um die Ecke bringen* gesagt, aber er befürchtete, es wäre eher wahr, wenn er es laut ausspräche.

»Haben dir die Rauchschwaden im Dorf die Grütze aus dem Kopf gehauen? Meinst du, ich habe keine anderen Sorgen als diesen verdammten Alten?«

»Er ist aber verschwunden, und das offenbar schon seit ein paar Tagen. Zumindest sagt Jürgen das.«

»Seit wann bist du denn mit dem so dick? Der will auf deinen Stuhl. Hast du das schon vergessen?«

»Erst einmal will er seinen Vater zurück.«

Clemens fragte sich, was er überhaupt hier machte, wenn er sich eigentlich um das SEK und Egons Leiche Gedanken machen musste und zu Hause eine kaputte Tür und eine wütende Frau auf ihn warteten. Er hatte mehr als genug eigene Sorgen. Da war kein Platz für die Väter anderer Leuten. Noch nicht mal, wenn er sie durch seine Pläne in diese unerfreuliche Situation gebracht hatte.

Klaus bezweifelte zwar nicht seine Anwesenheit – die war unübersehbar –, wohl aber langsam seinen Verstand.

»Bohnenschäfer, du gehst mir echt auf den Sack. Anscheinend sind die beiden verschwunden. Wenigstens das konnte ich deinem wirren Gefasel entnehmen. Aber verdammt, was kümmert mich das? Fest steht, ich habe den alten Knackern nichts getan. Vielleicht hat der Teufel sie geholt, bei meinem

Schwiegervater würde es mich nicht wundern. Dann ist er endlich weg. Mir auch egal.«

Nach dieser eindrucksvollen Rede hatte Klaus offenbar nicht mehr genug Luft, um Auf Wiedersehen zu sagen. Er knallte die Tür ohne weiteren Abschied zu.

Das war zwar kein Benehmen, das Clemens guthieß, aber er war jetzt immerhin davon überzeugt, dass Klaus nichts mit dem Verschwinden der beiden Alten zu tun hatte. Also blieb die Frage: Wo waren Karl und Peter? Die weiteren Alternativen waren nicht erfreulicher. Entführt? Aber von wem? Gestern, als es noch Schläfer in Löckerbach gab und Clemens von einer beruhigenden Ahnungslosigkeit umfangen war, wäre die Antwort noch einfacher gewesen. Aber heute hatte er keine Ahnung, wen er dafür verantwortlich machen konnte.

»Klaus weiß nicht, wo sein Schwiegervater ist«, sagte er zehn Minuten später am Telefon zu Jürgen, nachdem er feststellen konnte, dass Rolfs Mitarbeiter endlich eingetroffen waren und Maß nahmen. Rita sah ebenfalls nicht mehr so sauertöpfisch aus und benahm sich auch nicht so. Sie stellte ihm sogar ungefragt eine Tasse Kaffee auf den Beistelltisch.

»Warum sollte der das auch wissen?«, fragte Jürgen. Er stand offenbar draußen. Der Wind pfiff an dem Mikrofon seines Handys vorbei. »Der interessiert sich schließlich auch sonst nie für ihn.«

»Wo bist du?«, lenkte Clemens ab, dem einfiel, dass Jürgen gar nichts von Karls Problemen mit Klaus wusste. Er hielt es nicht für angebracht, das genau jetzt zu erwähnen. Jürgens Nervenkostüm war im Augenblick nicht das beste. Es gab keinen Grund, ihn unnötig noch mehr in Aufregung zu versetzen.

»Oben am Haus und versteck mich vor Doris neben der Wassertonne. Sie rennt im Garten herum.«

»Selbst schuld. Was willst du auch da?«

»Nach Hinweisen suchen. Vielleicht finde ich etwas, das auf Papas Verschwinden hindeutet.«

»Gute Idee«, sagte Clemens, obwohl er natürlich wusste, dass Jürgen rein gar nichts finden würde.

»Bei der Gelegenheit gehe ich auch rüber zu Karl und gucke da mal. Man kann ja nie wissen.«

»Nein, kann man nicht«, erwiderte Clemens und überlegte, ob es von Vorteil sein könnte, Jürgen vielleicht doch in Karls Streitigkeiten mit Klaus einzuweihen. Allerdings musste er dann ebenfalls zugeben, Karl als Bürgerwehr missbraucht und Peters Teilnahme an der nächtlichen Aktion einfach akzeptiert zu haben.

»Wenn er doch da sein sollte, kann ich ihn vielleicht vorher noch fragen, ob er etwas über meinen Vater weiß, bevor er mir den Kopf abreißt.«

Die Gefahr war realer, als man dachte. Karl war trotz zunehmender Alterserscheinungen durchaus in der Lage, seinem Gegner schmerzhafte Blessuren zuzufügen. Das hatte er in der Vergangenheit bereits mehrmals bewiesen.

»Könnte sein, mach das«, sagte Clemens dennoch. Er hielt einen Besuch von Karls Grundstück im Augenblick für absolut ungefährlich. Ob es sinnvoll war, Jürgen einzuweihen, würde er später entscheiden.

»Ich habe jemanden mitgebracht.«

Clemens hatte sich ins Arbeitszimmer zurückgezogen, der einzige Platz, der ihm im Moment Zuflucht versprach. Es war ein Glück, dass man ihn nach den jüngsten Ereignissen nicht im Rathaus erwartete. Als Bürgermeister hatte er vor Ort zu sein. Dass das gleichzeitig auch der Ort seines Zuhauses war, konnte man ihm nicht ankreiden. Krisenmanager – als den er sich gerne selbst bezeichnete – zu sein, bedeutete aber nicht zwangsläufig, sich mit jedem Problem herumschlagen zu müssen. Anscheinend sah Jürgen das anders. Das machte diese verdammte soziale Ader. Ohne die müsste er sich jetzt nicht mit pakistanischen Nichtskönnern herumärgern.

»Ich dachte, der wäre längst über alle Berge.«

»Nein. Er hat sich in Karls Haus versteckt. Habe ihn gefunden, als ich hinüberging. Ich wollte klopfen. Sami hatte aber versehentlich die Haustür ein Stück offen stehen lassen.«

Clemens hatte Karls Grundstück in seinem Leben nur äußerst selten betreten. Ein Umstand, den sich mancher Postbote gerne mit ihm geteilt hätte. Dem alten Schmelzer die Post zu bringen glich einem Himmelfahrtskommando in Syrien, da er erst einmal prinzipiell einen ungerechtfertigten Zutritt auf sein Grundstück vermutete. Allerdings blieb die Aufforderung vom zuständigen Hauptpostamt, er solle sich dann doch bitte einen Briefkasten am Zaun montieren lassen, damit keiner mehr an seine Haustür kommen müsse, ungehört.

Auf jeden Fall wäre Clemens im Traum nicht eingefallen, bei Karl zu klopfen. Karl hatte keine Klingel. Gegenüber Rita hatte er einmal erwähnt, dass er keinen Besuch erwarte, den er auch sehen wolle. Warum sollte man es dem dann noch mit einer Klingel einfacher machen?

»Was will er hier?«

»Er braucht Hilfe. Schließlich kann er sich nicht ein Leben lang verstecken.«

»Er muss das Dorf nur verlassen. Sonst sucht keiner nach ihm.«

»Das SEK schon. Meinst du, die Nachbarn hätten es denen nicht direkt aufs Butterbrot geschmiert?«

»Wie hat er es denn dann hierhin geschafft? Draußen rennen die Typen überall noch herum.«

»Ich habe ihn mit dem Auto hier runtergefahren.«

»Natürlich, das ist ja viel unauffälliger«, sagte Clemens ätzend.

Löckerbach war ein überschaubares Dorf von ungefähr 400 Metern an der längsten Stelle. Seine Nachbarn mit dem Auto zu besuchen war ungefähr so exotisch, wie mit einem Segelschiff auf dem Rhein zu schippern.

»Das hat keinen interessiert. Die haben alle ihre eigenen Sorgen.«

Das konnte sogar stimmen. Das Einsatzkommando hatte leider den Fehler gemacht, Reginas Haustür ebenfalls einzuschlagen. Da die keinen vernünftigen Sinn in dieser Aktion erkennen konnte, verschwendete sie nicht viel Zeit und schaltete einen Rechtsanwalt ein, der jetzt bereits eine Sammelklage anstrebte. Clemens war zwar kein Freund ihrer harschen Art, musste aber zugeben, wenn sie etwas machte, dann richtig. Allerdings verbot ihm sein Stolz, sich dieser Klage anzuschließen. Ob er bei Rita damit durchkam, konnte er jedoch noch nicht sagen.

»Was soll er bei mir?«

»Du kannst mit ihm reden. Er ist hier.«

»Das sehe ich selbst.«

Sami war mit der dunklen Haut und dem weißen Hemd tatsächlich nicht zu übersehen.

»Also, gibt es einen vernünftigen Grund, warum Sie ausgerechnet zu mir kommen?«

»Geld. Unbehelligten Abgang. Keine Ausweisung. Suchen Sie sich einen aus. Sie sind alle vernünftig.«

»Geld? Für was denn bitte? Haben Sie vergessen, warum Sie hier sind?«

»Dass es nicht geklappt hat, dafür kann ich nichts.«

»Ich glaube, Sie haben das System der Entlohnung nicht richtig verstanden. Man liefert was und bekommt dann was. Ein einfaches Prinzip. Alles, was ich jetzt habe, ist Chaos, zwei Tote und eine fehlende Haustür.«

»Drei Tote«, erinnerte Jürgen ihn an Egon.

»Zwei oder drei, was spielt das für eine Rolle? Tatsache ist, er sollte mir den oder die Schläfer liefern und nicht in der Gegend herumlaufen und Däumchen drehen.«

»Aber wir haben doch keine …«, warf Jürgen ein.

»Sei still«, schnitt Clemens ihm das Wort ab. Das fehlte ihm noch, dass Jürgen Geheimnisse ausplauderte, die keinen anderen etwas angingen.

»Er soll froh sein, wenn er hier mit heiler Haut wegkommt, und zwar ohne Geld. Wenn er ganz viel Glück hat, überlege ich mir das mit der Ausweisung noch mal.«

»Das läuft nicht. Ich will freien Abgang, meine versprochenen 5.000 Euro und keine Ausweisung. Sie werden mir all das verschaffen.«

Clemens fragte sich ernsthaft, ob der Junge etwas geraucht hatte. Er kannte sich zwar mit den Symptomen nicht aus, es konnte aber durchaus sein, dass Größenwahn dabei war.

»Sind Sie verrückt? Warum sollte ich das tun?«

»Weil es sonst für Sie echt unangenehm werden könnte. Oder sollen alle Leute wissen, was Sie mit diesem Landrat so treiben?«

»Was treibst du mit dem Landrat?«, fragte Jürgen sichtlich geschockt, was ihm ein weiteres »Sei still« einbrachte.

»Was wissen Sie über mich und den Landrat?«

»Bestimmt mehr als Ihnen gefällt. Wenn Sie wollen, erzähle ich einiges davon.«

»Nicht nötig«, erwiderte Clemens griesgrämig. Er hatte nicht die geringste Lust, seine Verfehlungen im Beisein von Jürgen zu diskutieren. Genaugenommen wollte er überhaupt nicht diskutieren, in wessen Beisein auch immer.

»Wie geht es jetzt weiter?«, fragte der unverschämte Pakistaner in aller Seelenruhe.

»Nicht so schnell. Sie wissen hoffentlich, dass Sie das alles erst einmal beweisen müssen.«

Das war eine gute Strategie. Beweisen konnte er nichts. Wem würde man wohl mehr glauben, wenn es hart auf hart käme? Dem gescheiterten IS-Kämpfer oder dem Bürgermeister einer Mittelstandsgemeinde?

»Kein Problem. Wenn es weiter nichts ist.«

»Das ist doch nur heiße Luft. Woher wollen Sie denn Beweise haben?«

»Vielleicht ist Ihr Umfeld nicht ganz so scharf auf Sie, wie Sie immer vermuten.«

Clemens kannte sich in der Sprache der Jugend mittlerweile zu wenig aus, um beurteilen zu können, ob er das wörtlich nehmen musste. Wahrscheinlich nicht.

»Was heißt das im Klartext?« fragte er verärgert. Warum konnten die Leute nicht einfach verständliche Aussagen machen.

»Das heißt, mir hat jemand Unterlagen gegeben, die Sie ins Nirwana schießen, wenn die einer zu sehen bekommt.«

»Wer?«, fragte Clemens, obwohl ihm schmerzhaft bewusst wurde, dass die Möglichkeiten hier rar gesät waren. Äußerst rar sogar.

»Ich gebe meine Quellen nie preis«, sagte Sami selbstgefällig. Er sah aus wie ein Kind, das in einer Liga mitspielen wollte, die zu groß für es war.

»Dann lassen Sie es«, knurrte Clemens. »Und jetzt raus.«

Der Pakistaner sah nicht aus, als würde ihn der Rausschmiss beleidigen. Er schlenderte recht gemächlich und eindeutig guter Dinge zur Tür.

»Du auch«, sagte er zu Jürgen, der Anstalten machte, sich im Gegenzug dafür zu setzen. Sicher, um seine Neugier zu befriedigen.

Kapitel 25

Rita konnte nicht behaupten, dass sie glücklicher über ihre Situation war als vorher, nachdem sie von Doris über Egons weitere Affären aufgeklärt worden war. Nicht, dass es jetzt noch eine Rolle gespielt hätte, nachdem man die Reste der Leiche mühselig unter dem Fundament hervorgezogen hatte. Egon sah nicht so aus, als würde er ihr noch Rede und Antwort stehen können. Was praktisch wäre, denn dann könnte er sagen, wer ihn umgebracht hatte.

Rita hätte es zwar nie öffentlich zugegeben, aber Doris Durrs Drohung beunruhigte sie doch mehr, als sie sich selbst eingestand. Umso wichtiger war es, dass niemand eine Verbindung zwischen Egon und ihr herstellen konnte. Das war nicht so schwer, da Rita keine besonders romantische Frau war. Liebesbekundungen schriftlicher Art würde man von ihr nicht finden. Sie hatte alles im Kopf, was für ihre mehr oder weniger erfolgreiche Affäre wichtig gewesen war. Daraus konnte die Polizei unmöglich ein Motiv konstruieren. Wie es um Clemens bestellt war, wusste sie allerdings nicht. Das galt es herauszufinden.

Sie hatte mit Unruhe verfolgt, wie Jürgen mit Sami ins Haus kam und Clemens zu sprechen verlangte. Sami lieferte ihr nicht die dringend benötigten Erkenntnisse, da er konsequent den Blickkontakt vermied. Ob aus Umsicht, damit Jürgen keinen Verdacht schöpfte, oder aus Vorsicht vor einer eventuell gekränkten Geliebten, konnte sie nicht einschätzen. Sie musste dringend mit Clemens reden. Jedoch sah sie im Moment keine Möglichkeit dazu. So konnte sie nur warten, bis die beiden aus dem Arbeitszimmer wieder herauskamen.

»Clemens, ich muss mit dir sprechen«, sagte sie, nachdem Jürgen und Sami das Haus verlassen hatten.

»Wie ich das sehe, hast du bereits genug geredet.«

Sami hatte also genau das getan, was sie bereits befürchtet hatte. Ihr Mann machte nicht den Eindruck, als wäre er für irgendwelche Argumente empfänglich. Egal ob gut oder schlecht. Ein paar gute hätten ihre Lage vielleicht verbessert. Leider hatte sie nur die schlechten. Rita dachte allerdings nicht daran, sich freiwillig in die Falle zu legen. Immerhin bestand die Hoffnung, dass es bei der Unterredung um etwas ganz anderes gegangen war. Schließlich war auch Jürgen dabei gewesen.

»Was meinst du damit? Was sollte ich mit wem geredet haben?«

»Der Junge hat mich erpresst. Erpresst mit Dingen, die kein Außenstehender wissen kann.«

Damit war die letzte Hoffnung auch dahin. Rita war kein Mensch, der noch versuchte, sich in Ausflüchte zu retten, wenn der Krieg längst verloren war.

»Das kommt von mir«, erwiderte sie ruhig.

»Muss es dann wohl. Ich bezweifle, dass Stuben ihm etwas erzählt hat.«

»Ich habe ihm nicht nur was erzählt.«

»Das weiß ich jetzt auch. Nachdem er von Beweisen geredet hat, habe ich eben meine Unterlagen gesucht. Leider sind die spurlos verschwunden.«

»Ja, ich weiß. Ich habe sie ihm gegeben.«

»Hättest du es nicht bei deinem Kochstreik belassen können? Das war schon Strafe genug. Obwohl ich immer noch nicht weiß, warum ich überhaupt bestraft werden musste.«

»Das ist schwierig zu erklären. Wahrscheinlich habe ich dir die Schuld dafür gegeben, dass ich als Hausfrau in Löckerbach herumsitze, wo mein einziger Höhepunkt der Woche das Treffen mit den Landfrauen ist.«

»Wo so einiges Alkoholische gekippt wird, habe ich gehört. Wohingegen ich mein Feierabendbier von dir rationiert bekomme.«

»Herrgott, ist es jetzt wichtig, wie viel wann und wo getrunken wird? Haben wir keine anderen Probleme?«

Schuld oder nicht, Geplänkel auf Nebenkriegsschauplätzen brachte jetzt keinem was.

»Natürlich haben wir die. Weil du uns die mit deinem unüberlegten Handeln eingebrockt hast.«

»Was will er denn?«

»Was er will? Keine Ausweisung, heraus aus dem Dorf und 5.000 Euro.«

»Dann gib sie ihm doch einfach.«

»Gib sie ihm«, echote Clemens. »Woher soll ich die nehmen? Von deinem Haushaltsgeld?«

»Ach was. Ich weiß, dass du Geld gebunkert hast für deine Bestechungen.«

»Was ich auch gerne weiterhin für meine Bestechungen ausgeben würde. Nicht für Erpressungen. Das ist ein eindeutiger Unterschied.«

»Sei nicht so kleinlich. Du wirst wieder einen Weg finden, dir die 5.000 Euro irgendwo abzuzwacken.«

»Also bin ich jetzt ein paar Tausender ärmer, weil meine Frau mir eins auswischen wollte?«

Rita hatte wirklich vorgehabt, reinen Tisch zu machen. Dazu gehörte auch eine Beichte ihrer außerehelichen Aktivitäten, was sie Zeit ihres Lebens die moralische Oberhand gekostet hätte. Das Geschenk war zu kostbar, um es abzulehnen.

»So in der Art«, antwortete sie ausweichend. »Hauptsache du hast etwas daraus gelernt.«

Clemens sah nicht so aus, als wäre er für diese Lerneinheit besonders dankbar, aber wenigstens widersprach er nicht. Damit war ihre Affäre schon so gut wie unter dem Teppich, wenn nicht Sami noch etwas ausplaudern würde. Aber warum sollte er? Er bekam schließlich alles, was er wollte. Sie überlegte, wie und ob sie die Sache mit Egon ansprechen sollte. Eigentlich war es manchmal auch nicht schlecht, nicht alles zu genau zu wissen. Aber solange ihr ein Angriff aus dem Hinterhalt von Doris drohte, war es sicher nicht falsch, in der Richtung einmal auf den Busch zu klopfen.

»Wie geht es mit Egon weiter?«, fragte sie.

»Was soll mich das interessieren?«, erwiderte Clemens.

Rita kannte ihren Mann gut genug, um zu sehen, dass er das personifizierte schlechte Gewissen war. Warum genau, konnte man bei Clemens schlecht sagen. Er hatte einiges, das er vor ihr zu verbergen versuchte. Bei Schokolade angefangen bis zu angeblichen Überstunden, die er im Gartencenter vertrödelte. Und Bestechung. Oder eben Mord.

»Immerhin wird es eine Untersuchung geben.«

»Was sollen die nach zwölf Jahren noch finden? Der Beton wird schon sein Übriges getan haben.«

»Seit wann kennst du dich so gut damit aus?«

»Seit ich mit Brauer gesprochen habe. Der sagt, hierbei Spuren zu finden, ist schwierig. DNA und so.«

»Tu nicht so, als würdest du dich damit auskennen. Es beeindruckt mich nicht, wenn du mit Fachbegriffen um dich wirfst. Warum kümmert dich das überhaupt?«

»Als Bürgermeister habe ich die Verpflichtung, mich auch um so was zu kümmern. Schließlich bin ich der Ortsvorsteher hier im Dorf.«

Rita war sich immer noch unschlüssig, inwieweit sie sein Interesse mit seiner eigenen Beteiligung an dem Mord in Verbindung setzen konnte. Ihr Mann hatte offenbar beschlossen, sich nicht in die Karten schauen zu lassen. Ein Verhalten, das sie sicher mit dem Verrat ihrer Loyalität begünstigt hatte. Es brachte nichts, weiterzubohren.

»Dein Vater ist wieder da«, sagte Beate, als Jürgen nach Hause kam, nachdem er Sami sicher bei Karls Haus abgesetzt hatte.

»Woher weißt du das?«

»Er hat angerufen. War mit Karl unterwegs. Wo er war, wollte er nicht sagen. Sind ja alt genug.«

»Karl ist auch wieder da?«, fragte Jürgen beunruhigt. Am Haus war ihm nichts aufgefallen und Sami war im Schutz seines Autos hineingehuscht, ohne panisch und verfolgt wieder zurückzukommen.

»Nein, der wohl noch nicht. Er hat scheinbar noch etwas zu erledigen. Frag mich nicht. Es ist alles merkwürdig genug. Wo warst du?«

»Bei Clemens. Da muss ich auch noch mal hin. Habe was vergessen. Ich muss aber vorher hier etwas kopieren.«

»Kannst du das nicht bei ihm machen? Diese Druckertinte ist teuer genug.«

»Ich besorge demnächst neue. Kriege ich billiger über das Amt«, erwiderte Jürgen. Bei Clemens zu kopieren, war in dem Fall nicht die beste Idee.

Ein paar Minuten später machte Jürgen sich erneut auf den Weg zu seinem Bürgermeister, und zum ersten Mal fühlte er so etwas wie Genugtuung und Vorfreude auf das Gespräch, das ihn erwartete. Er hatte in seinem Leben weiß Gott nicht viele Gelegenheiten gehabt, Clemens gegenüber seine Überlegenheit zu beweisen. Wenn er näher darüber nachdachte noch gar keine. Das sollte sich nun schlagartig ändern.

Rita öffnete ihm die Tür und schaute ihn so intensiv an, dass er vermutete, sie wisse genau, warum er komme. Jürgen glaubte sogar, ein Lächeln zu erkennen, ein Umstand, der für so eine toughe Frau wie sie ungewöhnlich war. »Im Arbeitszimmer«, sagte sie knapp.

Anscheinend befand Clemens sich entweder im Arbeitszimmer oder im Garten, wenn er zu Hause war. Selten in der Nähe seiner Frau, außer beim Essen. Jürgen ging durch den Flur, der ihn an den Vorraum eines Forsthauses erinnerte, und klopfte an die Tür, um kurz darauf nach einem harschen *Herein* von Clemens einzutreten.

»Was willst du schon wieder hier? Du hast mir gerade noch gefehlt«, murrte Clemens, der seine Nase in einige Ordner vergraben hatte und nicht danach aussah, als wäre ihm Jürgens Anwesenheit dabei irgendwie von Nutzen.

»Dachte ich mir«, sagte Jürgen unbeeindruckt. Ihn wunderte es, dass es ihn so gar nicht mehr kümmerte, wenn Clemens ihn anranzte. »Kann ich aber auch nicht ändern. Wir haben zu reden.«

»Meinetwegen.« Clemens seufzte gottergeben und lehnte sich in seinem Stuhl zurück. »Was hast du denn mal wieder auf dem Herzen? Was kann ich für dich tun?«

Dieses offenkundig Gönnerhafte ging Jürgen gehörig auf den Wecker, er riss sich aber zusammen, um sich sein Finale nicht zu versauen. Wenn er jetzt schon Clemens die Stirn bot, würde das, was er vorhatte, nicht mehr so gut wirken.

»Die Frage ist nicht, was du für mich tun kannst, sondern ich für dich«, erwiderte Jürgen und versuchte, ebenso herablassend zu klingen wie sein Gegenüber.

»Was sollte das schon sein?« Clemens war nicht ernsthaft aufgewacht. Er studierte aus den Augenwinkeln immer noch seine Berichte.

»Ach, ich weiß nicht. Vielleicht die Tatsache zu verschweigen, wie viel Geld von unseren Gemeindekassen zum Landrat geflossen ist.«

Das wirkte. Clemens schenkte ihm volle Aufmerksamkeit.

»Was sagst du?«

»Du hast mich schon verstanden«, antwortete Jürgen. »Das Geld, das immer dazu geführt hat, dass Demarchau nicht seinen Beitrag in der Flüchtlingshilfe leisten muss.«

»Das ist pure Spekulation.« Clemens beugte sich wieder vor und wirkte trotz seiner eher unterdurchschnittlichen Größe beinahe bedrohlich. Jürgen nahm sich vor, ihn nicht zu unterschätzen. Das hatte er eigentlich noch nie getan, aber heute schien es ihm überlebenswichtiger als sonst.

»Das glaubst auch nur du«, sagte er dennoch süffisant. »Meinst du, ich sage so etwas, wenn ich nichts in der Hand hätte?«

»Aber natürlich. Von diesem Pakistaner, klar«, knurrte Clemens. »Weißt du, Jürgen, ich mag dich gerne. Das tue ich wirklich. Lass trotzdem Politik von Leuten machen, die etwas davon verstehen.«

»Clemens, ich will keine Politik machen, die macht mir – ehrlich gesagt – nicht besonders viel Spaß. Ich will nur eins: das Geld für mein Jugendprojekt.«

»Du weißt, dass der Rat das bereits abgelehnt hat.«

»Ja, auf dein Drängen hin. Dann bring es wieder auf den Tisch. Wenn du dich dafür aussprichst, werden die anderen sich nicht widersetzen.«

»Du bringst mich in eine schwierige Lage.« Clemens hatte begonnen, in seinem Stuhl zu wippen, was Jürgen als Zeichen höchster Alarmbereitschaft deutete. Seine Vorgehensweise schien zu wirken.

»Du mich ebenfalls. Mein moralisches Empfinden ist im Ungleichgewicht. Wir müssen daran arbeiten, dass es wieder ins Lot kommt.«

»Dann will ich erst wissen, was ihr konkret gegen mich in der Hand habt.«

Jürgen reichte ihm die Blätter, die er vorher kopiert hatte. Um Clemens die Originale auszuhändigen, war er nicht doof genug. Er kannte seinen Nachbarn und Vorgesetzten gut genug, um zu wissen, dass der sämtliche Möglichkeiten nutzen würde, sich aus der Sache herauszuwinden.

Clemens guckte sich diese Unterlagen nicht an, schließlich waren sie ihm hinlänglich bekannt. Jürgen kam sich vor wie in einem Politthriller, es machte mehr Spaß, als er vermutet hatte. Der kleine Sachbearbeiter wurde zum knallharten Verhandlungsgegner. Er hatte zwar keine Lust, das jeden Tag tun zu müssen, aber für hier und heute war es okay.

»Jetzt ist nur die Frage, wie ich damit umgehen soll.«

»Was soll dieser Eiertanz? Du hast doch klipp und klar gesagt, was du willst.«

»Stimmt, und ich finde diesen Wunsch äußerst fair in Anbetracht der Dinge, die du getan hast.«

»Kommt darauf an, von welcher Seite man das sieht. Schließlich war die Gemeinde die ganze Zeit flüchtlingsfrei. Das sollte man auch anerkennen.«

»Ich weigere mich, etwas anzuerkennen, was mit Korruption und Bestechung Hand in Hand geht. Also, was ist jetzt? Deal?«

»Du bekommst dein Jugendprojekt und ich meine Papiere«, stellte Clemens fest.

»Falsch. Ich bekomme mein Jugendprojekt und behalte die Papiere, damit du nicht auf dumme Ideen kommst.«

»Woher weiß ich, dass du nicht später noch auf dumme Ideen kommst?«

»Das Risiko musst du eingehen. Aber du solltest mich kennen, ich bin nicht so wie du. Das passt nicht in meinen Ehrenkodex.«

Clemens schwieg und blickte aus dem Fenster, von dem aus er seinen Garten sehen konnte. Jürgen konnte unmöglich erkennen, was er wirklich dachte. Aber es war ihm egal. Zum ersten Mal in seinem Leben, dafür sogar scheißegal. Es war ein gutes Gefühl.

»Wie du meinst«, sagte Clemens schließlich nach einer gefühlten Ewigkeit. »Du bekommst dein geliebtes Projekt zurück. Dafür verlasse ich mich darauf, dass du über alles, was du weißt, absolutes Stillschweigen bewahrst.«

»Darauf können wir uns einigen«, sagte Jürgen. »Es war mir ein Vergnügen, mit dir Geschäfte zu machen.«

»Jaja, du mich auch«, sagte Clemens übellaunig. »Du findest ja wohl alleine raus.«

Jürgen machte sich auf den Weg mit der Gewissheit, genau das bekommen zu haben, was er wollte. Das war schon selten genug.

Clemens war nicht multitaskingfähig. Das musste er an Tagen wie diesen immer wieder feststellen. Auf jeden Fall nicht, wenn er bereits von zwei verschiedenen Lagern angegriffen wurde. Für ein drittes Schlachtfeld fehlte ihm die Konzentration. Leider richtete sich die Umwelt selten nach seinen Wünschen und bot ihm keine Verschnaufpause.

»Karl ist da«, sagte Rita, die innerhalb einer halben Stunde jetzt bereits zum zweiten Mal an seiner Tür stand, um ihm Besuch anzukündigen.

»Vielleicht sollte Domschneider statt einer Haustür eine Drehtür einbauen«, knurrte Clemens.

»Dafür wäre ich auch. Dann müsste ich nicht dauernd an die Tür rennen. Ich habe schließlich noch andere Sachen zu tun.«

Seine Frau hatte ihre Verfehlung bewundernswert schnell verkraftet. Auf jeden Fall plagten sie offensichtlich keine nennenswerten Schuldgefühle mehr. Clemens beschloss, sich eventuell noch mal damit zu beschäftigen, wenn er mit seinen eigenen Schuldgefühlen fertig war. Und mit Karl Schmelzer, der äußerst blass und schmal wirkte.

»Bohnenschäfer, brauchst du eine Vorzimmerdame? Kannst dich ruhig mal selbst an die Tür bemühen. Täte dir gut.«

»Ich habe Idealgewicht«, erwiderte Clemens pikiert. »Wo kommen Sie überhaupt her? Schuster und Sie stehen auf der Vermisstenliste.«

»Na und? Wir sind doch wohl erwachsen und können hingehen, wo wir wollen. Für so einen Quatsch haben wir jetzt auch keine Zeit. Wir haben Wichtigeres zu besprechen.«

»Das bezweifle ich«, sagte Clemens. »Zwei Brände und drei Tote. Was sollte jetzt noch wichtiger sein?«

»Genau darum geht es doch. Um die Brände und die Toten.«

»Moment mal.« Clemens erwachte aus seiner Lethargie und richtete sich an seinem Schreibtisch auf. »Was wissen Sie über den Tod von Egon?«

»Was hab ich mit dem Durr zu schaffen? Davon rede ich nicht, sondern von diesen Städtern.«

»Den Wolffs«, verbesserte Clemens ihn mechanisch. »Was wissen Sie von denen?«

»Ich? Nichts. Aber was von denen, die für ihren Tod verantwortlich sind.«

»Wenn wir schneller zum Punkt kämen, wäre es auch nicht schlecht.«

»Du wirst noch früh genug Bescheid wissen, keine Sorge. Ich will nämlich was von dir.«

Clemens fühlte sich wie auf Stufe 1 bei einem elektrischen Bullen. Er war total nutzlos, aber irgendwie kam man nicht davon runter. Der Wirt vom Eselskopf in Wolperach hatte beim Straßenfest vor zwei Jahren einen aufgestellt. Die Nachbarschaft feuerte Clemens so lange an, bis er sich bereiterklärte, eine Runde zu absolvieren. Allerdings nicht, ohne den Wirt zu warnen, dass er ihm die Konzession entziehen würde, wenn er es wagte, mehr als die erste Stufe einzuschalten.

»Karl, stellen Sie sich bitte hinten an. Im Moment wollen viele etwas von mir.«

»Natürlich. Du sollst für Sicherheit im Dorf sorgen. Das kannst du aber nicht. Auf jeden Fall nicht, ohne zu wissen, was ich dir vorschlagen will.«

»Also gut. Was wollen Sie mir vorschlagen?«

Wenn er es schon nicht ändern konnte, wollte er die Sache wenigstens schnell hinter sich bringen. Wer weiß, vielleicht hatte der Alte doch noch einen nützlichen Hinweis. Aber Clemens befürchtete, dass er nur wieder seinen Unmut über den Pakistaner loswerden wollte.

»Dass wir den Bewohnern des Altenheims helfen. Etwas, um das die dich vor ein paar Tagen bereits gebeten haben. Hast leider keinen Finger gerührt. Deswegen mussten die sich selbst helfen.«

»Moment, Moment«, sagte Clemens, der eindeutig nicht folgen konnte. »Was haben die vom Altenheim damit zu schaffen?«

»Bohnenschäfer, du bist wie immer schwer von Begriff. Die haben sowohl das Feuer in der Scheune als auch bei den Städtern gelegt. Leider ist das schiefgegangen. Wollten den Flüchtlingen die Schuld in die Schuhe schieben, damit sie ihre Zimmer behalten können.«

»Welchen Flüchtlingen? Es sind doch überhaupt noch keine da?«

»Irgendwelchen Flüchtlingen halt. Der Ort sollte Angst bekommen und gegen den Plan meines feinen Schwiegersohnes auf die Barrikaden gehen. Aufgebrachte Bürger – keine Flüchtlinge.«

»Wäre es nicht einfacher gewesen, nur auf die Barrikaden zu gehen?«

»Da merkt man mal wieder, dass du von Taktik keine Ahnung hast, Bohnenschäfer.«

»Mag sein«, erwiderte Clemens müde. »Was erwarten Sie nun von mir?«

»Dass du einen anderen Verdächtigen lieferst. Warum müssen die Alten immer die Fehler von den Jungen ausbügeln?«

»Weil sie es auch getan haben«, erinnerte Clemens. »Warum soll dafür jetzt ein Unschuldiger büßen?«

»Wer sagt was von einem Unschuldigen? Es gibt genug, die anderen Dreck am Stecken haben, mit dem sie durchgekommen sind. Das ist ausgleichende Gerechtigkeit. Die alten Leute wollten keinem was tun. War halt ein Unglück.«

»Dann können Sie es doch direkt Ihrem Schwiegersohn in die Schuhe schieben.«

»Nein, mit dem hab ich noch was anderes vor. Außerdem ist er der Mann meiner Tochter. Nachher habe ich sie und dieses Balg am Hals, wenn der in den Knast abrauscht.«

»Warum sollte ich Ihnen helfen?«

»Weil du ein Opportunist bist. Du erkennst eine Gelegenheit, wenn du sie siehst.«

»Ich sehe die Gelegenheit noch nicht mal. Wie sollte ich sie dann erkennen?«

»Du kannst dich als Held von Löckerbach feiern lassen.«

»Da ich davon ausgehe, dass diese Brandserie nun vorbei sein wird: Warum sollte ich? Es wird sich alles automatisch mit der Zeit wieder beruhigen.«

»Weil ich dir etwas Geld bieten kann.«

»Von wie viel Geld reden wir denn da?« Clemens beugte sich vor.

»Wie viel willst du?«

»Wie viel haben Sie?«

»So viel, wie du willst.«

So kam er nicht weiter. Dieses Spiel würde Karl bis zum Sankt Nimmerleinstag spielen. Clemens dachte an die ominösen Reichtümer, die der Alte angeblich hortete, von denen allerdings nie einer etwas gesehen hatte. Vielleicht sollte er nicht zu hoch pokern und sich erst einmal wieder seine Basis absichern.

»5.000 Euro«, sagte er dann. Damit hatte er wenigstens diesen Sami vom Hals.

»Blutsauger. Aber meinetwegen«, murrte Karl.

Sein Gesichtsausdruck änderte sich nicht. Clemens konnte beim besten Willen nicht feststellen, ob da mehr drin gewesen wäre.

»Aber ich will erst wissen, wie das genau ablaufen soll«, sagte er.

»Das Feuer haben die mit diesen Molotowcocktails gelegt. Weiß ich von Gottschalk. Liegt noch genug Zeug im Altenheim rum. Das muss weg, falls einer auf die Idee kommt, das Gebäude zu durchsuchen.«

Hauptkommissar Brauer und seine Mannen machten nicht den Eindruck, als hätten sie ernsthaft das Altenheim im Visier. Sie taten im Moment nicht viel anderes, als durch den Ort zu schleichen und hart arbeitenden Bürgern mit ihren Befragungen auf die Nerven zu gehen.

»Was machen wir mit dem Zeug?«

»Musst du halt irgendwo hinbringen. Fingerabdrücke abwischen und gut. Ich schaffe das nicht mehr. Bin zu alt und zu langsam. Nachts sehe ich nichts mehr. Schuster kann man auch fast für nichts mehr brauchen.«

»Und wohin soll ich es bringen?«

»Zu einem, dem man so was zutraut. Davon gibt es doch bestimmt einen. Nimm wegen mir einen, den du loswerden willst.«

Davon fielen Clemens so einige ein, Karl sah allerdings nicht aus, als wollte er ihm lange Bedenkzeit einräumen. Er brauchte eine schnelle Idee.

»Markus Schulze«, sagte er prompt.

Wenn er schon nicht die Hundesteuer bezahlen wollte, würde er für etwas anderes blechen. Das nannte man kreativ Schulden eintreiben.

Kapitel 26

Der heutige Tag meinte es offensichtlich nicht gut mit dem amtierenden Bürgermeister.

»Hauptkommissar Brauer ist hier«, sagte Rita eine knappe Viertelstunde nach Karls Besuch und man sah ihrem Gesicht an, dass es ihr langsam reichte.

Clemens leider auch, nur konnte er es sich heute beileibe nicht aussuchen. Aber da er sowieso sicher gleich verhaftet werden würde, musste sich seine Frau nicht mehr allzu lange mit ihm herumschlagen.

»Ich habe ein paar Neuigkeiten für Sie«, sagte Brauer.

Clemens fragte sich, ob Verhaftungen generell so gelassen anfingen. Im Fernsehen auf jeden Fall nicht. Im Fernsehen wartete der Kommissar auch nicht darauf, bis der Verdächtige sich zu einer Antwort bequemte. Brauer tat das offensichtlich. Er wartete, bis Clemens seine Kaffeetasse abgestellt und sich den Mund abgewischt hatte.

»Gute, wie ich hoffe«, erwiderte Clemens so neutral wie möglich.

»Wie man es nimmt. Es kann für uns nur gut sein, wenn wir den oder die Täter finden.«

»Und das haben Sie nicht?« Clemens traute dem Frieden noch nicht, dafür war er schon zu lange mit Rita verheiratet.

»In dem einen Fall: nein, noch nicht. Im anderen gibt es einfach keinen.«

Clemens fühlte sich erneut wieder ein bisschen wie beim Gespräch vorhin mit Karl. Dieses Herumgeeiere machte ihn ein wenig schwindlig. Vielleicht weil er durch die ganzen Konferenzen in seinem Büro heute nicht zum Mittagessen gekommen war.

»Ich wäre Ihnen sehr verbunden, wenn Sie mir das ein wenig näher erläutern könnten.«

Höflichkeit konnte in gar keinem Fall schaden, wie immer das hier auch ausging.

»Bei dem Brand bei der Familie Wolff haben wir noch keine Erkenntnisse, die uns weiterhelfen. Brandursache waren altbewährte Molotowcocktails. Die haben das ganze Haus ruckzuck in ein Inferno verwandelt. Die Wolffs hatten keine Chance mehr, aus dem Schlafzimmer herauszukommen.«

Clemens bedauerte das zwar, konnte aber keine gesteigerte Empathie für das Schicksal von Jennifer und Sven Wolff aufbringen. Er war sich sicher, viele andere in der Nachbarschaft ebenfalls nicht. Zu groß musste die Freude darüber sein, dass man abends und Samstagnachmittag endlich wieder Rasen mähen, Holz hacken und sämtlichen anderen Lärm machen konnte, der einem in den Sinn kam, ohne sofort mit einer Anzeige bedroht zu werden. Nein, Löckerbachs Mitgefühl würde sich in erträglichen Grenzen halten.

»Das sind keine schönen Nachrichten«, erwiderte Clemens dennoch. Das fehlte noch, dass er sich mit einer falschen Reaktion verdächtig machte. Zu viel offenkundige Freude war sicher nicht angebracht.

»Dabei ist das sowieso nicht mehr unser Fall, seit das SEK da ist. Der BND hat sich jetzt eingeschaltet. Seit es als Terroranschlag wahrgenommen wird, ist es mit meiner Zuständigkeit vorbei.«

»Ach, dieser Terroristen-Quatsch«, sagte Clemens abfällig. »Das waren ein paar schlecht erzogene Jugendliche aus irgendeinem Dorf.«

»Die mit Molotowcocktails ganze Häuser dem Erdboden gleichmachen? Reizende Erziehung.«

»An Terroristen glaube ich auf gar keinen Fall. Was sollten die denn hier in Löckerbach?«

»Sie würden sich wundern, wo subversive Elemente überall auftauchen. Aber was interessiert es mich noch? Soll sich doch der BND darum kümmern.«

»Das machen sie anscheinend gründlich«, erwiderte Clemens, der immer noch SEK-Beamte im Dorf herumlaufen sah. Er hoffte, dass keiner von ihnen auf die Idee kam, das

Altenheim doch noch zu untersuchen. Bis jetzt hatten sie sich bei den Alten respektvoll zurückgehalten.

»Gründlich? Dass ich nicht lache. Die haben da so neue Verhaltensregeln beim SEK. Niemanden nur wegen seiner Nationalität verdächtigen, zum Beispiel. Immer politisch korrekt. Das nenne ich das Offensichtliche zu ignorieren.«

Clemens wollte gar nicht wissen, was *das Offensichtliche* war. Allerdings war es nicht zu übersehen, dass der Hauptkommissar nicht gut auf höhere Ränge zu sprechen war. Leider hatte Clemens im Moment genug eigene Sorgen, als sich um das Seelenheil eines Kommissars des Walderauer Kommissariats zu kümmern. Von dem, was ihn im Wesentlichen interessierte, hatte Brauer noch gar nichts berichtet. Scheinbar las der jedoch seine Gedanken.

»Dafür gibt es in dem anderen Fall gute Neuigkeiten. Natürlich nicht für den Betroffenen. Aber wenigstens haben Sie keinen weiteren Mörder im Ort.«

»Was ist denn mit Egon passiert?«, fragte Clemens vorsichtig und versuchte, sich die Nacht wieder ins Gedächtnis zu rufen. Aber außer dass sein Opfer penetrant nach Alkohol gestunken hatte und unvorteilhaft auf dem Weg herumlag, um von Clemens gemeuchelt zu werden, ließ ihn seine Erinnerung schändlich im Stich.

»Herzinfarkt«, sagte Brauer. »Sein Herz war schon eine ganze Zeit nicht mehr in Ordnung. Außerdem war er ziemlich betrunken. Das hat wohl ein Übriges getan.«

»Oh«, sagte Clemens nur. Ihm fiel im Augenblick nichts Intelligenteres ein. Brauer erwartete anscheinend auch nichts.

»Den Kopf hat er sich wohl beim Sturz eingeschlagen. Haben den blutigen Stein in seiner Nähe gefunden. Warum er sich unbedingt zwischen Baustahl und Schotter betten musste, werden wir wohl nicht mehr erfahren. Wer weiß schon, was Betrunkene tun. Er hatte noch eine Flasche Whisky in seiner Innentasche.«

Clemens wusste es eindeutig nicht mehr. Seit seiner Hochzeit mit Rita waren solche Genüsse selten geworden, vor allen Dingen in rauen Mengen.

»Ja, wer weiß«, antwortete er einsilbig. Gut, dass ihm eingefallen war, den Stein mit in die Grube zu werfen. Ohne diesen Stein des Anstoßes würde sich Brauer Gedanken darüber machen müssen, woher Egons eingeschlagener Schädel kam.

»Ich war bereits bei seiner Frau. Die hat die Nachricht sehr gefasst aufgenommen.«

Das glaubte Clemens gern. Rita wäre wahrscheinlich ähnlich gelassen gewesen. Bei seiner Frau stand er im Augenblick nicht so hoch im Kurs. Es schien ihr wenig auszumachen, dass sie das bei ihm ebenfalls nicht tat. Wahrscheinlich war sie zu sehr mit ihrer Trauer über Egons Tod beschäftigt.

»Daher ist mein Einsatz im Ort beendet. Für meine Leute und mich gibt es hier nichts mehr zu tun. Um den Rest werden sich dann wohl unsere Elitetruppen kümmern.«

Brauer wartete anscheinend darauf, dass Clemens ihn mit einem abfälligen Kommentar unterstützte, und dieser beschloss, ihm den Gefallen zu tun. Immerhin hatte er ihm die besten Neuigkeiten seit Langem gebracht.

»Schöne Elitetruppen«, erwiderte er daher. »Haben meine Haustür in Stücke geschlagen, und nicht nur meine. Wenn das unsere Elite ist, steht es um Deutschland schlechter, als ich bislang vermutet habe.«

Brauer klopfte ihm auf die Schulter und verließ das Zimmer. Clemens hatte das Gefühl, sinnvoll in den Aufbau einer neuen Beziehung investiert zu haben.

»Was wollen Sie hier? Ich habe keinen umgebracht«, sagte Klaus, nachdem Britta diesen Hauptkommissar ins Wohnzimmer geführt hatte, an dessen Namen er sich beim besten Willen nicht mehr erinnern konnte und wollte.

»Genau deswegen bin ich hier«, sagte der Beamte.

»Um mir zu sagen, dass ich es nicht war? Dann hätten Sie sich diesen verdammten Besuch auch sparen können.«

»Nein, um Ihnen zu sagen, dass es ein Unfall war.«

»Was sollte mich das interessieren?«

Klaus war es verdammt egal, was mit Egon passiert war. Auf jeden Fall nachdem der an seinem offensichtlich letzten Abend bei ihm sein Haus verlassen hatte. Das Einzige, was Klaus noch nachhaltig interessiert hatte, war, dass Egon ihm eine halbe Flasche seines besten Whiskys weggesoffen hatte. Den, den Klaus noch von seinem Vater bekommen hatte, bevor dieser das Zeitliche segnete. Jedoch war es weniger der sentimentale als der materielle Wert, der sein Adrenalin in ungeahnte Höhen schießen ließ. Die Flasche war einiges an Geld wert gewesen, was Klaus über die Jahre als Rückversicherung gesehen hatte, falls er einen Notgroschen auf die Hand brauchen würde. Seitdem war ihm klar, dass er solche Rückversicherungen besser irgendwo aufbewahrte, wo keiner drankam. Vor allen Dingen keine sturzbetrunkenen Nachbarn, die eigentlich zum Pokern gekommen waren, einem aber dann in einem unbeaufsichtigten Moment die Vorräte plünderten.

»Immerhin ist es Ihr Grundstück.«

»Das ist die verpachtete Wiese oben am Dorfhaus auch. Trotzdem juckt es mich nicht, wenn da ein verdammtes Schwein drauf verreckt.«

»Schweine bekommen keinen Weidegang«, erwiderte dieser Klugscheißer von Polizist. »Aber vielleicht habe ich noch Neuigkeiten, die eher Ihr Gehör finden.«

Klaus hatte sich schon gefragt, wann er endlich zur Sache kam. Er hatte bereits heute Morgen bemerkt, dass die Aktivitäten unter dem Fundament verstärkt wurden. Es war nur noch eine Frage der Zeit, bis das Umweltamt in Löckerbach einfliegen würde. Klaus hatte bereits früher damit gerechnet. Schlafmützen, allesamt.

»Da bin ich gespannt«, antwortete er überflüssigerweise, jedoch wollte er keinen unnötigen Verdacht erregen.

»Unseren Leuten im Labor ist das aufgefallen. Sie hatten eine Bodenprobe untersucht. Eigentlich wollten sie etwas Fallrelevantes finden. Damit haben sie dann aber doch nicht gerechnet.«

»Das wäre?«

Der Bulle zog die Sache unnötig in die Länge. Wahrscheinlich wollte er damit einen dramatischen Effekt erzielen. Leider vergeblich. Klaus langweilte sich bereits jetzt fast zu Tode.

»Wir haben eine nicht unerhebliche Konzentration von Natriumhydroxid in Ihrer Bodenprobe gefunden. Auf jeden Fall so viel, dass wir das der Umweltbehörde melden mussten.«

»Was heißt hier *meine Bodenprobe*? Ich kann mich nicht daran erinnern, eine genommen zu haben. Was bedeutet dieser verdammte Mist jetzt für mich?«

»Dass Sie noch ein paar sehr unangenehme Fragen zu beantworten haben. Das Zeug muss ja irgendwo herkommen, und schließlich ist es Ihr Gebäude.«

»Aber nicht mein Grundstück«, erwiderte Klaus selbstgefällig. »Ich habe nur darauf gebaut. Und an Bodenproben hat sich damals keine Sau gejuckt.«

»Was soll das bedeuten?«

»Dass die Umweltbehörde versuchen muss, meinen Onkel Dieter Landgräber zur Rechenschaft zu ziehen.«

Klaus fühlte sich eigentlich an den meisten Tagen unangreifbar. Er wusste, dass ihm – wenn schon nicht der Herrgott – zumindest sein eigener Scharfsinn helfen würde. Auf den war definitiv mehr Verlass. Dennoch gab es durchaus Tage, an denen er sich noch genialer vorkam als sonst. Heute war so ein Tag.

»Du kannst dich beruhigen«, sagte er zu Landrat Stuben, nachdem Brauer die Landgräber-Villa verlassen hatte.

»Warum jetzt genau?«, erkundigte sich dieser vorsichtig.

»Das SEK hielt ich für nötig. Dazu stehe ich auch. Von den Vorgängen im Dorf war ich beunruhigt.«

»Was geht mich das verdammte SEK an? Ich rede von unserem Problem«

»Oh, das. Ich hoffe sehr, das ist gelöst.«

»Ist es. Aber das ist nicht dein Verdienst. Auf jeden Fall kann Jossen bei den Bullen jetzt behaupten, was er will. Sie werden nichts mehr finden.«

»Wo ist das Zeug denn geblieben?«

»Da, wo es gut aufgehoben ist. Wenigstens bis sie es ausgraben. Habe ich dann nichts mehr damit zu tun. Ist schließlich nicht mein Grundstück.«

»Ich verstehe kein Wort.«

»Keine Sorge, kommt noch«, erwiderte Klaus. »Kannst du bald in der Zeitung lesen.«

Er beendete das Gespräch und ließ einen äußerst verwirrten Landrat zurück, der sich fragte, wo 20.000 Liter gefährliche Abfälle auf die Schnelle verschwunden sein konnten.

»Ich hoffe, ich lese bald in der Zeitung, dass man dich verhaftet hat«, hörte er plötzlich seinen Schwiegervater an der Zimmertür.

Klaus verfluchte mal wieder seine Frau, Hinz und Kunz ins Haus zu lassen. Schon schlimm genug, dass der Alte einmal die Woche zum Mittagessen antanzen musste, weil seine Frau meinte, schließlich sei er Familie und darüber hinaus nach seinem Tod noch Geld zu holen. Seinen Einwand, falls der Alte was hätte, bekämen sie es sowieso, ließ sie nicht gelten.

»Was willst du?«, fragte Klaus genervt.

Der Tag war bis jetzt so erfolgreich gelaufen. Er hatte nicht die geringste Lust, sich den durch eine fruchtlose Diskussion mit seinem Schwiegervater zu versauen.

»Sicherstellen, dass ich in Zukunft meine Ruhe vor dir habe.«

»Kannst du haben. Wegen mir brauchst du hier nicht aufzutauchen. Deine Tochter kann dich auch in deiner Hütte besuchen.«

»Das kann sie auch gerne lassen. Nein, ich will sicher sein, dass du mir mit deinen verrückten Ideen nicht mehr in die Quere kommst.«

Klaus betrachtete den Greis angewidert. Warum gab es kein Gesetz, das alle Rentner ab einem gewissen Alter gegen Prämie zum Abschuss freigab? Das würde einem viel Ärger ersparen. Von den Kosten gar nicht zu reden.

»Wenn du damit meinst, dass deine Entmündigung vom Tisch ist, leider falsch gedacht.«

»Das glaubst auch nur du. Nicht mit dem, was ich über dich weiß.«

»Was sollte das sein? Wer wird darauf hören, was du dir in deinem senilen Hirn so zurechtgesponnen hast?«

»Papperlapapp. Keiner muss hören. Nur lesen.«

»Komm zum Ende oder geh nach Hause.«

Klaus klopfte ungeduldig mit der zusammengefalteten Zeitung auf die Tischkante und stellte sich vor, es wäre der Kopf seines Schwiegervaters.

»Dann sage ich es mal so, dass selbst du das verstehst: Ich habe die Unterlagen von deinen Geschäften mit Jossen und dem Landrat. Du solltest die Hausschlüssel nicht so offen herumhängen lassen.«

Klaus kippte auf dem Stuhl nach vorne und wünschte sich noch sehnlicher als vorher, er könnte Karl mit dem Kopf auf die Tischkante knallen. Als würde dieser etwas in der Art ahnen, versuchte er, einen Schritt zurückzutreten und wäre dabei fast über seinen Stock gestolpert.

»Ich wusste, dass am Schlüsselbrett noch ein Ersatzschlüssel hing. Deine verdammte Tochter meinte, ich hätte das geträumt.«

»Du träumst viel, wenn der Tag lang ist, sonst würdest du solche wichtigen Unterlagen nicht offen herumliegen lassen. Ich bin sicher, dass die Polizei großes Interesse daran hätte.«

»Dann bleib in deiner verdammten Bruchbude, bis du verfaulst.«

Es lohnte nicht, sich weiter darüber aufzuregen. Karl würde ihn nicht verraten, solange er mit seiner Tochter verheiratet war. Auf seinem Grundstück könnte er auch so noch ganz gut klarkommen. Wenn er es geschickt anstellte, konnte Stuben vom Land sogar eine Entschädigung für ihn heraushauen, weil er auf dem verseuchten Grundstück seines verblödeten Onkels gebaut hatte.

Klaus beobachtete seinen Schwiegervater, wie der bedächtig sein Arbeitszimmer verließ, und seine Gedanken waren bei den rumänischen Zigeunern, die in den letzten zwei Nächten die Fässer von seiner Wiese am Steinbruch mit einem Kleinlaster nach Löckerbach gebracht hatten, um sie alle unter dem Fundament auslaufen zu lassen. 100 leere Fässer befanden sich längst auf dem Weg nach Rumänien mit einem Ticket ohne Wiederkehr.

Karl beglückwünschte sich für den Entschluss, noch einmal den beschwerlichen Weg zum Haus seines Schwiegersohns auf sich genommen zu haben, nachdem er Clemens den Schlüssel wieder abgeknöpft hatte. Aber er erholte sich schlechter von dem Schock, den ihm seine Tochter und sein werter Schwiegersohn verpasst hatten, als er es sich eingestehen wollte. Zum ersten Mal in seinem langen Leben schmerzten ihn auch die anderen Knochen außer seiner Hüfte, ohne dass er sich an etwas gestoßen hatte. Einen Tag lang neigte er beinahe dazu, seiner Tochter recht zu geben und freiwillig ins Altenheim zu verschwinden, aber sein Widerspruchsgeist ließ das nicht zu. Also legte er einen Knüppel Holz mehr aufs Feuer und hoffte, dass die Wärme seine arthritischen Knochen wieder auf Vordermann bringen würde. Nichtsdestotrotz hatte er sein Vorhaben nicht vergessen, die Umwelt so schnell wie möglich von seiner Normalität zu überzeugen und von null auf hundert vom ewig mürrischen Faschisten zum guten Nachbarn und netten Gesprächspartner zu avancieren – falls Klaus noch mal auf die Idee käme, ihn entmündigen lassen zu wollen. Das gestaltete sich schwerer als gedacht, da seine Nachbarn diesem ungewohnten Frieden partout nicht trauen wollten.

»*Was* willst du?«, fragte Peter Schuster, der scheinbar davon ausging, sich verhört zu haben.

»Dich zum Kaffee einladen. Nach dem Tod von deiner Helga kommst du nicht mehr viel unter Leute.«

Vor dem Tod seiner Frau ebenfalls nicht, da Helga lebend schon keinerlei Gefallen an Zerstreuungen jeglicher Art hatte. Sie war eine unauffällige, unsichere Frau gewesen, deren Lebenszweck sich in ihren vier Wänden abspielte. Karl fand, Peter müsste froh sein, sie losgeworden zu sein, aber ihn fragte natürlich niemand. Das war allerdings sicher kein geeigneter Beginn für gute Nachbarschaft, daher hielt er über dieses Thema besser den Mund.

»Mit dir Kaffee trinken? Bin ich lebensmüde?« Der Weg zur guten Nachbarschaft schien äußerst steinig zu sein. »Nachher werde ich von dir noch vergiftet.«

»Das würde ich nie tun«, erwiderte Karl im Brustton der Überzeugung. Peter betrachtete ihn skeptisch.

»Ich würde es vorziehen, alles so zu lassen, wie es ist«, sagte er dann.

»Deine Entscheidung«, gab Karl beleidigt zurück und ging weiter. In Peter hatte er insgeheim die meiste Hoffnung gesetzt. Jetzt konnte es nur noch schwieriger werden.

Karl ging seine Möglichkeiten durch, die nicht mehr so vielfältig waren. Die älteren Bewohner von Löckerbach waren nach und nach weggestorben. Es blieben nur noch Günter und Maria Reinhardt, die Eltern von Sascha und Schwiegereltern von Melanie; Regina und Walter sowie Doris und Christel Mehler, die ihm von allen Alternativen noch als die am wenigsten furchtbare erschien.

Er machte sich auf den Weg runter und hoffte, dass kein Auto mit überhöhtem Tempo kam, als er über die Hauptstraße schlurfte, um an Christel Mehlers Haustür zu klingeln. Er hegte den vagen Verdacht, dass sie nicht öffnete, weil sie ihn bereits hatte kommen sehen. Sie ging nämlich so gut wie nie aus dem Haus. Diese dumme Gans hasste Konfrontationen, weswegen sie sich auch von ihrem Sohn herumschubsen ließ. Er wandte sich nach rechts, um Günter und Melanie Reinhardt einen Besuch abzustatten, die mit ihrem jüngeren Sohn Stefan, diesem arbeitslosen Nichtsnutz, direkt neben ihrem Sohn Sascha wohnten. Er kam allerdings nicht weit, da Doris wie ein Adler im Sturzflug an den Gartenzaun stürzte, was umso beachtlicher war, als vom Haus bis zum Zaun ein Weg von mindestens 50 Metern lag. Scheinbar hatte sie hinter einem Strauch schon auf ihn gelauert.

»Kapier es doch endlich, du alter Zausel. Keiner will mit dir etwas zu tun haben.«

»Kümmere dich um deine Angelegenheiten, du alte Hexe«, knurrte Karl, der sich in dem Augenblick entschied, weitere Annäherungsversuche an seine Nachbarn zu lassen. Es war sowieso eine Schnapsidee gewesen.

»Wie kann ich das, wenn du in der Gegend herumläufst und offenbar Anschluss suchst? Da ist man sich seines Lebens ja nicht mehr sicher.«

»Wie sicher das Leben in deiner Nähe ist, kann uns bestimmt dein Mann berichten«, erwiderte Karl. Er glaubte unbedingt, dass Egon seiner Frau zum Opfer gefallen war. Es gab Dinge im Leben, für die brauchte man keine Beweise, die wusste man einfach.

»Rede nicht so ein dummes Zeug, du grässlicher alter Mann. Nicht dass du eines Nachts plötzlich verschwindest.«

»Dann lasse ich mich lieber vom Teufel holen. Von dem verspreche ich mir so einiges mehr als von dir.«

Für heute hatte er allerdings mehr als genug, weniger vom Teufel als vom Zusammentreffen mit seinen Nachbarn, was ihm wieder klarmachte, warum er sich so fern wie möglich von ihnen hielt. Er würde sich etwas anderes überlegen müssen, wie er den Angriff seiner Tochter aus dem Hinterhalt abwehren konnte. Er stand noch eine Weile hinter dem Haus und schaute auf den niedergebrannten Haufen Schutt. Von seinem Grundstück aus hatte er einen guten Blick auf das Haus der Wolffs, obwohl das große Wiesengrundstück dazwischen, das sich von seiner Straßenecke bis fast zum Altenheim zog, extrem zugewuchert war. Aber Karl kannte sich auf seinem Eigentum aus; an einer bestimmten Stelle konnte er alles sehen, was sich auf der anderen Seite tat. Schließlich wurde ihm das zu langweilig wurde und er ging ins Haus, in der Hoffnung, endlich schlafen zu können.

Leider war das in seinem Alter nicht mehr so einfach, was ihn dazu veranlasste, zwei Stunden später unverrichteter Dinge wieder aufzustehen, um noch mal in die Küche zu gehen. Er sah wieder Licht, diesmal war es jedoch eindeutig kein Feuerschein. Das Licht kam aus seinem Kellerversteck, das er und seine Familie damals genutzt hatten, um Juden vor den Nazis zu verstecken. Der Teppich lag nicht richtig. Dass ihm das vorher nicht aufgefallen war. Er wurde tatsächlich alt. Obdachlose auf seinem Grundstück, das hatte ihm gerade noch gefehlt.

Er klaubte mit seinen steifen Fingern vorsichtig den Ring aus der Mulde, um die Falltür mit einem Ruck aufzuziehen, obwohl seine Knochen wütend aufstöhnten. Er wollte den Überraschungseffekt. Den bekam er auch, aber anders als vermutet.

»Ich bin es, Herr Schmelzer«, sagte Sami Anbar Almasi. Er hatte sich sogar diesen unaussprechlichen Namen gemerkt. Dann war es wirklich schlecht um ihn bestellt.

»Seit wann bist du hier?«

»Seit dem Feuer. Ich wusste nicht, wo ich hin sollte.«

»Dann kommst du ausgerechnet hierher?«

»Ja«, sagte der Schwarze nur. Ansonsten schwieg er.

Karl kniff die Augen zusammen, um ihn im Halbdunkel der Kellerwände besser sehen zu können, und fasste einen

Entschluss. Vielleicht war ja dieser genau das, was von ihm erwartet wurde.

Kapitel 27

»Das haben wir letztendlich doch gut hinbekommen«, sagte Clemens und schaute an Peters Haus vorbei durch die Hecke von Doris, um hinter den hohen Tannen das Haus von Markus Schulze zumindest erahnen zu können. Tatsächlich sah er nicht besonders viel.

»Was heißt hier *wir*?«, fragte Karl.

Er stand im Türrahmen, als könnte er sich nicht entscheiden, ob er wieder reingehen oder rauskommen sollte. Clemens war sich allerdings sicher, dass es auf Letzteres zulief. Wenigstens war er heil bis an die Haustür gekommen, ohne mit Steinen oder einem Holzknüppel beworfen zu werden. Das war ein Fortschritt.

»Na gut, dann ich«, erwiderte Clemens gönnerhaft.

»Bohnenschäfer, du bist ein selbstgefälliger Affe.«

Einen Moment sah es so aus, als wolle Karl seinen Widerstand aufgeben und ganz herauskommen, aber er stützte sich nur am Türrahmen ab. Wahrscheinlich plagte ihn wieder die Hüfte.

»Warum das?«, fragte Clemens. »Schulze sitzt in Haft und der Rest der Familie hat den Ort verlassen. Besser geht's nicht.«

»Das ist aber nicht dein Verdienst. Hast du persönlich die Beweise dort platziert? Das haben doch wieder irgendwelche Lakaien für dich gemacht.«

»Können Sie sich nicht denken, warum? Das Risiko, es selbst zu machen, war einfach zu hoch. Was wäre, wenn man mich dabei erwischt hätte?«

»Du bist und bleibst ein Feigling«, sagte Karl.

Clemens ließ ihm das letzte Wort. Karl hatte die vergangenen zwei Wochen viele Veränderungen hinnehmen müssen. Da konnte man ihm mangelndes Benehmen wenigstens zeitweise verzeihen.

Für sein Alter sah er fast unverschämt erholt aus. Es machte sich bemerkbar, dass Sami bei ihm wohnte und ihm alle schweren Aufgaben im und um das Haus abnahm. Karl schimpfte zwar jeden Tag bei seinem täglichen Rundgang durch das Dorf über ihn, hatte ihm jedoch trotzdem im Altenheim eine Lehrstelle als Altenpfleger besorgt. Merkwürdigerweise hatte Klaus dem ohne weitere Diskussion zugestimmt. Auf jeden Fall erzählte Britta das Rita.

Clemens sah Doris ein Stück den Weg hochkommen, um dann quer über die Wiese die Strecke zum Haus ihrer Schwester abzukürzen.

»Die Durr hat ihren Mann trotzdem umgebracht«, sagte Karl. »Da kann mir keiner was anderes erzählen.«

»Ach was«, erwiderte Clemens unwirsch, der über diesen Fall definitiv nicht mehr sprechen wollte. »Das war ein Herzinfarkt.«

»Dass ich nicht lache. Einen gesünderen Mann als ihren Alten gab es nicht. Wenigstens besinnt sich ihre Schwester jetzt wieder auf ihre Kernkompetenz als Hausfrau.«

Das aber auch nur, weil Jürgen – gutmütig, wie er war – auf seinen umgebauten Stall verzichtet hatte. Reginas Bürgermeister-Ambitionen waren zur Gänze verschwunden. Sie hatte bekommen, was sie wollte.

Eigentlich hatte das jeder in Löckerbach – oder wenigstens das, was er verdiente. Ob es Clemens was genutzt hatte, würde sich bei der Wahl im Dezember zeigen.

Wenn Clemens Bohnenschäfer eines fürchtete, dann war es sicherlich, kein Bürgermeister mehr sein zu dürfen. Diese Furcht begleitete ihn Tag für Tag, Woche für Woche und Jahr für Jahr, immer nur mal kurz ausgebremst, wenn er wieder eine Wahl gewonnen hatte. Das erlaubte ihm eine kleine Verschnaufpause, für die alle in seiner Umgebung äußerst dankbar waren, einschließlich seiner Frau.

Traditionell fand die Wahl immer am ersten Sonntag im Dezember statt, was dieses Jahr am Nikolaustag war. Der ermöglichte es Clemens, als selbiger verkleidet vor dem Rathaus noch die Stimmen derer abzufischen, die ihre Kinder begleiteten und nach seinen netten Worten, gepaart mit dem ein oder anderen kostspieligen Geschenk, keine andere Möglichkeit mehr sahen, als ihm als Wohltäter ihrer Kinder den Respekt zu zollen, den er verdiente, und ihn daraufhin zu wählen. Es war bei jeder Wahl dasselbe und es klappte immer. Das letzte Quartal vor der Wahl war für seine Frau Rita stets eine noch größere Geduldsprobe, als die Ehe mit ihm sowieso schon bedeutete.

»Du machst mich wahnsinnig«, sagte sie, eher aus alter Tradition als aus Überzeugung. Wahnsinnig machte ihr Mann sie schon lange nicht mehr. Clemens gab sich darüber nicht den geringsten Illusionen hin, aber es machte ihm nicht so viel aus, wie man hätte glauben können. Macht und Sex gleichzeitig zu haben, war zwar sicherlich eine der Idealvorstellungen eines Mannes; da er es sich allerdings aussuchen musste, war Macht etwas Reelleres und hielt wesentlich länger vor als ein Orgasmus, dessen einzige Aufgabe zu sein schien, ihn müde und seine Frau geschwätzig zu machen. Wenn er dennoch je Lust auf Sex verspürte, war jedoch in den letzten Wochen definitiv kein Platz dafür, da ihm diese unselige Schläfer-Geschichte mehr zugesetzt hatte, als er sich selber eingestehen wollte. Dass das hinter ihm lag, war allerdings kein Verdienst dieser Terroristen-Flasche, die ihm in den Wochen seines Aufenthaltes keinen passenden Verdächtigen geliefert hatte. Hätte Clemens nicht die Idee mit Markus Schulze gehabt, wäre es um seine Wiederwahl wirklich schlecht bestellt gewesen.

Er ließ es sich nicht nehmen, sein Gesicht in jede Kamera zu halten, da die Reporter sich in den nächsten Tagen sowohl um das Rathaus als auch in Löckerbach selbst so zahlreich herumtrieben, dass es eine Schande gewesen wäre, das nicht zu seinem Vorteil zu nutzen. Dennoch war Clemens nicht zu hundert Prozent zufrieden, da er es bislang noch nicht geschafft hatte, Sami wieder aus dem Dorf zu bekommen. Der hatte zwar nachweislich nichts angestellt, aber er fand, dass es schöner wäre, wenn der Dunkelhäutige aus Löckerbach verschwände, da er in seinen Augen das Ortsbild störte. Das taten zwar Leute wie Harald Bantenberg auch, bei Sami fiel es aber mehr auf, wenn er auch nicht so fett war. Das war aber das kleinere seiner zwei restlichen Probleme, die unmittelbar mit dieser Schläfer-Affäre zu tun hatten. Die zweite Hürde war, dass er immer noch nicht wusste, ob Klaus dauerhaft von seinem Vorhaben ein Flüchtlingsheim zu errichten abzubringen war. Das Problem sollte sich allerdings auflösen, als Landrat Stuben mal zur Abwechslung ihn anrief.

»Ich wollte es dir direkt sagen, damit du endlich wieder ruhig schlafen kannst«, kam er ohne Umschweife zur Sache.

»Warum sollte ich nicht schlafen können?«, fragte Clemens, der den Teufel tun würde, den Landrat an seinen Sorgen teilhaben zu lassen, und außerdem keinen Schimmer hatte, wovon der eigentlich redete.

»Sei nicht so schnippisch«, sagte der Landrat wie zu einem verzogenen Kind. Rita hätte das überaus amüsiert. »Ich komme in Frieden.«

»Schlimmer als letztes Mal kann es wohl auch kaum werden«, murmelte Clemens, gab dann aber wirklich Ruhe. Neuigkeiten vom Landrat konnten interessant sein.

»Glaube mir, könnte es doch werden«, konnte sich sein Gegenüber nicht verkneifen, ging aber ebenfalls dieser Diskussion nicht länger nach. »Heute habe ich gute Neuigkeiten. Landgräber hat seine Subventionen freiwillig zurückgezahlt und sein Angebot, einen Teil des Altenheims zur Verfügung zu stellen, wieder zurückgezogen.«

»Sag bloß!« Clemens ließ sich auf den nächsten Gartenstuhl fallen. Sein Garten war um diese Jahreszeit trostlos, aber im Moment sah er das gar nicht. »Warum?«

»So ganz genau weiß ich das auch nicht. Aber es wird gemunkelt, dass er gar nicht die Voraussetzungen dafür erfüllt hat. Leider hat man hier versäumt, das vorher zu überprüfen.«

»Die Geschichte fängt an, mir zu gefallen«, sagte Clemens. Er könnte ein paar Lebensbäume pflanzen. Die blieben immer grün. Das ginge sicherlich auch jetzt noch.

»Dachte ich mir«, sagte der Landrat. »Deshalb habe ich dich auch direkt angerufen. Jetzt ist hier grottenschlechte Stimmung und keiner traut sich, Demarchau für einen weiteren Versuch vorzuschlagen.«

»Das wird ja immer besser.«

Winter oder nicht, es war eindeutig ein guter Tag, fand Clemens.

»Ich denke, die Gefahr ist gebannt«, sagte Stuben. »Hier geht es noch ein paar Tage drunter und drüber, aber Demarchau ist definitiv erst einmal vom Tisch und bleibt es auch, wenn ich da den Deckel draufhalte.«

»Dann tu das mal schön«, meinte Clemens aufmunternd.

»Du hast ja meine Kontonummer«, erwiderte Stuben und legte auf.

Das konnte Clemens zwar absolut nicht leiden, beschloss aber, heute mal nicht so kleinlich zu sein.

Kapitel 28

»Nun hat Clemens es doch geschafft«, sagte Beate, als sie von der Wahl aus Demarchau zurückkamen.

»Er dachte, es wäre knapp gewesen, aber wie immer hat er mit fliegenden Fahnen gewonnen.«

Jürgen hatte sich zum Stimmen auszählen verdingt. Er wusste, dass er deshalb nicht darüber sprechen durfte, fand jedoch nicht, dass er damit jemand wehtat. Clemens hätte es gefreut.

»Wie immer mit mehr Glück als Verstand«, korrigierte Beate seinen letzten Satz.

»Auch dafür hat es gereicht«, sagte Jürgen friedlich und ging in die Küche, nachdem er seine Jacke und seinen Schal ausgezogen hatte. Er setzte Teewasser auf.

»Ich verstehe nicht, dass du das alles so ruhig hinnehmen kannst«, fuhr Beate fort, als sie hinter ihm herkam.

»Worüber sollte ich mich aufregen?«, fragte Jürgen, obwohl er natürlich genau wusste, worauf Beate hinauswollte.

»Es wäre noch Zeit gewesen, wenn du das gemacht hättest, was ich dir gesagt habe. Vor allen Dingen zu der Zeit, als ich es dir sagte.«

»Ich fand das in Anbetracht der Dinge, die hier im Dorf los waren, eher hinderlich«, erwiderte Jürgen.

»Gerade nachdem die Anschläge passiert sind«, widersprach Beate. »Da hättest du in die Kerbe hineinschlagen müssen. Das hätte Clemens etliches an Wählern gekostet.«

»Vielleicht, vielleicht auch nicht«, sagte Jürgen so dahin. Er hoffte, dass Beate es jetzt aufgab, ihm seine verpassten Chancen unter die Nase zu reiben, vor allen Dingen, da er keinesfalls der Meinung war, er wäre irgendwie zu kurz gekommen. Er durfte sein Jugendprojekt starten und damit hatte er alles bekommen, was er für dieses Jahr brauchte.

»Die nächste Wahlperiode gibt es ja auch noch«, sagte Beate, die sich anscheinend damit überzeugen wollte, dass alles nicht so schlimm war. »Dann geben wir halt da Vollgas. So alt bist du schließlich auch noch nicht.«

Die Gefahr bestand, dass er es umso schneller wurde, je mehr er sich diesen Quatsch anhören musste, der ihn überhaupt nicht interessierte. Er dachte kurz an Sami, der es geschafft hatte, sich sein Leben so einzurichten, dass es ihm dabei gut ging. Es war höchste Zeit, ebenfalls einmal diesen Status quo zu erreichen.

»Ich glaube, auch den nächsten Wahlkampf werden sie ohne mich machen«, sagte er daher und goss heißes Wasser über die Teebeutel. »Ich will nämlich überhaupt nicht kandidieren.«

So, jetzt war es raus.

»Ach, Quatsch«, sagte Beate. »Das wäre eine riesige Chance für dich.«

»Und wenn ich solch eine Chance nicht will?«, fragte Jürgen. »Ich als Bürgermeister? Da möchte ich morgens noch nicht einmal mehr aufstehen, wenn ich mir den Gräuel vorstelle.«

»Aber welche andere Möglichkeit hast du denn, noch aufzusteigen?«, fragte Beate. »Auf deinem jetzigen Posten sind die rar gesät.«

»Dann bleibt mir wohl nichts anderes übrig, als auf diesem Posten zu bleiben«, erwiderte Jürgen gutmütig.

»Aber Jürgen, was ist mit dem Geld? Damit wäre endlich mal das ein oder andere Extra drin, nicht nur für die Dinge, die wir zwangsläufig brauchen.«

»Es reicht doch. Vor allem können wir das Ende ja langsam absehen. Natürlich nur, wenn du nicht vorhast, unsere Familie noch mal zu vergrößern.«

»Gott bewahre«, erwiderte seine Frau. »Ich bin froh, dass wir Nele aus dem Gröbsten raus haben. Das fange ich nicht mehr an.«

»Siehst du. Lara ist bald aus dem Haus, bei Timo dauert es dann auch nicht mehr lang. Wir werden noch so viel Geld übrig haben, dass du gar nicht weißt, was du damit alles machen sollst.«

Beide lachten und tranken, gegen die Küchentheke gelehnt, einen Schluck von ihrem Tee.

»Bist du denn damit zufrieden, einfach auf deinem Posten zu bleiben? Jürgen, du wirst auf dem Stuhl sitzen bleiben bis zur Rente. Zumindest wenn alles normal zugeht.«

»Damit komme ich schon zurecht. Ich freue mich sogar drauf. Ich habe das Glück, dass mein Beruf mir die Befriedigung gibt, nicht die Lohnabrechnung.«

»Wenn wir mit deiner Befriedigung unsere Rechnungen bezahlen können, soll es mir recht sein.«

Bei Beate hatte er noch einiges an Überzeugungsarbeit zu leisten, das merkte er. Er hoffte, dass das nicht mehr alles heute passieren musste.

»Das haben wir bis jetzt immer geschafft und werden es auch weiter schaffen«, sagte er. »Es sei denn, du möchtest, dass ich dir hübsche Dinge kaufe.«

»Nein, danke. Ich habe schon ein paar«, erwiderte Beate trocken.

»Beate, im Ernst. Mich als Bürgermeister? Das kannst du dir doch ebenso wenig vorstellen wie ich. Ich wüsste doch überhaupt nicht, was ich auf dem Posten tun sollte.«

»Ich schon«, sagte Beate. »Mir fällt auf Anhieb ein ganzer Teil Dinge ein, die ich angehen könnte.«

»Dann kandidiere du doch beim nächsten Mal für den Posten. Ich unterstütze dich auch.«

»Ist das dein Ernst?« Beate blickte ihn fassungslos an.

»Natürlich. Du bist zäh, du bist entschlossen und clever. Alles gute Voraussetzungen, um Clemens vom Thron abzulösen.«

Die Idee war geboren, schlich sich durch ihre Augen in ihre Gehirnwindungen und sollte sich auch von dort nicht mehr vertreiben lassen.

Am Tag der Bürgermeisterwahl hatte die Sonne geschienen, als wüsste sie es nicht besser. Zumindest nicht, was den Mann betraf, der noch ein wenig nervös vor dem Spiegel stand und seine Krawatte band. Für die Gemeinde war Wahltag und für Clemens Bohnenschäfer hoffentlich auch.

Krawatte binden konnte Clemens gut. Am Anfang seiner politischen Karriere und der noch leise lodernden Leidenschaft zwischen Rita und ihm hatte diese ihn oft dazu gedrängt, ihm die Krawatte binden zu dürfen, da das laut der Filmwelt der einzig wahre romantische Moment zwischen Ehepartnern war, wenn sie ihrem Mann diese Aufgabe abnahm und ihm dabei tief in die Augen blickte. Clemens war grundsätzlich der Meinung, dass eine Frau nur eine Sache dabei dachte, und zwar, was habe ich für einen Idioten geheiratet, der es noch nicht einmal schafft, sich die Krawatte umzubinden. Es hatte nicht lange gedauert, da sollte Rita das ähnlich sehen.

Der Wahltag war ganz nach seinem Geschmack gelaufen. Natürlich hatte er vor der Wahl nicht nur sein Nikolauskostüm als Trumpf im Gepäck, sondern auch eine erfolgreiche Festnahme eines deutschen Attentäters und nicht zu vergessen die Neuigkeit, dass er aufgrund der jüngsten Ereignisse erwirkt hatte, dass Demarchau sich erst von den Terroranschlägen erholen musste, also keine psychologische Kompetenz besaß, mit Flüchtlingen in den einzelnen Orten zu hantieren. Ein besseres Erfolgskonzept gab es nicht. Falls für die anderen Kandidaten nur der Hauch einer Chance bestanden hatte, war der hiermit offiziell vorbei.

Clemens beschloss, nachmittags noch eine Runde durch sein Dorf zu machen, bevor er mit Rita auf die große Feier fuhr, die für ihn im Saal des Eselskopfs veranstaltet wurde. Ritterlich hielt er Rita ihren Mantel hin, damit sie reinschlüpfen konnte. Der Nach-Wahl-Gang war für sie eine feste Tradition und so ziemlich die einzige Zeit im Jahr, in der sie persönliche Gedanken austauschten.

»War ganz schön knapp diesmal«, sagte Clemens, als sie vorbei am Haus von Dominik Krumm und Christoph Pick den Berg hochgingen.

»Glaub mir, die Gemeinde hat nichts davon mitbekommen«, erwiderte Rita.

»Aber du«, sagte Clemens. Das war keine Frage. Er hielt seine Frau zwar für steif und snobistisch, aber auf keinen Fall für dumm.

»Sagen wir mal, du warst fahriger als sonst. Aber genau wusste ich es erst, als Sami zu uns ins Dorf kam.«

»Was gibt es da zu wissen?«, fragte Clemens unbehaglich. Über die Rolle Samis in Löckerbach wollte er lieber nicht diskutieren. »Jürgen hat ihn mitgebracht, damit er im Altenheim arbeiten kann.«

»Aber natürlich«, sagte Rita. Ihre Miene war undurchdringlich. »Was sonst?«

Sie waren oben am Berg angelangt, ihr Atem kam stoßweise. Clemens merkte sein Alter. Sie gingen an der Landgräber-Villa vorbei.

»Klaus sollte unbedingt seine Fassade neu verputzen«, bemerkte er und sein Blick fuhr über den verwitterten Putz, der ursprünglich einmal reinweiß gewesen war.

»Man kann nicht alles haben«, sagte Rita spitz. »Auto und Golf sind offensichtlich wichtiger.«

Der Stern der Landgräbers war in Löckerbach schon lange untergegangen, auch wenn es zu ihnen selber scheinbar noch nicht vorgedrungen war.

Der Weg führte sie wieder steil nach unten. Das Altenheim war hell erleuchtet, auch wenn es draußen noch nicht vollständig dunkel war. Der alte Teil wurde saniert und dafür waren die Bewohner komplett in den neueren Teil umquartiert worden, was zwar zuerst Entrüstung auf den Plan rief, da sich ihre Wohnsituation dadurch zunächst nicht bessern würde. Als sie aber erfuhren, dass sie nach erfolgter Renovierung wieder das ganze Gebäude in Beschlag nehmen konnten, waren die Freude und der Langmut umso größer.

»Wer hat das Altenheim denn jetzt übernommen?«, fragte Rita.

»Ein Investor aus Köln«, erwiderte Clemens, verschwieg aber, dass er für diese Vermittlung sein Schäfchen ganz gut ins Trockene gebracht hatte. Klaus hatte keinen Spaß mehr an seiner Kapitalanlage gehabt. Die Entschädigung des Landes für den verseuchten Boden seines Onkels reichte ihm erst einmal aus. Sie waren wieder an der Hauptstraße angekommen und wanderten hintereinander den schmalen Bürgersteig entlang.

Sie hörten Stimmen und sahen, wie Jürgen und Sami zerbrochene Bretter aus Jürgens Anbau trugen, um diese draußen ordentlich auf einer Palette aufzustapeln. Regina wollte im Frühjahr hier ihr Carport aufstellen. Sie nickten ihnen zu. Clemens hob halbherzig die Hand.

Es schmeckte ihm nicht, dass die beiden Menschen in seiner Nähe wohnten, die wussten, wo bei ihm die Leichen im Keller waren. Aber er würde sich daran gewöhnen und es schließlich einfach vergessen. Das machte er immer so.

Epilog

»Die Sache ist wirklich lästig«, sagte Iskandar Maalouf an diesem Abend zu seiner Frau Farida auf Arabisch. Farida Maalouf fand das zwar ebenfalls, schwieg dennoch. Iskandar erwartete keine Zustimmung bei Dingen, bei denen er sowieso schon recht hatte.

»Das war ein wirklich schönes Haus«, sagte sie daher bedauernd. »Auch wenn es nicht so ausgesehen hat von außen.« Das war leicht untertrieben. Die spießige Vorstadtidylle mit Jägerzaun, Nagelscheren-Rasen und Blumenbeeten hatte sie förmlich erschlagen, als sie vor zwei Jahren nach Löckerbach kamen.

»Mir ist das Haus egal«, erwiderte Iskandar. »Ein Haus ist ein Haus. Das nächste wird es auch tun.«

»Hier habe ich mir aber so viel Arbeit mit dem Garten gemacht.«

Farida hatte Lust zu klagen. Es war ein langer und überaus beschwerlicher Tag gewesen.

»Dann machst du dir die Arbeit halt noch mal«, entgegnete Iskandar unwirsch. »Muss ich wirklich über den Garten diskutieren?«

»Nein, natürlich nicht.«

Farida blieb still, während sie ihre Teetassen-Sammlung in Seidenpapier einwickelte. Sie wickelte schneller, als sie ihre Tochter Malika auf sich zukrabbeln sah. Sie hätte gerne alle Tassen heil behalten.

»Die Oberarztstelle in dem Kölner Krankenhaus ist durchaus anspruchsvoll«, sagte Iskandar. »Schade, dass ich da gar nicht so lange bleiben werde.«

»Vielleicht kannst du irgendwann wieder dahin zurück«, sagte seine Frau freundlich. Sie mochte es, ihm Zuspruch zu geben. Dann fühlte sie sich mehr wie eine richtige Ehefrau.

»Unwahrscheinlich«, sagte Iskandar nur.

Farida wickelte schweigend weiter, wenn auch wieder im verminderten Tempo, da Iskandar Malika auf den Arm genommen hatte. Die unmittelbare zerstörerische Gefahr war gebannt.

Alles in allem hatte sie gar nicht so viel Geschirr, das sie für den Umzug einpacken musste. Sie belastete sich nicht gerne mit unnützen Dingen und musste immer staunen, wie viel deutsche Frauen in ihren Schränken verstaut hatten. Dinge, die sie oft ihr ganzes Leben nicht brauchten. Farida bevorzugte wenige, dafür allerdings exquisite Stücke, die sie sich leisten konnte, da ihr Mann Oberarzt war.

»Die Umzugsfirma kommt morgen«, teilte ihr Iskandar mit, der neben sich auf dem Küchentisch einen Stapel Fachbücher liegen hatte, die er flüchtig durchblätterte, als wolle er entscheiden, welches den Umzug wert war und welches nicht.

»Bis dahin musst du fertig sein.« Er hatte kein Verständnis für Teetassen.

»Die Toxikologie ist ein faszinierender Zweig der Wissenschaft«, sagte er. »Es ist schade, dass ich keine Zeit haben werde, das weiterzuverfolgen.«

»Wer weiß«, meinte Farida nur.

Sie hatte schon so viel gesehen und längst nicht alles war erfolgreich gewesen. Wer konnte schon sicher ausschließen, dass Iskandar nicht doch noch Zeit für seine Studien finden würde.

»Haben wir in Köln ein Haus oder eine Wohnung?«, fragte sie.

Sie wollte Iskandar aus seiner melancholischen Stimmung reißen, die ihn immer überfiel, wenn er über die Dinge in seinem Beruf redete, zu denen er nicht mehr kommen würde. Iskandar liebte seinen Beruf, zumindest die wissenschaftliche Seite daran.

»Haus«, erwiderte ihr Mann knapp. »Außerhalb, in Bayenthal. Alles andere wäre zu auffällig. Ärzte wollen immer ein Haus außerhalb.«

Morgen würden sie Löckerbach verlassen. Weg von den verrückten Rentnern, Mördern und Geistesgestörten. Wie sollte man da als Schläfer noch unentdeckt bleiben.

Vielen Dank

Vielen Dank, dass Sie mein Buch gekauft haben.
In einer Welt, in der jeden Tag so viele Bücher publiziert
werden, ist es für mich etwas Besonderes, wenn Leser mein
Buch kaufen.

Über ein paar nette Worte in einer Rezension, den sozialen
Medien, oder einfach im Gespräch mit einem Freund
würde ich mich sehr freuen.

Vergessen Sie nicht, einmal vorbeizuschauen bei:
www.wolkensirup.de
www.facebook.com/scharp.ac